U0557271

Publius Vergilius Maro

从

维吉尔

到

昆德拉

Milan Kundera

世 界／文 学／经 典／导 读

高

永

著

社会科学文献出版社

SOCIAL SCIENCES ACADEMIC PRESS (CHINA)

目　录
CONTENTS

绪论　透过文学的望镜探索精神世界

　　——以哈罗德·布鲁姆的经典阅读论为中心 ·············· 001

　一　文学何用与经典的价值 ························· 004

　二　智识精英的当下处境 ························· 007

　三　经典阅读的意义与现状 ························· 013

　四　走进文学的精神世界 ························· 024

第一章　盛世文人的忧虑

　　——维吉尔与《埃涅阿斯纪》 ·············· 035

　第一节　矛盾:《埃涅阿斯纪》中的隐性书写 ·············· 038

　第二节　罗马荣光与维吉尔的忧虑 ·············· 050

　第三节　自主性:维吉尔的文人品格 ·············· 057

第二章　苟活还是倾心于死亡

　　——莫尔与莎士比亚的哈姆莱特 ·············· 063

　第一节　莫尔的精神坚守与死亡抉择 ·············· 066

　第二节　《哈姆莱特》:莫尔死亡抉择的戏仿 ·············· 072

　第三节　哈姆莱特:只因倾心于死亡 ·············· 075

第三章　对集权的反思与反叛

　　——弥尔顿与《失乐园》 ·············· 083

　第一节　弥尔顿:苦难中的战斗人生 ·············· 085

第二节 弥尔顿的撒旦：反独裁的独裁者 …………………… 094

第三节 被逐伊甸园：走出囚禁的樊笼 …………………… 109

第四章 荷尔德林：诗意地栖居在大地之上 …………… 115

第一节 异乡人向属灵世界的回归 …………………… 118

第二节 荷尔德林：此世界中"灵"的觉醒者 ………………… 126

第三节 《许佩里翁》：一个有关灵知主义的文本 ………… 143

第五章 命运还是自设的圈套

——莫泊桑的《项链》 ………………………… 155

第一节 莫泊桑：简单是一种文学才能 …………………… 157

第二节 《项链》：一个隐喻的文本 ………………………… 164

第三节 悖谬：自欺的结果 ………………………… 169

第六章 文学作为一种精神自传

——契诃夫与他的《牵小狗的女人》 ……………… 175

第一节 《牵小狗的女人》：一则有关婚外情的故事 ……… 177

第二节 只是婚外情那么简单吗 …………………… 182

第三节 作为契诃夫精神自传的小说 ……………… 187

第七章 用同情的眼光审视世界

——卡夫卡的《在流放地》 ………………… 191

第一节 卡夫卡：逃避解释的审视者 ……………… 194

第二节 《在流放地》：一个有关世界寓言的文本 ………… 200

第三节 世界的本质：只有不确定是确定的 …………… 206

第八章 书写生命的诗行

——叶赛宁的诗歌世界 ………………… 217

第一节 爱情的甜蜜与痛苦：大众性与个人性 …………… 221

第二节　自然与田园的丧失：当下性与未来性 ……………… 227

第三节　歌唱祖国的民族诗人：世界普遍性与民族独特性 …… 235

第九章　"徒劳"：作为一种生命状态 ……………………… 247

第一节　混沌又朦胧：《边城》中的"徒劳"意识 ………… 252

第二节　理性而清晰：《雪国》中的"徒劳"书写 ………… 254

第三节　悖谬与徒劳：大江小说中的"徒劳"主题 ………… 259

第十章　孤独还是内心的狂欢

　　　　——井上靖的《猎枪》 …………………………… 273

第一节　《猎枪》——意象充盈的诗化小说 ……………… 276

第二节　在场景中展现人物心理 …………………………… 282

第三节　孤独：作为一种生存状态 ………………………… 284

第十一章　对存在的诗性沉思

　　　　——昆德拉的小说创作 ………………………… 291

第一节　昆德拉：布拉格精神的文学继承者 ……………… 294

第二节　《生命中不能承受之轻》：对存在的诗性沉思 ……… 306

绪　论

透过文学的望镜探索精神世界

——以哈罗德·布鲁姆的经典阅读论为中心

数年前，在天津某高校举办的"比较文学与世界文学高峰论坛"上，一位教授的一句话——"文学是用来拯救世界的"——在与会学者中引起的不只有赞同的掌声，还有一些不易察觉的不屑和嘲笑。这是当前文学的价值和经典的意义正在遭受质疑的一种表现。在一些人眼中，文学之用只在于利益的获得，而文学研究仅是一些人的"稻粱谋"罢了。

尼古拉·布瓦洛（Nicolas Boileau Despreaux）说，写作或者说文学创作是最危险的一行。这一行不相信平庸，"平庸就是恶劣，分不出半斤八两"，所谓"无味的作家就是可憎的作者"，"一个疯子倒还能逗我们发笑消愁，一个无味的作家除讨厌一无是处"。① 这样说，并不意味着要让所有的作家都成为一流作家，或要求所有作家都能成为莎士比亚、歌德、卡夫卡、曹雪芹、鲁迅，而是说文学创作者该有一种创新的意识与冲动，努力使自己的个性得到彰显。可能受个人天分、才力，以至客观条件等原因的限制，不是所有的作家都可以扬名立万，成为大作家、名作家，但作家应有一种内在的充盈，并借此对抗个人条件的有限和现实的束缚。无论是努力使自己成为一位个性作家（体现在创作和思想中，不是生活中），还是面对现实处境保持独立的品格，都需要一种精神的充盈，需要保持对人性深入探索的热情与耐心。

文学关注人的精神世界，关注人的灵魂或内宇宙，文学创作就是要去探索人类最深层的需要，探索人类的内在精神，这是文学最大的价值和最重要的意义："不错，文学不会令你赚百万！文学本来就是无用的，但是一个人的生命中没有文学的话，总会觉得少了点东西，特别是在你成年就业，当了大经理或赚了一百万以后。文学可以不作为专业，但它是大学人文教育必备的一环，一个大学如果没有人文教

---

① 〔法〕布瓦洛：《诗的艺术》，伍蠡甫、胡经之主编《西方文艺理论名著选编》（上卷），北京大学出版社，1985，第 207～208 页。

育也决不会是一所好大学。"① 这是深谙文学之本质的洞明之见。读到李欧梵的这段话时，我们不得不把钦佩之情献给这位"狐狸"型学者。"精神""生命"这样的字眼是多么不合时宜，多么不与时俱进——与功利盛行的当今社会多么不合拍，正因如此才更能说明文学的不可或缺与文学经典价值的不容否定。

一　文学何用与经典的价值

2011 年，美国学者哈罗德·布鲁姆（Harold Bloom）出版力作《影响的解剖》，正如该书的副标题——"文学作为一种生活方式"——所标示的那样，布鲁姆一生坚持他的"文学之爱"。对他而言，"莎士比亚就是律法，弥尔顿就是教义，布莱克和惠特曼就是先知"②。也就是说，文学在布鲁姆那里已然上升到了宗教的高度，是与人之内在精神世界直接相关的存在。但就是这个布鲁姆在写作《西方正典——伟大作家和不朽作品》一书时，先为文学经典唱了一曲悲歌，最后又给全书加上了一个"哀伤的结语"："我在一所顶尖大学教了一辈子的文学以后，反而对文学教育能否渡过眼下的困境缺乏信心。"③ 由此我们不难发现，文学经典正处于怎样的历史环境之中。

众所周知，随着现代传媒方式的发展，视觉盛宴冲击着人们的眼球，快餐文化成为大众的精神食粮，严肃文学早已失去了其在 19 世纪的强力。像布鲁姆那样的知识人越来越多，他们哀悼文学之失落，进而为文学家的边缘化鸣不平，时时发出不平之声。他们内心不平是可以理解的：文学的被边缘化已成为关涉文学发展前途，甚至是关系

---

① 李欧梵：《我的哈佛岁月》，江苏教育出版社，2005，第 132 页。

② Harold Bloom, *The Anatomy of Influence*: *Literature as a Way of Life*, New Haven and London: Yale University Press, 2011, p. 24.

③ 〔美〕哈罗德·布鲁姆：《西方正典——伟大作家和不朽作品》，江宁康译，译林出版社，2005，第 409 页。

其生死存亡的大事。怀疑甚至否认文学价值的声音不是正甚嚣尘上吗？文学经典的意义不是正经受前所未有的考验吗？

据说文学已经死了，那么我们对此应抱有什么样的态度呢？布鲁姆在这个问题上不经意间陷进了一个自己设置的陷阱：他坚持认为应该排除一切从社会文化学角度对经典进行解读的方式，应坚持审美化的阅读与阐释，使文学回归文学自己的领地。但谁又能否认，这种文学的回归带来的必然结果就是文学失去其以往的辉煌与强力（那份辉煌与强力，不正源于文学承载了太多它不应承载的东西吗），退到人们视界的边缘呢？这不正是文学本身应该得到的待遇，也是最好的待遇吗？这不正是布鲁姆本人一再追求的吗？那么，"经典的悲歌"又悲从何来呢？

从事文学研究和在大学中教授文学的教师遇到"文学有什么用"这样的问题，再正常不过了。正确的回答也许应该是：当你问这样的问题时，你已经错了，因为你没有弄明白文学作为人文学科的特性。人文学科，特别是文学，本就不应用功利的眼光去看待，用功利的标准去衡量。布鲁姆在他的《西方正典——伟大作家和不朽作品》一书中曾说过："莎士比亚或塞万提斯，荷马或但丁，乔叟或拉伯雷，阅读他们作品的真正作用是增进内在自我的成长。深入研读经典不会使人变好或变坏，也不会使公民变得更有用或更有害。心灵的自我对话本质上不是一种社会现实，西方经典的全部意义在于使人善用自己的孤独，这一孤独的最终形式是一个人和自己死亡的相遇。"[1] 阅读文学经典并非为了使人变好或变坏等功利目的，文学经典关注的是人的精神，而不是一种社会现实，即与现实功利无关。事实也的确如此，相对于自然科学而言，文学不会直接创造价值，因为文学从根本上关注的是人之精神世界。如果非要赋

---

[1] 〔美〕哈罗德·布鲁姆：《西方正典——伟大作家和不朽作品》，江宁康译，译林出版社，2005，第21页。

予文学一个功利化的目的，以证明其存在的合理性与合法性的话，那么，关注精神就是它的最终目的。"文学无用，文学有大用"，这句看似矛盾的话，实际上就是文学存在的最大意义：文学让我们看清人性最深层的东西，让我们看清人的本质，让我们看清人之存在的状态。西方文学自基督教产生以来，在很大程度上就成了一种基督教文学或反基督教文学。人与神的关系问题，对信仰的关注不正是对人本身的关注吗？而信仰问题，不正是人之存在的一个本质性问题吗？诺曼·N. 霍兰德（Norman N. Holland）曾言：不存在神的视野，我们永远不能迁出自身之外。如果人不能迁出自身之外，人又如何自知呢？所谓"不识庐山真面目，只缘身在此山中"，这样说，并不是要大家都去信神，而是要让大家明白，是文学，是人文学科帮助我们对信仰问题有了更深刻的认知，信仰问题无论如何都是大问题，全世界现在的地区冲突从根本上说不都是信仰的冲突吗？

文学说到底是人学，对人的认知，就是它最大的意义。而那些所谓直接创造价值的学科，如果失去了对人的观照，那就不会有任何意义与价值，甚至会走向反人类的歧途。在当前这个科学理性（本质上是"工具理性"）统摄一切、实用功利思想甚嚣尘上的时代，文学等人文学科的价值就显得更为突出了。多年前，有一部成龙主演的电影《神话》，这部影片虽然也存在这样或那样的问题，甚至有抄袭《古今大战秦俑情》（张艺谋主演）的嫌疑，但它仍值得我们去欣赏，原因之一就在于它表现了人文学科与自然科学之间的冲突，看到了自然科学如果失去人文精神的观照，便有走向歧途的可能。

文学与精神相关，文学创作说到底是一种精神书写。那么作为创作主体，作家和文学研究者的精神现状如何呢？他们又应抱有什么样的精神旨趣呢？

二　智识精英的当下处境

现化性的阴谋之一：让每个人的生活都变得面积很大，而高度很低，扁平而不是丰满。于是一切深入灵魂的探索都不再显得必要，智识精英的最大价值——深入认知、不断反省自身以至整个人类的精神世界——被有意无意地忽视了。智识精英不再是英雄，他们被体制化地排挤到了社会边缘。

在平等、民主、人权的大旗下，精英主义在当今社会广受诟病。事实上，平等、民主、人权并不是反对精英的理由，这并不是一道单项选择题，正如英国学者巴特摩尔（Tom Battomore）——虽然他是某种意义上的反精英主义者——指出的那样：问题的关键是如何恰当地处理公众与精英之间的关系。真正的民主是"使大多数公民，即使不是全体，能够参与社会问题决策的条件"，并"最大限度地缩小精英与群众间的差别"[1]，而不是置这种差别的客观性于不顾。真正的平等"是指每一个人都有可能全面发展他作为个人在与他人无拘无束的交往中所具有的聪明才智"[2]，而不是以丧失或降低标准为代价，换取虚假的平等。此外，我们还应该清醒地看到，在向精英主义发起的诸多进攻中，大众并不是真正的受益者，而只是某些"权力"的工具，精英只是"权力"为获取公众支持而找到的标靶。

有两种左右社会思想主潮的思想倾向，正合力排挤精英与智识。其一是打着平民主义的旗号反对精英、反对智识。将精英视作反民主、反人权、反平等的洪水猛兽，推崇智识、抱有伟大理想、为社会与个人设定高标准则被贬为"不合时宜"；其二是不遗余力地制造另一种"精英"，用物质财富代替智识的中心地位。当今，精英

---

[1]　〔英〕汤姆·巴特摩尔：《平等还是精英》，尤卫军译，辽宁教育出版社，1998，第100页。

[2]　〔英〕汤姆·巴特摩尔：《平等还是精英》，尤卫军译，辽宁教育出版社，1998，第117页。

在很大程度上成为物质财富的代名词，于是暴发户成为受尊重的对象；依靠各种非正常手段（所有的手段都包括，只是不包括个人的智识和精神意志）搏取出位的娱乐人物成为"英雄"。无论其身份与地位是靠什么换来的，只要能将宝马车的方向盘握在手中，就可以成为"宁可坐在宝马车里哭泣的女孩"的白马王子，哪怕这"马"上坐的不是王子。当然，智识精英身处尴尬境地的情况不是今天才出现的。

当年，梅列日柯夫斯基（Dmitri Sergeevich Merezhkovsky）以赫尔岑（Alexander Herzen）的经历为例，向我们证明，俄国知识分子的处境从来就处于两种压迫之间：一方面是专制政体，一方面是黎民百姓。刘小枫就此指出，"处于两种压迫之间，与其说是俄罗斯知识人、毋宁说是知识人这号人的普遍命运：在国家和人民之间的夹缝中生存"①。这样的判断基于一个简单的前提：专制政体（推而广之是国家）与人民大众之间的二元对立。知识人处于二者之间，无论是献身于拯救民族（国家）的事业，还是献身于人民，其实都是对自己本位的抛弃。刘小枫进而认为，在专制政体下，有教养的人虽然被夹在统治与被统治的两极中间，但因为两极之间的差序格局空间还相对宽敞，"有教养的人也还有自己精神生存的回旋余地"②。而在现代社会，民主政治的兴起使这种回旋余地几近丧失。在这样的境况下，梅列日柯夫斯基认为，知识人就会变成"未来的无赖"。"未来的无赖"在俄罗斯会因阶层不同，形成不同的三张面孔：即将替代传统君王专政的实证主义专制、继续"向神授的君主报恩的东正教"和"三张面孔中最可怕的一张面孔"——"流氓阶层、流浪者、刁民"。针对"未来的无赖"的三张面孔，梅列日柯夫斯基提出用"精神高贵"的三要素——身体、灵魂、精神——与之对抗。其对抗策略是："活生

① 刘小枫：《圣灵降临的叙事》，生活·读书·新知三联书店，2003，第208页。
② 刘小枫：《圣灵降临的叙事》，生活·读书·新知三联书店，2003，第209页。

生的肉体对抗大地和人民、活生生的灵魂对抗社会、活生生的精神对抗知识分子。"①

刘小枫认为，梅列日柯夫斯基依持圣灵降临抵制现代性的实证形而上学庸众和民主主义的价值颠覆，从而"摆脱了现代的种种'主义'、摆脱了纠缠俄罗斯知识人近两百年的西化—斯拉夫化的对立，看到知识人作为精神守护者面临的真正生存抉择：高贵抑或低劣甚至下流"②。

梅列日柯夫斯基的宗教—政治批判当然与当时俄罗斯特殊的历史文化背景有关，也与梅列日柯夫斯基本人特异的个人精神追求有关，但不可否认的是，他为面对现代性挤压的现代知识人提供了一条至少是可供选择的道路——退归内在世界，做精神的守护者。

事实上，我们当前面临的文化与精神危机，并不比梅列日柯夫斯基当初面对的危机更乐观。如果我们还承认，除了现世的功利诉求，人还需要一种超越性的内在丰盈，以安慰人之虚无宿命带给我们的无力感的话，那么，这样的安慰在今天就显得尤为重要。

一种末日的危机感正笼罩着我们，这样的末日预言与其说是一种可能的现实，不如说是一个"心灵寓言"——人类无时无刻不对前途充满质疑、焦虑与恐惧。从这个意义上说，我们应该为《2012》那样的电影叫好。它最大的成功也许就是利用了这种"心灵寓言"，洞悉了人们内心深处最脆弱的东西。如果说人类精神史中时有发生的末日恐惧还主要是一种宗教情绪的话，那么我们今天对末日的恐惧，与其说是来自我们对世界终点的忧虑，不如说是源于我们对当下人类现实处境与精神状态的忧虑。人与自然之间关系的紧张、人与人之间情感的淡漠、个人对自我存在价值的质疑以至否定，这一切使生活在这个世界上的人，或如行尸走肉，沉溺于物

---

① 刘小枫：《圣灵降临的叙事》，生活·读书·新知三联书店，2003，第212页。
② 刘小枫：《圣灵降临的叙事》，生活·读书·新知三联书店，2003，第213页。

欲或情欲的死水中无从逃脱，虽生犹死；或沉浸于绝望的黑暗之海，看不到任何希望的光亮，悲观主宰着一切；或被一种乌托邦式的理想所掌控，为某种意识形态式的狂热而欢呼。所有这一切都可以归结到整个社会的物欲横流。

秉持精英主义文学立场的表现形式很多：审美性、天才论、竞比性等。但这样的立场在文化多元主义大行其道的时代，早已成为众矢之的。文化多元主义者去精英化的一个重要表征是否认文学的审美自主性，他们要做的就是将原本高高在上的精英文学赶下神坛，这是一个"文学祛魅、经典祛魅、崇高祛魅"的过程。文学沦为文化研究的工具，沦为意识形态、政治、道德宣传的手段，此时的文学还是文学吗？经典还是经典吗？

在这样的背景下，布鲁姆不仅秉持精英主义文学立场，大张旗鼓地为其辩护，还向文化多元主义者奋力抛出自己的匕首投枪。这份勇气，足以令人惊叹，这样的批评个性足以令我们肃然起敬，毕竟个性是文学创作与文学批评的生命，是其得以探索精神之海的航船。如果我们还对文学抱有一丝敬意，如我们坚信文学具有使人认识到此生有超乎想象的意义和价值，如理查德·罗蒂（Richard Rorty）所认为的那样："我认为文学作品有启迪价值。我的意思是，这些作品使人认识到此生有超乎想像的意义。"① 那么，布鲁姆的坚守就是值得肯定的。正如晚年布鲁姆所指出的那样，文学与生命是同构的。文化研究关注的是身份、立场、差异，在这种研究中，文学的生命本质、审美属性被绑架、遮蔽了。失去根本的文学研究，必有回归本位的时候。文化多元主义研究或许能为文学研究提供更多的视角，但绝不是反对文学独立性、审美自主性的理由。一首诗应该首先被当作一首诗去对待，而不是当成社会文献，更不是意识形态、政治倾向的记录，从这

---

① 〔美〕理查德·罗蒂：《附录二：文学经典的启迪价值》，《筑就我们的国家：20世纪美国左派思想》，黄宗英译，生活·读书·新知三联书店，2006，第98页。

个角度来说，布鲁姆的精英主义立场对维护文学的合法地位具有积极
意义。

精英主义文学立场的另一个意义在于为文学经典树立了严格的
准入标准。只有那些在与前驱的较量中，突破"事实性"之重的强
力诗人才可能打开传统之门，使其作品进入经典行列。布鲁姆秉持
一种开放的经典观，如他所说，"一切经典，包括时下流行的反经
典，都属精英之作，世俗经典从未封闭过，这使'破解经典'之举
实属多余"①。从这个意义上说，布鲁姆的精英观同样是开放的。当
然，我们必须认识到，作为美国文化的认同者，布鲁姆的精英主义
文学观，服务于他重构美国传统文化的目标。在布鲁姆看来，美国
的文化多元主义研究伤害了爱默生开创的美国传统文化。理查德·
罗蒂曾指出，布鲁姆就是要通过他对文学经典的守护，在"浪漫的空
想中构建一个更美好的未来"②，那是美国需要的未来。正是在这个意
义上，特里·伊格尔顿（Terry Eagleton）认为布鲁姆对普遍人性的大
声疾呼、对不屈不挠的意志的信念，"就如同樱桃馅饼一样完全是美
国式的，只不过他把这一点误认为放之四海而皆准的普遍真理"③。也
就是说，在伊格尔顿看来，布鲁姆的精英主义立场实际上是典型的美
国立场。考虑到布鲁姆深刻的"爱默生情结"，我们就会明白，伊格
尔顿洞见了布鲁姆精英主义立场的本质。但是，这不正是布鲁姆的价
值所在吗？我们难以想象一个失去民族根基的文学批评家能最大限度
地体现其价值。

此外，精英从来不是一个过时的概念，精英阶层也从来不是一个

---

① 〔美〕哈罗德·布鲁姆：《西方正典——伟大作家和不朽作品》，江宁康译，译林
   出版社，2005，第 26 页。
② 〔美〕理查德·罗蒂：《附录二：文学经典的启迪价值》，《筑就我们的国家：20 世
   纪美国左派思想》，黄宗英译，生活·读书·新知三联书店，2006，第 103 页。
③ 转引自刘峰《伊格尔顿评布鲁姆的新著〈如何阅读和为什么〉》，《国外文学》
   2001 年第 2 期。

可以完全被否定或被抹杀的存在，只要"精英"还不是"封闭""僵死"的同义词。事实上，文化多元主义者，在批评布鲁姆的精英主义立场时，又何尝不是在塑造另一种精英呢？意大利精英主义理论家维尔弗雷多·帕累托（Vilfredo Pareto）以法国的德雷福斯案①为例向我们清楚地证明，旧精英的衰落往往伴随着新精英的兴起。文化多元主义者主观上也许是在为劣势群体争取权益，也许他们确实是站在少数派的立场上，但他们或许没明白，只要存在利益（什么时候不存在呢？），利己主义就不会消失，那么，"他们的所作所为完全是在帮助新精英的利己主义取得胜利"，多元文化主义者再次上演着帕累托所说的"主观现象与客观现象的背离"②一幕。更可怕的是，如果说布鲁姆强调的精英标准还具有某种理想主义的崇高意味的话，那么文化多元主义者追求所谓的平等则很容易导致事实上标准的丧失。

如此看来，布鲁姆对精英主义立场的坚守体现出其对某种标准的追求，而这标准又不失其超越性、崇高性，可以说，布鲁姆的坚守之于我们思考中国文学批评与文化建构问题的启示意义不容小觑。就文学本身而言，中国当下文学界盛行相对主义，其造成的混乱有目共睹。曹文轩说，"从批评到创作，都沉浸在相对主义的氛围中"，"相

---

① 德雷福斯案：1894 年，法国犹太裔上尉军官阿尔弗雷德·德雷福斯（Alfred Dreyfus）被指控出卖法国军事情报给德国，军事法庭裁定其叛国罪名成立，判处终身服苦役并流放魔鬼岛。事后证明这是一桩纯粹因诬告造成的冤案，但军事法庭因德雷福斯的犹太人身份而拒绝改判，这引起了以左拉（Emile Zola）为代表的知识分子和广大群众的抗议。法国社会因为这一案件分裂成两派，相互攻讦，反映了法国社会思想分化、各种力量相互冲突的复杂现实。这一事件留给人们的思考是多方面的，从事德雷福斯案研究的著名学者，美国人迈克尔·伯恩斯（Michael Burns）曾指出："德雷福斯事件中存在着多种形式的对抗，个人与国家、文人政府与军事当局、议会政治与群众政治、对一般人性的信念（无论是宗教的或俗世的）与现代种族主义。"（〔美〕迈克尔·伯恩斯：《法国与德雷福斯事件》，郑约宜译，江苏教育出版社，2006，第 2 页）可以说，德雷福斯事件不仅是我们透视那一时期法国社会的一面镜子，也是我们借以思考现代社会的一个经典案例。

② 〔意〕维尔弗雷多·帕累托：《精英的兴衰》，刘北成译，上海人民出版社，2003，第 83 页。

对主义的宽容、大度的姿态，还导致了我们对文学史的无原则的原谅"。① 这一切都因为"文学性"这个本不应有争议的标准，却在这个混乱的时代被不断解构。于是，标准不再，文学失范。

如果说标准的丧失，还有"标准多元化"这块遮羞布的话，那么，独尊物质财富为标准则是赤裸裸的。所有的创造、所有的伟大思想、所有的远见卓识、所有的贡献与付出都无法与金钱相比，在金钱的光辉中，一切卓越与崇高都变得孱弱且没有说服力，甚至成为嘲笑的对象。知识与思想只有在金钱的烘托下才显得重要，此时，知识与思想已无立锥之地，至少失去了其独立性。一个否定智识、丧失标准或使金钱成为单一标准的社会，岂止是可怕那么简单？利益第一的短视似乎成了理所当然，我们无从判断，这是否与"人生苦短"有关，唯一可以肯定的是，社会良知的缺失、个人精神的虚空罪责难逃。

面对这样的现实与精神文化处境，反思或退归内在世界也许是我们获取拯救之途的不二法门。智识精英只要坚守住这最后的堡垒，其价值就永远不可被忽视，并将不断为这个社会提供精神血液。

我们强调精神的力量，摆明智识精英的尴尬处境，并不是想为智识精英鸣不平，我们坚信智识终有一天会回归，从来不相信一个排斥智识精英的社会能良性发展；也不是想为严肃文学唱悲歌，因为文学本就不应该占据中心位置，但也绝不相信"文学已死"的谣言。只要我们还承认文学本身的意义，还承认文学研究的价值，那么我们就应该承认：关注精神世界、关注人的生存状态是文学与文学研究发挥其意义与价值的重要表现。

三　经典阅读的意义与现状

可以说，创新是文学的生命。正如布鲁姆指出的："自主和创新

---

① 曹文轩：《混乱时代的文学选择》，《粤海风》2006 年第 3 期。

才是强力阅读的目标，如同它们也是强力写作的目标一样。"① 文学也许是最不承认沿袭与重复的领域，但所有事物的发展都必然以继承为基础，文学也同样如此，其发展是继承与创新的辩证。

我们不能为了创新而创新。从文学发展史来看，文学的创新性远无法与继承性相比。艾略特（Thomas Stearns Eliot）有言："如果我们不抱这种先入的成见去研究某位诗人，我们反而往往会发现不仅他的作品中最好的部分，而且最具有个性的部分，很可能正是已故诗人们，也就是他的先辈们，最有力地表现了他们作品之所以不朽的部分。我说的不是这个诗人易受别人影响的青春时期，而是他的完全成熟了的阶段。"② 这一方面说明，弃绝传统是不可能的；另一方面说明，希图创新何其艰难。

对于我们来说，读书也许是实现继承的关键。读书即批评，没有思考与情感投入的阅读是虚假的阅读，是生命的浪费。但问题是读什么书？怎么读？为什么读？又如何在阅读中实现文学的继承？

首先，只有对文学怀有赤诚之心的读者、作家和批评者，才可能写出最好的文学作品，做出最具说服力的批评，才可能叩问文学中最深层的精神存在，进而透过文学的望镜窥见自己的心灵世界。但就是这样最简单的道理，却被众多批评实践弃置了，阅读成了一种功利活动。我们看到诸多以文学为工具而非本体存在的批评，于是批评成为谋求利益的资本，成为换取身价的筹码，成为人情往来的"礼盒"。文字不再从心灵流出，既无勃勃生气，又缺少作者的生命律动，这样的文字当然无法打动读者。读者不再为了心灵的愉悦与内在精神的丰盈而读书。"强力批评家和强力读者知道，假如我们怀疑真正的写作

---

① Harold Bloom, *Agon: Towards a Theory of Revisionism*, New York and Oxford: Oxford University Press, 1982, p. 38.

② 〔英〕托·斯·艾略特：《艾略特文学论文集》，李赋宁译注，百花洲文艺出版社，1994，第2页。

者和读者的文学之爱，我们就不能理解文学。伟大的文学，崇高的文学，需要的是感情投入而非经济投入"①，这意味着，有关文学的"真正"书写也必然发乎真心，以解释人的心灵世界、精神存在为指归，这是批评的生命力所在。福柯（Michel Foucault）说："我忍不住梦想一种批评，这种批评不会努力去评判，而是给一部作品、一本书、一个句子、一种思想带来生命；它把火点燃，观察青草的生长，聆听风的声音，在微风中接住海面的泡沫，再把它揉碎。它增加存在的符号，而不是去评判；它召唤这些存在的符号，把它们从沉睡中唤醒。也许有时候它也把它们创造出来——那样会更好。下判决的那种批评令我昏昏欲睡。我喜欢批评能迸发出想象的火花。它不应该是穿着红袍的君主。它应该挟着风暴和闪电。"② 福柯的意思是说，批评并不依靠"权利"，而是依靠批评家强大的生命力获得力量，唯有具有生命力的批评才可能迸发出想象的火花。从这一角度来看，布鲁姆的文学批评，无疑具有这样的品质。这也启示我们，文学阅读或文学批评需要主体的情感，甚至是生命的投入。

其次，只有相信内在性的深度是一种力量，才可能在阅读中敞开自我，拥抱文学中的精神世界，也才可能洞穿文学中的精神城堡，进而与伟大作家的内在精神相契合。"一位大作家，其内在性的深度就是一种力量，可以避开前人成就造成的重负，以免原创性的苗头刚刚崭露就被摧毁。伟大的作品不是重写即为修正，因为它建构在某种为自我开辟空间的阅读之上，或者此种阅读会将旧作重新打开，给予我们新的痛苦经验。"③ 这就意味着，所有的创作，无论是文学写作，还

---

① Harold Bloom, *The Anatomy of Influence*: *Literature as a Way of Life*, New Haven and London: Yale University Press, 2011, p. 17.

② 包亚明主编《权利的眼睛——福柯访谈录》，严锋译，上海人民出版社，1997，第104页。

③ 〔美〕哈罗德·布鲁姆：《西方正典——伟大作家和不朽作品》，江宁康译，译林出版社，2005，第8页。

是批评写作，都必须建立在"某种为自我开辟空间的阅读之上"，只有这样的强力阅读才可能与前人强大的内在性相对抗。

但是，关注精神性、内在性强力，并不意味着必然遮蔽文学的审美属性，相反，通过发现文本的叙述策略有助于深入精神的世界，并进而与人的存在状态相沟通，洞悉作家的身份认同。布鲁姆对卡夫卡（Franz Kafka）的"经典性忍耐"和"不可摧毁性"的分析颇能说明这一点。卡夫卡有意地用"严厉冷酷"的叙述抵制情感的狂欢；他努力拒斥一切心灵的表面化探寻，这是通过其作品中冷漠的基调及书写人物没完没了的"无意义"的语言和行动来实现的，因为他真正要表现的是一种没有任何希望可言的人的生存处境——"不可摧毁的存在"。在卡夫卡那里，所有的希望都是能被摧毁的意识，只有人们内心深处隐秘的存在，即深层自我是不可摧毁的。对深层自我不可摧毁性的发现，与布鲁姆的犹太人身份是分不开的，是其犹太人身份与处境的理论展现。布鲁姆这样论说卡夫卡的经典性："卡夫卡作为本世纪最经典的作家，是因为我们都把存在和意识的分裂视为他的真正主题，他把这一主题等同于犹太人身份，或者至少是特别等同于流亡犹太人的身份。"① 存在与意识的分裂，这正是流亡犹太人的生存现状。在意识中他们眷恋着曾经的荣光，即作为上帝选民的神赐荣光。虽然这份荣光属于过去，但并未随着他们不得已的流亡而消逝，反倒随岁月流逝更加清晰了。但现实的存在状态是不可回避的，于是他们回归了内心最深处的自我，这是一种生存意志的体现。在这样的生存现状中，只有忍耐是通往真知，即不可摧毁性的可行途径，"忍耐与其说是卡夫卡心目中的首要美德，不如说是生存下去的惟一手段，就像犹太人的经典性忍耐一样"② 这样布鲁姆就找到了解读卡夫卡的一把钥

---

① 〔美〕哈罗德·布鲁姆：《西方正典——伟大作家和不朽作品》，江宁康译，译林出版社，2005，第360页。

② 〔美〕哈罗德·布鲁姆：《西方正典——伟大作家和不朽作品》，江宁康译，译林出版社，2005，第365页。

匙——虽然不是唯一的，却是有效的。"经典性忍耐"确实是解读卡夫卡思考和概括犹太人生存状态，甚至是整个人类生存状态的一个关键词："人类有两大主罪，所有其他罪恶均和其有关，那就是：缺乏耐心和漫不经心。由于缺乏耐心，他们被逐出天堂；由于漫不经心，他们无法回去。也许只有一个主罪：缺乏耐心。由于缺乏耐心，他们被驱逐；由于缺乏耐心，他们回不去。"①

布鲁姆对经典文本的阐释，是以审美为武器进行的文本解剖，他重视作品，特别是人物形象所具有的生命力和精神属性。在莎士比亚戏剧中的诸多人物形象中，布鲁姆最欣赏哈姆莱特和福斯塔夫，对其分析得也最为充分。在布鲁姆看来，在莎士比亚塑造的所有人物中，这两个人物所表现出的心智是最全面的："莎剧迷们喜欢福斯塔夫和哈姆莱特远甚于其他人物，我们也是这样，因为胖杰克和丹麦王子清楚地展现了在文学中的最全面的意识，这种意识要比圣经作者的耶和华、马可福音中的耶稣、但丁和乔叟的圣徒、唐吉诃德、艾瑟·萨默森、普鲁斯特的故事叙述者和利奥波德·布卢姆要广大的多。"正是在这意义上，布鲁姆觉得，"也许正是福斯塔夫和哈姆莱特，而不是莎士比亚才是真正意义上的世俗上帝，可能是他们最伟大的心智和智慧使他们的创造者被神圣化了"②，因为这两个人物体现了生命的博大，体现了人性的丰富，依靠阅读这些人物形象，我们得以更全面、更深刻地认知人本身。

在哈姆莱特和福斯塔夫身上，布鲁姆看到了一种将自我倾听（或自言自语）发挥到极致的力量，也就是一种自由反思的内省意识，在这个意义上，布鲁姆说："哈姆莱特心灵上每时每刻都在上演一出戏中戏，因为他比莎剧中任何其他人物都更是一位自由的自我艺术家。

---

① 〔奥〕卡夫卡：《卡夫卡散文》，叶廷芳、黎奇译，浙江文艺出版社，2003，第1页。
② Harold Bloom, *Shakespeare: The Invention of the Human*, New York: Riverhead Books, 1998, p.4.

他的得意与痛苦同样植根于对自我形象的不断沉思之中。"① 布鲁姆对哈姆雷特的这一洞见建立在他对莎士比亚人物心灵世界准确把握的基础上，在他看来，莎士比亚创造的戏剧人物都是典型的自我倾听者，正因如此他们体现出心理的复杂性与多变性。布鲁姆甚至认为这是莎士比亚之所以成为经典核心的关键。借此，布鲁姆又将以哈姆雷特和福斯塔夫为代表的这一品质与文学的精神性联系到了一起："我们每一个人现在都会不停地自我倾诉与倾听，然后才进行思考并依照已知情况行事。这并不全是心灵与自己的对话，或内在心理斗争的反映，这更是生命对文学必然产生的结果的一种反应。"② 也就是说，生命只要进入文学书写的范畴，必然表现为一种自我倾诉与倾听，由此文学或想象性写作就发展成了一种表现"如何对自我言说"的艺术。

其实，与作品中人物心灵的对话过程，也就是阅读者发现作家心灵世界的过程。我们常常从布鲁姆的文学阅读中发现其洞悉作家丰富精神世界的精妙。虽然我们对莎士比亚的生平与内心生活所知甚少，也难以从他的创作中发现莎士比亚本人的影子，但布鲁姆发现，通过多年锲而不舍地阅读莎士比亚，至少可以逐步了解他不是什么。通过分析莎士比亚不是什么，布鲁姆暗示我们：莎士比亚的内心世界是绝对自由的，这是一种四下弥漫而又不可限制的精神，正是这种脱离了教条和简单化道德的自由精神使莎士比亚的戏剧具有了一种自然的恢宏，其塑造的人物及其个性具有了一种难以企及的变化多端的特点。

更为重要的是，布鲁姆强调将作家置于文学传统的关系链中。从强力作家间的竞比关系入手，布鲁姆发现，所有的强力诗人都是通过对抗先驱使自己获得存在可能性的。这是一个影响的过程，而这个过

---

① 〔美〕哈罗德·布鲁姆：《西方正典——伟大作家和不朽作品》，江宁康译，译林出版社，2005，第53页。
② 〔美〕哈罗德·布鲁姆：《西方正典——伟大作家和不朽作品》，江宁康译，译林出版社，2005，第35页。

程，绝非理想式的善意传承过程，而是一个你死我活的搏杀过程。后辈诗人只有通过搏杀，踏前驱于脚下，才能使自己逃脱被压抑窒息的命运。因此，"每一位诗人的发轫点（无论他多么'无意识'）乃是一种较之普通人更为强烈的对'死亡的必然性'的反抗意识"①。如此，布鲁姆就深入到了作家意识与精神世界的最深层——死亡意识或反抗死亡的意识。

从另一个角度来看，与作品中的人物和作家本人心灵的对话过程，或洞悉其内在世界的过程，也就是阅读者回归自我的过程。在布鲁姆看来，真正的阅读说到底，都是一个向孤独的心灵回归、叩问深层自我的过程。所谓真正的阅读，就是以一种以审美为出发点，也以其为落脚点的阅读，而非从哲学或意识形态的立场出发或以其为最终目的。这种阅读使我们得以回到文学想象的自主性上去，"回到孤独的心灵中去，于是读者不再是社会的一员，而是作为深层的自我，作为我们终极的内在性"②。如此，文学的阅读过程也就成了阅读者心灵的展示过程，阅读者与文学中存在的心灵世界的对话过程："我们之所以阅读……是为了锻炼自我，认识自我真正的兴趣。……阅读的乐趣的确是为了自己的私利，而不是有益于社会公益。""文学评论若说还有功能的话，那便是为给这些自了读者看，他们是为了自己而读，而不是为了自身之外的好处而读。"③ 也就是说，在布鲁姆那里，阅读就成了一种纯粹的内在行为，是自我修习精进的过程。

由是观之，布鲁姆与"存在"哲学家海德格尔之间的距离并没有他本人想象得那样远，只是布鲁姆对存在的关注，更倾向于其精神层

---

① 〔美〕哈罗德·布鲁姆：《影响的焦虑》（增订版），徐文博译，江苏教育出版社，2006，第10页。

② 〔美〕哈罗德·布鲁姆：《西方正典——伟大作家和不朽作品》，江宁康译，译林出版社，2005，第8页。

③ 〔美〕哈洛·卜伦：《尽得其妙》，余君伟、傅士珍、李永平、郭强生、苏榕译，台湾时报文化出版企业股份有限公司，2002，第9~10页。

面，并且这种关注从未试图抛弃文学的望镜。

中国学者陈平原有一段话，充分说明了阅读与精神生活之间的联系："你半夜醒来发现自己已经好长时间没读书，而且没有任何负罪感的时候，你就必须知道，你已经堕落了。不是说书本本身特了不起，而是读书这个行为意味着你没有完全认同于这个现世和现实，你还有追求，还在奋斗，你还有不满，你还在寻找另一种可能性，另一种生活方式。说到底，读书是一种精神生活。"① 但不得不承认的事实是，我们的阅读现状堪忧。

首先是不读书。数年前，有消息称有关部门正试图通过立法来使全民阅读。无论消息真假，大家对此持何种看法，但这至少说明我们的阅读状况已堕落到何种程度，甚至需要用法律手段来补救。一个与法律无涉的事，却不得不诉诸法律的权威。不只是社会中人不读书，连本该读书的大学中人的阅读现状也不容乐观。首先，高校教师的阅读正在被"文献检索取代"，在阅读中体味人生、体验活泼泼的人性，从而不断提升自我修养的阅读状态，正与我们渐行渐远。不读书在大学中造成的一个直接结果是课堂教学中我们看到的是过多重复陈旧的知识。教材当然重要，但教材往往和前沿研究成果相距甚远。更为重要的是，对于人文学科而言，读书是科研工作的重要保证。一个不读书、不搞科研、没有学术素养的教师如何成为优秀的教育工作者？换句话说，他能教给学生什么是值得怀疑的。更为重要的是，不读书还意味着精神的干枯，我们又如何指望一个精神干枯的教师能培养出精神充盈的学生。

我们处在阅读史上最糟糕的年代，这一定程度上是现代性的代价（或阴谋）之一。早在多年以前，米兰·昆德拉（Milan Kundera）就曾警示我们要小心现代社会"简化"（缩减）的力量："伴随着地球

---

① 吴越：《当阅读被检索取代，修养是最大的输家——陈平原谈数字时代的人文困境》，《文汇报》2012 年 7 月 13 日。

历史的一体化过程——上帝不怀好意地让人实现了这一人文主义的梦想——的是一种令人晕眩的简化过程。应当承认，简化的蛀虫一直以来就在啃噬着人类的生活：即使最伟大的爱情最后也会被简化为一个由淡淡的回忆组成的骨架。……人类处于一个真正的简化的旋涡之中，其中，胡塞尔所说的'生活世界'彻底地黯淡了，存在最终落入遗忘之中。"① 这样的"简化"（缩减）同样发生在阅读领域，特别是文学阅读领域。"我们的个性化的、丰富的阅读"，"被变成了'压缩'式的阅读。过去的经典文字阅读被'读图'取代，进入了选刊时代。什么叫'选刊时代'？就是把流行、时尚的读物进行'压缩'，进行删减，作为'快餐文化'推向读者。尼采说，这种阅读是一种读书趣味危机，就是生命不复处于整体之中，'整体根本不复存在，它被人为地堆积和累计起来，成了一种人工制品'。最终，在这种阅读文化生活中，'生命、同等的活力、生命的蓬勃兴旺被压缩在最小的单位中，生命剩下了可怜的零头'"，而随着现代科技的发现，一种新的"压缩"出现了，打着复兴国学与传统的大旗，于是"我们有了'时尚读史'，有了'新明星学者'给我们经过'压缩'和'速成'的历史，有了被人'混嚼'出来的叫做历史的东西，有了很像速成教材的历史速成著作，可那历史的本来面目不知在这种'压缩'中失去了几多真实"②。文学的丰富与历史的恢宏就这样被一种现代化的扁平与缩约代替了，而我们深陷于这种所谓的"阅读"之中无法自拔。今天，随着"抖音""快手""喜马拉雅""懒人听书"等视听平台的大热，传统阅读似乎已被当作需要抛弃的东西，逐渐从大多数人的生活中被剔除了。

其次是过于强调阅读的功利性。读书有目的性当然没错，但不能

---

① 〔法〕米兰·昆德拉：《小说的艺术》，董强译，上海译文出版社，2004，第22～23页。

② 许民彤：《被"压缩"了的阅读》，《工人日报》2007年8月31日。

过分强调这一点，更不应该因为强调功利阅读而忽视了一种超越性的阅读。出于某种目的，如备课、写论文等当然可以，但也许更重要的是一种自由的、凭兴趣进行的阅读，超越性的阅读。有人将阅读的快乐区分为目的性快乐和过程性快乐。功利性阅读指向的是目的性快乐；超越性阅读则指向过程性快乐。超越性阅读往往可以在阅读的过程中得到快乐，那种快乐是一种不期而遇式的惊喜，但时间久了则会对专业工作与学习带来有益影响，进而与目的性快乐合而为一。随着新儒学的兴起，一些新儒学理论家强调儒家思想具有宗教性，笔者对此一直不以为然：一般意义上说，宗教的第一特性是超越性，即认为有超越此生的存在，即一种"神"性的存在，或一个彼岸的世界。孔子说："不知生，焉知死？""子不语怪力乱神"，这就在一定程度上否定了彼岸世界的存在，否定了神之拯救的可能性，因此也就失去了"超越"现世的可能，最终儒家思想成了一种纯粹的有关社会伦理的思想。后来在无意中读到一本书，其中包括杜维明的一篇文章。他指出，儒家思想确实注重道德伦理规范，"儒家思想的鲜明特点就在于它对社会伦理的关切"，但这并非儒家思想的全部，我们必须"综合地去理解儒家的思想体系"，"某些迹象可能表明，其社会准则一方面来源于所谓的儒学深层心理，另一方面又必需延伸到儒家的宗教信仰领域"。因此，"我们必须认识到，用诸如社会调节之类概念是很难解释其全部内涵。我们还必须使用诸如个体整合、自我实现和终极追求等概念"[1]。这就启发了我：也许过去对"超越性"的理解过于狭隘了，这不啻是受西方思想影响的结果，忽视了对中国文化的考察。"超越性"即可以凭借外力——神——去完成，亦可通过"精神修炼"实现，最后达到"内在超越"的境界。事实上，西方宗教也经历了一个从外在超越（或者说"外在拯救"更合适）向内在超越转化

---

[1] 〔美〕A. 马塞勒等著《文化与自我——东西方人的透视》，任鹰等译，浙江人民出版社，1988，第244页。

的过程。基督教思想的转变——从"灵魂被基督拯救"到"基督拯救和人自身拯救的统一"——便是明证。在儒家思想那里，外在拯救被有限度地否定了："不知生，焉知死？""子不语怪力乱神"，却为内在超越留下了巨大的可能性空间。如果我们强调宗教性与信仰的关系，那么儒家思想中就不乏宗教因素。从这个角度看，过于武断地否定儒家的宗教性便有欠妥之处了。但也许只强调超越性阅读还不够，我们要做到的是把阅读作为一种生活方式。

之所以如此强调非功利的阅读，还出于以下考虑：我们的专业分得太细了，细到使我们除了懂得自己的专业外，对其他专业几乎一无所知。更可悲的是，我们很多人抱着专业主义的腿不放，自以为是专家、学者，其实这其中的一些人不过是"有专业无智慧、有知识无见解的庸人，或者根本就是小心眼的知识小贩。他们的全部本钱就是那一点点专业知识，把它说成是了不起的独家擅长，不过是想奇货可居而已"[1]。鉴于专业细分带来的弊端，有学者开始批判专业主义，强调"业余者"身份。强调"业余"并非反对专业主义，也不是不要专业，而是要在专业主义之外另有作为。徐贲以萨义德（Edward Said）个案来说明这一问题，强调文学研究应该告别文学研究的"室内游戏"。非专业化的阅读，或者如我们前面所说，非功利性的阅读，可能有助于我们规避将文学研究，甚至是文学教育局限在"室内游戏"的范围。

伊塔洛·卡尔维诺（Italo Calvino）是对的，他认为我们应该"把一部分空间让给意外之书和偶然发现之书"[2]。当我们把阅读作为一种生存方式，而非功利手段的时候，阅读往往就会变一个"赴未约之会"的过程，在那时我们会发现一种功利阅读无法体会到的美好。

---

① 杨潇：《更专业？更业余？——专访美国加州圣玛利学院英文系教授徐贲》，《南方人物周刊》2013 年第 29 期。

② 〔意〕伊塔洛·卡尔维诺：《为什么读经典》，黄灿然、李桂蜜译，译林出版社，2012，第 10 页。

　　再次是过于依赖网络阅读和电子阅读。我们不应该一味地反对网络阅读和电子阅读，但至少在现阶段，电子阅读还无法替代传统阅读，其弊病非常明显。第一，电子阅读针对性过强，无法有读纸质书时的"不期而遇"之感。相信大家都有过这样的经历，电子书或数据库阅读，往往是在我们查阅资料时使用，目的性明显，直指结果；纸质书则不同，我们往往在查阅某一问题时，另一问题却与我们不期而遇。第二，阅读本应是一个自由的、愉快的过程，但在电子阅读的过程中很难有这种阅读体验。自由的、随性的阅读，或坐、或卧的愉快阅读，电子书怕还做不到。第三，网络上的大量信息，其可信度是可疑的。在网络信息泛滥的情况下，也许信息的甄别能力远比信息的获取量更重要。这也许就是布鲁姆冒天下之大不韪，预言"大量投资电子书籍的出版商们会遇到经济灾难"① 的原因吧！

四　走进文学的精神世界

　　那么，我们该从哪些方面做准备，以待通过文学经典阅读实现与缪斯的"不期而遇"呢？

　　第一，要祛除阅读经典的世俗功利之心，坚信文学经典在精神超越方面的价值与意义。

　　布鲁姆的批评先导，也是他心目中的批评英雄——约翰逊博士（Dr. Samuel Johnson）曾说：只有傻瓜，才为了钱之外的事写作。布鲁姆对约翰逊的这一座右铭欣然赞同，但至耄耋之年，布鲁姆说，钱或者说经济利益现在只是他的第二动机，他之所以还在坚持阅读、坚持讲课、坚持写作，是因为"我们内部的那个伟大的声音，它响起，作为对沃尔特·惠特曼的声音和莎士比亚所创造的千百种声音的回

----

① 〔美〕哈罗德·布鲁姆：《西方正典——伟大作家和不朽作品》，江宁康译，译林出版社，2005，"中文版序言"，第35页。

应"①。文学阅读与写作最终是指向内部世界的，是指向精神存在的。这种"声音"是对自我的充分肯定，是对自我内在精神强力的认可。这也许就是我们破解文学缪斯之所以在当下伤痕累累这一谜团的金钥，也是引领文学批评走出尴尬境地的明灯。

事实上，文学从根本上是排除功利性的。在一个功利主义盛行的时代，文学非功利性的价值尤为突出。古罗马诗歌理论家贺拉斯（Quintus Horatius Flaccus）指出：当铜锈和贪得的欲望腐蚀了人的心灵之后，我们怎样才有使诗歌还值得涂上杉脂，值得保存在光洁的柏木匣里呢？贺拉斯开出的良方是作家要增强内在修养。② 事实上，历代作家和理论家都非常强调作家的修养，古典主义哲学家布瓦洛（Nicolas Boileau Despreaux）也曾说："一个有德的作家，具有无邪的诗品，能使人耳怡目悦而绝不腐蚀人心：他的热情绝不会引起欲火的灾殃。因此你要爱道德，使灵魂得到修养。"③

将自己的个体生命体验融入文学书写中，成为作品的灵魂，是所有伟大作品必备的品质。如果说伟大的作品都只有一个主人公的话，那这个主人公一定是作者本人，准确地说是作者本人的精神。从这个意义上说，其实任何一部伟大作品都在某种意义上是作者的精神自传。"得有一个多么深邃宏富的精神宇宙，才支撑得起一首诗的寥寥数语！"④ 我们无法想象，一个缺乏个人修养的作家能真的写出富有精神超越性的作品；我们无法想象一个个性丧失的诗人能写出穿越时空，与未来读者产生共鸣的伟大诗歌；我们也无法想象，一个内在世

① Harold Bloom, *The Anatomy of Influence*：*Literature as a Way of Life*, New Haven and London：Yale University Press, 2011, p.18.
② 〔古罗马〕贺拉斯：《诗艺》，伍蠡甫、胡经之主编《西方文艺理论名著选编》（上卷），北京大学出版社，1985，第108页。
③ 〔法〕布瓦洛：《诗的艺术》，伍蠡甫、胡经之主编《西方文艺理论名著选编》（上卷），北京大学出版社，1985，第211页。
④ 杨炼：《什么是诗歌精神？——阿多尼斯诗选中译本序》，〔叙利亚〕阿多尼斯《我的孤独是一座花园：阿多尼斯诗选》，薛庆国选译，译林出版社，2009，第4页。

界干瘪，没有能力感受生活的作家能写出优秀的文学作品；当然，我们更无法想象，一个生命力枯萎、对精神超越不屑一顾、被世俗功利之心占据了灵魂的读者能与丰饶的文学精神世界真正建立联系。

第二，要处理好"历史的探寻"与"美学的沉思"之间的关系。艾金伯勒（Etiemble）针对文学研究提出了"历史的探索"与"美学的沉思"这两个概念，[①] 但在具体研究实践中，"美学的沉思"常被我们忽视，而"历史的探索"则被过分彰显，于是，文学被赋予了太多非文学的责任。面对文化研究大潮对文学理论的冲击，布鲁姆一再强调文学的审美属性，不惜冒"政治不正确"之风险，将所有文化研究者冠以"憎恨学派"之名。布鲁姆显然更强调"美学的沉思"，但绝非要否认"历史的探寻"，只是在处理二者关系时，他认为强调后者不应成为伤害前者的理由："一首诗无法单独存在，但审美领域里却存在一些固定的价值。这些不可全然忽视的价值经由艺术家之间相互影响的过程而建立起来。这些影响包含心理的、精神的和社会的因素，但其核心还是审美的。"[②] 因此，布鲁姆批评那些变成了"业余的社会政治家、半吊子社会学家、不胜任的人类学家、平庸的哲学家以及武断的文化史家"[③] 的文学研究者。文学对历史的书写，绝非是简单地记录过往，而是要对历史、当下与未来进行一种整体的、全面的人文观照，从中发现其中的血肉联系。这是文学价值的体现，也是文学存在合理性的凭依。昆德拉在《小说艺术》一书中通过分析布洛赫（Hermann Broch）[④] 的《梦游者》向我们指出：小说写作应建立起

---

① 〔法〕艾金伯勒：《比较文学的目的、方法、规划》，干永昌、廖鸿钧、倪蕊琴编选《比较文学研究译文集》，上海译文出版社，1985，第116页。

② 〔美〕哈罗德·布鲁姆：《西方正典——伟大作家和不朽作品》，江宁康译，译林出版社，2005，第17页。

③ 〔美〕哈罗德·布鲁姆：《西方正典——伟大作家和不朽作品》，江宁康译，译林出版社，2005，第412页。

④ 赫尔曼·布洛赫（1886～1951），奥地利著名作家，代表作《梦游者》《维吉尔之死》等。

历史、当下与未来的血肉联系，如此才可能多角度、深层次地观照历史、现实和未来之间的联系。① 如果反思历史到反思止，缺乏对现实的观照，那么这样的反思是没有意义的；如果书写现实到记录止，缺乏对未来的指涉，那么这种书写的价值也是值得怀疑的；如果书写未来到空想终，那样的未来书写也就失去了指导作用。文学写作应建立起历史、当下与未来的血肉联系，文学批评也同样如此。文学批评若试图实现"历史的探寻"的意图，就必须充分尊重文学自身的性质与功用，认识到"美学的沉思"不可或缺，最终以人文精神观照与统摄历史的探寻，而不是将文学视作一种工具性存在。

优秀的文学作品自有其文化反思、历史反思之维。文学的任务之一就是要去探索存在于历史、现实与未来这一巨大张力结构中的人之生活的各种可能性。所有具有创造性的书写都必然是以书写者的内在精神强力为基础的。文学经典的阅读者必须明白，"历史的探寻"与"美学的沉思"在文学经典中缺一不可，他们共同体现了作者"深邃宏富的精神宇宙"。

第三，要从"形而上的思索"与"形而下的关怀"两个层面观照文学经典。任何文学作品如果失去形而上叩问，即失去对人之存在的关注，哪怕它再流行，都会成为文学历史中的过眼烟云，最终消逝在人们的视野之外；同理，如果一部文学作品失去了对现实的关注，无论它多么充满哲理，都只会被束之高阁，成为收藏癖们的独享。有鉴于此，我们在阅读与批评文学经典时，应该结合形而上和形而下两个层面，整体认知一部文学经典的价值。

文学创作是一种相信作家灵性的活动，但这并不是否定作家需要"用功"的理由：对政策的研读、对社会问题的调查、对现实生活的了解等，是作家创作得以立足大地的保证。然而，文学家能让自己的创作超越形而下之维，在立足大地的同时指向天空，发现文学才能发

---

① 〔奥〕米兰·昆德拉：《小说的艺术》，董强译，上海译文出版社，2004，第70页。

现的世界，才是其真正的价值所在。2006 年诺贝尔文学奖得主奥尔罕·帕慕克（Ferit Orhan Pamuk），这位"在追求他故乡忧郁的灵魂时，发现了文明之间冲突和交错的新象征"① 的土耳其作家，在他的小说中，"一方面将本土神秘主义的失落以反语出之，生动表征了土耳其民族身份在历史变迁中的迷失以及由此衍生出的文化'呼愁'，另一方面又在其中体悟出了本民族走出身份尴尬与精神困惑的途径"②。由此看来，精神的向度和思想的深度是一位作家能否越超自己的生活，进入一种洞察世事的澄明的形而上之境的关键。唯有思想之矛方能戳穿思想的铠甲，唯有精神之刃才能切开精神的坚壳。我们无法相信一个精神与思想的贫血症患者，能洞悉文学精神，破解缪斯之谜，进而成为卓越的文学批评家或合格的经典阅读者。

布鲁姆之所以将文学经典置于神坛之上并顶礼膜拜，就是因为他相信，阅读文学可以实现内在自我的扩展，经典之于人类具有精神拯救的功效。理查德·罗蒂不无洞见地指出："对布鲁姆这样的功能主义者来说，文学经典的标准'规定了一生的阅读范围'，而制定标准的主要目的是告诉年轻人去哪里寻找激情和希望。"③ 在罗蒂看来，这也正是布鲁姆不同于福柯的地方："福柯拒绝沉湎于空想不是出于远见和洞察，而是因为他看不到人类获得幸福的希望，进而也就不把美看成是幸福的前奏。这实在令人遗憾。福柯的追随者努力模仿他。他们看不起布莱克和惠特曼之类的诗人，看不起受这些诗人启发的人……当代美国福柯式的学院左派正是寡头政治梦想中的左派：这个左派只顾揭露现实的本质

---

① 转引自沈志兴《奥尔罕·帕慕克：发现文明冲突和交错的新象征》，《南方人物周刊》2006 年第 26 期。

② 张虎：《"没有人永远是自己"——解读帕慕克的小说〈黑书〉》，《外国文学评论》2010 年第 2 期。

③ 〔美〕理查德·罗蒂：《附录二：文学经典的启迪价值》，《筑就我们的国家：20 世纪美国左派思想》，黄宗英译，生活·读书·新知三联书店，2006，第 100 页。

而无暇讨论还需要通过什么法令才能使未来更加美好。"① 在文学创作
与文学批评中都存在两种倾向：或执着于现实或失之于空悬。寡头政治
的"聪明"就在于鼓励一种执着于现实的"左派"。虽然布鲁姆本人也
是一个悲观论者、一个虚无论者，与"看不到人类获得幸福的希望"
的福柯一样，但是他相信文学可以重铸人之内在精神，使想象的力量得
到延伸，从而最终使每一个人身上的内在力量化合为一股希望之光，照
亮人类黑暗的前方之路，使"属灵"世界在光辉中再次显现。这是一
种身陷绝境后奋起反抗、面对死亡时执着抗争的勇气。从人的内在世界
中获取坚持的力量，使我们无从判定这是一种空想，还是真正的远见和
洞察。但无论如何，布鲁姆让我们看到了文学经典与精神拯救之间的密
切关联，让我们得以在一个意义缺失的时代重拾文学经典的价值。

　　破除"左派"迷阵的另一个途径是在文学书写与文学批评中强调
文学中的"偶然性"因素，这与文学中的理想主义紧密相关。很多作
家执着于俯身大地的叙述状态，却忽视了对形而上问题的叩问。一些作
者关注人物的命运，写出了他们生命的历程，看到了时代风云对人物命
运的影响，也道出了性格在人物生命历程中所起到的关键性作用，却很
少关注在人物经历背后，掌控人物生命历程的其他力量。这些力量至少
还包括人物身上隐藏的文化精神，包括人的生命中不可逆转的多种发展
趋向。人是文化的产物，人物的命运是文化影响的结果；人之存在有
太多自身无法掌控的因素，这些因素或隐或显地左右着我们的生命历
程，业已成为人的宿命。除了性格与时代的因素，还有什么左右着他
们？特殊的民族文化精神在他们每个人身上起到了什么作用？是否有
宿命的东西在其中起了作用，而人物却不自知？优秀的作品往往通过
表现人之存在中的"偶然性"因素，对这些问题进行思考或予以回
答。杰弗里·乔叟（Geoffrey Chaucer）使《坎特伯雷故事集》中的故

---

① 〔美〕理查德·罗蒂：《附录二：文学经典的启迪价值》，《筑就我们的国家：20 世纪
美国左派思想》，黄宗英译，生活·读书·新知三联书店，2006，第 102~103 页。

事始终与现实保持着一定距离，这部作品中的很多故事与其说是现实规律的产物，不如说是世界之偶然性的结果。有鉴于此，乔叟虽然被称作英国现实主义诗歌之父，但他更是一位浪漫主义文学家，一个骨子里的理想主义者。在浪漫情怀被幽禁、理想主义渐行渐远的今天，希望我们在文学中感受其深厚现实基础的同时，也能从中得到一些——如乔叟给予我们的——精神、理想与浪漫情怀方面的慰藉。

第四，处理好文学的快感与有用性之间的关系。文学理论家奥斯汀·沃伦（Austin Warren）曾指出："当某一文学作品成功发挥其作用时，快感和有用性这两个'基调'不应该简单地共存，而应该交汇在一起。文学给人的快感，并非从一系列可能使人快意的事物中随意选择出来的一种，而是一种'高级的快感'，是从一种高级活动、即无所希求的冥思默想中取得的快感。而文学的有用性——严肃性和教育意义——则是令人愉悦的严肃性，而不是那种必须履行职责或必须记取教训的严肃性；我们也可以把那种给人快感的严肃性称为审美严肃性（aesthetic seriousness），即知觉的严肃性（seriousness of perception）。"[①]在平庸的文学中，我们读到了太多的"有用性"——这种有用性一定程度上是作者自觉赋予的——而很难在阅读中感到那种只有在"无所希求的冥思默想"中才能获得的"高级的快感"。有鉴于此，文学既要关注文学与眼前之物的关联性，也应对文学与远方风景的关系有所揭示。不妨仍以奥罕·帕慕克为例来说明这一问题。这位诺贝尔文学奖得主，无论如何都是一位严肃作家，但他的作品与一般当代文学家的作品"叫好不叫座"的情况不同。帕慕克的作品不仅频频得奖，而且每部都会成为畅销一时的书籍。他的《新人生》一书，是土耳其历史上销售最快的书。帕慕克的作品之所以如此受读者喜欢，一个重要原因就是采用了通俗小说的表现技巧。如他的代表作之一《我的名字

---

① 〔美〕雷·韦勒克、奥·沃伦：《文学理论》，刘象愚等译，生活·读书·新知三联书店，1984，第20~21页。

叫红》的主体故事，就是再俗套不过的探案推理故事加爱情故事的模式。这样的故事使小说具有了大众文学的特点，有人因此指责他有哗众取宠之嫌，并认为他的小说带有很强的"媚俗"性；甚至有人认为，2005 年帕慕克最终没有被授予诺贝尔文学奖的原因就是他的小说太好看、太流行了，这在一定程度上削弱了他小说的思辨性。但是，正如诺奖委员会颁奖词所说的那样：帕慕克的小说"在追求他故乡忧郁的灵魂时发现了文明之间的冲突和交错的新象征"[①]。这也许正是众多文学评论家把他和普鲁斯特（Marcel Proust）、托马斯·曼（Thomas Mann）、卡尔维诺（Italo Calvino）、博尔赫斯（Jorge Luis Borges）等大师相提并论的原因吧！帕慕克无疑是处理文学的快感和有用性之间关系的典范。

　　能否将自己的创作置于整个民族文化的大背景下，是以历史和现实为观照对象的文学创作能否成功的关键。巴尔扎克（Honore de Balzac）曾说：小说是一个民族的秘史，我们不妨将这个"秘史"理解成暗藏民族文化精髓的历史，它可能与史书的记载不尽相同，但却与民族性紧密相关。如果能将自己的小说与民族文化紧密结合，并以人性为核心去揭示民族文化之精髓的话，那么无论小说内容带有多强的"地方性"，都会具有"世界性"的品质。做到这一点并不容易，需要对本民族文化的本质与内涵有非常深入的所握，对其精神内涵有深刻的洞悉。文学批评，乃至整个文艺批评就应关注批评对象与民族文化之间的密切关联。

　　李欧梵曾经分析过三部以"竹林"为打斗背景的武侠电影：胡金铨的《侠女》、李安的《卧虎藏龙》和张艺谋的《十面埋伏》。在李欧梵看来，香港老导演胡金铨《侠女》的"竹林之战是一种创举"[②]，虽由于当

[①]　转引自沈志兴《奥尔罕·帕慕克：发现文明冲突和交错的新象征》，《南方人物周刊》2006 年第 26 期。

[②]　李欧梵：《看电影》，上海书店出版社，2008，第 38 页。

时技术条件的限制，画面并不那么美，但却是胡金铨从中国古典文化，特别是禅意美学中悟出来的"全境美学"的体现。① 在李安的《卧虎藏龙》中，周润发和章子怡在竹林顶上打斗的那场戏，令观众惊叹。在李欧梵看来，李安"为的是向胡金铨致敬"②。李安理解胡金铨镜头背后的文化含义，因此"也在意境上下功夫，在竹子上面驾轻功飞来飞去，而不入林中"③。张艺谋导演的《十面埋伏》中的竹林戏，在李欧梵看来完全没有明白竹林在中国传统文化中的美学与精神指向，在竹林中追杀完全与竹林禅意美学背道而驰，"《侠女》的竹林保持了中国文化的原汁原味，《十面埋伏》的竹林却'埋伏'了太多的机关与科技"④。在一次演讲中李欧梵说："张艺谋是个电影巨匠，这个匠是工匠的意思，不可否认他的镜头感很强，拍出来的画面很美，可镜头背后的意境，张艺谋完全不能理解，他是在做电影，美丽的镜头背后，竹林蕴含的文化意境被他破坏得鲜血淋漓。"⑤ 造成《十面埋伏》竹林打斗场面失败的重要原因，就是创作者对中国传统竹文化内涵缺乏起码的了解。

阅读需要有所选择，但网络的普及，特别商业炒作行为对文学领域的渗透，使阅读对象的选择成了一个大问题。选择的标准有很多，这里只提一点：阅读经典而不是畅销书。歌德说，好的鉴赏力是靠读那些最优秀的作品获得的。对我们来说，优秀的作品就是那些经典著作。当然并不是说所有的畅销书都不值一读，这需要我们自己具有一定的判断力。客观来讲，一些畅销书是书商炒作、各种文化力量引导的结果，这样的案例有很多。前几年流行过一本名为《狼图腾》的文学著作，一些学者从生态文学、民族精神等多种角度对之进行解读，并对之大加颂扬，但也有一些学者如李建军、诺奖评委马悦然

---

① 李欧梵：《看电影》，上海书店出版社，2008，第38~39页。
② 李欧梵：《看电影》，上海书店出版社，2008，第27页。
③ 李欧梵：《看电影》，上海书店出版社，2008，第34页。
④ 李欧梵：《看电影》，上海书店出版社，2008，第115页。
⑤ http：//ent. sina. com. cn/m/c/2006-05-21/07141088482. html.

（Goran Malmqvist）和德国学者顾彬（Wolfgang Kubin）不遗余力地批判过此书。据说《狼图腾》英文版由权威的企鹅出版社出版，由著名翻译家葛浩文（Howard Goldblatt）翻译，在美国打算销售到 200 万册，但这仍改变不了这部小说的畅销只是一个炒作的结果。更重要的是，《狼图腾》的精神内核——极权与暴力——与现代文明相去甚远。作者辩护说自己这本书是"中国的故事，西方的精神"，表现的是西方游牧文化的源头精神。如果说本书里面有西方文化，正如李建军所指出的那样，也是一种没落的西方文化。① 如果作者知道海明威（Ernest Miller Hemingway）是如何获得诺贝尔文学奖的，那他就知道西方文化的中心是什么了——是人，是人的精神的张扬。这本书在国内如此流行的原因之一，就是适应了当今社会在商品大潮背景下推崇"丛林法则"的现实。但我们需明白，这个法则本身有悖于现代文明标准，毕竟对待弱者的态度，是衡量社会文明程度的标尺，而"美妙的自然法则之所以绝妙，也许就在于最软弱的人得以幸存"②。

---

① 李建军发表了一系批判《狼图腾》的文章，其中包括《是珍珠，还是豌豆？——评〈狼图腾〉》（《文艺争鸣》2005 年第 2 期）、《假言叙事与修辞病象——三评〈狼图腾〉》（《小说评论》2005 年第 2 期）、《狼到底是谁的图腾——读圣童〈狼图腾〉批判》）（《黄河文学》2007 年第 4 期）等。

② 〔美〕弗·纳博科夫：《论契诃夫》，薛鸿时译，《世界文学》1982 年第 1 期。

第一章

盛世文人的忧虑

——维吉尔与《埃涅阿斯纪》

维吉尔（Virgil）在西方文学史上似乎具有一种不可颠覆的经典性，虽然曾经遭到各种否定和质疑，但不仅没有损害他的文学声望，反而强化了他在整个西方文学史上的地位。维吉尔原名普布留斯·维吉留斯·马罗（Publius Vergilius Maro），但在相当长的一段时间内，维吉尔被直接称作"诗人"，也就是说，"诗人就是维吉尔，或维吉尔成了诗人的代名词"①。作为一位对荷马（Homer）继承颇多，且受其罗马前辈奈维乌斯（Gnaeus Naevius）和恩尼乌斯（Quintus Ennius）影响很大的诗人，却被视作诗人的代名词，由此可见其在西方世界的地位和被认可的程度。维吉尔的《牧歌》与《农事诗》是其诗艺与时代需要融合的结果，体现了他在诗歌方面的伟大创造力，足以令其保留经典序列中的一席之地，从后世对这两部作品的高度评价就不难得出这一结论。② 但真正使维吉尔具有现在如此高地位的，无疑是他的《埃涅阿斯纪》（旧译《伊尼德》），正如杨周翰所说，维吉尔"开创了一种新型的史诗，在他的手里，史诗脱离了在宫廷或民间集会上说唱的口头文学传统和集体性。他给诗歌注入了新的内容，赋予它新的风格，产生了深远的影响。他的作品具有历史感和思想的成熟性。他是一个自觉的艺术家。他可以说是第一个近代意义上的作家"③。

---

① 王承教：《维吉尔的冥府——〈埃涅阿斯纪〉卷六义疏》，中山大学博士学位论文，2010。

② 早在君士坦丁大帝时期（306~337），《牧歌》就被赋予了基督教色彩，体现了这部作品的适应性；18世纪英国最伟大的批评家约翰逊认为维吉尔在《牧歌》中对大自然进行了大量描写，且富有情调，具有很高的艺术性；维吉尔英译者中影响最大的德莱顿（John Dryden）盛赞《农事诗》是"最佳诗人的最佳诗作"；当代评论家查尔斯·西格尔（Charles Segal）则认为《农事诗》虽然表面上是关于农业问题的教海诗，实际上写出了人与自然的关系，更暗含了作者对世间创造与毁灭、积极与消极、顺从与抵抗、文明与野蛮等问题的思考；"哈佛百年经典"主编查尔斯·艾略特（Charles W. Eliot）认为这部维吉尔花费了7年时间写的诗集"确立了维吉尔那个时代最杰出诗人的地位。恰逢内战结束，百废待兴，胜利者奥古斯都忙于巩固其伟大的帝国政权。在这重大的时期，人们借诗歌来反映国家生活的表现形式开始盛行"。

③ 杨周翰：《译本序——维吉尔和他的史诗〈埃涅阿斯纪〉》，〔古罗马〕维吉尔《埃涅阿斯纪》，杨周翰译，译林出版社，1999，第1页。

《埃涅阿斯纪》之所以被称作"欧洲第一部文人史诗",绝不仅仅是因为这是一部由个人独立完成的史诗,当然也并非因为它不是经过口传时代之后再被整理成定本的那种史诗。很明显,虽然奈维乌斯的《布匿战纪》和恩尼乌斯的《编年纪》只留传下来一些零散的片断,但从这些片断不难发现,这两部史诗同样具有以上特征,也许在诗艺上难与《埃涅阿斯纪》相比,但其开创性是毋庸置疑的。① 那么为什么《埃涅阿斯纪》一经问世就取代了前两者的地位,成了文人史诗的开端呢?从文本内部入手,再联系作家的创作环境,我们也许能发现维吉尔写作这部史诗的"秘密",进而解答以上疑问。

第一节　矛盾:《埃涅阿斯纪》中的隐性书写

因为"国内基本上谈不上存在真正的维吉尔研究",王承教在他的博士学位论文《维吉尔的冥府——〈埃涅阿斯纪〉卷六义疏》中,主要总结的是欧美各国《埃涅阿斯纪》阐释研究历史。② 通过梳理《埃涅阿斯纪》的解释传统,王承教认为,以但丁(Dante)为界线,维吉尔

---

① 《埃涅阿斯纪》将罗马王朝与埃涅阿斯联系到了一起,进而赋予罗马以神圣的光辉,将奥古斯都屋大维的血脉与神联系到了一起,这就变相承认了罗马的神圣,屋大维拥有神的血脉,其权力是神授予的。其实,"早在公元前 6 世纪,西西里的诗人斯特斯考鲁斯(Stesichorus)已吟唱过埃涅阿斯来到亚平宁半岛的传奇。奈维乌斯(Naevius)和恩尼乌斯(Ennius)亦早把埃涅阿斯同罗马的起源联系到一起,并赋予这宗传说不少栩栩如生的细节"。(〔美〕哈罗德·N.福勒:《罗马文学史》,黄公夏译,大象出版社,2013,第 122 页)奈维乌斯在《布匿战纪》中还"叙述了埃涅阿斯逃离特洛亚和在迦太基女王狄多处的逗留",他是"古罗马文学史上第一位对把罗马同特洛亚紧密联系起来的奠基传说进行系统叙述的诗人"(王焕生:《古罗马文学史》,中央编译出版社,2008,第 42 页)。事实上,在古代传说中,狄多这位腓尼基的逃亡者与埃涅阿斯的传说并无关联,很显然,维吉尔在创作他的《埃涅阿斯纪》时从这些前辈那里继承颇多。

② 王承教:《维吉尔的冥府——〈埃涅阿斯纪〉卷六义疏》,中山大学博士学位论文,2010。王承教完成他的博士学位论文,并编辑出版了《维吉尔注疏集》后,国内学术界关于维吉尔的研究开始发展起来。

研究总体可以分为"维吉尔作品之经典地位形成期"和"近现代经典重释期";经典地位形成期,先后存在两种解释传统:异教传统和基督教传统;"在近现代经典重释期中,亦有多种表现。先有文艺复兴之后的选择性阅读,后有新古典主义和浪漫主义之别,接下来又有欧洲学派(乐观解读)和哈佛学派(悲观解读)之争"。20 世纪下半叶后,维吉尔研究中出现了一种新的研究路向,这一路向超越了乐观和悲观的简单对立:"意图在古典政治哲学的视野中重新解读维吉尔作品。"[①] 王承教对西方维吉尔研究史的梳理,不仅向我们证明了维吉尔在西方文学史上的地位,同时也证明了《埃涅阿斯纪》不可动摇的经典性地位,不同时代、不同文化背景的读者都可以从《埃涅阿斯纪》中发现不一样的东西,展现了其作为文学经典的艺术的创造性与内涵的丰富性。

阅读《埃涅阿斯纪》总给人一种压抑之感,没有读《荷马史诗》时那种畅快淋漓的感觉,虽然前者对后者的继承颇多。读《埃涅阿斯纪》时常常有一种遭遇折叠空间的感觉,也许就在某个点上,一不小心就打开了一个未知空间,而那个空间中则蕴含着其他空间展开的可能,这无疑是史诗内涵丰富的表征,也是作者匠心独具的表现。当然我们也可以认为,《埃涅阿斯纪》的这种丰富性是作者将太多元素融入其中的结果,最终成为一个多种因素相互作用,进而造成巨大叙事张力的文本世界。经典自然具有穿越时空的力量,在不同的时代被赋予不同的意义,但这必须依赖于经典作品本身的丰富性与可阐释性,《埃涅阿斯纪》折叠空间式的叙事无疑使其具有这样的品质。虽然维吉尔本人可能因为这部作品存在太多矛盾之处,而怀疑这部诗歌是否具有存世价值,哈罗德·布鲁姆认为这是维吉尔"最深层的自我两相分裂"[②] 的表征。然而后世的各种解释证明,也许正是这样的矛盾使《埃涅阿斯纪》具有一种别样的魅力与永恒的价值。

---

① 王承教:《维吉尔〈埃涅阿斯纪〉的解释传统》,《求是学刊》2010 年第 2 期。
② 〔美〕哈罗德·布鲁姆:《史诗》,翁海贞译,译林出版社,2016,第 53 页。

《埃涅阿斯纪》中的"矛盾"首先体现在主人公形象塑造方面。相较于以荷马史诗为代表的传统史诗中的主人公形象,埃涅阿斯显然是一个别样的英雄。

我们看到,史诗前半部中的埃涅阿斯与后半部中的埃涅阿斯发生了很大的改变,如果说前半部中的埃涅阿斯还主要以安奇塞斯之子的身份出现,更多是在执行父亲的指引与命令的话,那么后半部中的埃涅阿斯则更多作为阿斯卡纽斯之父的形象出场,承担着引领儿子前行,为其开拓基业的责任。同样是书写海上遇险,荷马史诗中的奥德修斯面对海神的怒火,真的恐惧了,他害怕遭受悲惨的毁灭;埃涅阿斯显然并不害怕死亡,只是他更希望如特洛伊的英雄一样死去,而不是像现在这样死在海难中。面对死亡时,荷马的英雄如此真实地表现出一个人应有的恐惧,维吉尔的主人公则完全将生命价值交付给责任与理想,从这个意义上说,荷马史诗具有一种古典的现实主义倾向,而《埃涅阿斯纪》则具有朴素的浪漫主义风格。此时的埃涅阿斯仍被特洛伊的巨大荣光笼罩着,哪怕死,他也希望死在特洛伊的怀抱中,为保卫它而牺牲是他的愿望。回忆成为史诗前半部分最重要的内容。被风暴吹到迦太基的埃涅阿斯面对狄多,详细地回忆了自己离开特洛伊后的经历。至此无论是埃涅阿斯,还是追随他的特洛伊遗民们仍然活在特洛伊的荣光中,也活在特洛伊沦陷的痛苦阴影中。当然,这其中也许不乏埃涅阿斯的怀疑(当然也是维吉尔的怀疑):埃涅阿斯在特洛伊之战中两次险些被狄俄墨德斯杀死,是阿佛洛狄特和阿波罗解救了他,因为他命不该绝,有一个重要的使命等着他去完成。在死亡威胁的苦难面前,埃涅阿斯说他情愿当初死在狄俄墨德斯手中,对此学者们的解释不尽相同,甚至完全对立。① 但有一点是可以肯定的,埃涅阿斯对神意与命运安排及给予他的灾难提出的强烈的质疑:"我

---

① 参见〔美〕哈里逊《埃涅阿斯在迦太基:〈埃涅阿斯纪〉的开篇》,王承教选编《〈埃涅阿斯纪〉章义》,王承教、黄芙蓉等译,华夏出版社,2009,第1~24页。

是虔诚的埃涅阿斯，我从敌人手里夺回了我们的家神，随身带到船上，我的名声远播天外。我在寻找意大利，寻找我的祖国，我的祖先，最高天神尤比特的后裔，就是从那里来的。我顺从命运，带了二十条船驶上弗利吉亚海，我的母亲女神维纳斯指引着我；在东南风和惊涛骇浪的袭击之下，只有七条船保存下来了。我现在成了一个离乡背井的异乡人，一无所有，亚洲把我赶走，欧罗巴把我赶走，我来到了这利比亚的荒原。"① 将埃涅阿斯的虔诚与他的苦难并置，"足以暴露出虔诚的埃涅阿斯遭受的不堪忍受的不公"②。然而，当灾难过去之后，埃涅阿斯的怀疑似乎马上烟消云散了，他向幸存下来的同伴们再次提到了他的使命和他们的美好未来，但他号召人们忍耐的方式仍然是特洛伊这面大旗，无论学者们对这种转变做出什么样的解释，但埃涅阿斯从绝望、质疑到坚定、虔敬的转变中无疑有为稳定人心而表演的成分，这一点是可以肯定的，因为 "他虽然因万分忧虑而感到难过，表面上却装作充满希望，把痛苦深深埋藏在心里。"③ 他以那股从未改变的支撑力量——特洛伊的荣光来安慰自己、鼓舞同伴。此时，埃涅阿斯对命运的指引并未完全信服，仍心存疑虑。也许维吉尔在这里让埃涅阿斯提到斯库拉（Scylla）和卡里勃底斯（Charybdis），是别有意味的。事实上从他带领家人和同伴离开特洛伊，踏上前往拉丁姆的征途后，在神所制造的各种磨难中，他不时陷入进退两难（between Scylla and Charybdis）之境，这也为接下来的滞留迦太基情节做好了铺垫，使埃涅阿斯放弃继续漂泊、不愿再继续过颠沛流离生活的选择具有合理性："埃涅阿斯任何关于使命方面之考虑的相应的限制都可能已经消除——最初出场时他所表达的战死特洛亚的愿望最能形象地

---

① 〔古罗马〕维吉尔：《埃涅阿斯纪》，杨周翰译，译林出版社，1999，第 14 页。
② 〔美〕哈里逊：《埃涅阿斯在迦太基：〈埃涅阿斯纪〉的开篇》，王承教选编《〈埃涅阿斯纪〉章义》，王承教、黄芙蓉等译，华夏出版社，2009，第 18 页。
③ 〔古罗马〕维吉尔：《埃涅阿斯纪》，杨周翰译，译林出版社，1999，第 8 页。

表明：他已不再考虑使命的问题了。"① 但最终他还是屈从于了"使命"，甚至不惜为此背弃自己的爱情与本心。从迦太基出发后，特别是游历过地府之后，一个原本还偶尔质疑神意与命运的"任性儿子"式的埃涅阿斯消失了，取而代之的是一个完全被使命与责任裹胁的"规矩父亲"式的埃涅阿斯。

与阿喀琉斯和奥德修斯不同，埃涅阿斯极少把自己的个性与生命力真正表现出来，他只是神意的执行者、命运的顺从者，相反倒是次要人物狄多和图尔努斯身上更具有荷马式英雄的影子。换句话说，虽然《埃涅阿斯纪》的主人公是埃涅阿斯无疑，但他缺少足够吸引我们注意的强烈个性。与此相对，《荷马史诗》中的英雄却一直左右着我们的视线，吸引着我们的注意。正是在这个意义上，汉密尔顿（Edith Hamilton）在她的《罗马精神》中说："正如《伊利亚特》的真正主题是阿喀琉斯的愤怒，《埃涅阿斯纪》的真正主题是浪漫主义者从过去伟大的历史中看到的罗马及其帝国的荣耀，而不是埃涅阿斯。"②

埃涅阿斯最主要也最令人称道的品质是虔诚，但也正是这种品格，使其所有的行动都最终服务于神给予他的建国使命。对神的虔诚被其视作最高的道德，因此他的一切行为只服从于神给予他的使命，哪怕他的内心深处如何抗拒神的安排。埃涅阿斯在迦太基的生活鲜明地体现了这一点。埃涅阿斯带着被飓风吹到非洲海岸的族人们，受到了迦太基女王狄多的热情接待。这位寡居的女王在神的操控下，改变了自己对已故丈夫的誓言，被爱情俘获了，她陷入了爱情的疯狂中："女王狄多早已被一股怜爱之情深深刺伤，用自己的生命之血在调养创伤，无名的孽火在侵蚀着她。埃涅阿斯英武的气概和高贵的出身一再萦回于她的脑际；他的相貌和言谈牢牢地印在她心上，她的爱慕之

---

① 〔美〕哈里逊：《埃涅阿斯在迦太基：〈埃涅阿斯纪〉的开篇》，王承教选编《〈埃涅阿斯纪〉章义》，王承教、黄芙蓉等译，华夏出版社，2009，第24页。
② 〔美〕依迪丝·汉密尔顿：《罗马精神》，王昆译，华夏出版社，2014，第203页。

情使她手足无措，不得安宁。"① 在狄多的爱情火焰中，埃涅阿斯一时忘记了自己的使命，陷入了狄多的温柔乡中。要不是因为神的严重告诫和命令，埃涅阿斯似乎已经决定从此留在这里了。他与狄多共进共出，他为狄多修建城墙，当神使麦丘利来指引他继续征程时，看到他已然穿上了亚历山大风格的袍服："埃涅阿斯在忙着建造城堡和新房屋。他佩着一把剑，上面镶嵌着星星点点的金黄色的宝石，他身穿一件推罗式深红耀眼的斗篷，从肩头垂下，这是富有的狄多送给他的礼物，是她亲自用金色纬线织成的。"② 易服本身是具有标志性的改变，身穿推罗式③斗篷说明埃涅阿斯已然试图融入迦太基人之中。

虽然不舍，也不无愧疚，但对神的虔诚（恐惧）战胜了这一切："埃涅阿斯见此异象（神的异象——笔者注），惊愕得说不出话，吓得头发倒竖起来，声音堵在喉咙里。他一心急着想逃跑，离开这安乐之土，因为这样严重的告诫和神的命令使他震惊。"④ 埃涅阿斯决意离弃狄多，但他没有勇气去面对热恋中的女王，因此选择了秘密离开。狄多知道后，"如疯如狂，失去了理智，激忿之下，满城狂奔，就像个酒神的女信徒兴奋地挥舞着酒神的神器，在两年一度的酒神节上听到呼喊酒神的名字，酒神所居的奇泰隆山黑夜里又发出狂欢声号召着她，使她兴奋如狂"⑤。在这里，维吉尔用酒神来比喻疯狂的狄多，已经喻指了其最后的结局。尼采（Friedrich Wilhelm Nietzsche）用酒神精神来象征个体在痛苦和毁灭中获得的悲剧性精神升华和戏剧性陶醉，恰恰也是这种酒神的迷狂状态使人在醒后获得一种澄明："酒神状态的迷狂，它对人生日常界限和规则的毁坏，其间，包含着一种恍惚的成分，个人过去所

① 〔古罗马〕维吉尔：《埃涅阿斯纪》，杨周翰译，译林出版社，1999，第80页。
② 〔古罗马〕维吉尔：《埃涅阿斯纪》，杨周翰译，译林出版社，1999，第89页。
③ 推罗是黎巴嫩南部的一座腓尼基城市，推罗在公元前11世纪强盛后进军塞浦路斯和北非，公元前9世纪在北非突尼斯建立迦太基城，因此，所谓推罗式即腓尼基式。
④ 〔古罗马〕维吉尔：《埃涅阿斯纪》，杨周翰译，译林出版社，1999，第89页。
⑤ 〔古罗马〕维吉尔：《埃涅阿斯纪》，杨周翰译，译林出版社，1999，第90页。

经历的一切都淹没在其中了。这样，一条忘川隔开了日常的现实和酒神的现实。可是，一旦日常的现实重新进入意识，就会令人生厌，一种弃志禁欲的心情便油然而生。"① 她对埃涅阿斯的哀求，无法动摇他坚定的意志，最终狄多选择了"生命的最后狂欢"，她用特洛伊人赠给她的宝剑结束了自己的生命，投身到大火之中。

在《埃涅阿斯纪》中，我们看到的是一个完全被命运或神意掌控的主人公，哪怕在面对爱情时也同样如此。他对自己木偶式的人生极少怀疑过——虔敬使他成为神选定的最佳对象。他的生命都因为被赋予了一个所谓伟大的使命而失去了光彩，哪怕偶一彰显，也很快被压抑下去。当他背弃自己的意愿与爱情，离弃狄多时，其生命力的萎缩已鲜明可见；当他把自己的长矛刺入图尔努斯的胸膛时，埃涅阿斯作为一个人的自我牺牲达到了极致，他的英雄形象也失去了生命力的支撑，以至于让人怀疑：此时此刻，作为罗马开创者的他还是一个英雄吗？"埃涅阿斯狂怒之下攮死早已被迪拉摧毁的人。根本不算是如同阿喀琉斯或罗兰一般的英雄，史诗陡然而止，实是恰到好处。"② 这样的埃涅阿斯真的很难说是胜利者，这也许就是史诗没有把这个胜利的结果直接表现出来，而是让整部史诗到此"戛然而止"的原因吧！有人说这部史诗没有完成，也没有做最后的校订、润色，正如布鲁姆所说，史诗到此结束，恰到好处，或者说是维吉尔有意为之。如果我们知道下面这个细节，也许就会更明白布鲁姆的判断。在屋大维（Gaius Octavius Augustus）的再三追问与迫使下，维吉尔终于把部分内容读给他听，马克·安东尼（Mark Antony）的遗孀奥克塔维娅（Octavia）听完描写他儿子马塞卢斯（Marcellus）那一段后，当即昏倒，不久便死了。③

---

① 〔德〕尼采：《悲剧的诞生：尼采美学文选》，周国平译，上海人民出版社，2009，113 页。
② 〔美〕哈罗德·布鲁姆：《史诗》，翁海贞译，译林出版社，2016，第 48 页。
③ 参见〔美〕威尔·杜兰《奥古斯都时代》，台北幼狮文化公司译，东方出版社，2005，第 50 页。

这个细节说明维吉尔对自己的这部史诗（至少是一部分）进行过精雕细琢式地打磨，故事的叙述已经完结，如果说是未竟之作，也只是在文辞与细节上还需要继续完善罢了。

与埃涅阿斯相比，图尔努斯则大有不同，他一直高扬生命的火把。他最终败了，死在了埃涅阿斯的长矛下，实际上是死在了尤比特的敌意与神威之下——"我只怕天神和尤比特对我的敌意"①，尤比特在与尤诺达成协议后，派黑夜神的一对瘟神女儿（号称"凶神"）强迫图尔努斯的姐姐茹图尔娜离开了战场，用恐怖摧毁了图尔努斯的心志与行动。但图尔努斯作为人的属性却在最后得到了淋漓尽致的体现：他害怕神意、恐惧死亡，但他惦念亲情、珍视荣誉。在此之前，图尔努斯望着即将被攻陷的都城，他决定自我牺牲，虽然知道命运不可违抗，却仍然决定与埃涅阿斯决一死战："现在，姐姐，现在我意识到了，命运的力量比我大，你不要阻拦我了，天神和无情的命运女神召唤我们到哪里去，我们就到哪里去吧。我已决心和埃涅阿斯交手，我已经决心承受死亡，不管它是多么残酷，姐姐，你是决不会看到我把荣誉抛到脑后的。"②一个荷马式的英雄再次出现在我们眼前，他为了自身的荣誉而战。图尔努斯要求支持自己的人都停止战斗，由他一个人来承担一切后果、偿付代价："鲁图利亚人，停止战斗，拉丁人，放下武器，不管命运是怎样决定的。都由我一人承担，最好是由我一个人代你们补偿撕毁和约的愆尤，让刀枪来做裁决。"③ 这样的图尔努斯，远比作为神意木偶的埃涅阿斯更具人情味，也更有生命力。从这个意义上说，图尔努斯才是维吉尔的荷马式人物，是他对荷马史诗继承的结果。

在埃涅阿斯身上失去的生命品格，在狄多与图尔努斯身上得到了体现。狄多、图尔努斯无疑在史诗中是作为埃涅阿斯的对比形象存在

---

① 〔古罗马〕维吉尔：《埃涅阿斯纪》，杨周翰译，译林出版社，1999，第355页。
② 〔古罗马〕维吉尔：《埃涅阿斯纪》，杨周翰译，译林出版社，1999，第347页。
③ 〔古罗马〕维吉尔：《埃涅阿斯纪》，杨周翰译，译林出版社，1999，第347页。

的，他们都有着旺盛的生命力，也有着足以令人动容的个性魅力，但最终还是被抬上了献祭死神的香案。诗人的矛盾与怀疑也在这里得到体现，他做不到无视这样的生命力与个性，于是给予他们全部的同情。事实上，维吉尔对埃涅阿斯作为人的生命品格并非没有保留，只是使这种品格完全从属于其虔诚的品质了。埃涅阿斯不止一次显露出其人性化的一面，他会愤怒、会冲动、会失去理智，也会残酷无情，他向往安定、渴望爱情，也会偶有忘记自己使命的时候，但这些恰恰表明埃涅阿斯作为一个"人"应有的状态，"他不能算是个理想的英雄，但有一个重要的方面除外，即他的虔敬。正是这种虔敬才使他能够对神的主动性做出恰如其分的回应，并克服他的那些有碍于职责履行的性格因素（这些因素并非都是狂暴的和卑贱的），由此成为杰出的古罗马英雄的原型"①。

如果不考虑任何所谓的政治哲学、历史背景与作家思想等因素，仅从纯粹文本阅读的角度考量，史诗中最能打动我们的无疑是狄多悲剧性的爱情与图尔努斯的死亡，因为在他们身上，我们看到了一种个体在历史大势（命运）中的无力感。事实上，我们所有人（每一个读者）都是历史洪流中的一叶扁舟，常常有一种无力感，人生似乎只能任由命运的摆布，自己能做的似乎只有祈祷，别无他法。于是我们从狄多与图尔努斯的苦难中，从埃涅阿斯的无奈抉择中感受到一种与我们共情的东西。（埃涅阿斯最后对图尔努斯的痛下杀手，更多是一种无奈之举，以至于他不得不为自己的残忍寻找自我安慰的理由）

既要将虔敬作为埃涅阿斯的标签，又对其人性品质无法舍弃，这是维吉尔的矛盾。在但丁心目中，维吉尔是如神一样的存在，也与其对"人性"的推崇不无关系！

《埃涅阿斯纪》中的矛盾还体现在对神的态度方面。维吉尔对神

---

① 〔美〕科尔曼：《〈埃涅阿斯纪〉中的诸神》，王承教选编《〈埃涅阿斯纪〉章义》，王承教、黄芙蓉等译，华夏出版社，2009，第351页。

的态度，颇值得玩味。史诗开篇就给埃涅阿斯贴上了"虔敬"① 的标签，与此同时，又将他的所有苦难都归结到了尤诺身上："诗神啊，请你告诉我，是什么原故，是怎样伤了天后的神灵，为什么她如此妒恨，迫使这个以虔敬闻名的人遭遇这么大的危难，经受这么多的考验？天神们的心居然能如此忿怒？"② 在《埃涅阿斯纪》中，神在某种程度上已然成了人的对立面，为了显示人情与生命力的可贵，维吉尔不惜把神写得令人生厌。维吉尔从未对"神"真正表达过赞美之情，他笔下的神都冷酷无情，甚至面目可憎，除非他们如人一样具有人情味，表现出对亲情的维护，对亲人的情感时。

　　维吉尔让埃涅阿斯完全遵照神的指示行事，甚至令其失去个性，致使他对神的虔诚令人感到愤懑与可憎。史诗一开始，神的淫威就得到了集中的展现。

　　尤比特将烈风与风暴禁锢在黑暗的岩洞中，派埃俄路斯监管它们，并制定了严格的监管条例。因为尤诺的请求与贿赂，埃俄路斯王顺从了神母的意愿和他自身的欲望。此时，对埃俄路斯王来说，什么规则，什么条例，都不如黛娥培亚那窈窕的体态更具吸引力。何况他遵从的是神母的旨意，是神母给了他一切，包括他的权力，他又何必违背尤诺的意思？独裁者尤比特的心性难以琢磨，啄食普罗米修斯肝脏的恶鹰，还在天空中盘旋，发出令人毛骨悚然的鸣叫。于是埃俄路斯挥动三叉戟凿穿了崖洞，放出了飓风。所有的风都向埃涅阿斯他们涌去，掀起万丈狂澜。刹那间，"乌云遮住了天光，特洛亚人眼前一片昏暗，黑夜覆盖着大海，从南极到北极，雷声隆隆，天空中不断地闪耀着电火，死亡的威胁迫在眉睫"③。埃涅阿斯和他的族人们，发出

---

① 虔敬（虔诚）是埃涅阿斯最重要的品质，维吉尔对史诗主公人这一品质的定位明显来自荷马，在《荷马史诗》中，虔敬是埃涅阿斯最重要的修饰词。

② 〔古罗马〕维吉尔：《埃涅阿斯纪》，杨周翰译，译林出版社，1999，第 1 页。

③ 〔古罗马〕维吉尔：《埃涅阿斯纪》，杨周翰译，译林出版社，1999，第 4 页。

无力的呼喊，但那呼喊声必然淹没于凄厉的风声和汹涌的海浪中。恐惧又绝望的埃涅阿斯把无力的双手伸向天空，此时他多么希望自己牺牲在特洛伊，死在亲人们身边！

事实上，埃涅阿斯和其追随者的所有苦难，狄多和图尔努斯的悲惨结局，都是神意的结果，人的生命在神的意志面前轻如鸿毛。从某种程度上说，也许尤诺才是这部史诗的真正主角，是她通过控制狄多、图尔努斯，以至埃涅阿斯，实现了与尤比特对抗的意图，并最终与尤比特达成了协议，正是在这个意义上，布鲁姆说尤诺赢了。布鲁姆是对的，这场战争真正的胜利者只有尤诺，她何尝不是一开始就知道埃涅阿斯注定会成为意大利的神灵而升入天空，但她仍执意给埃涅阿斯及其族人带来各种困境和灾难，最终目的不过是为了获得尤比特的承诺罢了。可以称量命运的尤比特向愤怒的尤诺妥协了："你真不愧是尤比特的妹妹，萨图努斯的第二个孩子，在你心里竟然卷起这样大的忿恨的浪潮。算了算了，平息一下你那无端惹起的怒气吧，你要的，我答应，我输了也情愿，我听你的。意大利人将保存他们祖先的语言和风俗，他们现在的名称将来也不变。特洛亚人将只在血统上和意大利人混合。我将规定他们的风俗和宗教仪式，我将把他们都变成拉丁族，说一种语言。你将看到特洛亚人和意大利人的血统结合后产生的一个混合民族，它的虔诚将超过所有其他人，甚至超过神，在对你的崇拜这一点上，没有其他民族可以和它相比。"[1] 尤诺得到尤比特的承诺，内心快活，心满意足地离开了，当然图尔努斯也就此被她送上了死神的香案。

另外，《埃涅阿斯纪》中的"矛盾"还体现在对"战争"的态度方面。史诗第一句话就指明了《埃涅阿斯纪》的主要内容："我要说的是战争和一个人的故事"[2]。战争无疑是史诗最重要的主题，毕竟这"一个人的故事"也与战争密切相关。通过战争，埃涅阿斯才能实现

---

[1] 〔古罗马〕维吉尔：《埃涅阿斯纪》，杨周翰译，译林出版社，1999，第 352 页。

[2] 〔古罗马〕维吉尔：《埃涅阿斯纪》，杨周翰译，译林出版社，1999，第 1 页。

自己复国的理想，也才能完成命运与神加之于他的使命："他还必须经受战争的痛苦，才能建立城邦，把故国的神祇安放到拉丁姆，从此才有拉丁族、阿尔巴的君王和罗马巍峨的城墙。"① 通过战争才能实现和平："那时，战争将熄灭，动乱的时代将趋于平和；白发苍苍的'信义'女神，守护家庭的维斯塔女神，罗木路斯和他的孪生兄弟雷木斯将制定法律；战神的可怕的大门将关闭，用精巧的铁栓箍紧；门内，亵渎不恭的'骚乱'之神将坐在一堆残酷的武器上，两手反背，用一百条铜链捆住，张开可怕的血口嚎叫着。"②

不难发现，埃涅阿斯与图尔努斯之间爆发的战争，明显是入侵者与抵抗者之间的战争，作为入侵者的埃涅阿斯是在神的指引下为民族利益而战，而作为抵抗者的图尔努斯则主要为了捍卫自身尊严而战。从这个意义上说，这场战争的发起者与其说是人，不如说是神。埃涅阿斯基于对神的虔诚，出于族群利益的考虑，联合各种武装力量，义无反顾地走入战场。在战场上埃涅阿斯与敌人殊死搏杀，体现出了一个部族首领和未来民族领袖应有的英雄品质，这无疑是史诗试图要赞美与颂扬的精神，但无论如何，战争本身都是残酷的，维吉尔虽然不如他的前辈奈维乌斯和恩尼乌斯那样有过亲历战场的经历，但还是写出了战争的可怕、血腥与不人道。试图冲出包围，寻求救援的尼苏斯与欧吕阿鲁斯，冲进敌营对醉酒的敌人进行肆意的斩杀，史诗这样描绘尼苏斯的表现，他"就像一头很久没有吃东西的狮子，疯狂的饥饿驱使它冲进了拥挤的羊圈，东窜西跳，对着温和的羊群又咬又扯，羊群吓得不敢做声，而狮子却张着血口大声吼叫"③。作为特洛伊英雄的尼苏斯在这里俨然被描绘成了一只嗜血的凶兽。其实，战争的残酷从埃涅阿斯对特洛伊之沦陷的描述中已可见一斑："我亲眼看见皮鲁斯

① 〔古罗马〕维吉尔：《埃涅阿斯纪》，杨周翰译，译林出版社，1999，第 1 页。
② 〔古罗马〕维吉尔：《埃涅阿斯纪》，杨周翰译，译林出版社，1999，第 11 页。
③ 〔古罗马〕维吉尔：《埃涅阿斯纪》，杨周翰译，译林出版社，1999，第 241 页。

在宫门里杀人杀红了眼，还有阿加门农和墨涅劳斯；我亲眼看见赫枯巴和她的一百个女儿和儿媳；还有普利阿姆斯，在神坛前用他自己的血玷污着他自己尊奉的圣火。五十间结婚的洞房本来应该带来子孙满堂的希望，华丽的柱子上挂着异邦人的金器和战利品，都坍塌了；烈火没有烧到的地方，希腊人占据着。"①

维吉尔的《埃涅阿斯纪》存在太多矛盾之处（不仅是以上列出的这些），也许正是这些矛盾之处，令学者们千百年来不断对之进行解读，而解读的结果往往大相径庭。

第二节　罗马荣光与维吉尔的忧虑

对奥古斯都屋大维稍有了解，就不难发现，维吉尔笔下的埃涅阿斯具有明显的屋大维气质：理性、克制、坚定。屋大维无疑是优秀的执政者、独裁者。这令他的身边并不缺少得力的助手，这些人认可他的执政理念并助其声望日隆。埃涅阿斯与其说是用勇力，不如说是用精神得到了特洛伊人的追随，并取得了盟友们的信任，埃涅阿斯身边不乏阿格里巴（Agrippa）② 这样的人物。

作为一个连跟自己的妻子正式谈话都要事先写好稿子的君王，屋大维无疑过于刻板，正如我们在《埃涅阿斯纪》中难以见到主人公活泼的一面；他生活简朴，哪怕他的财富不计其数之后仍住在空间逼仄的小房子里，从来没有试图去享受后来罗马贵族那种骄奢的生活；他不为美色所诱，这一定程度上是他战胜安东尼的主要原因：当后者沉迷于埃及艳后克莱奥佩特拉（Cleopatra）时，他选择发展自己的力量，并将这位

---

① 〔古罗马〕维吉尔：《埃涅阿斯纪》，杨周翰译，译林出版社，1999，第43~44页。
② 阿格里巴是屋大维的"亲密战友"，不仅充分发挥自己的才能圆满执行了屋大维的战略，并且是屋大维生活理念的追随着。他同样节俭、克制、理性，将自己的财富用于公共建设，却从来没有想过自己过富足的生活。我们无从判断这是伊壁鸠鲁（Epicutus）主义社会影响的结果，还是他以屋大维为楷模的结果。

美人逼迫自尽。埃涅阿斯无疑最终成了爱情的绝缘体，这倒不是因为他本身并不渴望爱情，他也曾拥有克列乌莎与狄多的爱，但维吉尔让爱埃涅阿斯的克列乌莎死了，同样深爱他的狄多自戕了，只有不爱他的拉维尼娅会陪伴他去创造罗马。维吉尔这样处理埃涅阿斯的爱情历程，当然与其对过往传说的接受有关，但我们也不得不考虑的是，这其中不无"残酷叙事"的因素。出于叙事的需要，当某一存在成为叙事的障碍时，就必须被清除掉，这有利于叙事目的的实现。但这种清除障碍的叙事必然带来阅读者的质疑，而这种质疑却为文本多元意识的建构提供了可能性，随之一种悖向式阅读或解构式阅读得以产生。

　　克列乌莎显然是埃涅阿斯最终迎娶拉维尼亚的障碍，于是维吉尔让她在特洛伊的战火中与埃涅阿斯走散，客观上当然可以将这一情节视作对战争残酷的反映，但克列乌莎阴魂的出现证明这一变故中含有神意的成分，"这一切没有神的认可是不会发生的；命运不允许你带克列乌莎一起离开，奥林普斯山上众神的主宰也不答应"①，克列乌莎不死就无法给"西土"的公主让出妻子的位置，其他的任何选项要么有损埃涅阿斯的德行，要么无法令拉维尼亚合法地成为主人公的妻子。此时我们已然明了，与其说克列乌莎因命运与神的安排而死，不如说是亡命于维吉尔的叙事需要。叙事的残酷由此可见一斑。维吉尔不给埃涅阿斯任何情感的慰藉："我三次想用双臂去搂她的头颈，她的影子三次闪过我的拥抱，不让我捉到，就像一阵轻风，又像一场梦似地飞走了。"② 于是，埃涅阿斯与特洛伊最后一点事实关联也被作者抹掉了。所有的叙事都指向命运的安排，指向埃涅阿斯的最终使命，那也是屋大维的使命，所有的障碍都会被清除，包括爱情与发妻。

　　即便没有神的操控，狄多也可能会爱上埃涅阿斯。在向埃涅阿斯及其同伴表示欢迎的致辞中，狄多提到了他们相似的命运，科尔曼

① 〔古罗马〕维吉尔：《埃涅阿斯纪》，杨周翰译，译林出版社，1999，第52页。
② 〔古罗马〕维吉尔：《埃涅阿斯纪》，杨周翰译，译林出版社，1999，第53页。

（Robert Coleman）认为，史诗中透露出的种种因素都可以"用来说明狄多为什么会爱上埃涅阿斯，但它们却无法解释因为这爱情所造成的内心彻底的崩解"，毕竟作为"一个能很好地约束自己和统治其王国的女人，绝不可能为了对某个男人的爱情而彻底走向毁灭"，因此维吉尔将狄多对埃涅阿斯的爱中加入了神意这一"外在的可以使之出乎意料地行动的因素"，这就可以"解释那种前后的巨大变化"了。① 事实上，维吉尔这样处理狄多对埃涅阿斯的爱情，并非没有矛盾之处，不要忘了，维纳斯的爱情计谋，并没有把她的儿子埃涅阿斯包括在其中，也就是说埃涅阿斯对狄多的爱是真实的、发自内心的，并非神意摧毁其理性的结果。维吉尔这样处理的原因，不外乎是为最后埃涅阿斯的离去做准备——真正陷入爱情的埃涅阿斯因为神意不得不压抑自己的感情，一个忠于自己亡夫的女王因为神意陷入爱情无法自拔，只有如此，埃涅阿斯的决然弃狄多而去，才能彰显其虔敬，才能展现其无私的自我牺牲精神，也才能更好地塑造这个以屋大维为原型的族群领袖。但这其中并非没有维吉尔本人的判断和他的质疑，德莱顿在评论埃涅阿斯离弃狄多时，认为维吉尔是一个"比奥维德更出色的奉承者"，维吉尔让埃涅阿斯长着与屋大维一样的酒窝，"通过让君王传承祖先的外貌来讨好他"，但他对"君王和斯克利波尼亚的离婚有自己的想法"。② 德莱顿的判断不失公允，埃涅阿斯为最终迎娶拉维尼亚而离弃狄多，确实难免让人联想到屋大维为迎娶利维娅（Livia）③ 而与斯克利波尼亚（Scribonia）离婚。爱情对于英雄来说意味着负累，婚姻可以作为使命与任务完成的筹码。这是埃涅阿斯的人生，也是屋大维的人生。但这样的英雄还

① 〔美〕科尔曼：《〈埃涅阿斯纪〉中的诸神》，王承教选编《〈埃涅阿斯纪〉章义》，王承教、黄芙蓉等译，华夏出版社，2009，第338~339页。
② 〔英〕德莱顿：《评〈埃涅阿斯纪〉》，〔古罗马〕维吉尔《埃涅阿斯纪》（"哈佛百年经典"第25卷），田孟鑫、李真译，北京理工大学出版社，2014，第31页。
③ 屋大维的第三任妻子，一定程度上也是屋大维的智囊和政治伙伴。嫁给屋大维之前是屋大维政敌之一尼禄（Nero）的妻子，怀着她与尼禄的第二个儿子嫁给了屋大维，令人不得不怀疑这桩出人意表的婚姻有政治方面的因素。

可爱吗？还有人格的魅力吗？至少其魅力要大打折扣吧。这让我们难免怀疑埃涅阿斯的情感经历是否是维吉尔对屋大维式爱情与婚姻进行反讽的一个结果。

《埃涅阿斯纪》无疑有"命题作文"的嫌疑，维吉尔原本要写关于屋大维战斗的颂歌，但屋大维的养父恺撒（Gaius Julius Caesar）推测其世系来自维纳斯及罗马建国者埃涅阿斯，这促使屋大维要求（暗示）维吉尔创作一部关于罗马建国的叙事诗，因此这部作品中不仅直接颂扬了屋大维的功绩①，还通过将屋大维写成埃涅阿斯的后代，进而赋予屋大维神性与权力神授的形象特点。严格来说，只承认《埃涅阿斯纪》是奉命之作，而忽视这部作品也是维吉尔"爱国主义"思想的结果，是有悖真实的。毕竟屋大维在维吉尔心目中具有崇高的地位，姑且不论屋大维对维吉尔的恩惠，仅凭屋大维通过战争实现了罗马的和平，通过武力维系着罗马的富强，便足以令维吉尔歌颂屋大维。更为重要的是，我们也应考虑到，维吉尔将埃涅阿斯刻画成一个失去了荷马式英雄所具有的鲜活个性的主人公，其中不乏时代观念发挥作用的原因。在历史的大势面前，个体性被压抑是必然的，所谓的英雄，其个性的彰显也必须服从历史的趋势，不然必定成为历史的牺牲品。在维吉尔时代，罗马人对此显然已有所认知，正如巴洛（R. H. Barrow）所说的那样："在其整个历史过程中，罗马人敏锐地认识到，在人类之外存在着单独或集体的'力量'（power），对此人类绝不可忽略。他必须服从某种东西。如果他拒绝，则将招致灾祸；如果他勉强地服从，则将成为更高力量的牺牲品；如果他乐于服从，则将发现，自己可跻身合作者之列；通过合作，他可以了解更高力量的某种趋向，甚至目的。心甘情愿的合作带来一种献身观念；当目的变得愈加清晰，他将感到其自身是推进这些目的的代言人或工具；在

---

① 参见〔古罗马〕维吉尔《埃涅阿斯纪》，杨周翰译，译林出版社，1999，第226~228页。在维纳斯请丈夫伏尔坎锻造的盾牌上雕刻着屋大维的文治武功。

一个更高的层次上，他将意识到一种天命，意识到一种对其自身，以及其他与其类似、构成国家的人们而言的使命。"① 维吉尔本人不可能不受到这种历史观念的影响，有鉴于此，《埃涅阿斯纪》反映了那个时代罗马人的历史观念，其主要目的也是作用那个时代的，"维吉尔史诗的作用之于他那个时代的罗马人是和荷马之于被认为其生活和繁荣过的那个时代的希腊人是一样的。"② 在这种历史背景和创作动机的作用下，维吉尔笔下的埃涅阿斯必然战胜图尔努斯，这是国族利益至上观念对个人英雄主义的胜利。但怀有"爱国的奥古斯都主义"③ 情感的维吉尔显然对这一切（包括他所生活的时代）又不无忧虑。

西米尔的感慨也正是维吉尔的态度："战争，这可怕的战争。"④ 和平固然可贵，那是维吉尔这个历经了战乱的罗马人所祈盼的，但和平却只有通过残酷的战争才能获得，在这个过程中有多少亡灵无法安息，只能长久徘徊在冥河岸边，无奈也无助地向彼岸伸出双手。⑤ 这样的和平怎能不让相信历史循环论的维吉尔表示怀疑：宇宙的大势是时间的循环，和平之后谁又能保证不会有更残酷的战乱出现？谁又能

---

① 〔英〕巴洛：《罗马人》，黄韬译，上海人民出版社，2000，第2页。
② 〔英〕德莱顿：《评〈埃涅阿斯纪〉》，〔古罗马〕维吉尔《埃涅阿斯纪》（"哈佛百年经典"第25卷），田孟鑫、李真译，北京理工大学出版社，2014，第12页。
③ 〔美〕哈罗德·布鲁姆：《史诗》，翁海贞译，译林出版社，2016，第52页。
④ 〔古罗马〕维吉尔：《埃涅阿斯纪》，杨周翰译，译林出版社，1999，第141页。
⑤ 埃涅阿斯随女先知西比尔进入冥界，在斯提克斯迷津渡口，见到了大批鬼魂。史诗这样写道："整群的灵魂像潮水一样拥向河滩，有做母亲的，有身强力壮的男子，有壮心未已但已丧失了生命的英雄，有男童，有尚未婚配的少女，还有先父母而死的青年，其数目之多恰似树林里随着秋天的初寒而飘落的树叶，又像岁寒时节的鸟群从远洋飞集到陆地，它们飞渡大海，降落到风和日暖的大地。这些灵魂到了河滩就停了下来，纷纷请求先渡过河；他们痴情地把两臂伸向彼岸。"（〔古罗马〕维吉尔：《埃涅阿斯纪》，杨周翰译，译林出版社，1999，第149~150页）布鲁姆给予这段文字以极高的评价，这段文字是他心目中这部史诗的中心文字，不仅体现出了维吉尔伟大的创造力，以创新的想象转化了"荷马的劈空创造"——"世代如落叶"，而且它体现出一种对彼岸的向往——遗忘此岸，那是一种对此在生活的否定情绪，"在所有伟大的西方诗歌之中，这部史诗最是殷切地伫望彼岸"（〔美〕哈罗德·布鲁姆：《史诗》，翁海贞译，译林出版社，2016，第50页）。

保证，现在的和平缔造者不会是下次战乱的制造者呢？当一个所谓的英雄压抑了情感、抛弃了个性，如此英雄的事业还有多少值得尊重呢？作为罗马帝国颂歌的史诗却以图尔努斯惨死在埃涅阿斯的剑下结束，这样的结局难免使人心生疑虑："埃涅阿斯可以变成阿奇琉斯，何以见得屋大维就不会变成或复原为阿奇琉斯式的人物呢？"[①]

此外，埃涅阿斯通过战争获得的结果，并非如他所愿——实现特洛伊人的复兴，重现特洛伊的荣光。"事实上维吉尔在他的作品中强调了埃涅阿斯的'外来者'身份，这很奇怪。他开始创作《埃涅阿斯纪》时，阿克提姆战役结束刚一年，这场战役被奥古斯都宣传为是其代表的意大利价值观对于克莱奥佩特拉所代表的东方价值观的胜利。但埃涅阿斯本身是亚洲人，史诗以他无情地杀死抵抗他入侵的领袖图尔努斯而告终。然后，这个解决方案得到了尤比特的批准，并要求亚洲特洛伊人被同化。他们将放弃自己的语言，使用拉丁语，甚至要接受打着尤比特印记的罗马诸神，他们不是特洛伊神。埃涅阿斯和他的特洛伊追随者们在意大利没有建起新特洛伊，相反，他们要树立一个将不同民族同化于罗马观念的榜样，最后成为罗马公民的主体。"[②] 埃涅阿斯的成功中蕴藏着巨大的失败——在战争中获得，也在战争中失去。很明显维吉尔以埃涅阿斯与图尔努斯的战争来指涉屋大维与安东尼的阿克提姆战役，正是这场战役的胜利稳固了屋大维在罗马的无上地位，之后顺理成章地被授予"奥古斯都"的称号，成了真正的独裁者。至此，维吉尔对战争的态度已经非常明显，而他对军事罗马与屋大维的态度也就再清楚不过了。

尤比特与尤诺的协议使埃涅阿斯重现特洛伊荣光的理想成了一个讽刺。这实际上牵涉维吉尔对神的态度。维吉尔创作《埃涅阿斯纪》

---

① 杨周翰：《预言式的梦在〈埃涅阿斯纪〉与〈红楼梦〉中的作用》，《文艺研究》1983 年第 4 期。

② James Allan Evans. ed., *Arts & Humanities Through the Eras*：*Ancient Greece and Rome*, Thomson Gale, 2005, p.178.

不无配合屋大维道德与宗教改革的意图。屋大维无法忍受因战乱造成的传统信仰的没落，他试图恢复罗马人的古神信仰。埃涅阿斯的虔敬在很大程度上是献给这些古神的，特别是尤比特和尤诺。他的最终胜利，也是神意的结果。从这个意义上说，《埃涅阿斯纪》是写主公人在神的指引下走向伟大胜利的过程，由此不难得出的结论："由于所有种族中唯有罗马人在神的引领下取得了胜利，因而，只要他奋起响应崇高的召唤，未来的胜利只会属于他。"① 这也就是巴洛说《埃涅阿斯纪》不仅是罗马人的民族史诗，也是他们的宗教史诗的原因。事实上，维吉尔并未在《埃涅阿斯纪》中提出明确的神学，因为在这首史诗中，所有的神都失去了宗教的意义，所有的神都只服从于一个目的——伟大罗马的建造，《埃涅阿斯纪》中"真正宗教是爱国主义，其至上之神就是罗马"②。

正如我们前文提到的那样，维吉尔对神并没有太多好感，虽然不至于像威尔·杜兰（Will Durant）说的那样，把神全然描写得不仅恶毒而且没有人类的幽默，但至少在史诗中非常清楚地向我们表明了"故事中的一切灾祸与痛苦并非由男人和女人造成，而是由罗马人所崇拜的神所导致"③。对这种神的信仰会带来什么，答案显而易见：在一个独裁之神的权威下，从来没有真正的规则和律法，除了独裁之神自身的意志外便没有什么原则值得顺从了，如果有也只是各种私利与私欲；特洛伊人的灾难因为神的肆意妄为而被强化：埃涅阿斯和他的同伴们因为故国沦陷，不得不流浪，没想到尤诺为了她所钟爱的迦太基城——按照命运的安排，它将被特洛伊人覆灭，为了报复帕里斯的裁判和对她的美貌的藐视，更为了伽倪墨德受到神王的宠爱激起了她

① 〔英〕巴洛：《罗马人》，黄韬译，上海人民出版社，2000，第90页。
② 〔美〕威尔·杜兰：《奥古斯都时代》，台北幼狮文化公司译，东方出版社，2005，第54页。
③ 〔美〕威尔·杜兰：《奥古斯都时代》，台北幼狮文化公司译，东方出版社，2005，第53页。

的嫉妒与愤怒，于是在埃涅阿斯及其族人们的伤口上狂妄地撒盐，苦难被不断加诸对神无比虔诚的埃涅阿斯身上；在这个崇尚权力的神之世界中，任何规矩都可能失去效力，埃俄路斯作为风的看管者，却在尤诺的请求下，为了自己的私欲执法犯法，最终规矩不过成了权力与利益的玩偶罢了；埃俄路斯明白，他的权力来自尤比特，随时可能会被拿走，于是他借着尤诺的请求将手中的权力置换成了自己可得的利益。

维吉尔知道奥古斯都希望他表现什么，但他显然没有遵从奥古斯都的意愿。古神，特别是尤比特和尤诺，反而成了他借以反思与忧虑独裁统治的对象。屋大维在取得对安东尼的胜利后，被长老院授予"奥古斯都"的称号。在拉丁语中，"奥古斯都"一词的含义就是"神圣的""崇高的"，彼时的执政官屋大维的头上已顶上了神的光环。屋大维要求他的军队和每一个士兵都要宣誓效忠于他，如果考虑到维吉尔去世 7 年之后，屋大维又兼任了罗马大祭司之职的话，那么维吉尔的反思与忧虑不仅具有现实针对性，还带有几分预言的性质。

第三节　自主性：维吉尔的文人品格

后世赋予《埃涅阿斯纪》最基本也是最高的评价便是"西方文学史上的第一部文人史诗"。艾布拉姆斯（Meyer Howard Abrams）认为，严格意义上的史诗或英雄诗是起码符合以下标准的作品："长篇叙述体诗歌，主题庄重，风格典雅，集中描写以自身行动决定整个部落、民族或（如约翰·弥尔顿《失乐园》中的例子）人类命运的英雄或近似神明的人物。"[1] 从这一界定不难发现，史诗可分为传统史诗（又称"民间史诗"或"原始史诗"）和文学史诗（又称"文人史

---

① 〔美〕M. H. 艾布拉姆斯、〔美〕杰弗里·高尔特·哈珀姆：《文学术语词典》（第 10 版）（中英对照），吴松江、路雁等编译，北京大学出版社，2014，第 215 页。

诗"），而后者是"擅长诗歌创作的诗人刻意以传统史诗为蓝本创作而成的"①。维吉尔的《埃涅阿斯纪》无疑对《荷马史诗》继承颇多，具有文学史诗的典型特征。

《埃涅阿斯纪》可以分为前半部和后半部，前半部书写埃涅阿斯和他的追随者们多年海外漂泊，寻找（回归）家园的故事；后半部书写埃涅阿斯通过战争建立罗马基业的故事。很显然前半部受到《奥德塞》的影响，而后半部则来自《伊利亚特》。前半部有关失败、回忆与过去；后半部则有关成功、当下与未来。不知是维吉尔有意还是无意，他反向利用荷马史诗的故事恰恰体现了他与荷马的关系：继承与反拨。

维吉尔对荷马的继承非常明显，除了以上整体结构的继承外，在史诗的诸多细节上也可发现关联之处，以至于有学者认为，如果用当下的眼光看，维吉尔无疑有抄袭荷马的嫌疑。② 维吉尔的冥府书写显然与荷马的《奥德赛》有很大关系。有学者认为《埃涅阿斯纪》中的游冥府的情节"完全模仿了《奥德赛》，维吉尔在某些词句的运用上甚至都照搬了《荷马史诗》"③。确实如此，埃涅阿斯三次试图拥抱父亲亡灵的情节，与奥德修斯见到母亲亡灵时的情景完全相同。但维吉尔笔下的冥府结构远比荷马的冥府要复杂得多：与其说奥德修斯游历冥府，不如说他是在冥河边接见亡灵的到来，而埃涅阿斯却实实在在地游历了一个不失复杂的冥府。诺伍德（Frances Norwood）认为维吉尔笔下的冥府可以分为诗人冥府、道德冥府和哲人冥府三个维度。王承教在此基础上指出，这三个冥府是本不相通的独立空间，但

---

① 〔美〕M. H. 艾布拉姆斯、杰弗里·高尔特·哈珀姆：《文学术语词典》（第 10 版）（中英对照），吴松江、路雁等编译，北京大学出版社，2014，第 215 页。

② 维吉尔对阿波罗尼俄斯（Apollonius，他的《阿尔戈英雄纪》是古希腊时代除了两部"荷马史诗"之外唯一完整保存下来的长篇叙事诗，影响了维吉尔对狄多悲剧性爱情的书写）和他的罗马前辈奈维乌斯、恩尼乌斯、卢克莱修（Lucretius）都有所借鉴。

③ 曾艳兵：《荷马·维吉尔·但丁》，《世界文化》2013 年第 1 期。

因为文学叙述的线性特征呈现出整体性，即三个冥府合而为一个冥府——第四冥府。① 根据诺伍德的观点，维吉尔的哲人冥府"建基于一种有关宇宙论的哲学学说之上，它将世界分成灵和躯体两种元素，这两种元素的结合产生宇宙万物，包括人类。灵与躯体结合后，纯净的灵被封闭在不纯净的躯体之内，宛如人生活在牢笼之中。而且，这种结合还导致纯净的灵从此遭到玷污，即便在离开躯体之后也无法复归最初的状态，故必经过千年的净化。极少数净化成功者复归原初状态还入以太，而多数净化不成功者被送到忘川河畔，饮下忘川河水转回阳世再活一遭——创造了罗马历史的那部分亡魂属于此类"②。姑且不论诺伍德的观点是否合适，也不论这种哲人冥府是否具有二元论灵知主义的色彩，③ 但有一点是肯定的，作为具有独立创作意识的诗人，维吉尔并未完全照搬荷马的冥府，而是加入了他的理解与想象。如果说奥德修斯的冥府之旅是其归乡的一段实实在在的旅程（至少荷马没有向我们表明任何虚构的可能）的话，那么维吉尔的冥府之旅则通过"睡梦之门"④ 的设计，被完全梦幻化了。通过梦境展现出未来罗马的荣光和屋大维的功绩，与雕刻在盾牌上一样都是非实存的。这其中是否有维吉尔不便明言的意旨？当然维吉尔的冥府书写明显受到柏拉图的影响：奥德修斯孤身一人游历冥府，埃涅阿斯则有西比尔的引导，冥府游历引导者的形象则始自柏拉图的《斐多诺篇》。有鉴于此，我们可以说，荷马当然是维吉尔的先导，对其影响颇大，但维吉尔以

① 参见王承教《维吉尔〈埃涅阿斯纪〉的冥府结构》，《海南大学学报》（人文社会科学版）2012 年第 5 期。
② 王承教：《维吉尔〈埃涅阿斯纪〉的冥府结构》，《海南大学学报》（人文社会科学版）2012 年第 5 期。
③ 诺斯替（灵知）主义产生的年代有待进一步考察，但大多数学者认可其大概产生于公元前后，是一种具有明显二元论色彩的神秘主义宗教思想，后来基督教将其视作异端进行打压。
④ 《埃涅阿斯纪》中"睡梦之门"的情节明显也来自荷马，但在《荷马史诗》，这一情节来自佩涅罗佩对梦幻的描述，而非奥德修斯冥府之旅的经历。这反而更加证明了维吉尔将埃涅阿斯冥府之旅与"虚构"梦幻相结合的意图。

其诗人的创造力，在对各种资源进行整合的基础上按照其创作意图对继承来的这一切进行了升华。

作为文人史诗开创者的维吉尔对荷马的继承与超越，事关西方文学"父权"的争夺。从文学传统角度来看，荷马无疑是后世史诗的源头式存在，但维吉尔在与荷马的竞比中，实现了自身的独立性，成为后世文学更直接的影响源。从这个意义上说，埃涅阿斯在史诗前半部分背负着父亲安奇塞斯，并在他的指导下前行，在父亲安奇塞斯去世后，他独自负起领袖的责任，带领族人踏上征途，这是有关维吉尔与荷马关系的最佳隐喻。

如果说荷马只是一位汇总者、编撰者的话，维吉尔则是一个独立的创造者。维吉尔所表现出的创新性是后世文人独立创作必然要遵循的原则。由此维吉尔真正形成了欧洲后世文学的传统，一种针对个体创作的传统。维吉尔的创作虽然不再把个人英雄主义作为其指向，那与帝国的要求明显不符，但却在另一个层面建构起了属于自己的帝国，一个文人帝国，在这个帝国中遵循个体创新性伦理。维吉尔也许野心甚大，决意要做这个帝国的开创者，他要用自己的诗歌开创一个他眼中的帝国，在这个帝国中，维吉尔的自主性成为帝国的精神意志。有人说拿《埃涅阿斯纪》去和《荷马史诗》比较是没有意义的，因为"举世无双的东西是无法比较的"①，但考虑到前者对后的继承颇多，比较是必然的，只有在比较中我们才能更好地发现维吉尔的创造性，发现《埃涅阿斯纪》中所蕴含的维吉尔本人的思想与精神，而我们却无法从《荷马史诗》中发现荷马的身影。如果说在《埃涅阿斯纪》中有一个中心的话，那一定是作者的思想与精神，所有的历史材料、所有的传说故事、所有的人物形象都是围绕这一中心展开的，这也就是为什么是《埃涅阿斯纪》，而非《布匿战纪》或《编年纪》是第一部文人史诗。从这个意义上说，维吉尔结束了一个时代，也开启

---

① 〔美〕J. 梅西等著《文学的故事》，熊建编译，中国档案出版社，2001，第 161 页。

了一个时代。

　　据说，屋大维非常看重维吉尔《埃涅阿斯纪》的创作。在维吉尔写作过程中，屋大维数次要求阅读已完成的章节，但维吉尔以各种借口搪塞，之后他去世前决定将其付之一炬，但屋大维没有允许这样做。从中可以看出维吉尔内心的矛盾，他自己当然明白自己写出的史诗与屋大维所需要的东西之间存在龃龉之处。有学者认为《埃涅阿斯纪》表面上讲述的是埃涅阿斯和罗马的荣耀，实际上讲述的"是一个长长的关于失败与丧失的故事"①，因而关于《埃涅阿斯纪》得出一个完全悲观的结论。确实，在维吉尔的这部史诗中存在着两种声音，"一种声音公开地描述胜利，另一个声音则私密地诉说着遗憾和悔恨"②。但在《埃涅阿斯纪》中并非一种声音压抑另一种声音，而是用一种反讽的手法，将一明一暗两条叙事进程缠绕在一起。不妨借用申丹的叙事的"隐性进程"理论来说明：我们会发现，《埃涅阿斯纪》中的显性叙事进程有关埃涅阿斯的胜利和罗马的荣光，而史诗隐性叙事进程则有关维吉尔的质疑，二者之间形成了一种共生反讽关系。也许维吉尔知道，属于他本人的那个隐性叙事进程过于隐晦，甚至无法为读者所认知，而且一旦被屋大维和罗马人发现，那不啻是一场灾难；③其实，更重要的是，他本人虽然有所怀疑，但并不能也不愿否认罗马的伟大。因此我们并不能得出《埃涅阿斯纪》根本上悲观的结论。这两条叙事进程之间的矛盾纠葛关系，恰恰是作为史诗作者

---

① 转引自王承教《维吉尔的冥府——〈埃涅阿斯纪〉卷六义疏》，中山大学博士学位论文，2010。

② 王承教：《维吉尔的冥府——〈埃涅阿斯纪〉卷六义疏》，中山大学博士学位论文，2010。

③ 维吉尔一定是有这种担心的。屋大维虽然拉拢文人，鼓励文艺，而且可以对那些讽刺他的人一笑了之。但他绝不允许有人利用文艺破坏他的罗马大计。奥维德被屋大维流放到黑海北岸苦寒之地的遭遇就是最好的证明。在屋大维眼中，作为《爱的艺术》的作者，奥维德虽然才华横溢，但在其作品中张扬情欲，有悖于他所提倡的罗马精神（虔诚、理性、朴素等）。

内心矛盾的集中体现。也许正是这种矛盾心理使他不愿将《埃涅阿斯纪》公之于世。作为一种修辞，维吉尔在罗马时代已将反讽这种修辞手法运用至化境，正如瑞恰兹（Ivor Armstrong Richards）所说，反讽来自"对立物的均衡"，是两种主题的相互冲突与相互成就，而不是非此即彼。布鲁姆深明维吉尔的反讽之道，所以他在评论《埃涅阿斯纪》时说："正是由于朱庇特，这部史诗之中最出色的两个人被惨害，二人因饱含生命力而受惩。狄多和图尔努斯只能做自己，而这是不能见容于朱庇特的。埃涅阿斯这个流亡者是虔敬，虽然比起狄多和图尔努斯来，他显得沉闷乏趣，因而尚能合乎大神的心意并被接纳。这里或者是维吉尔的反讽，或者更可能是这位诗人的伊壁鸠鲁主义对于自己爱国的奥古斯都主义的报复。埃涅阿斯赢了，但也做出了无比的自我牺牲。"① 埃涅阿斯无疑是丧失了个性的人物，这是因为作者将个体的丰富性融于国族的普遍性中，这种人物塑造方式标志着古代文学即将走向终结，以虔诚为标志的中世纪文学即将诞生。当然同样意味着维吉尔开启了一个文学时代，也结束了一个文学时代。

通过以上分析，我们不难发现，维吉尔有他自己的矛盾之处，这是一种文人的矛盾，是文人面对世界独立思考的结果；是知识分子面对盛世时，其内心忧虑的写照；是一位诗人内在精神世界面对混乱世界的映射；是一种作家将艺术创作作为个人意志体现的精神。维吉尔最终无法给出明确的解决方案——他身处的时代和他自身的经历让他无法完成这样的任务——但他并没有因此放弃自己的质疑，没有舍弃独立思考与判断的自主精神，这是一个文人应有的品质。这也许才是维吉尔留给后世的最宝贵财富。

---

① 〔美〕哈罗德·布鲁姆：《史诗》，翁海贞译，译林出版社，2016，第52页。

第二章

苟活还是倾心于死亡

——莫尔与莎士比亚的哈姆莱特

在人的潜意识中，无时不存在着死亡的念头，西格蒙德·弗洛伊德（Sigmund Freud）称之为"死欲"（即"死亡本能"）。弗洛伊德指出，两种主要的本能力量在潜意识层面发挥作用，驱动人的选择。一种驱动着生命、性爱和繁衍，另一种则将人引向死亡、侵略和毁灭，即"生的本能"与"死亡的本能"。我们不得不承认，死亡是人生命的终极目的，死亡是人生的终极回归："一切生命的目标就是死亡。"① 但人并未因"死欲"的存在而多去寻死，那是因为在人的生命内核中，同时与"死欲"并存、与之争衡的还有对人世的"爱欲"。这种"爱欲"既来自人世的亲情、爱情和友情，也包括对人生的理想与信仰的热爱，是驱动人之"生的本能"。② 这种"爱欲"与"死欲"在人生命的内部保持着一个相对平衡、相对稳定的"张力结构"。人在此种"张力结构"中徘徊于"死欲"与"爱欲"之间，一旦前者战胜了后者，人的此在生命也就面临着终结："当爱欲通过满足过程而被排除之后，死亡本能就可放手实现它的目的了。"③ 但也有一种死亡选择，恰恰是因为爱，因为对精神的坚守，托马斯·莫尔（Thomas More，1478-1535）的死亡选择证明了这一点。

---

① 〔奥〕弗洛伊德：《超越快乐原则》，杨韶刚译，车文博主编《弗洛伊德文集》（第四卷），长春出版社，2010，第29页。

② 在弗洛伊德的论述中，"爱欲"被更多和"性本能"联系到了一起，因为在他看来，性本能本身就是爱欲的一部分。"所谓性本能，我们是通过它们和性的关系以及和生殖功能的关系来认识的。于是当精神分析的发现迫使我们把它和生殖的关系加以削弱的时候，我们仍然保留了这个术语。随着自恋力比多的发现，和把力比多概念扩展到个体细胞，性的本能对我们来说，就变成了努力使生物的各个部分相互分离，并把它们合在一起的爱的本能（Eros）；通常所谓性的本能，作为爱的本能的一部分，似乎指向的是对象。于是我们的推测便假定，这个爱的本能从生命一开始就起作用了。作为与死的本能截然不同的生的本能而表现出来，死的本能是通过无机物发展而来的，它致力于用从一开始就相互斗争的这两种本能假设来解开生命之谜。"〔奥〕弗洛伊德：《超越快乐原则》，杨韶刚译，车文博主编《弗洛伊德文集》（第四卷），长春出版社，2010，第49页。

③ 〔奥〕弗洛伊德：《自我与本我》，杨韶刚译，车文博主编《弗洛伊德文集》（第四卷），长春出版社，2010，第168页。

第一节　莫尔的精神坚守与死亡抉择

一提到莫尔这个名字，人们马上就会想到他的《乌托邦》，那部被认为是一本最早提出"共产制"、反对"私有制"的著作。确实，在《乌托邦》中，莫尔指出，私有制是一切罪恶的根源，只要私有制存在一天，贪婪、争讼、掠夺、战争等一切令社会不安的因素就不会消失，因此，他的"理想国"是一个实行公有制、按需分配物资的社会。但正如《乌托邦》一书的原名《关于最完美的国家制度和乌托邦新岛的既有益又有趣的金书》所反映的那样，此书涉及的内容当然不仅是关于所有制问题。在这本书中，莫尔建构了一个以公有制为基础的理想国度。莫尔对理想国度的设想，包括公有制、按需分配、共同劳动、政治民主、科教兴国等一系列制度，都源于其对英国现行制度的批判。因此，全书分为两个部分，第一部分主要是借主公人拉斐尔·希斯拉德之口讽刺和批判英国的现行制度；第二部分则是针对这些不合理的制度提出了他的设想。

莫尔在《乌托邦》中完善国家制度的设想，明显受到柏拉图《理想国》的影响。莫尔是柏拉图的崇拜者和追随者，当然也是超越者。无须详细介绍这本书的内容，我们也可以知道，这是一本典型的"理念性胜过文学性"的著作，小说的主人公拉斐尔·希斯拉德无论如何也称不上是一个丰满的人物形象。与其说这是一部小说作品，不如说是一部有关莫尔社会理想的证词，也是他个人理想与信念的集中体现。正是因为执着于自己的理想与信念，莫尔付出了生命的代价。

关于托马斯·莫尔的生年，我们一直不太清楚，他的最初的几个传记写作者，都没有记下。直到 1868 年，阿尔狄斯·雷特（W. Aldis Wright）才根据在剑桥大学三一学院图书馆内发现的一个手抄本证明莫尔是在 1478 年 2 月 7 日出生的。虽然我们对莫尔的出生所知不多，但我们对他的死却耳熟能详。

莫尔后来进入牛津大学学习，在那里，形成了他的人道主义思想。这与他受到一些老师的影响有关，"这些人都是人文主义者——把人格和人性的研究放在第一位的中世纪烦琐神学的反对者"①。他在大学时期研究的是哲学，但使他崭露头角的却是散文，他是英国散文之父。在那样一个非人道的"人道主义"时代，莫尔的人道主义思想是难能可贵的。他对妇女给予了对那个时代来说值得称道的赞美和肯定；他对自己子女的教育，既体现出一个父亲深沉而不失亲切的爱，又给予子女足够的精神与思想的关怀，这当然体现了莫尔对教育问题的重视；莫尔的人道主义思想还影响了他对待科学的态度，虽然他是一个虔诚的天主教徒：他喜欢观察禽兽的生活和动作，"这个特征在当时就是少见的"②，别忘了那是一个什么样的时代，另外，莫尔是一个几何学家，同时还是一个天文学家，他研究天文学与当时的大多数人不同，不是为了作占星术的预言，而是纯粹出于科学研究的目的。

但是，作为个体，莫尔并没有完全超越他的时代：他是一个虔诚的天主教徒。《莫尔及其乌托邦》一书的作者认为："莫尔的性格虽然矫健卓绝，而他的虔诚有时近于狂信和禁欲主义。"③ 这个断语是非常准确的，莫尔是一个怀有人道主义思想的天主教徒，一个半截的异端者。莫尔反对僧侣统治，与其他人道主义者一样，他对僧侣一直抱有冷嘲热讽的态度，甚至教皇也未逃脱他的讽刺，其《乌托邦》中也不乏这样的内容。在莫尔看来，那些不劳而获的僧侣，就是"第一号游民"，"红衣主教决定把游民管禁起来，让他们作工，这就很好地照顾

---

① 〔苏〕彼得罗夫斯基：《莫尔小传》附录二，〔英〕托马斯·莫尔《乌托邦》，戴镏龄译，商务印书馆，1982，第150页。
② 〔德〕考茨基：《莫尔及其乌托邦》，关其侗译，王志涵校，生活·读书·新知三联书店，1963，第114页。
③ 〔德〕考茨基：《莫尔及其乌托邦》，关其侗译，王志涵校，生活·读书·新知三联书店，1963，第116页。

了"他们。① 但另一方面，莫尔又是一个教廷的维护者，在他看来，如果失去了教廷的最高统治，失去了教廷对世俗王权的控制，整个基督教世界将分崩离析，最终陷入民族互相敌视的混乱局面。对这一观念的坚持使他最终成了"天主教的殉道者"。

莫尔的时代，正是教廷权力逐渐衰落、世俗权力日趋扩张的时代。特别是在英国，贵族和教士都成了国王的仆役，"并赋予国王以欧洲其他各国国王当时所没有的一种绝对权力"②。国王亨利八世（Henry Ⅷ）决定与自己的妻子西班牙公主凯瑟琳（Catherine）离婚，迎娶宫女安娜（Anne）。有膨胀的权力做后盾，他显得义无反顾，不惜脱离罗马教廷，但教皇持反对意见，不允许他那样做。当然这桩婚姻案的背后，有着深刻的政治原因，亨利八世在离婚问题上态度决绝，是因为英格兰与西班牙的联盟已名存实亡，毫无意义。此外，亨利八世希望通过使英国教区脱离罗马教廷的方式，最终没收教会的财产，以解其财政危机的燃眉之急。教皇之所以持反对意见，是因为他唯西班牙国王马首是瞻，而西班牙国王正是凯瑟琳的侄子，同时，西班牙也不希望英国加入法国的阵营，使自己的敌手变得强大。

在这个权力纷争、利益交换的政治转折时期，莫尔本可以置身事外的，但作为国王的大臣、大法官，国王希望得到他的支持，然而这与莫尔的信念不合。莫尔坚持认为国王应该服从于教廷，教会分裂只会使整个基督教世界陷入混乱局面。更重要的是，在莫尔看来，国王的做法，与一个暴君无异，莫尔是君主制的拥护者，但也是坚定的反暴君者。最终，莫尔辞去了官职，过上了贫困的隐居生活。

莫尔辞官隐居了，然后却没有逃离厄运。1533 年，国会通过了最高权力法案，法案规定国王为教会最高元首，这意味着英国教区脱离

---

① 〔英〕托马斯·莫尔：《乌托邦》，戴镏龄译，商务印书馆，1982，第 31 页。
② 〔德〕考茨基：《莫尔及其乌托邦》，关其侗译，王志涵校，生活·读书·新知三联书店，1963，第 133 页。

了罗马教廷，取得了独立地位。此外，还规定王位继承人由凯瑟琳的女儿改为安娜的女儿，并在当时起草了一个承认这一原则的誓词，要求包括莫尔在内的教士们宣誓。坚持自己信念的莫尔承认继承权的原则，但拒不宣誓承认国王为教会最高元首的原则。因此，莫尔被囚禁于伦敦塔。鉴于莫尔在人民心目中的极高威望，国王试图收买莫尔，但没能成功，最终对他进行了审判。莫尔在审判中保持缄默，定他的罪就变得异常困难，审判者只得利用一个假证人，证明他与女修士伊丽莎白·巴尔顿（Elisabeth Buton）勾结，而后者曾预言如果国王娶安娜为妻，必在短期内遭毁灭之灾。虽然莫尔躲过了此劫，但国王并没有就此放过他，而是再次利用伪证等手段对莫尔提起诉讼。莫尔的审判者们终于阴谋得逞，莫尔被判有罪。判词是这样写的："莫尔应由执行官威廉·宾士顿（William Bingston）解回伦敦塔，并从伦敦塔拖出，通过伦敦城解往泰本（Tyburn）法场实行绞刑，绞至半死之时，不等其气绝加以凌迟，将其阴茎割下，将其腹部豁开，将其脏腑撕出烧毁，随后，再将其四肢剁下，在城的四门，各挂一肢，头颅应高挂在伦敦桥上。"① 这是异常残酷的刑罚，但莫尔对此处之泰然，甚至在国王改判其为斩首时，他诙谐也不无讽刺地高呼道："求天主保佑我的亲朋，免邀此种恩宠。"②

在莫尔由威斯敏斯特被再次转往伦敦塔时，得以与自己的女儿见了最后一面，当时的场景——据莫尔的女婿，也是莫尔传记的最早书写者之一威廉·若帕尔（William Roper）记载——感人至深，令人扼腕：

托马斯·莫尔爵士再次由威斯敏斯特转往塔狱时，爵士之

---

① 转引自〔德〕考茨基《莫尔及其乌托邦》，关其侗译，王志涵校，生活·读书·新知三联书店，1963，第 172 页。
② 〔德〕考茨基：《莫尔及其乌托邦》，关其侗译，王志涵校，生活·读书·新知三联书店，1963，第 172 页。

女、吾之内子念及此生无缘再与其父相逢，且巫欲获其最后祝福，乃于伦敦塔码头迎候，因彼确知其父进入塔前将途经该地。彼窃望其父得返家园，甫抵码头，遥见其父即双膝下跪受其祝福，随即急步趋前，毫未顾念自身，奋力跻身簇拥其父周围、手持巨戟长矛之卫士群中，扑向其父，于众目睽睽之下，坦然与之拥抱，揽颈亲吻，爵士感其女出自天然之亲情，报以慈父之祝福，并出自至诚安慰再三，彼告别其父后，仍感既有之会晤为未足，恍若忘怀自我，并因全心挚爱慈父而魂魄飘忽，既无视自身，亦无视爵士周围蜂拥之人群，倏然回身，再次奔向其父，揽颈入怀，以至亲至爱之真情拥吻再三；终怀沉重之心，强打精神黯然离去，在场观者目睹此情此景，多凄恻神伤，哀叹悲泣。①

莫尔在伦敦塔中度过了他人生的最后岁月。在此期间，他留给后人的除了一些论著外，还有他致亲人朋友的书信，从这些书信中，我们可以窥见一个坚守信念的人文主义者的伟大精神。这些信中感人至深的是莫尔写给他大女儿玛格丽特（Margaret）的绝命书：

我的好女儿，愿上帝赐福于你，和你丈夫，你的小儿子，还有你所有的孩子和我所有的孩子，以及我所有的教子教女、你的所有的朋友们。如果可以，请代我向我的爱女塞希丽致意，我祈求我主保佑她，我为她和她所有的孩子们祝福，并请她为我祈祷。我送给她一块手帕，愿我主安慰我的好女婿，她的丈夫。我的爱女丹丝处有一幅羊皮纸肖像画，那是你从库尼尔斯那里为我带回来的，画背面写着她的名字，请你转告她，我会衷心为她祈祷。你可以以我的名义把画像送还给她，就当是我为感谢她为我

---

① 〔英〕威廉·若帕尔：《托马斯莫尔与女诀别》，张扬译，张玲选编《世界散文经典·英国卷》，春风文艺出版社，1998，第1页。

祈福而送给她作为纪念的。

我非常喜欢多罗茜·科利，请你善待她，我想她是不是就是你在给我的信中提到过的那个人，如果不是，也请你善待她，她可能正处于痛苦之中。另外也请你善待我的爱女琼·阿莱恩，请你给她友善的回应，因为今天她曾在这恳求我，让我求你善待她。

好心的玛格丽特，我给你添了太多麻烦。但是如果我的大限之期拖延过了明天，我将深以为憾，因为明天是圣托马斯节前夕，也是圣彼得节的第八天，因此对我来说，那是我去拜见我主的良辰吉日。你上次亲吻我时，我以前从没有如此强烈地感到你的情深厚意，因为我正享受着天伦之爱和亲善之情，也就无暇顾及什么世俗的繁文缛节了。

永别了，亲爱的孩子，请为我祈祷，我也会为你和你的朋友们祈祷的，愿我们能在天堂相会。对于你的付出，我深表谢意。

现将我的爱女克莱门特的计数器送还，一并送上上帝和我对她和我的儿子以及她的子女们的祝福。

请在方便的时候，代我向我的爱子约翰·莫尔致意，我非常喜欢他自然的行事风格，愿我主赐福于他和他的妻子，我的贤儿媳。希望约翰要善待他的妻子，这是理所应当的。如果我的田产由他经营，请他不要违背我关于他妹妹丹丝的遗嘱。愿我主赐福于托马斯和奥斯丁以及所有该得赐福的人。①

1535 年 7 月 6 日，托马斯·莫尔被处以死刑。在上断头台前，因断头台扎得不结实，来回摇晃，他不无幽默地对行刑人员说："请帮我上去，至于下来，我自己来负责就好了。"临刑前，他试图向人民

---

① 此信系笔者据艾德蒙出版社 2000 年出版的艾尔瓦罗·德·西尔瓦编选的《托马斯·莫尔最后的信函》（*The Last Letters of Thomas More*, edited by Alvaro De Silva, Eerdmans Publishing, 2000）一书译出，并参照了张扬所译的《致女儿玛格丽特绝命书》（张玲选编《世界散文经典·英国卷》，春风文艺出版社，1997）。

发表演讲，但被禁止了。他神态自若地自己用头巾遮住眼睛，并对刽子手说："我的脖子很短，瞄准些，不要出丑。"

就这样，一个伟大的人与世诀别了。我们从莫尔写给女儿的绝命书中，不难发现，他对生充满了爱，对家人满怀爱恋，对这个并不那么理想的世界充满留恋，但这一切都无法与让他丧失理想与信念相比。失去了后者，他所有的爱都不再坚实。也许正因为爱这一切，他选择从容赴死。有鉴于此，托马斯·莫尔的死，与其说是为宗教献身——后来罗马天主教会将其列入殉教者的行列，并追封他为圣徒——不如说，他是为自己的信念而献身的。他是因坚持自己的信念而与国王决裂的，也是因为坚持信念而被判死刑的。当然也是因为坚持信念，他可以从容地面对死亡。托马斯·莫尔是一位为自身的信念献身的斗士，他身上体现出的人道主义精神，知识分子的独立品格，是其留给后世的最伟大财富。同时也在向我们昭示：精神的强力是不可摧毁的。

第二节　《哈姆莱特》：莫尔死亡抉择的戏仿

如果说，莫尔的死，是一种对理想与信念的献祭，那么在《哈姆莱特》一剧中，主人公哈姆莱特的最终死亡，是他生命内部的"死欲"战胜了"爱"的必然结果，是理想与信念崩塌后的必然选择。从这个意义上说，莎士比亚笔下的哈姆莱特，与莫尔具有一种精神的相通性。我们无从断定《哈姆莱特》一剧是否包含着莎士比亚向莫尔致敬的意图，但莎士比亚受到莫尔的影响是毋庸置疑的。

创作于1593年（一说1592年）的历史剧《理查三世》，是莎士比亚"第一部艺术成熟的严肃剧本，水平已远在马洛之上。此剧1597年以四开本出版（无署名），以后在1623年收入第一对折本之前，还以四开本印行过五次，是莎剧中在早期出版次数最多者之一"①，在这部剧作中，莎士比亚成功地刻画了理查这一形象：大阴谋家、巨奸大恶，同时又机智骁勇、胆识过人。这一具备了莎士比亚式人物之丰富性的形象大体没有脱离莫尔对这一君王形象的塑造，而莎士比亚这一剧作的史料也确实间接出自莫尔的《国王理查三世史》，可以说莫尔传记中刻画的理查形象，为莎士比亚的创作奠定了基调："关于利查的性格描写，莎士比亚一直是跟随着 More，在剧情方面，他利用的是何林塞的《史记》。"② 莎士比亚承袭莫尔对理查三世形象的定位，这一定位明显与历史不符，而莎士比亚之所以这样塑造形象，除了受都铎王朝神话、道德剧等因素的影响外，其反对阴谋与混乱、希望光明与秩序的理想也是重要的原因之一，而这一希望与莫尔的理想何其相似？也许正是因为精神的相通、理想的相近，莎士比亚才接受了修改剧本《托马斯·莫尔伯爵》这一任务。从现在学术界公认的两段修改稿中，我们不难发现，在莎士比亚笔下，莫尔是一个向往秩序、反对暴力，且具有治世之能的贤者。剧中，为制止市民制造暴乱，莫尔向民众发表演讲，他如是说："请看看你们这样的鼓噪破坏的是什么？你们破坏的是和平。你们之中谁也不能压倒和平，即使在你们幼年时曾有过这样的人，而此刻你们正想这么做。你们一向生于和平长于和平，可你们的和平已被剥夺，而血腥的时代却难以带给你们人的处境。"③ 和平一旦丧失，暴力与野心就会席卷而来，无止无休："就算你们如愿以偿，坐上了王家宝座，权威的声音也为你们的吵闹所压倒；哪怕你们华衮加身，志得意满，你们又能得到什么？告诉你们，

① 裴克安：《附录二：莎士比亚年谱》，〔英〕莎士比亚《莎士比亚全集》（增订本）第 8 卷，朱生豪等译，译林出版社，2016，第 447 页。

② 梁实秋：《利查三世·序》，〔英〕莎士比亚《莎士比亚全集》（23），梁实秋译，中国广播电视出版社，2001，第 6 页。

③ 〔英〕莎士比亚：《附录一：托马斯·莫尔爵士（片断）》，孙法理译，《莎士比亚全集》（增订本）第 8 卷，朱生豪等译，译林出版社，2016，第 418 页。

你们只会证明暴戾和高压如何取得了胜利，秩序如何遭到了破坏而已。而照此下去，你们就没有一个人能活到晚年。因为别的暴徒也会按他们的幻想用同样的手段，同样的理由和权利，把你们吃掉。而人们也将如贪吃的鱼群，互相吞噬。"① 为了和平与秩序，反对野心与暴力，这何尝不是莫尔反对亨利八世的原因？从这个角度看，莎士比亚也许才是莫尔的后世知音，我们也许可以大胆地猜测：哈姆莱特就是莎士比亚对莫尔的戏仿，只是一个变形比较大的戏仿而已。

哈姆莱特的死带给我们的不是对人生无常的恐惧与震撼，相反，我们感到他的死是一种必然，是一种理所当然，是他自身的选择，正如莫尔主动选择死亡一样。哈姆莱特就是我们每一个人，因为"莎士比亚忠于普遍的人性，……莎士比亚永远把人性放在偶有性之上，……他一心想的只有人"②，所以我们只需将哈姆莱特视作一个正常人，对他的死进行"人之常情"的分析，那么就不难发现：他所有生的理由都已丧失殆尽，生命的依托已经在现实的层面上消解，因为对他而言，原有的亲情、爱情、友情都已不复存在，而原有的理想与信仰也被现实的残酷击得粉碎，彻底破灭了。"生命对于他已经成了太沉重的负担。"③ "死欲"战胜了"爱欲"。平衡被打破了，张力结构瓦解了，死亡也就成了再自然不过的事。从这一意义上来说，哈姆莱特的死是他自由选择的结果，这是一种"人之常情"的必然选择，既然生已无味，与其苟活于世，不如走向死亡。

---

① 〔英〕莎士比亚：《附录一：托马斯·莫尔爵士（片断）》，孙法理译，《莎士比亚全集》（增订本）第 8 卷，朱生豪等译，译林出版社，2016，第 418~419 页。

② 〔英〕约翰孙：《〈莎士比亚戏剧集〉序言》，李赋宁、潘家洵译，杨周翰编选《莎士比亚评论汇编》（上），中国社会科学出版社，1979，第 42 页。

③ 〔俄〕别林斯基：《莎士比亚的剧本〈汉姆莱脱〉》，《别林斯基选集》（第一集），满涛译，上海译文出版社，1979，第 57 页。

第三节　哈姆莱特：只因倾心于死亡

　　哈姆莱特崇拜的父王突然莫名其妙地死去，而自己深爱着的母亲在"送葬的时候所穿的那双鞋子现在还没有破旧"①，就改嫁给了夺走他王位的新国王，他的叔父克劳狄斯。这一切使得哈姆莱特陷入了对亲情怀疑的泥沼。而后来母子二人情感的对立，更加重了哈姆莱特对亲情的怀疑：对老王的死，母子二人持有的态度是如此的不同，甚至对立。母亲认为那是"一件很普通的事情，活着的人谁都要死去，从生存的空间踏进了永久的宁静"②。而哈姆莱特则处于无比悲痛之中。母亲对先王之死的淡漠态度和迅速改嫁他人，令哈姆莱特产生了对母亲的怨愤："想不到居然会有这种事情！刚死了两个月！不，两个月还不满！""一头没有理性的畜生也要悲伤得长久一些"，"只有一个月的时间，她那流着虚伪之泪的眼睛还没有消去它们的红肿，她就嫁了人了。啊，罪恶的仓促，这样迫不及待地钻进了乱伦的衾被！"③ 这种对亲生母亲的责怪，甚至是诟骂，是对人间亲情之至——母爱的怀疑以至否定。而那"脆弱啊，你的名字就是女人"④ 的感叹，更是将这种怀疑与否定上升到了对整个女性世界的怀疑与否定，"仿佛是他母亲的劣质把一般女人的美质都给消灭了"⑤。

　　至此，可以说，在哈姆莱特一方，他与母亲的那种带有原始性的

① 〔英〕莎士比亚：《哈姆莱特》，朱生豪译，《莎士比亚全集》（增订本）第5卷，朱生豪等译，译林出版社，2016，第288页。
② 〔英〕莎士比亚：《哈姆莱特》，朱生豪译，《莎士比亚全集》（增订本）第5卷，朱生豪等译，译林出版社，2016，第286页。
③ 〔英〕莎士比亚：《哈姆莱特》，朱生豪译，《莎士比亚全集》（增订本）第5卷，朱生豪等译，译林出版社，2016，第287~288页。
④ 〔英〕莎士比亚：《哈姆莱特》，朱生豪译，《莎士比亚全集》（增订本）第5卷，朱生豪等译，译林出版社，2016，第288页。
⑤ 〔俄〕别林斯基：《莎士比亚的剧本〈汉莱脱〉》，《别林斯基选集》（第一集），满涛译，上海译文出版社，1979，第495页。

母子之间的脐带式联结已经断裂了，存在的只有名义上的事实关系。所以，之后他对母亲的怨骂更是无所顾忌，尤其是在他知道父王的真正死因之后："你是王后，你的丈夫的兄弟的妻子，你又是我的母亲——但愿你不是！"① "羞啊！你不觉得惭愧吗？要是地狱中的孽火可以在一个中年妇人的骨髓里煽起了蠢动，那么在青春的烈焰中，让贞操像蜡一样融化了吧。因为少年情欲的驱动而失身，又有什么可耻呢？霜雪都会自动燃烧，理智都会做性欲的奴隶呢。"② 甚至将他的亲生母亲比作猪一样的畜生："生活在汗臭垢腻的眠床上，让淫邪熏没了心窍，在污秽的猪圈里调情弄爱——"③

虽然他的母亲一再地向他求饶，但他并没有停止他的漫骂，反而变本加厉，正如之前他所说的那样"要用利剑一样的说话刺痛她的心"④。的确，他的几近恶毒的语言甚至远比利剑对人的伤害还要大，因为它是刺向人心的。此时，亲情，至少对于哈姆莱特来说，已经彻底丧失了。

母亲的改嫁使哈姆莱特对爱情也产生了质疑。"王子看到了他那理想中最美的爱情的阴暗龌龊的一面。两极总是相随，爱情的光焰越是绚烂，其褴褛、凄惨的另一面越是令人心酸。"⑤ 他对奥菲利娅和他之间的爱情也产生了怀疑。虽然，他曾经多次向奥菲利娅表示他的爱情，并且"求爱的态度""光明正大"，但后来奥菲利娅这个"满怀

---

① 〔英〕莎士比亚：《哈姆莱特》，朱生豪译，《莎士比亚全集》（增订本）第 5 卷，朱生豪等译，译林出版社，2016，第 350 页。
② 〔英〕莎士比亚：《哈姆莱特》，朱生豪译，《莎士比亚全集》（增订本）第 5 卷，朱生豪等译，译林出版社，2016，第 352 页。
③ 〔英〕莎士比亚：《哈姆莱特》，朱生豪译，《莎士比亚全集》（增订本）第 5 卷，朱生豪等译，译林出版社，2016，第 352 页。
④ 〔英〕莎士比亚：《哈姆莱特》，朱生豪译，《莎士比亚全集》（增订本）第 5 卷，朱生豪等译，译林出版社，2016，第 347 页。
⑤ 残雪：《险恶的新生之路——读〈哈姆莱特〉》，《读书》2000 年第 5 期。

爱情的少女做了千依百顺的孝女，答应要严格执行父亲的命令"①，拒绝接受哈姆莱特的信件和礼物，并答应随时把他对待她的行为向她的父亲报告；特别是她受国王和她父亲的利用，对哈姆莱特撒谎，成了他们试探哈姆莱特的工具。这些行为对哈姆莱特来说是对他们爱情的背叛，是对他们纯真情感的亵渎，哈姆莱特对此非常失望。"他对她加以侮辱的、讥讽的嘲笑"，"并且使她受到他那种对女人的轻蔑，那是他母亲的行为所唤起的"。② 当然奥菲利娅退回了哈姆莱特送给她的礼物后，哈姆莱特将自己的诅咒加之于恋人身上，当然也加之在所有女性身上："你去尼姑庵吧!"③ 而"尼姑庵"是伊丽莎白时代的俚语，意为"妓院"，"哈姆莱特在这里所暗指的就是这种诽谤性的联系"④。由此不难发现哈姆莱特心中的气恼何其强烈。

　　这一切使得哈姆莱特原本对爱情的怀疑得到了证实：女人的爱情是短暂的。但他们毕竟热恋过，所以在知道奥菲利娅死去后，他还是那样的悲伤，"哪一个人的心里装载得下这样沉重的悲伤？哪一个人的哀恸的辞句，可以使天上的流星惊疑止步？那是我，丹麦王子哈姆莱特"⑤。随后他跳入奥菲利娅的墓中，同时他说出了内心深处的话："我爱奥菲利娅，四万个兄弟的爱合起来也抵不过我对她的爱。"⑥ 但他深爱的人毕竟已经死去，爱情联结的另一端已归于冥府，此时，那

---

① 〔俄〕别林斯基：《莎士比亚的剧本〈汉姆莱脱〉》，《别林斯基选集》（第一集），满涛译，上海译文出版社，1979，第449页。
② 〔俄〕别林斯基：《莎士比亚的剧本〈汉姆莱脱〉》，《别林斯基选集》（第一集），满涛译，上海文艺出版社，1979，第461页。
③ 〔英〕莎士比亚：《哈姆莱特》，朱生豪译，《莎士比亚全集》（增订本）第5卷，朱生豪等译，译林出版社，2016，第332页。
④ 〔美〕大卫·贝文顿：《莎士比亚：人生经历的七个阶段》（第二版），谢群等译，上海外语教育出版社，2013，第88页。
⑤ 〔英〕莎士比亚：《哈姆莱特》，朱生豪译，《莎士比亚全集》（增订本）第5卷，朱生豪等译，译林出版社，2016，第387页。
⑥ 〔英〕莎士比亚：《哈姆莱特》，朱生豪译，《莎士比亚全集》（增订本）第5卷，朱生豪等译，译林出版社，2016，第387页。

份失望已经变成了彻底的绝望。爱情彻底地离开了哈姆莱特。

亲情、爱情离哈姆莱特而去了，而他原本的朋友罗森格兰兹和吉尔登斯吞也背叛了他们的友谊，做了国王的工具，因此这二人"带给哈姆莱特的失望不亚于奥菲利娅，因为他们只是利用友情来建立一种有益的政治联系"①。

罗森格兰兹和吉尔登斯吞受国王之命刺探哈姆莱特。他们一开始假意地以朋友的身份拜访哈姆莱特，当哈姆莱特问他们来此的真正原因与目的时，他们一开始不承认是奉命而来，最后，在哈姆莱特的紧逼之下，不得不承认了他们背叛友谊的行为。哈姆莱特怎么能不失望？而更甚的是，他们在知道国王真正意图的情况下，仍然奉王命，押送哈姆莱特去英国，欲置哈姆莱特于死地。最终"他们自己的阿谀献媚断送了他们的生命"②，被哈姆莱特送上了死路。这是哈姆莱特由失望到愤怒的情感爆发。

原来是他的好友，现在却成了他的死敌。友情有时如此不堪一击。但令哈姆莱特感到欣慰的是，霍拉旭一直是他忠诚的朋友，但霍拉旭这个人物的设置与其说是剧作家为哈姆莱特安排的一位知己，不如说是一个哈姆莱特的观察者、见证者和记录者。正是因为这个哈姆莱特给予完全信任的人物的存在，哈姆莱特的故事才显得可信，才显得合理，"霍拉旭，我一死之后，要是世人不明白这一切事情的真相，我的名誉将要永远蒙着怎样的损伤！你倘然爱我，请你暂时牺牲一下天堂上的幸福，留在这一个冷酷的人间，替我传述我的故事吧"③。布鲁姆认为，哈姆莱特对霍拉旭的赞美明显言过其实了，我们完全可以

① 〔美〕大卫·贝文顿：《莎士比亚：人生经历的七个阶段》（第二版），谢群等译，上海外语教育出版社，2013，第89页。
② 〔英〕莎士比亚：《哈姆莱特》，朱生豪译，《莎士比亚全集》（增订本）第5卷，朱生豪等译，译林出版社，2016，第390页。
③ 〔英〕莎士比亚：《哈姆莱特》，朱生豪译，《莎士比亚全集》（增订本）第5卷，朱生豪等译，译林出版社，2016，第399~400页。

把霍拉旭与观众等同起来，哈姆莱特对霍拉旭这个"身在一切痛苦中又不受任何痛苦的人"说的话，其实是对观众说的话，"他显然是在暗示说，霍拉旭已变成观众的替身。作为莎士比亚的观众，我们确实遭受莎士比亚给予我们的一切痛苦，然而由于我们知道这是一出戏，我们又不受任何痛苦"①。从这个意义上说，霍拉旭在这个故事中起到的作用是功能性的，而非形象性的。②

人与人之间的情感在这个混乱的年代统统变了味，"千百年受到珍重的天然情感——兄弟、夫妻、朋友、恋人、父子、长幼等等友谊与忠诚，统统不算什么了；取而代之的是出自极端自我中心的冷漠、虚伪、毫无心肝"③。哈姆莱特内心中对人性的美好认同消逝了。

哈姆莱特的亲情、爱情、友情丧失殆尽了，同时失去的还有他的理想与信仰。

哈姆莱特站在人生的荒原上，看到的尽是荒淫、堕落与腐朽，感到的尽是无奈、迷茫与痛苦。"人性的堕落使世界失去了真实"④，他原本对人与世界的美好认同消逝了：他原本认为"负载万物的大地"是"一座美好的框架"，可现在感到那"只是一个不毛的荒岬"；他原本认为"覆盖众生的苍穹"是"一顶壮丽的帐幕"，是一个"点缀着金黄色的火球的庄严的屋宇"，可现在在他眼中成了"一大堆污浊的瘴气的集合"；原先他赞美"人类是一件多么了不得的杰作！多么高贵的理性！多么伟大的力量！多么优美的仪表！多么文雅的举动！

---

① 参见〔美〕哈罗德·布鲁姆《如何读，为什么读》，黄灿然译，译林出版社，2011，第224页。

② 当然也有学者认为霍拉旭是哈姆莱特除了哲学层面存在分歧，其他方面完全契合的朋友，哈姆莱特将自己的一切都倾注在了霍拉旭身上，"在《哈姆莱特》这个堕落的世界里，友情具有救赎功能"〔〔美〕大卫·贝文顿：《莎士比亚：人生经历的七个阶段》（第二版），谢群等译，上海外语教育出版社，2013，第88页〕。

③ 孙家琇：《莎士比亚的〈哈姆莱特〉》，《外国文学研究集刊》（第6辑），中国社会科学出版社，1982，第76页。

④ 孙家琇：《莎士比亚的〈哈姆莱特〉》，《外国文学研究集刊》（第6辑），中国社会科学出版社，1982，第78页。

在行为上多么像一个天使！在智慧上多么像一个天神！宇宙的精华！万物的灵长"，可现在，在他看来"这个泥土塑成的生命算得了什么"①。人类包括女人已经不能再使他发生兴趣！这个转变是巨大的。这种转变缘于现实的无情打击：父死，母嫁，王位的丧失，国家的混乱，亲情、爱情、友情的丧失殆尽。一个人，只要是一个正常人，在经受了这么巨大的打击后，一定会对自己原本的理想与信仰产生怀疑甚至是否定。

亲情、爱情和友情之于人就如同阳光、空气和水之于植物一样，是不可或缺的，失去其一都将是对人致命的打击，而哈姆莱特却将三者都失去了。理想与信仰是人生奋斗向前的动力，然而，哈姆莱特的理想与信仰却被现实撞得粉碎。他生而为人的所有应得的美好与生而为人的所有留恋，以及生而为人的前行动力最终都幻化作了虚无之物，而且反过来成了对他自身的伤害。此时他生而为人的所有生的理由都丧失了，从"人之常情"的角度来说，活着已经没有意义了，死亡似乎是他必然的路途。因此，哈姆莱特不时地表现出对生命的怀疑和否定，对人世的厌弃和对天堂幸福的欣赏与对死亡的渴慕。

哈姆莱特从一开始就已经倾心于死亡，表现了对人世的厌弃和对死亡的向往："但愿这一个太坚实的肉体会融解、消散，化成一片露水！或者那永生的真神未曾制定禁止自杀的律法！上帝啊！上帝啊！人世间的一切在我看来是多么可厌、陈腐、乏味而无聊！哼！哼！那是一个荒芜不治的花园，长满了恶毒的莠草。"② 之后一连串的打击使他不断地徘徊于死亡面前。"他越发感到只有死亡才能真正终止那心灵之中的无限悲苦。他渴望'死亡的睡眠'，因此在'活还是不活'的独白中，他还是想着自杀的出路或结局。这在他那种处境和矛盾之

---

① 〔英〕莎士比亚：《哈姆莱特》，朱生豪译，《莎士比亚全集》（增订本）第 5 卷，朱生豪等译，译林出版社，2016，第 317 页。

② 〔英〕莎士比亚：《哈姆莱特》，朱生豪译，《莎士比亚全集》（增订本）第 5 卷，朱生豪等译，译林出版社，2016，第 287 页。

中是极为自然的。"①

虽然哈姆莱特希望早早脱身而去，离开这个世界，但是，对鬼魂的誓言和为父报仇的责任却使他不得不暂时留在世间，做出死之前的无奈反抗，说是无奈反抗是因为这样一个倾心于死亡的人是那么不愿意承担这样的责任："这是一个颠倒混乱的年代，唉，倒霉的我却要负起重整乾坤的责任！"② 但是他又不得不承担这份责任：处于时代风口浪尖的王子哈姆莱特出于对历史的责任，对民族的责任，甚至是对个体生命（老国王）的责任，只能压抑个人的意志，走向迎合历史理性的无奈选择。时世要求哈姆莱特必须理性地接受为父报仇、"重整乾坤"的任务，这也成了他继续生命的唯一动力、唯一原因。一旦这唯一的动力与原因丧失，他的生命也就到了尽头。因此他与外界的一切搏杀，都成为他对自身的搏杀，对自身的戕戮。最终他完成了使命，并平静地接受了死亡。

其实，哈姆莱特的这种命运似乎从一开始就已经注定了：鬼魂的出现，无论预示着什么，至少这一来自地狱的形象意味着死亡。另外哈姆莱特从一出场表现出来的弃生情绪，给我们的感觉是他的死似乎从一开始就已注定，或成为一种必然，之后情节的展开只不过是展示必死者从希望走向失望，再到绝望直至死亡的必然发生的过程而已。悲剧本身就是从必然中走来，走向彻底的绝望与毁灭的东西。从这个角度来说，莎士比亚的悲剧是古希腊悲剧的真正后继者。

从一个快乐的王子、一个受人文精神影响的王子，到一个忧郁的王子，再到变成一个无奈的复仇王子，直到最终成为平静接受死亡的王子，哈姆莱特走完了他的一生。大卫·贝尔顿（David Bevington）

---

① 孙家锈：《莎士比亚的〈哈姆莱特〉》，《外国文学研究集刊》（第6辑），中国社会科学出版社，1982，第43页。

② 〔英〕莎士比亚：《哈姆莱特》，朱生豪译，《莎士比亚全集》（增订本）第5卷，朱生豪等译，译林出版社，2016，第303页。

认为莎士比亚的剧作具有一种强大的生命力,直到当下仍伴随着我们的生活,"他用无与伦比的口才和优美动人的语言,探讨了你所能想到的任何一种状态"①。无须读完莎士比亚的所有诗歌和剧作,只需把哈姆莱特的生活与我们的生活进行简单的对照,就不难发现,我们在很大程度上重复着哈姆莱特的生活:我们常常陷入哈姆莱特一样的忧郁、痛苦与无奈中;在我们的生命中不断上演着《哈姆莱特》一样的"戏中戏"。从这个意义上说"莎士比亚将继续解释我们,部分因为是他创造了我们"②,这就是布鲁姆将莎士比亚置于其西方经典谱系之中心的原因,而这一中心的中心无疑就是《哈姆莱特》——"莎士比亚成为西方经典的中心至少部分是因为哈姆莱特是经典的中心"③。如果说,莎士比亚用他的《哈姆莱特》戏仿了莫尔的死亡抉择的话,那么我们的生活,特别是我们的人性则是在模仿哈姆莱特。

---

① 〔美〕大卫·贝文顿:《莎士比亚:人生经历的七个阶段》(第二版),谢群等译,上海外语教育出版社,2013,第 2 页。

② Harold Bloom, *Shakespeare: The Invention of the Human*, New York: Riverhead Books, 1998, p. xviii.

③ 〔美〕哈罗德·布鲁姆:《西方正典——伟大作家和不朽作品》,江宁康译,译林出版社,2005,第53页。

第三章

对集权的反思与反叛

——弥尔顿与《失乐园》

约翰·弥尔顿（John Milton）是 17 世纪英国文坛最杰出的诗人，《西方正典——伟大作家和不朽作品》的作者布鲁姆认为"弥乐顿在经典中的地位是永久的"①，这主要是就他的《失乐园》、《复乐园》和《力士参孙》而言的。要想理解弥尔顿的文学创作，就必须对他的人生经历有所了解，对他的精神世界有所把握，因为弥尔顿是一个将自己的人生经历与感悟、个人的精神意志，甚至是自己所处的环境都充分融入文学创作的诗人。

第一节　弥尔顿：苦难中的战斗人生

这位大文豪的人生之路可谓坎坎坷坷、起起伏伏，有人说他的人生"一落千丈，一跃万仞"②，这既是对他人生实况的描述，也是对他精神境界的述说。在他人生中，最明显的一个转折点是他的第一次婚姻。婚后弥尔顿的生活发生了翻天覆地的变化。可以这样说，这次婚姻是他悲哀生活的开端。从结婚那一天起，他原先那毫无挫折、尽情享受文学乐趣、无忧无虑的生活结束了，"从这一天起，家庭的痛苦、事情的搅扰、争论的喧哗，尤其是那最摧折人的失明的苦难，成了他的命运达 30 多年"③。

弥尔顿的第一位妻子名叫玛丽·鲍威尔（Mary Powell）。他与这个女人的结合有些令人难以理解。玛丽是一位乡绅的女儿。1643 年，弥尔顿离开伦敦，到乡下替他的父亲讨一笔陈年旧债，债没有讨回来，却带回来这位比他小十七岁的女孩，并很快与之成婚。他为什么

---

① 〔美〕哈罗德·布鲁姆：《西方正典——伟大作家和不朽作品》，江宁康译，译林出版社，2005，第 128 页。
② 金发燊：《一落千丈，一跃万仞》，〔英〕弥尔顿《弥尔顿抒情诗选》（英汉对照），金发燊译，湖南文艺出版社，1996，第 3 页。
③ 〔英〕马克·帕蒂森：《弥尔顿传略》，金女燊、颜俊华译，生活·读书·新知三联书店，1992，第 59 页。

要与这样一位没有什么文化、娇生惯养的小女孩结合，后人对此有诸多猜测。有人认为，是他父亲的有意安排，也有人认为是弥尔顿被这位乡间女孩的年轻和活力所打动，更有人认为是玛丽家人的阴谋，看中了弥尔顿的富有及家庭背景，但终究都只是猜测。唯一可以确定的是，后来的事实证明，这个婚姻对弥尔顿而言，是一次不明智的选择。结婚一个月后，这位新婚的妻子就提出来要回娘家一趟，但这一去就再也不回来了。对此，有人认为，可能是因为这位生性懒惰，过惯了无所用心、悠闲自在生活的姑娘无法忍受弥尔顿严肃而清静的生活；有人认为，这位出身于铁杆保皇家庭的新娘与属于激进的革命派的弥尔顿没有任何共同语言；也有人认为，没有爱情的婚姻，让两个人，特别是让弥尔顿感到厌烦；甚至有人认为，是玛丽的父母看到，当时的保皇军取得一些胜利，跟着弥尔顿这位拥护革命、反对王权的清教徒是危险的，所以写信让玛丽离开弥尔顿的。无论如何，这位年轻的夫人与弥尔顿刚度过蜜月，就回了娘家。弥尔顿几次写信，催她回来，但这些信都石沉大海了，后来，弥尔顿甚至派了个信使去接自己的新婚妻子，但派去的人却"受了某种污辱给打发回来了"①。看来，玛丽是铁了心要与弥尔顿分手了。

弥尔顿对这个事件感触很深，他从自己的婚姻中看出了英国当时婚姻制度的不健全、不合理，他匿名发行了一本名为《离婚的学说与纪律》的小册子，理性地分析了婚姻的制度问题。他的一些观点受到了某些人的攻击，他又写了三本小册子阐明自己的观点，进行反击。他的这些行为让我们现代人感到不可思议：一个人刚刚经受了婚变的打击，不去吮舔自己的伤口，却去思考造成自己痛苦的制度问题，探究造成自己痛苦的根源。马克·帕蒂森（Mark Pattison）认为这与弥尔顿所生活在的那个时代有关，"当时争论已避而不谈细节"，而是

---

① 〔英〕马克·帕蒂森：《弥尔顿传略》，金女燊、颜俊华译，生活·读书·新知三联书店，1992，第63页。

"企图挖掘下去寻出每一个问题的根源"①。

在这些小册子中，弥尔顿主张政治观点的水火不容可以构成离婚的正当理由，而且理所当然地应该得到理解和支持，同时他还认为爱情是婚姻的基础："在夫妇情谊中，双方都有一种纯洁、天然的愿望，要求得到一个交流思想的合适伴侣。这种愿望可以适当地称之为爱，它比死更强烈……"② 由此，我们可以认为，这是弥尔顿对自己婚姻的反思，虽然在这些小册子中，我们找不到任何与其个人生活相关的暗示。当然，也在某种程度上证明，前面对二人分离原因的猜测是完全可能的。当时的新教各派都认为，通奸是造成离婚的原因，弥尔顿却认为，通奸这种玷污床笫的事之所以会成为离婚的可能是因为它会造成和睦与感情的中断，也就是说，和睦关系的失去和感情的丧失才是离婚的原因和充分理由。弥尔顿关于离婚问题的这些思考，直到今天也不无价值。当然更重要的是，弥尔顿论离婚的小册子指向的是当时不合理的社会制度，虽然这种制度在当时尚少有人进行质疑，特别是他关于婚姻的观念远超时代，甚至他的一些坚定支持者也因此质疑他，甚至是攻击他，但弥尔顿坚持自己的观念，并不因反对者众多而有丝毫动摇，一如那在旷野中遭受魔鬼折磨的神子耶稣。在回答议会出版委员会有关他论离婚的小册子的相关质询时，他写下了那篇极具现代意识的《论出版自由》。

诗人与玛丽的婚姻最终并没有就此完结，三年后，二人在朋友的撮合下，又破镜重圆了。主要原因可能是当时保皇军遭到了根本性的失败，玛丽的家庭认为弥尔顿的清教徒身份，对于他们来说至关重要，所以请这位双方共同的朋友帮忙。在这位朋友家里，玛丽突然出

---

① 〔英〕马克·帕蒂森：《弥尔顿传略》，金女燊、颜俊华译，生活·读书·新知三联书店，1992，第64页。

② 转引自〔英〕鲁宾斯坦《英国文学的伟大传统——从莎士比亚到奥斯丁》，陈安全等译，上海译文出版社，1987，第143页。

现在了没有任何心理准备的弥尔顿面前，跪下请求他的原谅，并将自己的过错归咎于家人，特别是母亲的教唆。弥尔顿以其宽厚的绅士的性格风度，没有计较过去的事，他接受了玛丽，同时，也等于接受了鲍威尔一家人。因为家乡的土地被没收，玛丽的娘家破产了，次年都搬到了弥尔顿的家里。多年以后，弥尔顿在《失乐园》中，艺术地再现了妻子向他请罪的这一幕：

> 他不再说了，转过身去，
> 夏娃没有反驳，眼泪不住地流，
> 头发散乱，谦卑地伏在他脚下，
> 抱住他的双腿，祈求和解，
> 并且这样进行她的辩解道：
> "不要这样抛弃我，亚当！
> 皇天明鉴我真诚的爱，对于你，
> 我衷心怀着尊敬，我在无意中
> 犯了天条，不幸地被欺骗了。
> 我恳求你，抱住我的双膝，
> 不要在这极端苦恼的时候，
> 夺去我赖以活命的力量和支柱，
> 你的温柔容颜、你的帮助和忠言。
> 被你抛弃之后，叫我到哪儿去呢？
> 在哪儿可以维持我的生活呢？
> ……"
> 她哭完了，从认罪、悲痛，
> 到心境平静，她一直俯伏着不动，
> 她那谦卑的态度，使亚当动了怜悯。
> 一会儿，他心想：先前，她是他的

生命，他唯一的安慰，现在俯伏于他的

脚下，苦恼万分，向他要求和解，帮助；

如此美眷，使他的暴怒全消，好象

被解除了武装，……①

当年弥尔顿在他论离婚的小册子中指出，婚姻家庭应能给人以安慰，使人得到"快乐的休息"。显然，他的家庭没能提供给他这些，在他与玛丽重归于好后的第二年，他在给一位意大利朋友的信中这样写道："想来常感黯然神伤，那些由于偶然的机缘或法律的原故，由于血统关系或某种没有实质意义的联系而与我同宅共居者，终日喧哗聒耳，叫我难以忍受。"②

玛丽于 1652 年在生第四个孩子时死掉了，新生的婴儿夭折了。弥尔顿对这位妻子是心存怨念的，这在他的史诗作品中不无隐晦的表现。《力士参孙》是一部自况之作，在这部史诗中参孙被妻子出卖，因被剪掉头发而失去力量，造成他被剜双目，成为敌人的囚徒与奴仆，这何尝不是这段失败婚姻的写照？即使在《失乐园》这部以撒旦为主人公的作品中，弥尔顿也不失时机地融入这段婚姻生活的因素：

这就是你的爱，这就是你对我的

报答吗？忘恩负义的夏娃，

当你失坠时，我表示不变的恩爱，

难道不是我，本该活下去享受

不朽的幸福，却自愿和你同死吗？

现在还须为了你的罪而受谴责吗？

---

① 〔英〕弥尔顿：《失乐园》，朱维之译，上海译文出版社，1984，第 402~404 页。
② 转引自〔英〕鲁宾斯坦《英国文学的伟大传统——从莎士比亚到奥斯丁》，陈安全等译，上海译文出版社，1987，第 147 页。

说我对你的限制不够严格；此外
我还能做什么呢？……
现在我后悔错误，
那是我的罪，而你是谴责者。
过分相信女人的价值，让她的
意志来主治的，都要落到这结局。
……①

在他的第一位妻子死后的第四年，也就是 1656 年，弥尔顿与小他近 20 岁的凯瑟琳·伍德科克（Catherine Woodcock）结婚了。因为早在 1652 年就已经全盲了，弥尔顿并没有亲眼看到自己这位贤惠的妻子。但两个人情投意合，生活非常幸福。这可能是弥尔顿从第一次婚姻开始以来最美好的一段时光，但似乎是命运故意捉弄这位可怜的盲人，好景不长，他所倾心的这位妻子凯瑟琳，与他生活了大概 15 个月左右的时间，就因产褥热与她的初生女儿相继去世。弥尔顿的悲痛可想而知，两年后写下了那首著名的十四行诗《致亡妻》：

我仿佛看见了我圣洁的亡妻，
好象从坟墓里回来的阿尔雪丝蒂，
由约芙的伟大儿子送还给她快乐的丈夫，
从死亡中被抢救出来，苍白而无力。

我的阿尔雪丝蒂已经洗净了产褥的污点，
好象圣母一样，保持原来的纯洁；
因此，我也好象重新得到一度的光明，
毫无阻碍地，清楚地看见她在天堂里，

---

① 〔英〕弥尔顿：《失乐园》，朱维之译，上海译文出版社，1984，第 358~359 页。

全身穿上雪白的衣裳，跟她的心地一样纯洁：

她脸上虽然罩着一层薄纱，但在我幻想的眼里，

那是光的薄纱，是她身上照射出来的爱、善、娇媚，

再也没有别的脸，比这更加叫人欢喜。

可是，啊！当她正要俯身抱我的时候，

我醒了，她逃走了，白昼又带回来我的黑夜。[①]

　　从这首诗中，我们可以看出，弥尔顿是多么爱自己的这个妻子。阿尔雪丝蒂（通译阿尔刻提斯）是古希腊神话中的人物，她以忠于自己的丈夫著称，自愿替自己的丈夫去死。弥尔顿用这样一个人物来形容自己的妻子，可见他对这个妻子的贤淑忠贞是非常满意的。他多么希望与自己的妻子重叙温情，与她在一起，自己就好像重新得到了光明一样。可以说，凯瑟琳在弥尔顿看来，就是爱情、善良和娇媚的化身。但梦终归是梦，是梦就要醒来，醒来的弥尔顿感到自己又重新跌入了黑暗的深渊。

　　弥尔顿对第二位妻子如此地爱恋，我们完全可以理解，从人之常情的角度来看，温柔贤德的凯瑟琳给身陷黑暗的弥尔顿带来了爱的光亮。作为经历了一次失败婚姻的弥尔顿，必然会拿凯瑟琳与玛丽进行比较，这样的比较只会使他更爱凯瑟琳，更加为失去她而痛苦。

　　这一时期，弥尔顿写了大量的政论文，其中最具冲击力、创作过程最能体现作者个性的当数《为英国人民声辩》和《再为英国人民声辩》。这两本书是为了反驳保皇学者沙尔马修（Salmasius）和他的追从者而写的。当时，以路易十四（Louis XIV）为代表的大陆保皇者，不仅在武装上干涉英国革命，同时也在思想上对共和国发动进攻，大

[①]　〔英〕弥尔顿：《关于他的亡妻》，《复乐园·斗士参孙》，朱维之译，上海译文出版社，1981，第251~252页。

学者沙尔马修受托写了《为国王查理一世声辩》。弥尔顿当时的眼疾已相当严重，可能失明，但他还是坚持写出了《为英国人民声辩》，驳倒了对手的一切论点，并严厉批评了对手的人品。此举轰动全欧，沙尔马修受到致命打击，他冥思苦想，搜肠刮肚，想反驳但终不成文，竟于 1653 年死去。第二篇文章，是为了驳斥沙尔马修的追从者，的确把他们驳的无法作声。当然弥尔顿也付出了失明的代价。

弥尔顿在经受丧失妻女之痛和双目失明的打击后不久，又经历了另一个也许是更为严重的打击。1658 年秋，克伦威尔去世，英国再次陷入混乱。保皇势力抬头，王朝复辟已无可避免。弥尔顿不顾个人安危，大声疾呼反对王朝复辟，呼吁保卫祖国自由，但他当时已陷入孤立之中。1660 年王朝复辟后，弥尔顿被捕入狱，后由于友人相助，加之保皇势力认为他已经是一个盲人，已经不可能再掀起大的波浪，他幸免于难，但财产因此损失大半，此后他的经济状况大不如前了。同时，他的大女儿和二女儿因受外婆的影响与弥尔顿为敌，加之失明造成的诸多不便，这一切都使他此后几年的生活非常痛苦。直到 1663 年，弥尔顿与一位名叫伊丽莎白·明萨尔（Elizabeth Minshull）的女士结婚，开始了他的第三次婚姻生活，他的生活状况才有所好转。弥尔顿的这位妻子并不是一位知识女性，也没有材料可以证明她在文学上曾有助于弥尔顿，但可以肯定的一点是，她是弥尔顿晚年生活的悉心照料者。她为他做各种他喜欢的饭菜。他们的一名女仆曾做证说，在弥尔顿生命的最后阶段，有一次伊丽莎白把一些她认为弥尔顿喜欢的饭菜端给他时，弥尔顿曾说过这样的话："贝蒂，感谢上帝，我看你会履行诺言，我活着便给我做这些我中意的菜吃，我死了，你懂得，我把一切都留给你。"[①] 弥尔顿是不是真的说过这样的话，我们不得而知，但有一点是可以肯定的，弥尔顿的最后 11 个年头，得到了这位妻子的悉心照料，并写作了他足以留传后世、使他成为英国乃至世界文学史上巨人的《失乐园》、《复乐园》和《力士参孙》等作品。另外一点可以肯定的是，弥尔顿死后，他的确把自己的一切都留给了他的这位妻子，而不是他的女儿们，那是一笔还算可观的遗产，大约1500镑。

可以说，弥尔顿的一生是不幸的，尤其是在家庭生活方面，虽然他后来娶的两位夫人还算贤淑，也的确给了他一些安慰，但他那时已经双目失明，不可能完全像正常人一样享受家庭生活的乐趣。但弥尔顿并没有因自己身体和家庭生活的不幸而丧失斗志，《复乐园》这部史诗可以说是弥尔顿这种斗志不减、坚强不屈性格的集中体现。这部史诗塑造了一个情愿在旷野中忍受饿寒、风雨与鬼怪的折磨，也决不因魔鬼的威胁和利诱而有丝毫动摇的神子形象。

> 强毅不屈的神子呀，您那时
>
> 虽然捉襟见肘，衣不蔽体，
>
> 却能屹然独立，不被动摇；
>
> 况且恐怖还不止于此，您却镇定，
>
> 不怕地狱恶鬼和阴间冤魂们
>
> 四面环绕包围着您，
>
> 有的悲恸，有的狞笑，有的狂叫，
>
> 有的在您静心默坐万虑俱息时，
>
> 集中火箭往您身上放射。[①]

可以说，弥尔顿的一生是与命运相抗争的一生，是与自己祖国的命运息息相关的一生。直到生命的后期，他仍然"笔耕不辍"（他失

---

① 〔英〕弥尔顿：《复乐园·斗士参孙》，朱维之译，上海译文出版社，1981，第101页。

明后的作品，都是他口述，别人代为记录的），并念念不忘王朝复辟
对自由的践踏，对自己生活的不利影响，时时想着复仇。复仇几乎成
了他后期文学创作的一个重要母题。《失乐园》其意就在于表现撒旦
对上帝的复仇，《力士参孙》则在书写双目失明、忍辱负重的参孙如
何寻找机会向敌人复仇，不惜与敌人同归于尽的故事，其实《复乐
园》何尝不也是在书写复仇：耶稣用自己的坚定与隐忍击败了撒旦，
令其从殿顶跌落，只能悄然离去，最终实现了对魔王给予他的折磨
（引诱对于被引诱者来说同样也是一种折磨）的报复。

第二节 弥尔顿的撒旦：反独裁的独裁者

弥尔顿之所以是经典作家，一定程度上是因为他的《失乐园》是
经典中的经典，足以和西方文学史上那些最伟大的作品相媲美。《失
乐园》无疑是弥尔顿最好的作品，是文人史诗中里程碑式的作品，是
《埃涅阿斯纪》的继承者，也许只有维吉尔笔下的图尔努斯可以与弥
尔顿的撒旦相比——同样是一般认为的反面人物、同样是作者表明的
次要人物，却都具有超越史诗中正面人物与主人物的生命光华。《失
乐园》不同于他的《复乐园》与《力士参孙》，不仅因为这部作品相
较后两者篇幅更长、内容更丰富、内涵更深刻，还因为后两部作品的
主题似乎并不存在太多争议，而《失乐园》的主题在三四百年后的今
天仍存在巨大的分歧，因此也吸引着我们不断去探察其内蕴的奥秘。

《失乐园》的故事内容如下：撒旦因反叛天神，纠集众多天使作
乱，被逐出天界，打入地狱，受尽煎熬。撒旦很快从燃烧的深渊醒
来，痛苦使他愤怒，他立誓要报仇。他把其他的天使叫醒。大家一起
召开大会商量对策。有天使主张与天神公开宣战；有天使主张得过且
过，在地狱忍受下去；有天使建议把地狱建成天堂一样，与天堂比
美。这与大革命失败后，革命者们的意见何其相似？这时一个天使别

西卜告诉大家，目前天神创造了一个新世界和一个叫作"人"的新族类，建议派个天使去打探一下。大家都很害怕，噤若寒蝉。撒旦决定为了大家的安危，自己承担这一使命。其儿女"死"和"罪"为他打开了大门。天神发现了撒旦，并告之自己的独子，预言撒旦要诱惑人类，而且可能成功。撒旦来到乐园，看到了乐园中的美好生活景象和纯真无瑕的人，偷听亚当和夏娃谈话，知道了智慧树的事。决定引诱他们吃智慧树上的果子。于是他就在夏娃睡觉时在梦中引诱她。这时，撒旦被天使发现，不得不飞出乐园。

夏娃从梦中醒来，告诉亚当梦中有一个天使要她尝智慧果的美味。亚当很害怕，劝夏娃不要失去理性。天使拉斐尔警告亚当，要遵从上帝，并告诉了亚当关于撒旦那次叛乱的往事。诗歌浓墨重彩地描绘了撒旦与上帝的战争，并向亚当讲述了天和地是怎样造成的。而亚当向拉斐尔讲述了他被造就以来的事。

夜间撒旦返回乐园，附身于蛇，终于引诱夏娃成功，使她吃了智慧果，夏娃又让亚当吃，亚当出于自己对夏娃的爱，决心与她同死，于是吃下了果子。两人的情欲开始迸发，也知道了羞耻，于是相互埋怨。上帝知道后，派神子到乐园。神子诅咒了人和蛇。亚当和夏娃知道人类要经历的悲惨，认清了自己的堕落和悲苦，夏娃建议自我毁灭，而亚当不赞成她那蔑视人生和幸福而使人类绝种的建议，劝她和自己一起不断用悔罪和祈愿来平息神的怒火。

神子把人类始祖的悔过告之了天神，并为之调解。天父接受了，但决定把他们逐出乐园。天使米迦勒带领亚当到高山上，向他展示了未来，一直到洪水发生，挪亚方舟，还有挪亚和他子孙的故事，以及弥赛亚降临等。他向亚当展示人类定会有一个美好的前景，亚当因此感到满意和安慰。亚当回去叫醒夏娃（夏娃一直在睡觉，在梦中天使向他预示了美好的未来），和她一起，在米迦勒的带领下走出了乐园。

《失乐园》中的故事取材自《圣经》的《创世纪》和《启示录》。

作为一部创作于 17 世纪，且出自清教徒作家之手的英国文学作品，这样的题材来源本身就容易使人产生一种先入为主的感觉，认为其必然反映基督教思想：上帝必然是善的代表，撒旦必然是恶的象征，而从伊甸园中走出的人类始祖必然犯有原罪。事实上，与其说弥尔顿是在利用《圣经》中的题材进行创作，不如说是在对其进行创造性的改写。虽然在写于 1668 年的"提纲"中，弥尔顿指明这部史诗的主题是"人违反天神命令，因而失去他所曾住过的乐园"①，但真正贯穿始终的人物却是撒旦，而这一形象的丰富性远超上帝、各位天使。当我们阅读《失乐园》时，我们难免被撒旦这一形象折服，虽然"他是几乎所有学院派阐释者的鞭挞对象，却又显然是全诗的最荣耀所在"②。在史诗中，人们看到了一个作为反抗者、阴谋家、冒险狂、不屈者的撒旦形象，与之相比，弥尔顿笔下的上帝是苍白的，甚至不如《圣经》中的上帝更生动，布鲁姆说："弥尔顿的上帝，准确地说法只能是，这是一个华而不实、处处防备和自以为是的形象。"③

确实，我们在这里读到的上帝，是一个虚张声势、内心虚弱的独裁者：

> 你们众天使，光明之子听着！
> 诸位王、公、有势、有德、有权的，
> 听永存不灭者，我的宣言！
> 今天，我宣布我的独生子的诞生，
> 并在这个圣山上受膏即位，
> 他就是你们现在所见在我的右边，

---

① 〔英〕弥尔顿：《失乐园》，朱维之译，上海译文出版社，1984，第 2 页。
② 〔美〕哈罗德·布鲁姆：《西方正典——伟大作家和不朽作品》，江宁康译，译林出版社，2005，第 130 页。
③ 〔美〕哈罗德·布鲁姆：《西方正典——伟大作家和不朽作品》，江宁康译，译林出版社，2005，第 129 页。

我指定他做你们的首领；

我亲自宣誓，天上众生灵都得

向他屈膝，承认他的主宰。

在他伟大的摄政之下，

团结成单一的灵体，永乐无穷。

背叛他，就是背叛我，

一旦破坏统一，便要从神和福地

抛掷出去，落到天外的黑暗深渊，

他所设置的拘留所，永远不得救赎。①

我们清楚地看到，《圣经·创世纪》里的那个上帝再一次在此出现了，他是一切的中心："太初，上帝创造了天地，大地一片混沌，空无一物，黑暗笼罩着渊面，上帝的灵在水面上运行。上帝说，'要有光'，光就出现了。上帝看见光很好，就把光和黑暗分开。称光为'昼'，而称黑暗为'夜'。于是，就有了晨昏交替。这是第一天。"②这种"独裁式"的语言也再一次出现了。在这里，一切行动都没有理由可言，只有我想、我觉得、我要。所有的天使都只能作为顺从者，否则就会被打入无尽的黑暗中。天使只是上帝的奴仆，此时也是上帝独子基督的奴仆。但这并不是撒旦反叛最重要的理由，他之所以反叛，是因为在他看来，上帝的独裁使他和他的同伴们失去了自由，更别谈什么平等、主权、荣誉与尊严了：

诸位王、公、有势、有德

和有权的！但愿这些尊严的称号，

不是徒具虚名；因为如今由神敕

---

① 〔英〕弥尔顿：《失乐园》，朱维之译，上海译文出版社，1984，第199~200页。

② 《圣经·创世纪》"神的创造"。

另立一王，独揽大权于一身，

以受膏王的名义，大损我们的权利。

……

我们这些一向对他屈膝献殷勤，

卑躬恭敬的，该怎样迎接这位新贵！

侍奉一位，已是难堪；况且是两位！

如今他宣布，他的影子也该受尊敬，

双倍的奉承，我们怎么受得了？

……

如果我没有错认你们，

你们必也自知都是天上的子民，

本来不从属于谁，即使不完全平等，

却都自由，平等地自由；

因为地位和等级，跟自由

不相矛盾，可以和谐地共存。

那末，论理性或正义，谁能

对平等的同辈冒称帝王而君临？

论权力和光荣，虽有所不同，

但论自由，却都是平等的。[①]

    撒旦式的反讽，准确地说是弥尔顿式的反讽在这里体现得淋漓尽致。同样的开场，同样的称呼——"诸位王、公、有势、有德和有权的"，随着上帝宣布自己的独裁式决定，这些称呼就成了一种正大光明的欺骗。上帝在这里遭遇了弥尔顿的撒旦，最终在撒旦光辉的照耀下，上帝显得那样暗淡无光。

    而弥赛亚在弥尔顿笔下则"被降格为带领一群武装分子发动进攻

---

① 〔英〕弥尔顿：《失乐园》，朱维之译，上海译文出版社，1984，第206~207页。

的首领，类似于天堂中的隆美尔或巴顿"①。弥赛亚作为神子，继承也极力维护上帝赐予的权威，绝不允许他受到威胁：

> 大能的父呀，你正直地嘲笑
> 你的敌人，胸有成竹地笑他们
> 徒劳的计谋，徒劳的叛乱。
> 他的憎恨将是高举我的名，
> 是我的荣誉。他们将看见我
> 承受统治的王权，制服他们的
> 骄矜，终将证明我确有征服
> 叛军的权力，还是天国最无能的。②

在撒旦打败了米迦利后，上帝令自己的独子出征，只为了他能更名正言顺地继承权位。上帝把自己的权力、战车、弓箭、雷霆、宝剑等全部装备赐予圣子。于是圣子携上帝的"全部威光"出征：

> 您给我的王笏和权力，我领受，
> 但到最后我更加高兴地归还，
> 到那时，一切的一切都归您所有，
> 我永远在您里面，您所爱的也都
> 在我里面。您所憎恨的，我也憎恨，
> 万物所呈现的都是您的影子，
> 我能够披上您的威严，一如
> 披上您的温柔；不久就要披上

---

① 〔美〕哈罗德·布鲁姆：《西方正典——伟大作家和不朽作品》，江宁康译，译林出版社，2005，第129页。
② 〔英〕弥尔顿：《失乐园》，朱维之译，上海译文出版社，1984，第205页。

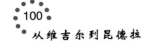
　　您的力量为武装，把这些

　　叛乱者逐出天庭，打落到

　　那为他们准备的地狱幽冥，

　　落到阴暗的锁链和不死的

　　蛆虫中去；都只因他们背叛您

　　而不服从。对您服从是完全的幸福。

　　那时，您的纯洁圣徒，远离邪恶，

　　围绕着您的圣山，诚挚地

　　为您高歌'哈利路呀'，崇高的

　　赞美诗歌，由我带头领唱。①

　　一个权力的继承者、维护者和忠顺者的形象如此鲜明地被表现出来，圣子对上帝的回答是誓言也是恭维，颇有几分露骨，除了这一点，我们看不到圣子任何的个性与独立的判断。也正因如此，撒旦的精神才更为凸显。他珍视自己内心的自由与独立：

　　还有你，最深的地狱，来吧，

　　来欢迎你的新主人吧！他带来

　　一颗永不会因地因时而改变的心，

　　这心是它自己的住家，在它里面

　　能把天堂变地狱，地狱变天堂。②

　　他永远不屈，哪怕被打倒也不会放弃战斗：

　　你休想用虚声恫吓来

---

① 〔英〕弥尔顿：《失乐园》，朱维之译，上海译文出版社，1984，第 244 页。
② 〔英〕弥尔顿：《失乐园》，朱维之译，上海译文出版社，1984，第 14 页。

威胁我。

你岂曾把我军中最弱小的

打败吗？他们即使一时倒下，

仍旧会不屈地站起来。你以为我

容易对付，想用虚夸的豪言壮语

把我吓走吗？你把这场战争称做

罪恶的战争，我却称它光荣的战争。

休想这场战争就此完了；我们要胜利

还要把这天国变成你空想的地狱；

这儿，纵使不归我管辖，也要让我

自由居住。①

　　他坚信他和同伴们是在为理想而战，他们要的不仅只有自由，"这个要求太低了，还要求荣誉、主权、光荣、声名等更高的东西"②。他为此而战斗，哪怕失败被打入地狱，虽然心中难免凄苦、难免失望，却决不改变反抗强权、争取尊严的心志，于是他对着自己的同伴也对自己进行如下演讲：

这个在天上叫做撒但的

首要神敌，用豪言壮语打破可怕的

沉寂，开始向他的伙伴这样说道：

"是你啊；这是何等的坠落！

何等的变化呀！你原来住在

光明的乐土，全身披覆着

无比的光辉，胜过群星的灿烂；

---

① 〔英〕弥尔顿：《失乐园》，朱维之译，上海译文出版社，1984，第225页。
② 〔英〕弥尔顿：《失乐园》，朱维之译，上海译文出版社，1984，第231页。

你曾和我结成同盟，同心同气，

同一希望，在光荣的大事业中

和我在一起。现在，我们是从

何等高的高天上，沉沦到了

何等深的深渊呀！他握有雷霆，

确是强大，谁知道这凶恶的

武器竟有那么大的威力呢？

可是，那威力，那强有力的

胜利者的狂暴，都不能

叫我懊丧，或者叫我改变初衷，

虽然外表的光彩改变了，

但坚定的心志和岸然的骄矜

决不转变；由于真价值的受损，

激动了我，决心和强权决一胜负，

率领无数天军投入剧烈的战斗，

他们都厌恶天神的统治而来拥护我，

拿出全部力量跟至高的权力对抗，

在天界疆场上做一次冒险的战斗，

动摇了他的宝座。我们损失了什么？

并非什么都丢光：不挠的意志、

热切的复仇心、不灭的憎恨，

以及永不屈服、永不退让的勇气，

还有什么比这些更难战胜的呢？

他的暴怒也罢，威力也罢，

绝不能夺去我这份光荣。

经过这一次战争的惨烈，

好容易才使他的政权动摇；

这时还要弯腰屈膝，向他

哀求怜悯，拜倒在他的权力之下，

那才真正是卑鄙、可耻，

比这次的沉沦还要卑贱。

因为我们生而具有神力，

秉有轻清的灵质，不能朽坏，

又因这次大事件的经验，

我们要准备更好的武器，

更远的预见，更有成功的希望，

用暴力或智力向我们的大敌

挑起不可调解的持久战争。

他现在正自夸胜利，得意忘形，

独揽大权，在天上掌握虐政呢。"①

　　弥尔顿笔下的撒旦，与以往那些丑陋、可笑、嗜杀、邪恶的魔鬼形象完全不同。我们看到一个伟岸的失败英雄、一个擅长鼓动的宣传家、一个擅于谋划的战略家、一个不屈的斗士、一个高贵的自由主义者的形象已在弥尔顿笔下跃然纸上。法国艺术哲学家泰纳（Hippolyte Adolphe Taine）曾对弥尔顿笔下的撒旦做过如下精当的描述："中世纪的魔鬼极为可笑。它是头顶长角的魔术师、下流的逗乐小丑、喜欢恶作剧的傻瓜和老妇人组成的乌合之众的领队。如今，他成为一个巨人和一个英雄。尽管在力量上稍稍逊色，但他仍然保持高贵，因为他宁愿在独立中受苦，也不愿快乐地为奴为仆。他欣然面对失败，将自己所受的折磨当作荣耀、自由和快乐。"②

───────────

① 〔英〕弥尔顿：《失乐园》，朱维之译，上海译文出版社，1984，第7～9页。
② 转引自〔美〕保罗·卡鲁斯《魔鬼史》，王月瑞、刘静译，文汇出版社，2006，第191页。

弥尔顿之所以把撒旦这一形象进行如此塑造，当然与那个特殊的年代有关。16 世纪的宗教改革、17 世纪的英国革命使整个西方世界发生了翻天覆地的变化，这种变化不仅表现在现实生活层面，也表现在观念信仰层面。那是一个革命的时代，那是一个反叛的时代，而这些时代特点，正与撒旦这个上帝的反对者有一致的方面。"16 和 17 世纪，欧洲经历了一场对魔鬼看法的真正变革。地狱之王的形象在西方人的想像世界里占据了前所未有的重要地位。并且这样的重要性在后来再也未达到过。魔鬼超越宗教领域，与人们生活的所有方面都挂上了钩。"① 正因魔鬼不再只是一个宗教性的存在，弥尔顿这个带有几分狂热的清教徒，才得以根据自己的需要塑造属于他的撒旦形象。

弥尔顿把传统的反派——魔鬼撒旦——塑造成了这部史诗中当之无愧的"主角"。与这个传统的反派相比，传统的"正面人物"上帝和弥赛亚则显得那么扁平而单一，只能作为撒旦的陪衬。弥尔顿如此处理这些形象，一定程度就是其欲借《圣经》故事浇自己心中块垒的结果。他塑造了一个敢于反抗上帝的权威、反抗上帝的独裁的充满反抗精神的光辉形象——撒旦，以象征那些为革命而斗争，不屈不挠的战友们，"弥尔顿在撒旦身上人性化地表现出了英国大革命的精神。他的撒旦代表一个民族在无能的政府面前所表现出来的荣誉和独立"②。作为一位清教徒，一位革命者，弥尔顿的一生可谓坎坷起伏，但他从未怀疑过自己的选择，更没有动摇过斗志，哪怕他处于人生最低谷时，仍以笔为投枪，以纸为盾牌，不断向敌人发起进攻。《失乐园》集中体现了弥尔顿的反集权思想，反映了他作为一名反皇权斗士的思想。那个不惜以双目失明为代价，"气死"保皇党学者沙尔马修，那个双目失明后，化笔为刀投向敌人，那个因为离不了婚，就写了四

---

① 〔法〕罗贝尔·穆尚布莱：《魔鬼的历史》，张庭芳译，广西师范大学出版社，2005，第 134 页。
② 〔美〕保罗·卡鲁斯：《魔鬼史》，王月瑞、刘静译，文汇出版社，2006，第191 页。

本论离婚政论小册子的弥尔顿，不就是那个以反抗上帝为己任的撒旦的"原型"吗？

此外，当我们思考弥尔顿为何如此塑造撒旦形象时，不应被忽视的一个因素是弥尔顿是一位坚定的清教徒。作为革命者的弥尔顿是在用撒旦这一形象进行自我隐喻。"在所有时代，上帝的理念都将成为统治阶级保守主义的体现，所以，作为一个自然而然的结果，魔鬼获得了某些高贵的品质，使得他不再那么凶恶，而是被神圣化了。"[1] 弥尔顿的撒旦就是这样一个被神圣化的魔鬼，毕竟作为"更革命"的清教徒，相对于"相对革命的"英国国教来说已然是魔鬼一样的存在。

弥尔顿笔下的魔鬼具有以前不曾拥有的品质：高贵的精神、道德的力量、独立的性格和崇高的品质。从这个意义上来说，虽然撒旦攻天失败了，但他却成功影响了所有的阅读者，这是弥尔顿的成功：弥尔顿成功地塑造了撒旦这个失败英雄的形象，使其具有了一种伟大的原创性。弥尔顿不仅从根本上改变了传统的魔鬼形象，同时还颠倒了天堂与地狱形象。原本象征纯洁、光辉与幸福的天堂宝地，在弥尔顿笔下变成了一个等级森严、丧失自由、阿谀盛行的世界，以至于泰纳说"与这个天堂相关的最好的东西则是地狱"[2]。弥尔顿笔下的地狱则成了一个鄙视卑躬屈膝、奴颜媚骨的自由之地、理想之所：

> 在这儿，我至少是自由的，
> 那全能者营造的地狱，总不至忌妒
> 地狱，决不会把我从这里赶走。
> 我们在这里可以稳坐江山，
> 我倒要是在地狱里称王，大展宏图；

---

[1] 〔美〕保罗·卡鲁斯：《魔鬼史》，王月瑞、刘静译，文汇出版社，2006，第191~192页。

[2] 转引自〔美〕保罗·卡鲁斯《魔鬼史》，王月瑞、刘静译，文汇出版社，2006，第189页。

　　与其在天堂里做奴隶，

　　倒不如在地狱里称王。①

　　上帝与撒旦、善与恶都非绝对，是可以相互转化的；天堂与地狱、光明与黑暗亦是如此。上帝成为独裁者，便已成为恶的代名词；撒旦成为自由斗士，便已是善的化身；当天堂让人以失去自由为代价换取居住的特权时，天堂的光辉就比地狱的黑暗更加可怕。把弥尔顿的《失乐园》与《复乐园》对应来看，同样会发现，在《失乐园》中被降格的耶稣在《复乐园》中重新具备了伟大的品格，发散出神子的光辉；《失乐园》那个失败却不屈的英雄撒旦，在《复乐园》中是引诱和威胁神子的邪恶魔鬼。这与其说是弥尔顿的矛盾，不如说是他对人性与世事复杂性的认识结果。这种认识使他的《失乐园》给人一种混乱感。但正如威廉·燕卜荪（William Empson）在其《弥尔顿的上帝》一书中那句提纲挈领的话表明的那样："这部史作并不是尽管它寓意诸多混乱还是好诗，而是唯其因为寓意诸多混乱才是好诗。"② 撒旦这一形象本身已非常准确地诠释了这种复杂性。

　　在《失乐园》中，因反抗上帝的独裁与权威而成为失败英雄的撒旦，在属于他的地狱王国中俨然成了另一个上帝，另一个权威。他高坐在王座之上，俯看着他的臣属。别林斯基（Belinskiy）对此有过精当的论述："弥尔顿的诗很明显地是那时代的产物；他毫不怀疑这一点，同时他在他的傲慢而阴郁的撒旦身上颂扬了对权威的起义反抗，虽然他又打算产生出完全另一种权威。"③

---

① 〔英〕弥尔顿：《失乐园》，朱维之译，上海译文出版社，1984，第 15 页。

② 转引自金发燊《一落千丈，一跃万仞》，〔英〕弥尔顿《弥尔顿抒情诗选》（英汉对照），金发燊译，湖南文艺出版社，1996，第 3 页。

③ 转引自〔苏〕阿尼克斯特《英国文学史纲》，戴镏龄等译，人民文学出版社，1980，第 159 页。

　　弥尔顿是克伦威尔（Oliver Cromwell）的崇拜者和追随者，虽然
我们直到今天也没有找到足以证明二者之间存在私下交往的证据，
但弥尔顿确实写下了十四行诗《赠克伦威尔将军阁下》（1952）。此
时的克伦威尔已然从皇权的倾覆者和共和国的缔造者，转变成了新
的独裁者，正打着维护共和的旗号，一步步推进他的独裁统治（次
年，克伦威尔便依靠军队的支持和暴力的手段，解散了原来的议
会、颁布了《统治文件》并加冕为终身护国公）。弥尔顿之所以维
护克伦威尔的统治，很大程度上出于他对共和的向往与捍卫。弥尔
顿对克伦威尔的支持是有所保留的，"克伦威尔从来没有放弃过建
立一个全国性教会的设想"，弥尔顿却"似乎彻底逗留在昔日独立
派的论坛上：他不会让政府权力越俎代庖侵犯一丁点宗教的领
域"①。

　　弥尔顿无疑在《失乐园》中融入了他的"克伦威尔崇拜"，准
确地说是一种共和国情结。我们看到在地狱中一个克伦威尔式的撒
旦形象被鲜明地展现出来。我们无法断定，弥尔顿是否在史诗中曲
折地表现了他对克伦威尔的保留意见，但至少客观上让读者产生了
这样的怀疑。即便是在那首献给克伦威尔的十四行诗中，他也不忘
把自己的意见渗透进去，并且对克伦威尔在战争之后的作为显然有
所不满：

　　　　……，但是许多事
　　　　犹待进取，和平后胜利的创造
　　　　跟战功一样留芳；新敌人又鼓噪
　　　　大有给心灵套世俗枷锁的气势。
　　　　帮我们良知摆脱豺狼的魔爪，

----

① 〔英〕马克·帕蒂森：《弥尔顿传略》，金发燊、颜俊华译，生活·读书·新知三
联书店，1992，第 137 页。

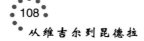

　　他们全拜金欲壑难填求中饱。①

　　无论撒旦是否是这部作品的主题所指或主角，这一形象的经典性都毋庸置疑。在弥尔顿的这部史诗中，"这个恶魔既是其审美的光芒，又是其道德的迷惑"②，隐晦却不失真切地体现出了作者的现实选择、精神坚守与思想困惑。在一个社会风云骤变、共和理想得而复失、斯图亚特王朝复辟已成定局、自身生存已受到威胁的时间节点，弥尔顿难免迷茫与彷徨，此时的首要任务不是要思考克伦威尔们的命运，而是要思考人民的前途，而思考后者又怎么能置前者于不顾？这也许是为何弥尔顿在史诗第一卷就把自己的史诗定位为对人类因犯罪而失去伊甸园，后得基督降世拯救，重获乐土的书写：

　　　关于人类最初违反天神命令

　　　偷尝禁树的果子，把死亡和其他

　　　各种各色的灾祸带来人间，并失去

　　　伊甸乐园，直等到一个更伟大的人来，

　　　才为我们恢复乐土的事，……③

　　由此可见《失乐园》故事中存在两条线索，一是撒旦反抗上帝失败后失去了天上的乐园，虽身处地狱仍决意复仇，于是找到了亚当与夏娃居住的伊甸园，并进而引诱人类始祖犯罪；二是人类之祖亚当与夏娃因违背了上帝的意旨偷食禁果被逐出伊甸园。两条线索在撒旦附身于蛇引诱夏娃时交织到一起。史诗中有大量篇幅是有关人类命运

① 〔英〕弥尔顿：《赠克伦威尔将军阁下》，《弥尔顿抒情诗选》（英汉对照），金发燊译，湖南文艺出版社，1996，第209页。
② 〔美〕哈罗德·布鲁姆：《史诗》，翁海贞译，译林出版社，2016，第147页。
③ 〔英〕弥尔顿：《失乐园》，朱维之译，上海译文出版社，1984，第3页。

的，因此，把撒旦定义为史诗的主题，确有以偏概全的嫌疑。关于《失乐园》的主题，学者们多有争论，且并无定论（事实上，我们本就不应该有求得定论的企图，毕竟恰恰是没有定论证明了这部史诗的丰富性），大致可分为"撒旦派"、"正统派"与"调和派"。

"撒旦派"强调撒旦是史诗的主人公，并认为这一形象是革命者的象征，弥尔顿借这一形象歌颂了革命者的无畏与反抗精神，从这一意义上说，《失乐园》无疑是一首政治隐喻诗；"正统派"则认为撒旦是邪恶的，他引诱人类犯罪，使其失去了上帝的恩宠而最终被逐出伊甸乐园，上帝对撒旦与亚当和夏娃的处罚是公正的，因此认为《失乐园》是一首宗教诗，是对基督教教义的演绎；"调和派"认为史诗中存在双层人物、双层结构，也就是说，"撒旦开始时是正义的，后来则是非正义的；上帝恰好相反，开始时是反面形象，逐渐走向正面，整部作品是泛基督教的关于人类出路的诗歌，体现出作者的人道主义思想，指出人类的不幸命运是自身弱点造成的，而人类未来前进的方向是在理性的照耀下，通过自身的改造重建幸福的乐园"①。

第三节　被逐伊甸园：走出囚禁的樊笼

事实上，如果我们对《失乐园》第七卷进行认真的分析，就会发现弥尔顿以其伟大的创造力改写了《圣经·创世纪》，重释了世界及人类被创造的历史。在弥尔顿笔下，世界与人类的出现，不过是上帝因遭到撒旦的反叛，失去在天使中的权威后的一种补偿行动，以便重树自己的权威："如果自我亡失也算是损失的话/我是能够补偿这个损失的。"② 他要造另一个世界，除了供人类居住，也为了天军各首脑可以住得更宽敞，换句话说也是为收买没有跟从撒旦叛乱的天使们；而

---

① 王永鸿、周成华主编《西方文学千问》，三秦出版社，2012，第78页。
② 〔英〕弥尔顿：《失乐园》，朱维之译，上海译文出版社，1984，第259~260页。

他要造的人类则要"经过长期顺从的试炼/积累功绩而逐步升高/为自己开拓攀登到这儿的道路"①。这个世界完全由上帝把控:"我意志所决定的就是命运。"② 这个世界不过是上帝满足其独裁欲的存在物罢了,这是形成创世过程中最大矛盾的原因。上帝宣称所造之人要做万物的灵长,使其拥有理性的神圣,但与此同时,把知识之树展现给他们,却又以死亡来威胁人类不得食用可辨善恶的知识之果。没有知识的人类如何秉有理性的神圣?这既是上帝的恶作剧,是上帝对人类的故意刁难,③ 当然也是上帝对世界的欺骗。他要人类所拥有的理性是服从于上帝的理性,是甘愿驯服的奴性而已:

> 你说的孤单是什么?地上、
>
> 空中,不是充满着各种生物吗?
>
> 它们不都听你的命令,来到
>
> 你面前游玩吗?你不懂它们的
>
> 语言和习惯;它们也有知,
>
> 理性也不容轻视,你和它们一同
>
> 娱乐、守法吧,你的王国正广大呢。④

在史诗第六章中,弥尔顿用汪洋恣肆的想象力和波澜壮阔的场景

---

① 〔英〕弥尔顿:《失乐园》,朱维之译,上海译文出版社,1984,第260页。
② 〔英〕弥尔顿:《失乐园》,朱维之译,上海译文出版社,1984,第261页。
③ 金发燊指出:"在禁令与堕落的问题上,上帝显得独断专横,不通情理,甚至是故意刁难。因为:一、上帝不讲道理,要人绝对服从;二、预见到人要堕落,而下禁令,这是恶作剧。求知是人的本性或本能,要不然人怎么是万物之灵。人是上帝所造,上帝赋与本能,却又要人不顺乎本能,反要求人违反本能。这是十足的刁难。应该说禁食知识之果本身就说明禁令的荒谬性,也从而象征堕落的合理性。三、人在没有经验的时候,总要亲自实践一下才肯歇手。这是人情之常。明明是知识树,却不让人吃它的果子而获知识。派天使去提出警告,等于是给了暗示,适足以促使堕落。人的堕落是必然的。"(金发燊:《弥尔顿和〈失乐园〉——〈失乐园〉汉译本前言》,〔英〕弥尔顿:《失乐园》,金发燊译,湖南人民出版社,1987,第19页)
④ 〔英〕弥尔顿:《失乐园》,朱维之译,上海译文出版社,1984,第297~298页。

展现了撒旦与上帝的战争，是撒旦反抗上帝的高潮，而第七章就写出了上帝对人类的控制与欺骗，这是否就已经为后面撒旦的引诱和夏娃的"堕落"做好了铺垫？第八章中亚当对上帝的发问则表明人类理性的张扬必然使人走向对上帝独裁的背叛：

> 您不是造我在这儿做您的代言人，
> 把这些愚劣者遥遥放在我下面吗？
> 不平等之间，能有什么交际，
> 什么和谐，或者真正的快乐呢？
> ……
> 我所说的和所寻求的友谊，
> 是能互相分享一切出于理性的
> 愉快，兽类不能做人类的配偶。①

当上帝以自身为例，希望亚当放弃这样的想法时，亚当的回答已具有一种自我认知的高度，这是一种对人类自身属性的准确定位——不是神，也不是兽，而是人：

> 万物的尊主啊，要体会理解
> 您那永恒之道的高度和深度，
> 是人类心灵所不可企及的。
> 您本自圆满，丝毫没有欠缺。
> 人却不然，只有相对的圆满，
> 因此在同类者的交谈中，
> 受到安慰或帮助克服自己的缺陷。
> ……

---

① 〔英〕弥尔顿：《失乐园》，朱维之译，上海译文出版社，1984，第298页。

我却不能由于交往而使卑微者

升高，也不能欣赏它们的习惯。①

　　连亚当也承认，他在利用上帝允许的自由，提出自己的要求。一种独立思考、自主的意识已然出现，这是人的自然属性，早已超越了上帝的规定。所谓人类的原罪与其说是撒旦引诱的结果，不如说是人类自由意志发挥作用，按照自身欲求做出选择的结果；亚当和夏娃离开伊甸园，与其说是因犯罪遭到上帝的驱逐，不如说是他们为自由与自主付出的代价。金发燊认为，"人类堕落原因在于求知，在于求得光景更为幸福"②，我们深以为然，如果更近一步，可以说，人类从未堕落，只是按照自然本性的指引走向自己所向往的未来家园，那将是一片自由之地，他们将过上一种自主的生活，如此他们将拥有整个世界。弥尔顿在史诗的最后一段中写道：

　　……他们二人回顾

自己原住的幸福乐园的东侧，

那上面有火焰的剑在挥动。

门口有可怖面目和火武器的队伍。

他们滴下自然的眼泪，但很快

就拭掉了；世界整个放在他们

面前，让他们选择安身的地方，

有神的意图作他们的指导。

二人手携手，慢移流浪的脚步，

告别伊甸，踏上他们孤寂的路途。③

---

① 〔英〕弥尔顿：《失乐园》，朱维之译，上海译文出版社，1984，第299~300页。

② 金发燊：《一落千丈，一跃万仞》，〔英〕弥尔顿《弥尔顿抒情诗选》（英汉对照），金发燊译，湖南文艺出版社，1996，第3页。

③ 〔英〕弥尔顿：《失乐园》，朱维之译，上海译文出版社，1984，第479~480页。

　　人类之失去地上乐园，撒旦之失去天上乐园，这二者之间难道有什么本质上的区别吗？不都是反抗上帝权威的结果吗？不都是向往自由的结果吗？不都是遵循自身理性之指引的结果吗？更何况他们失去的，是真正的乐园吗？对他们而言，那乐园又何尝不是囚禁他们的樊笼？从这个意义上说，弥尔顿《失乐园》的前七章（主要描写撒旦与上帝之战）与后七章（主要描写人类之祖被逐出伊甸园）在主题上具有相通之处；撒旦与亚当、夏娃具有品质上的相似性和追求上的同一性。

第四章

荷尔德林：诗意地栖居
在大地之上

　　阅读荷尔德林（Friedrich Holderlin）是一个冒险的过程，语言的障碍当然是关键，但我们不能要求所有人都懂德语，我们只能退而求其次地去接近译文中一个变了形的荷尔德林，但这仍无法降低阅读荷尔德林的危险系数。高古的荷尔德林天然抵制世俗的思想，纯粹的自我世界对一切芜杂的外在怀有一种先天的敌意，只有纯粹才能成为纯粹的精神伴侣，可怜我们大多数人都只是世俗之人，被世事混乱污染了心灵，难以（或不敢）敞开自我拥抱荷尔德林的世界。解读和研究荷尔德林当然更难，也许一不小心就成了一个自我讽刺的过程，刘皓明在批评了戴晖翻译的《荷尔德林文集》后说："荷尔德林研究的门槛高、堂奥深，没有靠长期钻研才能获得的必要准备，便匆促上马，敷衍草率，结果想让马跑得快的马刺就真的变成了'自我讽刺'。与其白纸黑字印行这样的自我讽刺，还不如让荷尔德林的名字和它的那些可疑的中国祭司们继续享受盲目的香火。"① 姑且不论刘皓明对戴晖的批评是否有待商榷、是否有些将荷尔德林视作自己的禁脔的意思，他的这段话倒是能说明研究荷尔德林的确是一种冒险行为。

　　作为一名普通的阅读者，不妨把姿态放低一些，不希图与荷尔德林进行精神的沟通，也不强迫自己对荷尔德林的诗发表什么高明的洞见，而是把阅读荷尔德林视作自身精神经受洗礼与涤荡的过程。对于我们这些被视觉传媒和无营养信息占据了生活大部分空间的人来说，这样的过程弥足珍贵，至少可以让我们看到了一种坚守精神与信念的伟大灵魂，正如汉斯·昆（Hans Kung）所说："对于我们这些后现代人来说，荷尔德林始终是一个预言式的和沉默的见证者，在一个上帝远离的时代，他被驱向深渊，但从未放弃对神灵、对这个世界中的上帝充满信任的依赖。"②

---

① 刘皓明：《"可怜的荷尔德林"——评戴晖译〈荷尔德林文集〉》，《南方周末》2006 年 8 月 17 日。
② 〔德〕汉斯·昆、〔德〕瓦尔特·延斯：《诗与宗教》，李永平译，生活·读书·新知三联书店，2005，第 136 页。

我们把荷尔德林的诗歌，特别是他的书信体小说《许佩里翁》与他的悲剧人生放置到一起参照阅读——阅读一位活在内心世界的诗人的作品，这样的方法也许是进入诗人世界的最佳途径——就会发现：一种灵知主义精神被诗化后融进了那些被忧郁、痛苦、失落充斥的诗行中。

第一节　异乡人向属灵世界的回归

没有谁可以给灵知主义下一个准确的定义，虽然在历史上这样的努力并不少见。从词源学上来看，"灵知主义"（Gnosticism，或音译作"诺斯替主义"）这一术语，来源于希腊词 gnostikos，即 knower，指一个拥有"灵知"（gnosis），或"密传知识"的人，一般被用来指称寓于希腊化晚期大规模混合主义宗教运动之中共同的精神原则。当时的新柏拉图主义、斐洛主义、犹太教、神秘宗教等哲学与宗教派别之中，都不乏灵知主义的影子，而灵知主义本身也是一个混合主义的集中表现："诺斯替体系混合了一切——东方神话，占星学，伊朗神学，犹太传统中无论是圣经的、拉比的还是秘教的因素，基督教的拯救论与末世论，柏拉图主义的术语与概念。混合主义在这个阶段达到了它最大的成功。"① 混合主义造就了灵知主义强劲的生命力，也使其本质与精神原则变得复杂，难以界定。灵知主义研究的权威汉斯·约纳斯（Hans Jonas）认为，要想弄清灵知主义的精神原则，需要导源至灵知主义神话体系被创造时人们的生存境况。考察希腊化时期的社会历史状况，我们不难发现，那是一个大变迁的时代，融合与分裂、建设与破坏、集体精神与个人主义相互冲突着、交织着。社会的混乱、帝国的强权使亚历山大的宇宙城邦主义化为乌有，古典时期个人

---

① 〔美〕汉斯·约纳斯：《诺斯替宗教：异乡神的信息与基督教的开端》，张新樟译，上海三联书店，2006，第20页。

与城邦之间那种整体的、和谐的关系变得支离破碎了，只有混乱在不断蔓延。城邦不再为个人所拥有，个人在城邦中的主人感逐渐消逝于无形。那种普通市民在城邦政府中扮演决定性作用的稳定性信仰开始衰落了。希腊化晚期的人们深刻地感受到了自己的生存处境："他们感到自己处于其下的帝国法律是外在的、不可企及的力量的统治；宇宙的律法、宇宙的命运也同样是外在的、不可企及的力量的统治，国家是它在地上的执行者；人们感到自己孤独地流落在一个异己的、冷漠的世界之中。"① 人与宇宙城邦（世界、宇宙）的异化关系、二元对立关系使得个人对世界充满绝望感，最终使个人选择退缩至内部世界，希图一种内在化的拯救，以脱离这个苦难的世界，而拯救的工具就是"灵知"，即知识。这种知识不同于一般意义上的知识，它首先是一种关于神的知识，是一种指向至善的神性世界的知识。灵知主义神话正是在这样的背景下被创造出来的。灵知主义典型派别瓦伦廷派神话体系在古代灵知神话系统中占有重要位置，也颇具代表性。瓦伦廷派相信神的世界（普累罗麻）原本是完美的，后来它分裂了，这次分裂造就了这个世界的造物主。他是神（母神即低级苏菲娅或阿卡麻多）用魂质造就的，这个属魂的造物主自诩为至高神，事实上，他只是神异化的结果，是非神性的。这个妄自称神的造物主"德穆革"在造人时，苏菲娅将神的"灵"偷偷注入人体内，因此人身上有神的灵光。神的世界的完整、复原，有赖于属灵之人的自我拯救、自我体认。认识到自身的属灵性，这是一种纯粹的人之内在行为，需要通过人的内在修炼来完成。从这个意义上，我们可以说，灵知主义是一种关于个人的宗教，是一种关于个人自我内在拯救的宗教。这与基督教强调通过"得救"进入神的世界，是完全不同的。

----

① 张新樟：《"诺斯"与拯救：古代诺斯替主义的神话哲学与精神修炼》，生活・读书・新知三联书店，2005，第41页。

　　我们原来关于古代灵知主义的知识，大多来自古代教会的教父们，他们相信这个强调个人内在拯救的灵知派，是基督教的异端，也是基督教的最大敌人。在《拿戈·玛第文集》① 被发现之前，教父们的文献是我们研究灵知主义的唯一知识来源。事实上，灵知主义不只是以多种宗教传统为基础，同时它也是多种宗教传统的基础。早在 20 世纪初，就有学者指出，灵知主义的源头可以追溯到巴比伦和波斯，其中波斯的琐罗亚斯特教对灵知主义有着重要的影响。也有人认为灵知主义起源于犹太教异端教派。1945 年出土的《拿戈·玛第文集》证明灵知主义是一场完全独立的宗教运动，绝非基督教异端那样简单，其教义特征是："神不是这个世界的创造者，他不是德穆革（demiurge）或耶和华（YHVH）；世界的产生纯属一场错误，是由于神性世界的分裂和堕落的结果；人，或灵性的人，是从神性世界流落到这个世界中来的异乡人，当他听到启示的道以后就会认识到自己最深层的自我；恶的来源不是罪，而是无明或'无意识'（unconsciousness）。"② 《拿戈·玛第文集》的英译者 J. M. 罗宾逊（James M. Robinson）在"英译者导论"中指出："灵知主义的核心似乎不只是基督教的另一种形式。它是一股激进的潮流，追求从恶者权下得到解脱与内心的超越，影响了整个后古典时期，在基督教、犹太教、新柏拉图主义、赫尔墨斯主义等宗教和哲学中都出现过。它是一种综合性的、混合主义的新宗教，多种不同的宗教传统都成为它的基础。"③ 这也许正是造成灵知主义复杂性的原因，同时这样的"身份"

---

① 《拿戈·玛第文集》是反映灵知主义思想与精神的宗教典籍，1945 年 12 月被发现于埃及北部尼罗河河谷中的拿戈·玛第城，并因此而得名。这些密封在陶罐中的纸莎草古卷，共有 13 册，由古柯普特语、早期埃及语写就，后来被译成英文，以《拿戈·玛第文集》之名出版。

② 张新樟：《"诺斯"与拯救：古代诺斯替主义的神话哲学与精神修炼》，生活·读书·新知三联书店，2005，第 15 页。

③ 〔美〕J. M. 罗宾逊：《〈拿戈·玛第文集〉英译者导论》，〔美〕罗宾逊、史密斯编《灵知派经典》，杨克勤译，华东师范大学出版社，2008，第 11 页。

也使其成为各种指向个体内在世界的知识——拯救的途径——的汇总。

由此，我们可以对灵知主义基本观念概括如下：其一，原本存在一个完满的属灵的世界，那是一个至美至善的世界；其二，人类生活的此在世界是不完满的、魂质的存在，是诸神隐退后，被恶占据的世界；其三，人或属灵的人是被抛到这个世界的"异乡人"，内在世界中隐藏着属灵世界的信息，他们在恶的世界中获取神的知识，以实现对自我内在属灵性的认知；其四，对自身属灵性的体认是异乡人在这个世界的任务，人（觉醒者）终将归于灵性世界。

当正统基督教确定了其世俗统治地位之后，被视为异端的灵知主义失去了其生存的显在空间，只能"改头换面"，或转入地下，但它并没有消失，如幽灵一样时隐时现于基督教的阵地中。即便在高扬理性的启蒙时代，灵知主义也未消失，"启蒙时代的批评、怀疑、功利主义思潮"非但没有消灭密传的灵知传统，反而"激起了对不同灵知派传统的兴趣与喜好"①。众所周知，启蒙思想家们相信，"凭借理性人能够解决一切重大难题、确立生活的基本准则；同时坚信，运用理性必将迅速地驱散迷信、偏见及野蛮带来的社会黑暗，使人解脱对权威的单纯依赖和对传统观念的盲从，在世界上建立自己的理想王国"②。基督教被启蒙思想家们看作是压抑思想的罪恶力量，启蒙民智、铲除教权就成了启蒙思想家的一个重要任务。而灵知主义的二元论思想、反正统的态度、以现世为恶的观念正好符合了启蒙思想家的旨趣。事实上，二者之间除此之外，在本质上并没有更多相通之处，相反二者在根本指向上甚至是背道而驰的。灵知主义强调的"知识"与基督教的"信仰"之间虽然存在对应关系，但前者并没有因为反对

①　〔爱尔兰〕杰拉德·汉拉第：《灵知派与神秘主义》，张湛译，华东师范大学出版社，2012，第85页。

②　〔美〕M. H. 艾布拉姆斯：《欧美文学术语辞典》，朱金鹏、朱荔译，北京大学出版社，1990，第89页。

后者而将自己等同于理性本身。灵知主义的"灵知"是指关于神的知识，这种知识作为一种精神活动与启蒙运动的"理性"之间相去甚远："一方面，它与启示的体验紧密地联系在一起，或是通过神圣的奥秘的知识，或是通过内在的觉悟，以对真理的接受取代理性的论证与理论（虽然这种超理性的基础也可以为独立的思辨提供空间）；另一方面，由于'知识'所关注的是拯救的奥秘，因而它不只是对某些事物的理论性的信息，它作为人的状态的调整，本身就负有获致拯救的职能。因此，诺斯替的'知识'拥有极其明显的实践性的一面。"①但到了 18 世纪末，情况发生了改变："主流启蒙运动狭隘的理性主义"开始受到质疑与攻击，这股对理性主义的反动的思想同"西方传统中最极端的神秘主义思潮与千禧年思潮"② 结合到了一起，灵知主义得到复兴，也使灵知主义精神在启蒙文学和 18 世纪末期兴起的感伤主义文学思潮那里获得了存在空间。从那一时期最富代表性的作家作品那里，很容易就能发现灵知主义的影响。

有人说，18 世纪是伏尔泰（Voltaire）的世纪，这位启蒙思想家的作品中充溢着灵知主义的幽灵。他的《老实人》将矛头指向了正统基督教的神职人员。此外，他把这个世界描写得如此邪恶，这与灵知主义思想不无契合。他在小说中引入了一位名叫马丁的流浪学者，而他正是一个摩尼教③徒，而伏尔泰对摩尼教徒是持同情态度的，更在小说中证明了马丁观点的正确性。在《柏拉图的梦》中，伏尔泰更是将这个世界的创造者德穆革看作是一个不称职的神。

德国大文豪歌德（Johann Wolfgang von Goethe）在他的巨著《浮士德》中刻画了靡菲斯特这个魔鬼形象。既象征着恶的理念也代表着

---

① 〔美〕汉斯·约纳斯：《诺斯替宗教：异乡神的信息与基督教的开端》，张新樟译，上海三联书店，2006，第 28 页。
② 〔爱尔兰〕杰拉德·汉拉第：《灵知派与神秘主义》，张湛译，华东师范大学出版社，2012，第 85 页。
③ 摩尼教是古代灵知主义最后兴盛的一个教派，最终被十字军消灭。

恶的具体化的靡菲斯特在这部诗剧中不再如民间话本中所表现的那样是一个渴望攫取人的灵魂的魔鬼，而更像是一个怀疑主义思想的多层次的体现者，他在"上帝"的奴仆行列中也占有一席之地。他是一个异常清醒、世事洞明的魔鬼，是一个目光犀利、言谈机智幽默的人生观察者。这在客观上起到了让浮士德明是非、近真理的作用。他忠实地完成了上帝赋予他的使命：驱除人精神中的懈怠和贪图安逸的惰性，激励人们更加努力。众所周知，正统基督教将恶看作是善的对立面，是善的缺乏，而灵知主义者则认为恶是一种积极的本能。灵知主义认为，人生而是被魔鬼附身的，这是一个属魂的人、属肉的人。正是在与魔鬼的较量中，浮士德这个被魔鬼附身的人最终实现了与神的合一，实现了自我拯救。在这个过程中，那个有着诗人气质的，充溢着怀疑精神的魔鬼正是恶这种积极本能的形象化。显而易见，浮士德形象可以追溯到基督教异端的源头，即被看作是首位灵知主义者的西门·马古（Simon Magus）。这位被早期教父看作是异端之父的撒马利亚人，在罗马时曾用过浮士德斯这个字。他在世上的旅行有一个显著的特征——身边带着提尔的妓女海伦娜（Helena）。西门宣称这位妓女海伦娜是神的心灵的第一个意念，是普遍的母亲，神的心灵中一开始就有她存在，通过她来创造天使和天使长。由于所有的能量都竞相拥有她，所以无论她出现在哪里，都会爆发摩擦与战争，因此她也是那一位引起特洛伊战争的海伦。她从一个躯体迁徙到另一个躯体，在每一个躯体中都受到虐待，最后她就成了妓院里的妓女，这就是那只"迷途的羔羊"。也就是说，妓女海伦娜是堕落的"神的思想"，这带有明显的灵知主义思想色彩。

哈罗德·布鲁姆曾经指出，歌德的《浮士德》有些情节带有"崇高的坏趣味"色彩。他引述了《浮士德》中"母亲之所"一场：

　　靡菲斯特："喂，拿上这把钥匙！"

浮士德："这东西太小！"

靡菲斯特："抓住它，记住这东西很有用。"

浮士德："它就在我手中胀大起来，发着光，闪着亮！"

靡菲斯特："你马上就会明白它的效能不凡。

它直觉地知道你欲何往；

跟着它直通母亲之所。"

这显然是对性的暗示。诗剧后面的情节也确实暗示我们，浮士德手中的钥匙其实就是男性生殖器的隐喻式表达。颇具意味的是，性暗示的对象不是别人，而是"母亲"，"降身'母亲之所'显然涉及某种近乎乱伦的、阴郁的多重遭遇，它发生在人与女性祖先之间"①。低级苏菲娅的形象再一次隐身于这个"乱伦"行为之后。降身"母亲之所"意指与母亲的结合，这结合正是人之灵光与神的合而为一。正如布鲁姆指出的那样，浮士德与神的最终结合，绝非正统意义上的救赎，反而带有明显的异端色彩。灵知主义的幽灵在歌德的《浮士德》中时隐时现，却真切无疑地显示着它的力量。

众所周知，19 世纪的浪漫主义文学作为一种强调主观性、注重作家想象力的文学样式出现于西方文坛，这样的属性本身就与灵知主义精神有相通之处。一些浪漫主义诗人的创作确实与灵知主义的精神相当契合。威廉·布莱克（William Blake）笔下的乌里神，创造了有限的自然，被布莱克看作是邪恶之神，是那个灵知主义中的"德穆革"的化身；而华兹华斯同样认为自然是魔鬼的创造。作为浪漫派的阐释者，布鲁姆敏锐地感知到了这些诗人作品中的灵知主义信息。通过对照研究布莱克的《老虎》和赫尔曼·麦尔维尔（Herman Melville）的《白鲸》，布鲁姆发现，自然在这些作品中不再具有美好的属性，而是

---

① 〔美〕哈罗德·布鲁姆：《西方正典——伟大作家和不朽作品》，江宁康译，译林出版社，2005，第 171 页。

属魂的存在，是一个障碍物。在威廉·叶芝（William Yeats）的诸如《自我与灵魂的对话》一类诗中，布鲁姆看到了灵与魂的对话，两个对话者"相当于灵知主义者所说的灵（pneuma）和魂（psyche）这两类人。在叶芝的诗篇中，灵知派的异乡的或超俗的真神为想象所替代，叶芝的想象更接近于灵知派的超越者，而不是接近浪漫派的至高者"①。

荷尔德林是在启蒙的氛围中成长起来的，是公认的浪漫主义文学的先驱，其作品中带有鲜明的灵知主义元素也就容易理解了。胡继华教授认为荷尔德林受到歌德和席勒为代表的哀歌创作的潮流的影响，其后期创作的五首完整的哀歌《漫游者》（二稿）、《梅农为迪奥蒂玛哀叹》、《斯图加特》、《面包与葡萄酒》和《还乡》，加上"在绝对悲剧之中了犹未了的绝对哀歌《恩培多克勒之死》，便奠定了荷尔德林作为'德语哀歌诗人之泰斗'的地位"，而荷尔德林的哀歌"乃是迎神之歌：世界穷极而气衰，诗人吟诵哀歌，呼吁那流连忘返的'将来之神'"②；"荷尔德林的哀歌实验及其理论思考更是意味深长。他认识到，生命的丰盈与宇宙的整体属于古代希腊，而今无迹可寻，唯有追思怀想，快乐的远游即悲壮的还乡"③。胡继华在具体分析《面包与葡萄酒》一诗时发现，该诗透露出的灵知主义信息非常明显：哀歌第二阕"将一个诡异而亲切的佳人推到了哀歌吟诵的中心。她安抚世界入眠，满足灵魂的期待。从浸润着荷尔德林诗心的虔诚宗教传统，以及这一传统所负载的灵知主义信息来说，灵魂的基本象征是女人，而且是在黑夜时分降临的女人。她就是创造世界、缔造律法的天使，

---

① 转引自 R. 史密斯《跋：灵知主义的现代意义》，〔美〕罗宾逊、史密斯编《灵知派经典》，杨克勤译，华东师范大学出版社，2008，第 643 页。

② 胡继华：《哀歌迎神 宗教和解：略论荷尔德林的〈面包与葡萄酒〉》，《中国文化》2014 年第 2 期。

③ 胡继华：《哀歌迎神 宗教和解：略论荷尔德林的〈面包与葡萄酒〉》，《中国文化》2014 年第 2 期。

以及布施拯救、传播圣爱的祭司。同浪漫主义教化学说一致，人性的导师总是淑女，她引领灵魂上升，完成生命塑造，推动政治构想，以及建构感性的审美的宗教"①。诗歌中有关黑夜与白昼关系的书写，则符合了灵知主义的二元论认知——"光明与黑暗争斗，而光明沦陷在黑暗之中"②。实际上，荷尔德林沉溺于自我内在世界的敏感性格、对世间恶的清醒认知、特异的悲剧式人生状态，以及他希图建构诗的乌托邦世界的精神诉求，等等，这一切最终使得整个文学创作中都蕴含着一种灵知主义的精神旨趣。

第二节　荷尔德林：此世界中
"灵"的觉醒者

荷尔德林于 1806 年彻底陷入了毁灭性的疯狂之境。作为天才诗人的荷尔德林从此消逝了，只留给这个空洞的世界一个活着的幽灵。这个疯狂的荷尔德林，此后在图宾根内卡河畔的一座塔楼上度过了他不太为世人所知的 36 年的余生。

黄昏，当荷尔德林一个人站在窗前，望着窗下缓缓流过的内卡河和周围美丽的晚景时，他是否还能意识到，这条河曾是他出发的地方，也是他魂牵梦绕的地方；他是否会突然记起生命中曾经历过的美好；是否会因为曾经的痛苦莫名地落下浊泪；他是否还会记起那个美丽的情影，那曾经使他陷入爱情的幸福与疯狂的女人苏瑟特；是否会在嘴角露出一丝回忆时幸福的微笑；他是否还记得自己笔下那个拥有与神合一灵魂的许佩里翁和他的笛奥提玛？

荷尔德林于 1770 年出生在德国施瓦格地区内卡河畔的一座小城

① 胡继华：《哀歌迎神 宗教和解：略论荷尔德林的〈面包与葡萄酒〉》，《中国文化》2014 年第 2 期。

② 胡继华：《哀歌迎神 宗教和解：略论荷尔德林的〈面包与葡萄酒〉》，《中国文化》2014 年第 2 期。

劳芬。内卡河畔的家乡是诗人的出发之地，当然那也是他一生魂牵梦绕的地方，"整整一生他都在渴望重返故乡，就像渴望回到心灵的天空中一样"①。茨威格这句话所暗含之意是：故乡对于诗人而言，已不再是物理意义上的存在，那是一种精神的象征，因此故乡于荷尔德林而言，是异乡人经过长久漂泊、历经长久追寻后的回归之地。因此，与其说故乡是一处现实之地，不如说是精神家园的象征：异乡人在漂泊过程中不断发现自我、不断升华自我后发现，那处出发之地才是精神完满、灵性充溢的至美至善之地。他的人生只不过是一次被放逐与被抛的过程，他被放逐到这恶的世界中经历磨难，只为最终的回归。

荷尔德林对古希腊的"和谐精神"充满向往，这种精神是他苦苦追寻的目标。在《内卡河之恋》中，诗人写出了自己从故乡出发，沿内卡河寻找自己的精神家园，寻访古希腊的历程。诗人区分了现实的故乡和理想的故乡，前者以内卡河为象征，后者以古希腊为象征，一个是形而下层面的存在，一个是形而上层面的存在。诗人写道，哪怕有一天，在神的保护下诗人与古希腊得以亲密接触，他也不会忘记自己的卡内河："我的保护神有一天也许将带我/见你们，你们这些岛屿！而即使在那儿/我也决不忘却我的内卡河/和它迷人的草地及岸柳。"②

因为离开，因为到了异乡，家乡才成为故乡，因此故乡本身具有一种张力——它本身隐含着"异乡"之存在、安定与漂泊、宁静与混乱、远离与回归……在痛苦与烦恼相伴的漂泊后，"我"渴望回到给"我"爱却也会带来爱的烦恼的故乡。诗人渴望在故乡的森林中重获宁静，渴望在故乡亲人的拥抱中获得安全感，诗人就这样写出了故乡与异乡之间的那种张力，也创造了一个巨大的空间场域。正如物理学

① 〔奥〕斯蒂芬·茨威格：《与魔鬼作斗争：荷尔德林、克莱斯特、尼采》，徐畅译，译林出版社，2013，第9页。

② 〔德〕荷尔德林：《内卡河之恋》，《荷尔德林诗选》，顾正祥译注，北京大学出版社，1994，第20页。

中的"张力"是指相邻部分之间在一个整体中的相互排斥与牵扯一样，出走与回归、异乡与故乡在诗人这里也形成了一种巨大的张力。诗人的矛盾也恰恰体现在这里：出走是为了收获，既然如此，如果出走得到的只有痛苦，或痛苦成了唯一的收获，那么回归也便不再可能。何况诗人那么清醒，古希腊曾经的辉煌已一去不返，留下的只有神像的瓦砾，他知道从那里所收获的痛苦远大于安慰；故乡也无法治愈他的伤痛，在故乡感到的只能是孤独，也就是人与人之间痛苦感的不相通："世人所唱的抚慰人的摇篮曲/没有一首唱出我内心的痛苦。"① 如此，故乡与古希腊便具有了一种同构性。作为大地的儿子，诗人跟"父亲"一样，只能选择默默承受，在享受天国的火种的同时承受痛苦："因为诸神赐给我们天国的火种/也赐给我们神圣的痛苦/因而就让它存在吧。我仿佛是/大地的一个儿子，生来有爱，也有痛苦。"② 诗人是否在向我们暗示，无论是古希腊还是家乡，都已无法安慰自己内心的痛苦？那么为什么诗人还要执着于回归故乡呢？这里的回归是否另有所指？

荷尔德林幼年时受到了良好的教育，在那时，他已经表现出对音乐和诗歌艺术超凡的领悟力。这二者陪伴了他的一生，包括那段幽暗的疯狂岁月。也是从那时起，他渐渐形成了高贵优雅、崇尚自由、多愁善感、浪漫多情、耽于梦幻的性格，这样的性格让他更多沉浸于自我之中："从少年时代起，世界就把我的精神逐回到自身之中，我一直为此而痛苦。"③ 后来的事实证明，这种性格使他如此容易地陷入诗的梦幻之中。在梦幻中，他为自己营造了一个独立的世界，这个世界

---

① 〔德〕荷尔德林：《故乡吟》，《荷尔德林诗选》，顾正祥译注，北京大学出版社，1994，第10页。

② 〔德〕荷尔德林：《故乡吟》，《荷尔德林诗选》，顾正祥译注，北京大学出版社，1994，第10页。

③ 〔德〕荷尔德林：《荷尔德林书信选》，张红艳译，经济日报出版社，2001，第154页。

给了他自我的欢乐、孤独的幸福，也给了他苦涩的感伤和致命的绝望。而荷尔德林的诗歌就是这个纯粹的内在世界的声音，他的诗是倾听自我声音的结果。

命运是捉弄人的东西，它将诗人的天性赐予了荷尔德林，同时也将其抛进了毛尔布龙修道院。在那里倾心于大自然，青春躁动而内心敏感的荷尔德林，只感到一种令人无法忍受的压抑，感到自己"像蜡般柔嫩"的心灵"遭到最残暴的蹂躏"①，他与周围的一切都格格不入。他多么希望能逃离那里，"在这儿我再也无法忍受！我一定得走，我已下定决心"，因为在修道院里他感受不到任何快乐，以至于"渴望能抓住欢乐的一瞬"②。进入图宾根大学神学院，等于再次把他抛入了一种扼杀生命活力、抑制个性自由的刻板的生活。多年在修道院内的生活与学习，给荷尔德林造成了莫大的痛苦和深远的伤害："我并不总是很好。尽管我非常保重自己，但有时候我在早晨时还是觉得绞痛，然后在下午是经常头疼。我的内心生活再也不会拥有青春的活力。我很少悲伤也很少快乐。当我们一靠近男人的年龄，就会失去旧有的生命力，我不知道，一般来说这是否就是性格的演进过程，或者应归咎于我的学业或是——我的修道院。"③ 好在此时的荷尔德林已经进入生命的自我觉醒时段，并没有被神学院死气沉沉的生活所吞噬，他刻苦学习了各种古典语言，尤其是希腊语，这为他以后研究古希腊文学奠定了坚实的基础，也为他在自己后来的文学创作中构建一个"古希腊式完美世界"做好了准备。威尔海姆·魏布林格（Wilhelm Waiblinger，诗人和作家，是荷尔德林陷入黑暗之境后，唯一持久相

---

① 〔德〕荷尔德林：《荷尔德林书信选》，张红艳译，经济日报出版社，2001，第4页。

② 〔德〕荷尔德林：《荷尔德林书信选》，张红艳译，经济日报出版社，2001，第15页。

③ 〔德〕荷尔德林：《荷尔德林书信选》，张红艳译，经济日报出版社，2001，第49页。

伴的朋友）曾这样总结荷尔德林这一时期对古希腊的痴迷及古希腊精神对荷尔德林的浸染："对于古希腊时代的倾慕，对于古希腊的经典著作的研究都给予他的作品以一种特定的调子，虽然他后期的以及成熟的作品并没有一直保有这种调子。他整个灵魂都系于希腊，他以无厌的渴求在那些源泉里吮吸纯粹的美，最健康的心灵的作品，最简明的思维方式，最高尚的尊严。"① 法国大革命带来的思想与精神振奋，与谢林（Friedrich Schelling）、黑格尔（G. W. F. Hegel）等人的友谊与精神共鸣，也一定程度上为他最终走向自我肯定的道路奠定了思想和精神基础。他在这一时期形成了"一即万有"的观念，背离了对一般意义上的上帝——在上帝那里，自我是被怀疑，甚至是被否定的，追求一种神人合一的境界。这对于荷尔德林而言，不啻是一种自我超越，"由于生活在一个狭隘的虔敬主义环境里，荷尔德林所受到的教育，从一开始就是否定自我，而不是肯定自我"②。诗人从那时起开始构思的小说《许佩里翁》，恰恰要表现的就是一种于内在世界中与万物合一，最终达于人神合一，实现人之神性回归的观念。对于一个刚刚走过启蒙时代的人来说，荷尔德林在人类精神发展史的意义上超越了时代的范畴：启蒙与后启蒙时代理性的张扬，使人类开始建构起一种新的人神关系，原本人与神的那种"天然"联系被扯断了，神被看作外在于人的形而上的或彼岸的存在。在荷尔德林这里，神与人是同一的，"上帝、神性作为包容万物、统治万物的现实，处于事物之中，处于人之中，处于整个世界之中"③。这样的观念必然加深他与外在世界的陌生感，必然加重他行走在这个世界上的痛苦。

---

① 〔德〕威尔海姆·魏布林格：《弗里德利·希荷尔德林的生平、诗作和疯狂》，〔德〕荷尔德林《塔楼之诗》附录，先刚译，同济大学出版社，2004，第80页。
② 〔德〕汉斯·昆、〔德〕瓦尔特·延斯：《诗与宗教》，李永平译，生活·读书·新知三联书店，2005，第116页。
③ 〔德〕汉斯·昆、〔德〕瓦尔特·延斯：《诗与宗教》，李永平译，生活·读书·新知三联书店，2005，第122页。

大学毕业后，荷尔德林没有按照母亲的意思去做一名助理牧师，他对未来充满美好憧憬，他相信未来世纪的人类会更加幸福。此时他已进入一种人性乌托邦的理想建构中，他在致弟弟的信中说："我爱未来世纪的人类。因为这是我最幸福的希望，相信我们的子孙会比我们更好，自由终将来临，而美德在自由中、在神圣而温暖的光明中会比在专制的冰冷地带生长得更加繁茂，这信仰令我坚强而积极进取。我们生活在一个所有的一切都在为拥有更美好的岁月而努力奋斗的时期。"① 于是他选择去做了家庭教师。他希望通过教育实现自己对更美好人性的建设，其最终目的仍是为了实现人与神的合一：只有拥有美好的人性，才能对抗无神的时代，实现人向神的回归。也许是因为在修道院和神学院的环境中被束缚得太久了，此时的荷尔德林对自由无比珍视，这里的自由当然更指一种精神的自由，而精神自由无疑是美好人性的基础。

这一时期，荷尔德林已经开始形成他灵知式的救世观，其标志之一是与黑格尔、谢林等人在思想上的分道扬镳。在写给友人诺伊弗尔（Neuffer）的信中，他表示"要从抽象的领域撤出"②，他要创造一套新的神话，一个属于他自己的宗教，一个诗的宗教："一切宗教按照其本质将皆为诗性的／创造性的。这里还可以谈论多种宗教统一为一种宗教，这里每人尊敬它的神而人人尊敬一位在诗的观念中的共同的神，这里每人以神话的方式庆祝他的更高尚的生命，而人人以同样的方式庆祝一种共同的更高远的生命，这生命的庆典。"③ 在荷尔德林看来，只有这样的宗教才可能使这个处于对立状态的现代世界——一方

---

① 〔德〕荷尔德林：《荷尔德林书信选》，张红艳译，经济日报出版社，2001，第62~64页。

② 〔德〕荷尔德林：《荷尔德林书信选》，张红艳译，经济日报出版社，2001，第85页。

③ 〔德〕荷尔德林：《论宗教》，《荷尔德林文集》，戴晖译，商务印书馆，1999，第218页。

面是"灵性、道德、法的关系",一方面是"自然、机械、历史的关系"——走向统一。① 以前的宗教要么是处理前者,要么是处理后者,而诗人要用"诗的宗教"将二者合为一体。汉斯·昆认为,这体现了荷尔德林的伟大希望,即"诗人能够重建业已失落的'人与精神的关联',能够重新找到希腊人那种与自然和神灵的无拘无束的关系,也就是他青少年时代所熟稔的'神话之神'"②。其实荷尔德林是要将一切融于灵性世界,即诗的世界,在这个世界中,每个人都具有高尚的生命,都是他们自己的神,这将是一个和谐而完满的世界。荷尔德林要以一种诗歌乌托邦式的理念来实现救世,在他看来这是诗人,也就是觉醒者的使命与担当:

> 富有生命的事物不都与你息息相关?
> 命运女神不是亲自培育了你的天职?
> 因而,就这样毫无戒备地
> 闯入生活吧,不用顾虑!
>
> 纷繁的世事都能成为你的素材,
> 请面对欢乐!又有什么能
> 挫伤你的心!你所到之处
> 会遇到什么意外?
>
> 因为,在静悄悄的海滨,或是在银色的
> 澎湃而去的浪波里,或是在默默的
> 深水区,活跃着游泳

---

① 〔德〕荷尔德林:《论宗教》,《荷尔德林文集》,戴晖译,商务印书馆,1999,第217页。

② 〔德〕汉斯·昆、〔德〕瓦尔特·延斯:《诗与宗教》,李永平译,生活·读书·新知三联书店,2005,第124页。

健儿的身姿，而这也是我们的写照。

我们，人民的诗人，喜欢置身于生命

在呼吸与运动的地方，乐观，倾慕一切，

信任一切，不然，我们该怎样

向众人歌唱这位自己的神？

当谄媚的波涛最终也吞没

一位勇者，在他忠于职守的地方，

于是诗人的歌声

沉默在蔚蓝的殿堂；

他欢乐地死去，寂寞的人民痛惜

他的诗林，痛悼他们的心爱者之亡，

枝叶间常传出他那

献给少女的感人的歌。

晚间，如有我们中的某一位路过

他的诗兄沉沦的地方，想必若有所思，

面对这前人之鉴，

沉默之后，他步履更健。①

荷尔德林之所以赋予诗歌以救世的任务，并将诗人视作觉悟了灵的先知，与18世纪末19世纪初的时代氛围有关。在那个灵修与理智思想混杂的时代，在理想主义盛行的时代，在相信新世界、新宗教一

---

① 〔德〕荷尔德林：《诗人的胆识》，《荷尔德林诗选》，顾正祥译注，北京大学出版社，1994，第3~4页。

定会到来的时代，在呼唤光明、自由与爱的时代，"诗人享有崇高地位，诗人的任务在于通过他们的创造性力量对生存实施一种魔法式转变"。荷尔德林不仅受到这种时代氛围影响，同时他还是这种时代氛围的制造者，他"宣告了'新世界'和'新教会'的到来。荷尔德林是诗人也是先知（他几乎对这两者不作区分）他以这种双重身份努力传达一种最后时代的异象，这个时代将完成并超越基督所开始的时代"①。

在荷尔德林那里，诗人拥有丰富的内心世界，得以与宇宙万物形成一种内在的呼应，他的诗歌是他生活沉淀后的产物，是他用心体会纷繁世事，与生活毫无戒备地亲昵之后的产物；诗人具有强大的生命力和乐观精神，他勇敢面对快乐，不怕挫折与伤害，永不畏惧——他是勇击风浪的健儿；诗人自视为神的歌者，他"乐观，倾慕一切，信任一切"，只有将生命置于一切之中，才能"向众人歌唱这位自己的神"。诗人知道世俗的强大，在他周围是一道道铁幕，他知道自己的歌声也许会被湮没，牺牲随时到来。诗人是这世界的觉醒者，清醒地知道自己的使命，也知道终有一天会被钉死在十字架上，但他相信终有一天——这一天也许是在他死去之后——那些寂寞的人们（也许就是他们当初把诗人烧死或钉上十字架）会在他的诗中发现一个伟大的灵魂，如此，诗人实现了自我的救赎，成为上帝之子，也成就了自身的不朽。

因为女主人的善良与慷慨，更因为荷尔德林想通过教育实现自己的抱负，即实现一种诗人化的教育理想："我一定要把孩子从其无辜的但却是有局限性的本能的状态，从天然的状态引领到一条他可能会走向文明的路上，我一定要唤醒他的人性，他更高层次的需求，为的是尔后再把方法交给他，他定会试图以此来满足那一更高层次的需

---

① 〔爱尔兰〕杰拉德·汉拉第：《灵知派与神秘主义》，张湛译，华东师范大学出版社，2012，第107页。

求；一旦在他身上唤醒了那一更高层次的需求，我就可以而且一定会要求他，永远在自身中让这一需求保持活力并永远为实现这一需求而努力。"[1] 从荷尔德林的这段话中，我们不难发现，他的教育理想具有一种明显的内在化倾向，他更强调教育指向人性的完满，或者说是一种内在的丰盈，使受教育者过一种灵性人生。此时的荷尔德林是以灵知意义上的觉醒者姿态从事他的教育事业。理想不可谓不丰满，也许正因为太过于丰满，反而显得那么不切实际。时间一久，荷尔德林与主人在教育观念上的隔阂越来越大，他只能选择离开了。

随后荷尔德林去了法兰克福，进入银行家贡塔尔特（Gontard）家做了一名家庭教师。在那里，他遇到了他的"笛奥提玛"——影响了荷尔德林今后命运的女人——这个家族年轻的女主人苏瑟特（Susette）。很快，这位女主人就被英俊且温文尔雅、青春又略带感伤、内心纤细却又灵魂放荡不羁的荷尔德林吸引住了，并深深地爱上了他。与此同时，荷尔德林也深深地爱上了这个充满激情、活力四射而又美丽多情的女人。他们彼此将自己全部爱的能量倾注于对方，他们完全陷入了无可救药的爱的迷狂之中了。也正是这一时期，荷尔德林在现实中找到了缪斯。那个引领人类灵魂净化与飞升的"永恒女性"出现在荷尔德林面前，赐予他爱情的同时，也赋予他创作的灵感，为他的《许佩里翁》提供了女主人公——笛奥提玛。

这份爱注定不会长久，然而耽于幻想、陶醉于非现实的梦幻世界的荷尔德林，全然顾不上这些了。他试图躲在自己营造的世界中，将一切现实的、可能的残酷抛到脑后。然而，就如同他们的爱情注定不会长久一样，一个实实在在的活人终究要面对现实世界也是注定的。苏瑟特的丈夫最终察觉了他们的私情。荷尔德林不得不走出他的幻象之塔，接受世界的真实，选择离去，离开他热恋着的"笛奥提玛"，

---

[1]〔德〕荷尔德林：《荷尔德林书信选》，张红艳译，经济日报出版社，2001，第125页。

别无他途。分离对荷尔德林和苏瑟特无疑都造成了深深的伤害，对荷尔德林来说尤其如此，他感到余生失去了意义："而如今人去楼空，他们掠去了/我的心爱，失去了她，我也魂不守舍。/遂四处徘徊，也许非得像幽灵似的/生活不可，余生于我早无意义。"① 魏布林洛认为荷尔德林的痛苦难以言传，"这个久已陶醉在甜蜜的爱情中的柔弱的年轻人如今必须走向外面的世界，走进苦涩的现实生活"，更为重要的是，他与苏瑟特之间的关系虽未完全破裂，爱情仍在，但"一切已经完全地不可挽回了"，"荷尔德林的内心已经有一道裂痕，一道越来越危险的裂痕。从这个时候起，荷尔德林的精神状况已经不怎么正常"②。这是可以想见的：对荷尔德林这样一个永远活在自己的世界，用生命感受一切的诗人来说，这种伤害带有摧毁性。因为这无疑意味着，被荷尔德林视之为生命的"美"离他而去了，苏瑟特之于荷尔德林，如贝雅特丽采之于但丁、劳拉之于彼德拉克（Francesc Petrarca），她就是荷尔德林苦苦追寻的美的化身，是完满神圣世界的引导者，是诗人荷尔德林在这个世界上的女神——低级苏菲娅：

> 你的光芒使你，只有你，风华不减，呵女中豪杰，光彩照人，
> 你的忍耐使你，善良的女子呵，容颜未改；
> 你从未孤单，有够多的伴侣，
> 在你生命之花怒放之时，在你休息的终年盛开的玫瑰花下；
> 而天父，他本人，通过轻轻呼吸的缪斯，
> 向你播送温柔的摇篮曲。
> 是的，你依然故我！这位雅典女子的整个形象
> 仍像当年，默默地闪现在我眼前。

---

① 〔德〕荷尔德林：《梅农为迪奥蒂玛哀叹》，《荷尔德林诗选》，顾正祥译注，北京大学出版社，1994，第67页。
② 〔德〕威尔海姆·魏布林格：《弗里德利希荷尔德林的生平、诗作和疯狂》，〔德〕荷尔德林《塔楼之诗》附录，先刚译，同济大学出版社，2004，第83页。

　　好似源于乐天的头脑，友好的精灵呵，

　　你的光芒把安康的祝福播向人间；

　　你就这样地启示我，告诉我，让我再对

　　别人布道，因为别人也不信

　　欢乐确比忧愁和愤怒延年益寿，

　　到最后，每天都会是金色的日子。①

　　在这期间，荷尔德林事业遭到严重挫折，据说因为歌德等人使用阴谋手段，阻挠他取得耶拿大学的教职，荷尔德林连生活都失去了着落。他四处找工作，后来又去了法国，此时的荷尔德林陷入了一种混乱的生活状态中，"他本来是为着纯洁的、有序的、有所作为的生命而生的，但是，当他如今不是像从前那样因为思考而放弃享乐，而是盲目地因为享乐而放弃思考之后，那么他的精神和身体都必然会走向毁灭"②。1802 年，荷尔德林收到了苏瑟特去世的消息，荷尔德林的精神支柱失去了。在事业与爱情失利的双重打击下，诗人陷入了半疯狂的状态，他历尽艰辛，徒步从法国回到了家乡。与还乡相联系的当然是离开，那么诗人当初为何选择离开故乡呢？

　　属灵的神性世界破碎了，诸神隐退，这是荷尔德林对近代人类异化、技术功利扩展现状体认的结果，人类终将因此失去精神的家园，人必然成为漂泊的流浪者、孤独的异乡人。诗人因此离开了无神的家乡，踏上了寻找神的信息的路："大自然啊，我并不向你要水，沙漠中的/饮水，驯良的骆驼已为我贮备。/我请求你赐予小树林的鸣唱与父辈的家园呵，/家乡漂泊来的候鸟提醒了我。/你却对我说，即便是这里，也有神灵主宰，/他们的尺度大，而人却喜欢用区区的尺度衡

---

① 〔德〕荷尔德林：《梅农为迪奥蒂玛哀叹》，《荷尔德林诗选》，顾正祥译注，北京大学出版社，1994，第 69 页。

② 〔德〕威尔海姆·魏布林格：《弗里德利希荷尔德林的生平、诗作和疯狂》，〔德〕荷尔德林《塔楼之诗》附录，先刚译，同济大学出版社，2004，第 85 页。

量。/此番话驱使我去寻找另一片世界，/我登舟远上北国的极地。"①刘小枫认为，荷尔德林的诗写出了诗人的使命："真正的诗人，应该是在神性离去之时，在漫无边际的黑夜中，在众人冥冥于追名逐利、贪娱求乐之时，踏遍异国的大地，去追寻神灵隐去的路径，追寻人失掉的灵性。这正是贫乏时代（丧失人灵、神灵隐循的时代）中诗人的天命。他必然在神圣的名字无处可觅时，担当莫大的忧心，给人间引入一线诗意的青光"②。其实荷尔德林也要告诉我们，这不仅是诗人的使命，也是诗人的宿命，因为诗人从未真正断绝与神的联系："永恒的神，我跟你们的联系从未中断。/我以你们为起点，在你们的陪伴下漫游。③/阅世渐深后，又把欢乐的你们带回故国"④，这就意味着，诗人是与神相伴的存在，神只是隐去了行藏，却从未真正离去，诗人的游历与找寻，就是要获取神的信息，获得与神合一的"诺斯"（灵知），成为先觉者。但不经历这样的漂泊与探访过程，就无法真正接近本源，就无法真正发现本源的秘密，对此海德格尔的解释是："返乡就是返回到本源近旁"，"唯有这样的人才能返回，他先前而且也许已经长期地作为漫游者承受了漫游的重负，并且已经向着本源穿行，他因此就在那里经验到他要求索的东西的本质，然后才能经历渐丰，作为求索者返回"⑤。带着神的信息，带着如何回归属灵世界的"灵

---

① 〔德〕荷尔德林：《流浪者》，《荷尔德林诗选》，顾正祥译注，北京大学出版社，1994，第21~22页。

② 刘小枫：《诗化哲学——德国浪漫美学传统》，山东文艺出版社，1986，第100页。

③ 有学者将"我以你们为起点，在你们的陪伴下漫游"这句话译作"我自你们溢出，追随你们而浪迹他乡"（刘小枫：《诗化哲学——德国浪漫美学传统》，山东文艺出版社，1986，第98页），其实这两种译法并没有本质的区别，都能表明诗人对自身来自神的身份的认知，但"溢出"这个译词更切近灵知的观念。灵知主义强调的正是人与神的直接关系，认知到自己就是神，因为人本身就是神光流溢的结果。

④ 〔德〕荷尔德林：《流浪者》，《荷尔德林诗选》，顾正祥译注，北京大学出版社，1994，第26页。

⑤ 〔德〕海德格尔：《荷尔德林诗的阐释》，孙周兴译，商务印书馆，2000，第24~25页。

知"，诗人终于返乡接近本源："这是出生之地，家乡的土地，/你的寻访之地近在咫尺，呈现在你的眼前。"① 海德格尔说："诗人的天职是返乡。"② 只有如此，诗人才能实现以诺斯唤醒切近本源的故乡之人的属灵性，那切近本源的故乡才能最终展开它的所有神秘。

无论如何，诗人最后在一种精神错乱的状态下回到了故乡，对于这次还乡，用魏布林格的话说是"在一种至今谁也说不清楚怎么回事的情况下""突然地出人意料地回到了他的祖国"③。法国学者布朗肖（Blanchot）说，荷尔德林的返乡要求"同童年亲情的温馨的召唤，即那种回归母亲怀抱的渴望，无任何共同的地方"，也"不意味着对尘世故土或爱国情感的颂扬，更不意味着简单地返回到尘世的义务中来，称颂四平八稳的度量，平庸乏味的适度和日常的稚气"④。"还乡"对于荷尔德林而言，似乎是一种本能——一种精神意识上的本能，荷尔德林晚期确实常常思考"还乡"这一命题。无论是海德格尔还是布朗肖对"还乡"的解释当然都是积极的。确实如此，如果想要找到能说服人的，并让我们在面对荷尔德林的苦难时能稍感安慰的证据也许并不难，诗人似乎最终获得了神的信息：

和好的，你这从不教人信的，

如今你来了，化作

朋友的形象，不死的，可我

还是认识你　　　高上者，

它要曲我膝，

① 〔德〕荷尔德林：《归乡——致乡亲们》，《荷尔德林诗选》，顾正祥译注，北京大学出版社，1994，第37页。
② 〔德〕海德格尔：《荷尔德林诗的阐释》，孙周兴译，商务印书馆，2000，第31页。
③ 〔德〕威尔海姆·魏布林格：《弗里德利希荷尔德林的生平、诗作和疯狂》，〔德〕荷尔德林《塔楼之诗》附录，先刚译，同济大学出版社，2004，第86页。
④ 〔法〕布朗肖：《文学空间》，顾嘉琛译，商务印书馆，2003，第284页。

　　并且几乎像瞎子我必

　　问你，上天的，你于我何用，

　　不管你从哪儿来，蒙福的太平！

　　这一件事我知道，必死的你啊不是，

　　因为智者或

　　忠实瞽视的朋友中有一位多能澄明，可是当

　　有位神显现时，天上地上和海上

　　就会有更始万物的明光。①

　　改变一切的光明出现了，把"我"从黑暗（瞎子）中拉了出来，"我"此时与"神"同在。于是诗人带着神的信息回到了切近本源故乡，那正是故乡（故国）所需要的，在他返回故乡后所写的文章中，"他提出了他叫作回归故里的东西，这不是一般的返回故乡，回到故土，而是那种根据这地方的要求而完成的运动"②。一个认知到自身属灵性的先觉者按照母神低级苏菲娅（阿卡麻多）的设计，必须回到他的母神身边，如此荷尔德林的还乡就具有了精神与现实相融合的统一含义。沃尔夫冈·宾德（Wolfgang Binder）对荷尔德林诗中"故乡"形态与含义的分析，对我们思考这种统一颇有启示。宾德认为，在荷尔德林那里，故乡至少包含"内部"和"外部"两个范围：荷尔德林将尼尔廷根看作自己真正的故乡。这个故乡的外部范围是施瓦本，后来发展出一个最大的范围，叫作"祖国"或"赫斯柏利"，而"赫斯柏利"这个来源于古希腊文的词又含有"西方的"意思；故乡的内部范围就是指位于阿尔布山麓和内卡河之间的尼尔廷根地区，但这个内部范围有"一个最核心的点——家，或者可以说，这个'家'其实

----

① 〔德〕荷尔德林：《〈和好的，你这从不教人信的……〉〔尚无标题时的《太平休日》草稿·前期稿〕》，《荷尔德林后期诗歌（文本卷 德汉对照）》，刘皓明译，华东师范大学出版社，2009，第 201 页。

② 〔法〕布朗肖：《文学空间》，顾嘉琛译，商务印书馆，2003，第 279~280 页。

就是荷尔德林母亲的形象"①。如此，"故乡"（即母亲）和那个光明世界"普累罗麻"的移涌——母神低级苏菲娅合而为一了，归乡就具有了一种回到母神身边、切近光明的本源之地的灵知主义内含。我们对荷尔德林"疯狂"之后的还乡做这种灵知主义式的解读，将其还乡视作向母神的靠拢，向属灵世界回归的努力，或许会给我们些许安慰！

　　事实上，回到故乡的荷尔德林处于精神分裂的状态，时好时坏。情况越来越糟，逐渐失去了他原本孤寂但却高洁的灵魂，终于完全陷入了黑暗的疯狂之境。刘小枫认为，也许我们都误解了荷尔德林后36年的生活："荷尔德林因精神痛苦患过短暂的精神分裂，看来确有其事；但在经治疗后度过的几十年隐居生活中，荷尔德林精神正常"②，"荷尔德林无法忍受人性与神性的绝对分离，无法忍受自己所处身于其中的无神性的精神和现实世界。荷尔德林的精神分裂不过表明，他怀疑启蒙时代的理性，不忍走向一个无神性的世界。发疯乃是承受这个世界中尚不存在、但又应该突现于这个世界之中的神圣者的离去"③。

　　无论这样的解释如何有待商榷，但刘小枫至少指出了荷尔德林作为这个世界的先觉者的生命状态：他是自我声音的倾听者，他看到了这个世界（包括精神与现实两个层面）的丑恶与扭曲，他同这个世界格格不入；他是尘世的觉醒者，他看到了因被抛入尘世而失去神性的人的异化，他为这样不自知的"异乡人"忧虑；他是人类灵魂的拯救者，他发展起一种诗的宗教，用美引领"异乡人"重归本源，使神人合一的世界重归完满。

---

① 〔德〕沃尔夫冈·宾德：《荷尔德林诗中"故乡"的含义与形态》，莫光华译，〔德〕海德格尔等《荷尔德林的新神话》，莫光华等译，华夏出版社，2004，第111页。
② 刘小枫：《拯救与逍遥》，上海三联书店，2001，第202页。
③ 刘小枫：《拯救与逍遥》，上海三联书店，2001，第203~204页。

　　这就是荷尔德林的所有幸与不幸。那部没有完成的悲剧《恩培多克勒斯》，也许就是诗人对自己不幸命运的预示：那个为民众的幸福而战斗，却遭到民众背弃，最终跳入埃特纳火山的伟大的西西里人，不就是对所有先觉者的命运书写吗？

　　也许是缪斯还没有完全忘记她曾经的宠儿，偶尔还会光临荷尔德林的塔楼，于是我们得以见到35首"塔楼之诗"。虽然这些诗的落款属名难以理解，日期也异常混乱，但我们却不能说这些诗完全是疯狂头脑的产物。从短诗《生命之旅》中不难发现一种灵知主义式的精神指向："生命之旅迥异/犹如歧路，或群山分界。/我们此地之所是，神于彼处/能以和谐，永恒的奖酬及宁静充实之。"① 人与人的生命状态不同，所走的路也不同，但无论如何，作为在这个世界漂泊的异乡人，他们只有得到神于完满世界赐予的和谐与永恒，才能不虚此行，才能充实地走过此生；在《那置身于……》一诗中，我们则可以窥见荷尔德林对人与人之间的疏离感、人在此世的陌生感、所谓快乐的虚假性的透彻领悟："那置身于欢乐簇拥中的人，/并不称一切日子最为美丽/却渴望着有朋友爱他的地方/人们厚意挽留年轻人的地方。"② 当主体身处对他而言既陌生又虚伪的环境时，一切表面的快乐与欢欣都透着虚假，更令其难以获得情感与精神的慰藉。疏离似乎成了必然，这是人灵身处异乡难以避免的生存状态。发自内心的孤独让他向往远方朋友的爱，那是一个珍视青春，以年轻人为希望，并给予他们爱护的世界。荷尔德林的乌托邦世界并没有随着诗人的疯狂而崩塌。通过对以上两首诗的分析，我们是不是可以说刘小枫的解释也许并非全无道理？至少这样的解读能给我们这些荷尔德林的阅读者一些情感安慰。

---

① 〔德〕荷尔德林：《塔楼之诗》，先刚译，同济大学出版社，2004，第2页。
② 〔德〕荷尔德林：《塔楼之诗》，先刚译，同济大学出版社，2004，第8页。

第三节 《许佩里翁》：一个有关
灵知主义的文本

《许佩里翁或希腊隐士》（简称《许佩里翁》）无疑是荷尔德林的代表作，也是其生前发表的最具影响力的作品。早在图宾根神学院求学时，荷尔德林就已经开始酝酿《许佩里翁》了，并写出了部分章节，其中一部分于 1794 年发表在弗里德里希·席勒（Friedrich Schiller）主编的《新塔莉亚》杂志上，然而这些章节并没有完全进入我们现在看到的定稿之中，这是因为荷尔德林的生活和思想在持续发展与变化。作者几易其稿，持续修改，不断加入新的元素，融进他新的思考。在我们现在看到的定稿之前，至少还有在瓦尔特斯豪森、耶拿和法兰克福时期的三份残稿。小说的定稿共两卷，分别于 1797 年和 1799 年问世。

应该说《许佩里翁》是荷尔德林与苏瑟特爱情的结晶，他的大部分书稿是在与苏瑟特的爱情缠绵期写成的，是苏瑟特给了他写作的灵感。在写给苏瑟特的信中，荷尔德林这样写道："亲爱的人！这是我们的《许佩里翁》。这颗我们满怀深情的日子结出的果实终将给予你些许欢乐。"①

与其说《许佩里翁》是一部小说，不如说是一部诗歌，因为他是用书信体写成的，我们不妨将其称作"书信体诗化小说"。作为小说，他的故事性并不强，故事本身更谈不上复杂，我们从这部小说中，可

---

① 这封信没有写完。真的难以想象，当荷尔德林在信纸上如此写下这封信第一行文字时，其内心会怀有怎样的悲凉。他创作了这么久、数易其稿、用生命写就的小说终获出版，这本该是多么巨大的欢乐；作为荷尔德林的恋人和小说中女主人公笛奥提玛的原型，苏瑟特知道这个消息后会多么快乐，但荷尔德林却只敢说给她"些许欢乐"，因为他知道她为他正经受着怎样巨大的痛苦与磨难："你一直都在遭受苦难，这再次清晰地映入我的眼帘。"〔德〕荷尔德林：《荷尔德林书信选》，张红艳译，经济日报出版社，2001，第 188 页。

以看出一个诗人的抒情天赋，却很难发现一个小说家的叙事才能。小说的故事情节和人物关系并不复杂，甚至有些简单。

一个活在希腊过往荣光中的青年许佩里翁①，却不得不面对现实——祖国正处在外族（土耳其）的统治之下，他因此苦闷、忧伤、痛苦；他看到人世的无常与无奈，毕竟人生苦短；他希图与大自然永久融合，但那只是一种奢望，"在一个没有神圣尺规的大自然中，人真的会彻底摆脱恶的追逐而得安宁？连尼采也不相信这一点"②。笛奥提玛③的出现，让许佩里翁看到了希望，重拾信心，拥有了激情，他不顾笛奥提玛的劝阻，参加民族解放的战斗，在战争中看尽了人性的丑恶，收获的只有失望。特别是笛奥提玛的去世，使许佩里翁陷入无尽孤独中，直到在幻觉中听到她的声音，才得以恢复平静："温柔的惊惶朝我袭来，我之思安然入梦。"④ 可见，荷尔德林就是要写出许佩里翁"从青年到男人的本质、从激情到理性、从想象的王国到真理与自由的国度的这一巨大的跨越"⑤。

不难发现，同荷尔德林自己一样，《许佩里翁》中的主人公同样处于理想与现实的双向撕扯之中；同作者本人一样，许佩里翁同样耽于幻想，活在茫茫无尽的内心迷惘、忧伤与痛苦之中。因此，我们可以说许佩里翁就是荷尔德林，是荷尔德林将自己的生命诗化的结果（其实何需诗化，荷尔德林的生命原本就是诗化的）。《许佩里翁》与作者刻意将自己隐藏在故事与人物之后的小说不同，作为一部以抒情

---

① 许佩里翁是古希腊神话中十二提坦大神之一，司掌东方，象征着光明，被认为是第一代太阳神。

② 刘小枫：《拯救与逍遥》，上海三联书店，2001，第 208 页。

③ 柏拉图《会议篇》中的女祭司，是她向苏格拉底讲述了爱情的本质，爱情是一种迷狂状态。但这种爱情的冲动指向的是美与善，最终指向的是人的灵魂，使人类的灵魂得以踏上神圣之路，寻求精神上的超越。

④ 〔德〕荷尔德林：《许佩里翁》，《荷尔德林文集》，戴晖译，商务印书馆，1999，第 149 页。

⑤ 〔德〕荷尔德林：《荷尔德林书信选》，张红艳译，经济日报出版社，2001，第 100 页。

为主的诗化小说，它更重要的是承载诗人强烈的情感和丰饶的精神。因此我们完全可以把许佩里翁的一切情感、思想和经历都当作是荷尔德林本人的。荷尔德林让人"回顾他的主人公的青年时代，于是便产生了一部内心历史的关联；在这部内心历史中，荷尔德林的经历相继进入；他的政治行动梦想在这里构成了现实。许佩里翁是荷尔德林本人"①。

　　许佩里翁在这部小说中是一个典型的被抛于世的"异乡人"形象：作为生活在希腊，但在那里只收获到失望的希腊人，他是德意志的异乡人；作为古希腊理想世界的崇拜者与追寻者，他是希腊的异乡人；作为一个向往完满世界的先觉者，他是这个世界的异乡人。因此我们看到他与他生活的环境间被一种"疏离感"充斥着，他无法融入希腊，虽然他爱这个国家；他无法融入德意志，虽然那是他的居住地；他甚至无法融入自然，虽然他曾"幸福地把自然的美揽入怀中"②。于是我们看到一个在成长中被空虚占据了内心的形象。于是许佩里翁的人生就成了一个为寻找心灵拯救、获得灵知而不断进行精神历练的过程，最终要进入那以美为王的"新的王国"。已有学者对《许佩里翁》进行过灵知主义的解读，胡继华教授以其敏锐的洞察力，用一种不失诗性的语言指出："诗人荷尔德林深受席勒希腊多神教神话审美主义浸润，而千禧年主义的灵知则一以贯之地构成其诗心与文脉。假托希腊隐士许佩里翁之口，荷尔德林先知一般地预言：'新的王国守候着我们，美是它的国王。'一部教养传奇《许佩里翁》，字面上述说流亡者归家的旅程，道德上哀叹一个民族的苦难，寓意上呼唤一个美为君王的帝国，在最隐微的意义上则是喻指一个寻神者倾空自我而获取灵知的救恩神话。……全书诗韵蒸腾，文气淋漓，摹山状

① 〔德〕威廉·狄尔泰：《体验与诗：莱辛·歌德·诺瓦利斯·荷尔德林》，胡其鼎译，生活·读书·新知三联书店，2003，第328页。
② 〔德〕荷尔德林：《许佩里翁》，《荷尔德林文集》，戴晖译，商务印书馆，1999，第20页。

水，悲红叹艳，充满了对千禧年王国的期待。"①

许佩里翁的精神历练过程，鲜明地体现了荷尔德林的历史哲学观，最终在文本中表现为一种超越式回归的形态。在欧洲思想史上影响很大的、源于《圣经》中"伊甸园——尘世——天堂"模式的人类历史三阶段发展模式，影响了启蒙一代的历史哲学观和诗学观，席勒、克莱斯特、荷尔德林等人"基本上接受了传统的历史发展三阶段论，即历史演进是由盛转衰，最后复归于盛。温克尔曼发现古希腊文化后，德国思想文化界主流观念是把古希腊文化视为历史原始盛期，而他们所处的时代是衰落期。盛期已逝，不可复得，但对现代具有较高的参照价值，人类历史的目标就是借鉴古代黄金时代的文化创造新的盛世"②。荷尔德林将古希腊视作自己的理想社会，在小说倒数第二稿的序中，他说："希腊是我的第一爱。"③ 这种爱是从作者少年时代就培养起来的。在小说中，荷尔德林通过许佩里翁之口，指明古希腊是美好、自由、适度与自然的代名词："和地球上任何一个民族相比，雅典民族的成长从每一个角度来看都更不受打扰，摆脱了暴力的影响，更为自由。……犹如生成中的钻石，听任自身，这是他们的童年"④，"雅典人是如此自由地不受任何一种强制的影响，如此适宜地生长在衣食适度的环境中，这使得他们如此优秀，并且只有这能够造就他们"⑤。并进一步指出我们应该像雅典人那样，"让人们从摇篮时起就不受任何搅扰"，如此他的生命便是单纯的，因为不知道"身外

---

① 胡继华：《浪漫与灵知——一场没有时间的遭遇（下）》，《上海文化》2015年第11期。

② 任卫东、刘慧儒、范大灿：《德国文学史》（第三卷），译林出版社，2007，第30页。

③ 〔德〕荷尔德林：《〈许佩里翁〉【倒数第二稿】序》，《荷尔德林文集》，戴晖译，商务印书馆，1999，第3页。

④ 〔德〕荷尔德林：《许佩里翁》，《荷尔德林文集》，戴晖译，商务印书馆，1999，第74页。

⑤ 〔德〕荷尔德林：《许佩里翁》，《荷尔德林文集》，戴晖译，商务印书馆，1999，第75页。

有人，身外有物"，如此就会成为真正的人，而"一旦他是人，这个人就是一位神。如是他是神，那么他是美的"①。但正如诗人也觉察到（向我们暗示）的那样，那样的"完美"只存在于孩童状态中，希腊是人类的童年期，因此他完满，正如许佩里翁的童年状态一样："当我还是一个孩子，对周围的一切一无所知，和现在相比，当时我不是丰富吗？……孩子就是一个神性的生灵。他完全是他所是，因此才这样美"②。

但社会终要发展或者说坠入深渊（黑暗），就像人终要失去童年一样。在小说中，许佩里翁走上了漫漫的求索之路，在深渊中寻找救恩之路，在黑暗中寻找光明的"灵知"。在人生导师亚当斯那里，他明白了人应当有所追求，哪怕要经历苦难："我们志在冲进尚无分晓的黑夜，闯入任何其他世界的寒冷陌生之中，而倘若可能，我们会离开太阳的领域，冲出太阳的界线。唉！对于狂放的胸襟不可能有家园；像太阳的光芒对大地的草木，滋润它又灼伤它，人就这样杀死他胸中生长的花朵，亲和与友爱的欢乐。"③ 一种灵知主义的离乡与还乡、黑暗与光明二元辩证关系隐喻被荷尔德林透露了出来。许佩里翁终要离开故乡，踏上漂泊之路，进入黑暗之中，唯有遭遇黑暗才可能寻得神的信息，找到还乡的"灵知"，最终归于光明的完满之中。正如那个来自完满世界的低级苏菲娅，寻找光明而不可得，最终隐入黑暗中，在经历了无知（包括悲伤、恐惧、困惑）情绪的折磨后，产生了"一种心灵状态：皈依（turning, conversion）生命的赐予者"，终

---

① 〔德〕荷尔德林：《许佩里翁》，《荷尔德林文集》，戴晖译，商务印书馆，1999，第 75 页。

② 〔德〕荷尔德林：《许佩里翁》，《荷尔德林文集》，戴晖译，商务印书馆，1999，第 10 页。

③ 〔德〕荷尔德林：《许佩里翁》，《荷尔德林文集》，戴晖译，商务印书馆，1999，第 15 页。

于在黑暗中获得救恩的"知",并为这个世界创造了属灵的元素。①

阿邦达是一直陪伴在许佩里翁身边的朋友,有学者认为,阿邦达与笛奥提玛处于彼此对立的两极,如果说,笛奥提玛是美的象征,代表的是万有即一的和谐与宁静的话,那么阿邦达就是一个热血的、不惜自我牺牲也要改变世界的革命者形象,是他给予许佩里翁行动的勇气和革命的热情。② 在阿邦达的鼓舞与带动下,许佩里翁前所未有地渴望行动、渴望战斗,希望通过这样的方式,实现人的自由,实现祖国的解放,他参加了战争。但在战争中,他看到的尽是人性的恶,看到的是革命暴力造成的巨大伤害。许佩里翁被失望攫住了:"我向你承诺一个希腊,而你得到的却是一支挽歌。"③ 他感到"周遭一片漆黑"④,他甚至想在战斗中寻死来赎自己犯下的罪。阿邦达则因为过盛的生命,为自由,也为友谊献祭了自己。一度作为法国大革命热情支持者和歌颂者的荷尔德林,强调自由的意义,认为自由是人的最高意义、本质属性。在《许佩里翁》中,主人公高呼:"没有自由,万物皆亡",这是他与阿邦达共有的精神指向,阿邦达强调:"我在最高意义上是自由的,因为我感觉到自身没有始初,所以我相信,我没有终限,我不可摧毁。"⑤ 以至于阿邦达以自己的鲜血赎罪,也要体现自己的自由本质。无须如法国学者皮埃·伯尔道(Pierre Berdaux)一样,为证明荷尔德林与法国大革命的关系而去搜集各种证据,甚至为了证明荷尔德林是雅各宾派的追随者和雅各宾主义的德国实践者,以致扭

---

① 〔美〕汉斯·约纳斯:《诺斯替宗教:异乡神的信息与基督教的开端》,张新樟译,上海三联书店,2006,第172~174页。

② 参见赵蕾莲《论荷尔德林小说〈许佩里翁或希腊的隐士〉中的对立观》,《外国文学研究》2014年第3期。

③ 〔德〕荷尔德林:《许佩里翁》,《荷尔德林文集》,戴晖译,商务印书馆,1999,第112页。

④ 〔德〕荷尔德林:《许佩里翁》,《荷尔德林文集》,戴晖译,商务印书馆,1999,第112页。

⑤ 〔德〕荷尔德林:《许佩里翁》,《荷尔德林文集》,戴晖译,商务印书馆,1999,第133页。

曲事实，突破研究底线，认为荷尔德林并没有陷入疯狂之中，他的疯狂不过是用一种自我牺牲的方式表达对失败革命的坚持。① 事实上，只要我们把阿邦达和法国大革命中的革命者稍一对比，就不难窥见阿邦达与让-保尔·马拉（Jean-Paul Marat）②之间的对应关系。作为"复仇同盟"成员、以自由为最高指标、为国家而战不惜牺牲与杀戮、最后为同盟付出生命的代价，这不就是那个雅各宾俱乐部的主席吗？而许佩里翁对阿邦达国家理论的质疑，也体现了荷尔德林对革命、对国家体制的看法："可是你却给国家掺入太多暴力。国家不可以要它不能强求的东西。而爱与精神所赋予的，恰是不能强求的。或者国家不去触犯这些，或者人们把它的法律拿下来，钉在耻辱柱上！苍天作证！要把国家变成道德学校的人，他不知道，他作了什么孽。人想把国家变成天堂时，总是把它变成了地狱。"③ 荷尔德林对法国大革命，包括启蒙运动都经历了从接受到质疑，再到超越的过程。

　　许佩里翁在阿邦达的带领下，体验了战斗人生的激越，也看到了人性的丑恶。正如代表平静与和谐的笛奥提玛早已预料到的那样，许佩里翁最终一定会失败。但不经历这样的失败，许佩里翁人生的枷锁就不会被砸开，就不会明白他最在乎的人性是什么样，就不会"飞升到古老的自由"④，就不会获得精神的拯救。

---

① 参见刘晗《作为雅各宾派的荷尔德林——皮埃·伯尔道的"荷尔德林和法国大革命"与荷尔德林左派接受阅读》，《外语研究》2017年第3期。
② 让-保尔·马拉是法国大革命时期的革命家与宣传家，雅各宾总部的主席，是激进革命的代表，因反对吉伦特派的统治遭到起诉，后被宣判无罪。雅各宾派取得政权后，马拉强调用暴力确立自由，于1793年在巴黎的寓所中，被一名吉伦特派女性支持者夏洛蒂·科黛（Charlotte Corday）刺杀身亡。此事件轰动了法国，也轰动了整个西方世界，荷尔德林曾在一封信中对刺杀事件表示过谴责。
③〔德〕荷尔德林：《许佩里翁》，《荷尔德林文集》，戴晖译，商务印书馆，1999，第29页。
④〔德〕荷尔德林：《许佩里翁》，《荷尔德林文集》，戴晖译，商务印书馆，1999，第138页。

诗中许佩里翁与笛奥提玛的爱情当然带有荷尔德林与苏瑟特爱情的影子，笛奥提玛也是以苏瑟特为原型创作的："终稿版《许佩里翁》（1796~1798）的创作期间，恰逢他在法兰克福银行家夫人苏赛特·贡塔特（家）当家庭教师，并爱上了苏赛特。由此我们可以猜测，狄奥蒂玛这个人物的理想化特点，很大程度上由于荷氏对苏赛特的爱和对美的渴望。"① 但我们却不能把两者完全等同起来，甚至荷尔德林与苏瑟特关于小说女主人公笛奥提玛的结局的看法是有分歧的："对不起，笛奥提玛死了。你记得，从前我们对此不能完全取得一致。我相信，按照整体结构，这会是必然的。"② 为什么是必然的呢？笛奥提玛甫一出现，在许佩里翁那里就具有了一种象征意味，在他眼中，她就是神灵，就是这世间至美与至圣的象征。她是许佩里翁幸福的源泉，与她在一起，许佩里翁感觉如身处幸福的家园："她在场使一切变得神圣而美好。无论我往哪儿看，无论我触及什么，她的地毯，她的靠垫，她的几案，一切都与她神秘地联系着。这儿她第一次呼唤我的名字，这儿她本人走近我，她纯洁的气息拂过我静听着的生命！"③ 与她在一起，就是与完满世界的接近，像是异乡人收到了故乡的消息："我站在她面前，听着看着这天国的和平，在哀叹呻吟的混乱中爱与美之神向我呈现。"④ 在诗人荷尔德林笔下，笛奥提玛是至美与至圣的象征——"至美亦是至圣"⑤，是"与万有合一"的"神性的生

---

① 赵蕾莲：《论荷尔德林小说〈许佩里翁或希腊的隐士〉中的对立观》，《外国文学研究》2014年第3期。
② 〔德〕荷尔德林：《荷尔德林书信选》，张红艳译，经济日报出版社，2001，第188页。
③ 〔德〕荷尔德林：《许佩里翁》，《荷尔德林文集》，戴晖译，商务印书馆，1999，第50页。
④ 〔德〕荷尔德林：《许佩里翁》，《荷尔德林文集》，戴晖译，商务印书馆，1999，第55页。
⑤ 〔德〕荷尔德林：《许佩里翁》，《荷尔德林文集》，戴晖译，商务印书馆，1999，第53页。

命"①，于是所有一切都在她这里，她就是"一即万有"②。

但这个许佩里翁在大地上找到的女神，却只是俗世的存在，她终归不是属灵世界的苏菲娅，而只是属灵世界的"移涌"。这个以古希腊人物命名的人物，与许佩里翁一样，来自那个已成为过去的和谐与统一的黄金时代，正如瓦伦廷神话中那个普累罗麻世界一样。笛奥提玛自身经历了由神而人，再由人而神的转化过程。小说中那段许佩里翁与笛奥提玛热恋中的"亲密接触"颇具意味，他们在山顶的边缘眺望无极的东方时，笛奥提玛支撑着栏杆："她继续往前，俯探森然的峭壁。她有雅兴，度量骇人的深渊，让自己消失在下面丛林的黑夜中，而丛林正由磊磊岩石和蒸腾的雨溪朝上，伸向光明的山顶。"③ 一种灵知主义的隐喻在最隐微的意义上被体现出来。这个漂泊的异乡神在深渊的黑暗中潜行，最终得到了救恩的灵知，寻到了光明，回归了她的完满。但属于许佩里翁的灵知还没有出现。笛奥提玛的作用在于启示许佩里翁对"灵知"的探寻，最终实现向完满世界的回归。④ 这也就是小说讲述许佩里翁经历了青年的激越，感受到了人世的黑暗后，被绝望卡住喉咙，还没唱完那曲慨叹命运的绝望之歌，还未对神抱怨完人之命运的不公平，就收到了笛奥提玛书信的原因吧！笛奥提玛向许佩里翁指明了方向："你的月桂尚未成熟而你的桃金娘已经凋落，因为你应该是神圣的自然的祭司，诗性的时光业已为你而萌发。"⑤ 月桂是指诗人的桂冠，而桃金娘则是爱情的象征，笛奥提玛希

① 〔德〕荷尔德林：《许佩里翁》，《荷尔德林文集》，戴晖译，商务印书馆，1999，第8页。
② 〔德〕荷尔德林：《许佩里翁》，《荷尔德林文集》，戴晖译，商务印书馆，1999，第49页。
③ 〔德〕荷尔德林：《许佩里翁》，《荷尔德林文集》，戴晖译，商务印书馆，1999，第52页。
④ 在这个意义上，荷尔德林表达了他对柏拉图的崇拜。在《会饮篇》中，正是女祭司笛奥提玛启示了苏格拉底有关爱情的真谛，特别是爱情与灵魂超越之间的关系。
⑤ 〔德〕荷尔德林：《许佩里翁》，《荷尔德林文集》，戴晖译，商务印书馆，1999，第140页。

望许佩里翁去实现诗人的理想，在诗的世界中获得真理，切近神性。这是荷尔德林诗歌理念的体现：荷尔德林于 1798 年最后一晚（此时《许佩里翁》已经完成）写给弟弟的信中，表明了他对诗歌统一性的观点："诗歌把人统一到一起的方式与游戏不同；当它是真实的并真正发挥作用的时候，它就把人们统一在一起，带着所有纷繁复杂的苦难、幸福、追求、希冀以及恐惧，带着他们所有的观点和谬误、全部的美德和理念，带着他们中的一切伟大与渺小，不断聚合成一个生动的、有千万个分支的、内在的整体，因为恰恰这个整体才是诗歌本身，有其因，必有其果。……哲学—政治的培育本身就蕴涵着不当之处，他虽然为了本质的、绝对必要的关系，为了义务与权利，把人联结在一起，但又能为人的和谐做多少呢？"①。

这种观念在《许佩里翁》中得到了淋漓尽致的体现："如果没有诗"，"他们甚至永远不会成为一个哲学的民族"，因为诗"是哲学这一科学的开端和结束"，只有诗"这一无限的神性存在"才可以将宗教、哲学、自然等一切统一起来。在这里荷尔德林再次对启蒙理性提出了自己的质疑，也再一次指出了他所追求的"知"——所谓的理性与思想（哲学）无法认识"完整的美的和谐"，只有回到诗，才能真正"享用神的宴席"，不然只会把自己手中如"一块干面包"一样的理性视作美味。② 在荷尔德林看来，理性的发展、内在灵性的丧失，使人类越来越脱离神性，"荷尔德林无法忍受人性与神性的绝对分离，无法忍受自己所处身于其中的无神性的精神和现实世界"③，因为神性是人性的基础，是规范和衡量人性的尺规。这是荷尔德林反思启蒙的立足点，也是他诗性宗教的出发点。在一个人灵丧失、诸神隐去的时代，倾力于觅得神的

① 〔德〕荷尔德林：《荷尔德林书信选》，张红艳译，经济日报出版社，2001，第170 页。

② 〔德〕荷尔德林：《许佩里翁》，《荷尔德林文集》，戴晖译，商务印书馆，1999，第77 页。

③ 刘小枫：《拯救与逍遥》，上海三联书店，2001，第 203 页。

踪迹，是荷尔德林也是许佩里翁现世苦难与幸福的根源。

荷尔德林以诗歌为宗教，以诗人为神——行走在大地上的神，认为诗是救世的灵药，也是"知"的根据，如此将诗神化实际上也是将人神化了。这样的救世方案真能实现吗？我们怀疑，可能荷尔德林自己也怀疑，这也许就是《许佩里翁》最后一句话"我这样想，有待下回"[1]的原因吧！对此，胡继华指出："教养就是为了获得灵知，而要获得灵知就必须经过一场接一场的精神试炼，所以荷尔德林的《许佩里翁》就只能是未竟之作，终局被无限地延宕了。"[2]但许佩里翁至少知道了自己的目标是什么——这是获得"知"的前提，是"和解"和"找回自己"："世界的不谐和音犹如爱人的争纷。在斗争之中是和解，而所有被割裂的又找回自己。"[3]只有和解才能寻得统一，只有找回自己才能回到那个诗性的完美世界。但那个世界并非许佩里翁所称赞的古希腊雅典，他要的并非回到那个所谓人类原初的黄金时代，而是"一个更美好的时代，更美好的世界"[4]，这样也许我们就理解了荷尔德林在《许佩里翁》倒数第二稿"序"中那个稍显矛盾的表述："希腊是我的第一爱，而我不知道我是否应该说，它将是我最后的爱。"[5]古希腊是否就是许佩里翁，也是他本人所要追求的那个世界，荷尔德林也是持怀疑态度的吧？毕竟那个人类从中走出的伊甸园，也并不是所有人心向往之的神性世界，人类要的不是返回伊甸园，而是天堂。

---

[1] 〔德〕荷尔德林：《许佩里翁》，《荷尔德林文集》，戴晖译，商务印书馆，1999，第150页。

[2] 胡继华：《浪漫与灵知——一场没有时间的遭遇（下）》，《上海文化》2015年第11期。

[3] 〔德〕荷尔德林：《许佩里翁》，《荷尔德林文集》，戴晖译，商务印书馆，1999，第150页。

[4] 〔德〕荷尔德林：《许佩里翁》，《荷尔德林文集》，戴晖译，商务印书馆，1999，第63页。

[5] 〔德〕荷尔德林：《许佩里翁》，《荷尔德林文集》，戴晖译，商务印书馆，1999，第3页。

第五章

命运还是自设的圈套

——莫泊桑的《项链》

居伊·德·莫泊桑（Guy de Maupassant，1850-1893）常被看作是批判现实主义的代表作家，其作品大多以 19 世纪后半叶的法国现实生活为背景，确实具有巨大的批判强力。提到莫泊桑，马上会想到他的老师福楼拜（Gustave Flaubert），那位把大量精力投入莫泊桑这个学生身上的文学大师。有福楼拜这样一位老师，这于莫泊桑而言，是他的幸运，他从福楼拜那里学习到了太多，当然其中最重要的是学会认真观察一切，进而发现别人没有发现的一些东西，这在一定程度上成就了莫泊桑。但幸与不幸之间的距离往往只差一步，在大师的阴影中，难免产生"影响的焦虑"，意志稍弱者就会在这种阴影中失去了自我，好在莫泊桑跨出了福楼拜的阴影，这反倒与当初福楼拜对莫泊桑的教导有关，他要求莫泊桑必须在作品（那时的莫泊桑主要进行诗歌创作）中发出自己的声音，而不是模仿他人。这对莫泊桑的影响是巨大的，后来他发展起了一种简单但不浅薄的小说风格，这种风格在那个大师辈出的时代独一无二。

第一节　莫泊桑：简单是一种文学才能

只需要简单一读，也许就能看到莫泊桑的优点：相较于同时代的作家，莫泊桑似乎更流行，不要小看这一优点，正如美国学者哈罗德·布鲁姆所说那样："成为流行艺术家本身就是个了不起的成就；在今天的美国我们已经看不到这样的人了。"[①] 流行本身也许不能说明问题，但如果流行的前提是"艺术家"，且其作品是真正意义上的"艺术"，那么这就真的是"了不起的成就"了[②]；莫泊桑是一个善于学习的作家，我们当然都知道他从老师福楼拜那里学到了很多，与此

①　〔美〕哈罗德·布鲁姆：《短篇小说家与作品》，童燕萍译，译林出版社，2016，第91 页。
②　这一点也许对当前方兴未艾的网络文学写作具有一定的启示价值。

同时，他曾一度追随过左拉（至少是作为朋友），受到左拉自然主义创作风格和手法的影响，写下了像《莫兰这只公猪》那样书写人之生物属性的作品，事实上这一点一直是莫泊桑小说的优点，也为他提供了在小说中透视人性的一架望镜；另外，莫泊桑是一个擅长把复杂写得简单的作家，这是一种伟大的叙事才能，但却给莫泊桑招来很多质疑与批评，认为莫泊桑的小说过于浅薄（至少是浅显）了些。中国学术界似乎更流行这样的观点（虽然几乎没有人愿意承认）。以前出于对批判现实主义的推崇，我们视莫泊桑为经典："十九世纪下半期，欧洲文坛上空满布着自然主义和颓废主义的阴云时，突然，一颗耀眼的'流星'划破暗空，用一篇又一篇闪烁着批判现实主义光芒的短篇小说，受到了世界各国人民的赞赏。这颗'流星'，就是法国短篇小说之王居伊·德·莫泊桑。"① 正如我们前面指出的那样，一个可以写出《羊脂球》这样的作品的作家，他的批判精神一定没有流于讽刺的表层，而是深入了事物的本质；出于对所谓"思想深度"的重视，我们又批判莫泊桑现实主义光芒中的"浅薄"。有论者就曾经指出："莫泊桑在自己的短篇里，总是满足于叙述故事，呈现图景，刻划性格，而很少对生活进行深入的思考，很少通过形象描绘去探讨一些社会、政治、历史、哲学的课题，追求作品丰富的思想性，而且，他也并不是一个以思想见长的作家，在现实生活里，他是一个思想境界并不高的公务员，对现实生活的认识并不深刻，因此，他的短篇从来都不具有隽永的哲理或深蕴的含义，他在其中所要表现的思想往往是显露而浅明的。"② 从作家身份进入作品的批评简单而直接，却也常与武断相伴。事实上，在文学那里，特别在是小说那里，简单与浅薄是两回事儿，简单是一种才能，而浅薄则是才力的不逮。卡尔维诺说他之所以

---

① 赵令德：《莫泊桑》，辽宁人民出版社，1988，第1页。
② 柳鸣九：《莫泊桑的文学创作》，柳鸣九主编《自然主义》，中国社会科学出版社，1988，第164页。

喜欢莫泊桑恰恰是因为他"肤浅"，① 布鲁姆则说得更加直接："莫泊桑的许多简单只是如它们看上去那样，却并不浅薄。"②

特别值得一提，也很有意思的是莫泊桑发表的第一篇小说《剥皮的手》（又译《人手模型》或《断手》）。表面看来这并非一部典型的莫泊桑风格作品，而是一篇惊怵悬疑小说。莫泊桑因此还受到福楼拜的批评，后者认为这部作品是面壁空想的结果，缺乏现实基础，要求他以后进行创作时，一定要立足生活，这在一定程度上影响了莫泊

① 〔意〕伊塔洛·卡尔维诺：《为什么读经典》，黄灿然、李桂蜜译，译林出版社，2012，"前言"，第 2 页。"前言"系陆元昶译。自称为"杂食性"读者的卡尔维诺在其著名的《为什么读经典》的前言中说了这番话。相较于 19 世纪西方那些大作家来说，莫泊桑似乎真没有那么深刻，他的小说似乎浅白了些。卡尔维诺用"肤浅"这个词来评价莫泊桑，很显然并非他对莫泊桑的贬低，但也绝对算不上是褒扬。但卡尔维诺做出这个判断时，大概并没有把与莫泊桑同时代的作家视作其照系，而是潜意识里将自己作为了对标对象，这也许是他在《为什么读经典》中没有为莫泊桑留下篇幅的原因吧。当我们看了卡尔维诺的寓言式小说《我们的祖先》三部曲后，也就明白了，一个用幻想的故事寓指人生哲理与现实荒诞的作家，如何能不觉得莫泊桑"肤浅"呢？事实上，卡尔维诺跟莫泊桑一样，都关注人的存在问题，而且他们有一个共通的主题即"战争与人"。莫泊桑不少小说有关普法战争，而卡尔维诺早期作品则以二战为背景，令其一举成名的那部长篇小说《通向蜘蛛巢的小径》就是代表。正如很多作家的第一部重要作品都带有明显的自传性一样，《通向蜘蛛巢的小径》这部只用了 20 天就创作完成的小说，以卡尔维诺本人参加抵抗运动的经历为素材写成。在主人公皮恩眼里，战争不过是儿时骑木马、挥竹刀的游戏而已，而游击战士则如同生活在童话森林中的"蓝精灵"，虽然面临着"格格巫"的威胁，却照样快乐地生活着。在卡尔维诺笔下，人（不）重要，战争（不）重要，"人与战争的关系"〔李赋宁：《欧洲文学史（第 3 卷）：20 世纪二次大战后欧洲文学》，商务印书馆，2001，第 924 页〕才是最重要的。卡尔维诺后来的小说常常指向荒谬这一具有明显存在主义意味的命题，这倒与我们对莫泊桑的小说，特别是《项链》这篇小说的解读具有一致性。卡尔维诺作为一个成长在存在主义盛行的时代的作家，说他一点不受存在主义的影响，绝对没人信。其实他对荒谬命题的书写在《通向蜘蛛巢的小径》中已然很明显了，在这部小说中人与战争的关系具有一种存在主义式的荒诞色彩。也许正如加缪说的那样："荒谬既不存在于人（如果同样的隐喻能够有意义的话）之中，也不存在于世界之中，而是存在于二者共同的表现之中。荒谬是现在能联结二者的唯一纽带。"（加缪：《哲学性的自杀》，《西西弗的神话：加缪荒谬与反抗论集》，杜小真译，天津人民出版社，2007，第 36 页）

② 〔美〕哈罗德·布鲁姆：《短篇小说家与作品》，童燕萍译，译林出版社，2016，第 91 页。

桑向现实主义题材的转向。但莫泊桑似乎有自己的看法，他并没有完全遵从老师的指导，更没有完全接受老师的批评，他后来创作了不少此类小说，诸如《划船》、《夜晚》、《幽灵出现》、《死去的女人》，以及名篇《霍拉》等。因为《剥皮的手》毕竟只是一篇习作式的作品，在艺术上并不成功。莫泊桑在八年后，重写了这篇小说，更名为《手》（1883），可见其对这类小说的偏好。我们之所以在这里单独提到这篇小说和这次重写，还因为莫泊桑的这种类型小说的创作再次证明我们过去对莫泊桑的认识有多么偏颇，而莫泊桑对这类小说的坚持——虽然受到老师的批评——充分说明了他要做一名独立、个性小说家的意识。当然更重要的是，从《剥皮的手》到《手》的改变，足以说明莫泊桑成熟之后的创作绝不像一些人认为的那样简单，也并非如布鲁姆所认为的那样——莫泊桑的才智难以企及莎士比亚这样的先贤，甚至与契诃夫这样的作家也无法相提并论。布鲁姆对莫泊桑发现了人们没有发现的东西表示怀疑。[1]

通过对比《手》与《剥皮的手》，我们至少发现莫泊桑创作上成熟之后的小说（主要是指短篇小说）——我们姑且称之为"莫泊桑风格小说"——具有一些鲜明的特征，充分体现了莫泊桑于简单中蕴丰富、在平淡中含深意的小说创作才能。

莫泊桑风格小说是语言绝对节约的典型。在莫泊桑风格小说中，我们几乎看不到繁复的描述，我们甚至感受不到作品语言的丰富性；白描是莫泊桑最钟情的艺术手法，他追求在三言两语中交代清楚环境的特殊性和叙述对象最主要的也是他最想要读者知道的特征与特性，并将后者置于前者之中，以使其显得更为突出。

在《剥皮的手》中，我们还不难发现一些与小说情节和主题关系不大的内容，比如小说开头关于朋友聚会的情形，不仅不利于小说主

---

[1] 〔美〕哈罗德·布鲁姆：《短篇小说家与作品》，童燕萍译，译林出版社，2016，第91页。

题的强化，而且与小说的整体氛围相悖。后来莫泊桑逐渐认识到了小说中气氛营造的重要性："在一部极有价值的小说中，存在一种神秘而强有力的东西：就是特有的、对这部小说必不可少的气氛。创造一部小说的气氛，使我们感到人在其中活动的环境，这就是使小说产生活力的可能性。艺术家描述的局限就是在这里；没有这些，作品将一文不值。"[①] 至其创作《手》时，我们看到小说开头就营造了一种令人紧张、压抑，甚至惊怵的氛围，为其后面小说情节的展开、主题的展现埋下了线索。

在《剥皮的手》中，还有一处明显突兀的情节便是"我"送皮埃尔的尸体回乡安葬时的那段儿时回忆。任何语言上的浪费都有悖于文学创作伦理，这一点对于短篇小说来说显得尤为重要。短篇小说受其篇幅所限，更应该做到无一字无用处，无一句无所指，无一段无内蕴，所有文字都必须围绕小说叙事主线展开，所有叙述都必须为小说主题的实现有所贡献，所有的情节都必须有利于丰富小说的内涵。但这段儿时回忆明显缺乏这样的作用与价值。高明的作家往往能使一些看似无关紧要的情节在丰富作品主题内涵方面发挥意想不到的效果。以这个标准再去考察《手》这篇小说，我们就会发现，莫泊桑成熟期创作的这篇同类风格、同类题材的作品，不仅没有那种类似"儿时回忆"一样的叙述冗余，而且体现了一个高明小说家应有的叙述才能。

莫泊桑的小说中往往存在一些看似平淡无奇的叙述，但我们从这些叙述中可以窥见作者在情节安排上的匠心独具，同时也可看到这些叙述中内蕴的社会与人性批判因素。可以说，《手》就是一篇用通俗小说的套路写就的不失批判精神的严肃文学作品。小说并没有直接叙述惊怵事件，而是先让一位故事讲述人——一位地方预审法官——出场。更重要的是，在讲述故事前，贝尔米蒂埃首先表明自己特别关心并想追查的是族间仇杀事件，而且一再表示他所讲的事件是并非"超

---

① 〔法〕莫泊桑：《莫泊桑随笔选》，王观群译，百花文艺出版社，2009，第86页。

自然的"，而是"无法解释的"。然后小说改为第一人称：贝尔米蒂埃讲述他亲自经历过的这个惊怵事件。故事讲述人的设置，拉开了故事本身与读者之间的距离，使读者更相信故事讲述人，即事件亲历者的感受与理解。所以，这时候惊怵事件本身反而不重要了，重要的是故事讲述人的看法，讲完故事后他向听故事的人说："我认为事情很简单，这只手的真正主人并没有死，他带着还留下的手在寻找这只手。可是我没有搞清楚他是怎么干的。这是一种仇杀。"① 就这样，惊怵事件的实质与故事讲述人感兴趣的"族间仇杀事件"形成了呼应，这使得故事指向了现实而非灵异或梦幻。

故事的讲述人贝尔米蒂埃作为阿雅克肖的预审法官，"在那儿特别想关心追查的是族间仇杀事件"②。这处交代看似与后面叙述的惊怵悬疑故事并没有关系，但读者一定可以发现二者都与"复仇"有关，只是贝尔米蒂埃关注的是族间复仇而其讲述的则是一个令人惊怵的个人间复仇故事罢了。这样的联系使这部分内容在小说的主体故事中至少不再显得那么突兀，而如果我们细读文本就会发现，作者在小说中通过不露痕迹的层层铺垫，不断强化这两者之间的联系，例如：周围人对剥皮断手的拥有者约翰·罗尔先生做出种种猜测，其中就有人猜测他可能是"因为犯了一件大罪才躲到这儿来的"③；罗尔以杀戮为乐，以杀戮为荣的性格；家里散放着三支装着子弹的手枪说明罗尔"这个人始终生活在恐惧之中，生怕受到袭击"④；在描述完那支"剥皮断手"的外形后，贝尔米蒂埃感到"这只被如此剥了皮的手看上去

---

① 〔法〕莫泊桑：《手》，王振孙译，〔法〕莫泊桑《白天和黑夜的故事》，郝运、王振孙、赵少侯译，人民文学出版社，1991，第121页。
② 〔法〕莫泊桑：《手》，王振孙译，〔法〕莫泊桑《白天和黑夜的故事》，郝运、王振孙、赵少侯译，人民文学出版社，1991，第114页。
③ 〔法〕莫泊桑：《手》，王振孙译，〔法〕莫泊桑《白天和黑夜的故事》，郝运、王振孙、赵少侯译，人民文学出版社，1991，第114页。
④ 〔法〕莫泊桑：《手》，王振孙译，〔法〕莫泊桑《白天和黑夜的故事》，郝运、王振孙、赵少侯译，人民文学出版社，1991，第118页。

很可怕，它使人自然地想起了某种野蛮的仇杀"①；罗尔死亡之前不断收到来信，收信后的激烈反应：看过信后就烧掉，"他经常大发雷霆，拿起一根鞭子发狂似地抽打那只固定在墙上，就是在出事的时候不知怎么被取走了的那只干瘪的手"②；等等。以上描述都与作者对贝尔米蒂埃所关注的当地族间仇杀事件的描述具有太多相通之处，同样在揭示人以杀戮者为英雄、以杀戮为荣的扭曲心理，同样都在强调仇恨的周而复始，同样都在强调仇恨的可怕、血腥与野蛮。莫泊桑对这种联系的书写是否意在告诉读者，仇恨是游荡在这世间的恶灵，就潜伏在我们身边，随时可能利用人性中的恶因素与人类长久以来形成的扭曲的观念，向我们发起新一轮的攻击，制造新的仇恨，同时也再次埋下复仇的种子？

小说中看似平淡却极为深刻也极具意蕴的细节是对惊怵故事听众的描述。小说开头，作者这样描绘了几个妇女听众："她们既好奇又害怕，同时也因为她们有着那种支配着她们心灵、像饥饿那样折磨她们的、对恐怖的既贪婪而又无法满足的需要，所以她们一面听，一面在抽搐、颤抖、哆嗦。"③ 这就道出了人们被惊怵故事吸引的心理机制，同时也暗示人的内心深处有一种对恐怖本身的需要，正是这种内在需要，使她们在听完恐怖故事之后，全然不顾讲述者的看法："有一个女人咕噜着说：'不，看来不是这么回事。'"④ 而且也不会考虑故事中事件的各种可能性，而是倾向于将之归入"超自然的"范畴。这种心理机制和对恐怖的内心需要，是否也是人类从未消除恐怖、血

---

① 〔法〕莫泊桑：《手》，王振孙译，〔法〕莫泊桑《白天和黑夜的故事》，郝运、王振孙、赵少侯译，人民文学出版社，1991，第117~118页。
② 〔法〕莫泊桑：《手》，王振孙译，〔法〕莫泊桑《白天和黑夜的故事》，郝运、王振孙、赵少侯译，人民文学出版社，1991，第120页。
③ 〔法〕莫泊桑：《手》，王振孙译，〔法〕莫泊桑《白天和黑夜的故事》，郝运、王振孙、赵少侯译，人民文学出版社，1991，第112页。
④ 〔法〕莫泊桑：《手》，王振孙译，〔法〕莫泊桑《白天和黑夜的故事》，郝运、王振孙、赵少侯译，人民文学出版社，1991，第121页。

腥、暴力与流血的原因呢？从这个意义上说，《手》这篇小说已经超越了一般惊怵悬疑小说的内涵，其指向具备了一种普适的意义，而这一意义所指与小说中惊怵故事和仇恨之间的关联具有了同一性。如此，无论我们将这篇作品解读成有关"超自然的"现象的幻想性作品，还是将其解读为一个有关"无法解释的"复仇事件的具有现实指向的作品，都无损于这部小说的文学价值。

莫泊桑风格小说是一个隐喻与暗示的世界。无论是《剥皮的手》还是《手》，都有一个核心意象，也是故事讲述的中心——手，一只被剥了皮的手。无论是否被赋予超自然的内涵，这只手都具有一种隐喻所指，这使其小说具有了一种越过故事表层意义，指向更深层内涵的可能。小说通过层层暗示——如前文指出的那样——使其隐喻所指不断清晰起来：被杀戮者的手，同时也是复仇者的手——杀戮者也会成为被杀者。这样，小说中的"手"就具了一种隐喻性，指向了小说的深层内涵。

莫泊桑的小说，特别是他的短篇小说是简单的，它从来不以故事的曲折、人物（包括经历与性格）的复杂取胜，但这并不意味着他的小说的内涵也是简单的，相反，他的小说相当具有包蕴性、开放性和喻指性。

第二节 《项链》：一个隐喻的文本

理查兹（I. A. Richards）将隐喻看作人类的一种思维方式，也就是说隐喻从根本上来说是思想之间的一种交流方式，是语境间的相互作用，人的思维是隐喻性的，通过对比进行。这是语言存在隐喻的根本原因。① 如果我们认为文学是我们与世界相联系的一种方式，那么

---

① I. A. Richards, *The Philoosphy of Rhetoric*, New York: Oxford University Press, 1965, p. 94.

文本就必然是一个隐喻的世界。事实上，如果我们有足够的耐心去细读文本，就会发现莫泊桑看似非常"简单"的小说《项链》（1884）构成了一个隐喻的世界，在这个世界中，主人公玛蒂尔德从自欺走向自我救赎，但救赎却以荒诞结束。小说向我们揭示了"人之存在"往往与荒谬相伴这一命题，这与人不再"是其所是"的生命状态密切相关，如此，人便会无可逃避地陷入自己给自己设置的圈套中。

艾布拉姆斯指出："隐喻（'暗喻'metaphor）用通常（字面意义上）表示某种事物、特性或行为的词来指代另一种事物或特性或行为，其形式不是比较而是认同。"① 这就意味着，如果我们从隐喻的角度来对文学文本进行分析，就必须透过文本的字面意义来发现其背后的所指，即发现其"深层意义"。但解读隐喻文本的尴尬和难点在于：隐喻文本不允许对其仅作字面性的解释，那样不仅是徒劳无功的，甚至可能产生对文本的浅陋解读，正如我们只看到莫泊桑小说故事的简单，而无法认知其真正的思想深度那样。"隐喻的本质"决定"对隐喻的解读总是始于字面性解读"，但必须以超越字面性解读来结束。② 这就使得我们对文本的解读可以在一定程度上超越（也可能是契合）作者的意图，达到对作品的多层次、多角度解读。但这并不意味着我们可以脱离文本的字面意义，相反所有的阅读与解释都必须在"字面意义"的基础上，"隐喻的真理总是源自独立地可确定的字面真理。这些字面真理只能被认为是常规隐喻实践的一种结果"③，而二者的互动关系，才是我们解读文本真正的切入点。

确实如此，如其字面所示，《项链》的故事情节并不复杂，小说以项链为中心，以借项链、展示项链（舞会）、丢失项链和赔偿项链

---

① 〔美〕M. H. 艾布拉姆斯：《欧美文学术语辞典》，朱金鹏、朱荔译，北京大学出版社，1990，第115页。

② 季广茂：《隐喻理论与文学传统》，北京师范大学出版社，2002，第45页。

③ 〔英〕戴维·E. 库珀：《隐喻》，郭贵春、安军译，上海科技教育出版社，2007，第167页。

（偿还借款）为线索。

　　小说主人公玛蒂尔德是一位"包法利夫人"式的人物，她本是一位面容姣好、漂亮动人的姑娘，只因造化的安排生长在一个小职员家庭里，因为"没有陪嫁财产，没有可以指望得到的遗产，没有任何方法可以使一个有钱有地位的男子来结识她，了解她，爱她，娶她"，最终"只好任人把她嫁给了教育部的一个小科员"。但她内心并不甘于这样的生活，"她总觉得自己生来是为享受各种讲究豪华生活的"①，因为她有着与那些高贵的命妇并驾齐驱的资本，那就是她的美貌。她因此无休止地痛苦着，常常幻想可以过上高贵奢华的生活，"她会想到四壁蒙着东方绸、青铜高脚灯照着、静悄悄的接待室；她会想到接待室里两个穿短裤长袜的高大男仆，如何被暖气管闷人的热度催起了睡意，在宽大的靠背椅里昏然睡去。她会想到四壁蒙着古老丝绸的大客厅，上面陈设着珍贵古玩的精致家具和那些精致小巧、香气扑鼻的内客厅，那是专为午后五点钟跟最亲密的男友娓娓清谈的地方，那些朋友当然都是所有的妇人垂涎不已、渴盼青睐、多方拉拢的知名人士。"② 但现实是他那安于现状的丈夫只要可以吃到炖肉，就心满意足了。玛蒂尔德在欲望之海中苦苦挣扎，她只要从那个有钱的女友家回来，"总感到非常痛苦。她要伤心、懊悔、绝望、痛苦得哭好几天"③。莫泊桑强调塑造人物形象、确定人物性格，应该依靠描写而不是讲述："我认为一个小说家在形容一个人物形象时，从来不应用解释性的理由确定这一人物形象的性格。他应该向我描绘这个性格，而不是向我讲述它。我不需要心理的细节，我希望看到情节，仅仅是

---

① 〔法〕莫泊桑：《莫泊桑短篇小说选》，赵少侯译，人民文学出版社，2002，第136页。
② 〔法〕莫泊桑：《莫泊桑短篇小说选》，赵少侯译，人民文学出版社，2002，第136页。
③ 〔法〕莫泊桑：《莫泊桑短篇小说选》，赵少侯译，人民文学出版社，2002，第137页。

情节，我自己将做出结论。"① 在这里，我们看到莫泊桑通过简单的描写，就把玛蒂尔德生活中的苦闷、人生的烦恼交代清楚了，这再一次证明了莫泊桑的文学才能。

玛蒂尔德无疑是虚荣的，但联系文本就会发现，这样的判断也许失之偏颇，至少是不全面的。爱美是女人的天性，而美丽本身就是女人生存的资本，是她们征服世界的重要手段。正如作者在小说中指明的那样，"女子原就没有什么一定的阶层或种族，她们的美丽、她们的娇艳、她们的丰韵就可以作为她们的出身和门第。她们中间所以有等级之分仅仅是靠了她们天生的聪明、审美的本能和脑筋的灵活，这些东西就可以使百姓家的姑娘和最高贵的命妇并驾齐驱"②。有鉴于此，小说本身对玛蒂尔德的虚荣没有任何批判的意味，至少在莫泊桑那里没有被刻意强调。但也许正是女人们的这种所谓的"公平"为玛蒂尔德提供了机会。在机会面前，人可以做出不同的选择，而选择本身就意味着要承担选择的结果，而结果是与可能性相伴的。萨特（Jean Paul Sartre）曾经指出："当我们说人自己作选择时，我们的确指我们每一个人必须亲自作出选择，但是我们这样说也意味着，人在为自己作出选择时，也为所有的人作出选择。因为实际上，人为了把自己造成他愿意成为的那种人而可能采取的一切行动中，没有一个行动不是同时在创造一个他认为自己应当如此的人的形象。在这一形象或那一形象之间作出选择的同时，他也就肯定了所选择的形象的价值；因为我们不能选择更坏的。"③

选择的机会来了——玛蒂尔德的丈夫为她争取到了一次参加上流社会舞会的机会。在那里，她将与达官贵人们见面、相识。玛蒂尔德

① 〔法〕莫泊桑：《莫泊桑随笔选》，王观群译，百花文艺出版社，2009，第87页。
② 〔法〕莫泊桑：《莫泊桑短篇小说选》，赵少侯译，人民文学出版社，2002，第136页。
③ 〔法〕萨特：《存在主义是一种人道主义》，周煦良、汤永宽译，上海译文出版社，1988，第9页。

当然不希望失去这次天赐良机，她的选择是抓住这次会，而且要牢牢抓住它，为此不惜花掉丈夫几年的积蓄去买一件衣服；她也决定去跟自己的朋友福雷斯蒂埃太太借首饰。玛蒂尔德终于按照自己对自己形象的设计完成了舞会前的准备，她在福雷斯蒂埃太太那里借到了让她称心如意的首饰——一条项链。正如项链的形状所暗示的那样，玛蒂尔德走入了自己给自己设置的圈套。这时是玛蒂尔德此生最幸福的时刻——多年梦寐以求的时刻就要到来了，多年被压抑着的欲望终于可能要满足了。也就是在这里，福楼拜的影响自然而然地显露了出来：马上要迎来自己高光时刻的玛蒂尔德，正准备着为自己的"一刻钟的欢悦""付上一船的不幸"①。

在舞会上，美丽动人、衣着光鲜的玛蒂尔德如其所愿成了焦点：男人们都围着她转，连教育部长也注意到了她。紧随成功、兴奋、尽情欢乐而至的是发现项链丢失后的痛苦、恐惧与绝望。面对巨额债务，玛蒂尔德选择了勇敢承担，虽然她明白这一切对将来的人生意味着什么。她"尝到了穷人的那种可怕生活"②。经历了十年艰辛的劳作，玛蒂尔德与丈夫终于"把债务全部还清，确是全部还清了，不但高利贷的利息，就是利滚利的利息也还清了"③。玛蒂尔德也改变了，完全成了一个穷苦人家的主妇，虽然她还会不免想起当年那场晚会，想起那时她的美丽，她的受欢迎。玛蒂尔德的转变，她的勇于承担责任颇有几分值得我们尊重，同时也不失几分悲壮。但故事如果到此结束的话，项链这一"喻矢"所蕴含的意义就会大打折扣。莫泊桑小说最突出的特点之一，就在于他的小说中常有出人意料的"陡转"，也正是这种"陡转"使他的短篇小说具有了一种深刻的原创性，也使读

---

① 福楼拜说："幸福是一个债主，借你一刻钟的欢悦，叫你付上一船的不幸。"
② 〔法〕莫泊桑：《莫泊桑短篇小说选》，赵少侯译，人民文学出版社，2002，第142页。
③ 〔法〕莫泊桑：《莫泊桑短篇小说选》，赵少侯译，人民文学出版社，2002，第143页。

者在阅读文本时顿感深刻。

　　无债一身轻的玛蒂尔德偶遇福雷斯蒂埃太太，真相大白了，原来那条令玛蒂尔德一度陷入绝望、饱受十年穷困生活之苦的项链是假的，"顶多也就值上五百法郎"。至此，项链所喻指的那个圈套才终于完全显出原形。小说"戛然而止"，为读者留下了一个巨大的空白。玛蒂尔德的反应如何？莫泊桑并没有呈现给我们。J. 希利斯·米勒（J. Hillis Miller）在《解读叙事》中曾经指出："真正具有结束功能的结尾必须同时具有两种面目：一方面，它看起来是一个齐整的结，将所有的线条都收拢在一起，所有的人物都得到了交代；同时，它看起来又是解结，将缠结在一起的叙事线条梳理整齐，使它们清晰可辨，根根闪亮，一切神秘难解之事均真相大白。"但我们却很难断定一部叙事作品的结尾是"解结"还是"打结"，"因为无法判断该叙事究竟是否完整"①。《项链》这部小说最成功的地方之一，就在于设置了一个开放式的结尾，"项链"作为一个误会终于真相大白，但陷入项链"圈套"中十年之久的玛蒂尔德如何面对这样的结果？这样一个开放的结尾使得项链的隐喻意义具有了一种形而上的意味。

第三节　悖谬：自欺的结果

　　作为一位身兼现实主义与自然主义等多种风格的 19 世纪后半叶作家，作为以"不动声色的冷静"叙述风格著称的福楼拜的学生，莫泊桑一定知道如何在小说中隐藏自己："小说家不应辩解，也不应饶舌和说教。只有情节和人物才是应当着墨之处。另外，作家不要做结论，而是把它留给读者。"②确实如此，"从美学上讲，眼泪和笑声都

---

① 〔美〕米勒：《解读叙事》，申丹译，北京大学出版社，2002，第 51 页。
② 〔法〕莫泊桑：《莫泊桑随笔选》，王观群译，百花文艺出版社，2009，第 88 页。

是赝品"①，这意味着，首先作家要保持与文本的距离，做纯粹的讲述者，而不要把个人性的观念强加于文本。但在《项链》中，莫泊桑却不由自主地跳出来发表了一番评论："如果她（指玛蒂尔德）没有丢失那串项链，今天又该是什么样子？谁知道？谁知道？生活够多么古怪！多么变化莫测！只需微不足道的一点小事就把你断送或把你拯救出来。"② 庶几我们可以把这段话看作是莫泊桑本人对其所述故事的看法，向我们指出了生活的变幻不定，也暗示后续情节的展开——这样的变幻仍会继续。确实，一次舞会、一串项链都不是什么了不起的东西，但当这一切与玛蒂尔德的"欲望"相联系时，就都具有了决定性意义。因此，当福雷斯蒂埃太太"大方"地答应将项链借给她时，玛蒂尔德并没有发现这种"大方"背后所隐藏的可能性——项链可能是假的。她一见到那串美丽的钻石项链，就被迷住了，"一种过分强烈的欲望使她的心都跳了。她拿它的时候手也直哆嗦"③。项链与成功的欲望、希图改变自身命运的欲望相联系，故对玛蒂尔德而言是价值连城的，所以当项链丢失时，玛蒂尔德也根本不会怀疑它可能是假的。在这个意义上说，与其是命运戏弄了她，不如说是她在"自欺"。

根据萨特的存在主义哲学，我们知道"存在先于本质"，人作为"自为的存在"具有自由的各种可能性，即人有"自由选择"的权利，而人的选择则决定了人的本质。但自由给人无所依、不确定之感，用萨特的话说就是自由是一件极端艰难的事，"他人即是地狱"是因为每个人都作为自由的自为存在，必然无法相沟通，于是就彼此成了对方的地狱，人难免生出身处荒谬世界的感觉。为了避免这样的感觉，使自己远离自由选择的艰难，人会顺从客观世界的限制，并以

---

① 〔美〕韦恩·布斯：《小说修辞学》，付礼军译，广西人民出版社，1987，第126页。

② 〔法〕莫泊桑：《莫泊桑短篇小说选》，赵少侯译，人民文学出版社，2002，第143页。

③ 〔法〕莫泊桑：《莫泊桑短篇小说选》，赵少侯译，人民文学出版社，2002，第139页。

此作为逃避自由选择确定的"是其所是"的借口，这就是所谓的"自欺"，自欺的结果就造成人的"非其所是"，即丧失本质，本质的丧失必然带来悖谬。

　　萨特在《存在与虚无》中区分了说谎与自欺。在他看来，说谎意味着一种对事实的超越，其本质在于：说谎者完全了解他所掩盖的真相，他在自身中肯定真情，而在说话时又否认它，并且为了自己否认这个否定。而自欺表面上虽然有说谎的结构，但他在本质上是真诚的，是一种脆弱的相信。其目的是自身"逃避其所是"。① 对于玛蒂尔德来说，她所欲求的与其说是一种真实的生活状态——上流社会的生活，不如说她追求的是这种生活状态异化成的符号。而她本人也正是被这种符号俘虏的，于是便对一切否定这一符号的可能性都视而不见了，她只愿意相信，这条项链作为一个符号会为她带来它所象征的上流社会的生活。

　　正如前面我们指出的那样，面对舞会——所谓的天赐良机，玛蒂尔德做出了自己的选择，于是陷入了自欺的境地，她必须为自己的选择承担责任：用十年的时间来偿还因项链丢失欠下的巨额债务，也通过这样的方式玛蒂尔德自认为完成了自我救赎。完成自我救赎后的玛蒂尔德再次面对福雷斯蒂埃太太时充满自信："去跟她说话吗？当然要去。既然债务都已经还清了，她可以把一切都告诉她。为什么不可以呢？"② 正如激动的莫泊桑在文本中指出的那样，生活就是那么古怪，那么变化不定。如果玛蒂尔德没有那份自信，换句话说，如果她没有完成"自我救赎"，她的后半生也许是平静的，虽然可能要继续穷苦的生活。可悲的是，玛蒂尔德的自信背后隐藏着"自欺"的继续——她将十年的艰苦生活归罪于福雷斯蒂埃太太："自从那一次跟

① 〔法〕萨特：《存在与虚无》，徐宣良等译，生活·读书·新知三联书店，1987，第84页。
② 〔法〕莫泊桑：《莫泊桑短篇小说选》，赵少侯译，人民文学出版社，2002，第143页。

你见面之后，我过的日子可艰难啦，不知遇见了多少危急穷困……而这一切都是因为你！……"① 不正是为了要告诉福雷斯蒂埃太太这一切，玛蒂尔德才去与她说话，才最终知道那条项链只是缚住她的一个"圈套"吗？玛蒂尔德十年辛苦换来的"自我救赎"，其结果却是一个更大的讽刺。在这个意义上，莫泊桑是残忍的，"残忍，至少在文学中是一种选择信号"。罗马尼亚哲学家埃米尔·西奥朗曾这样写道，"一个作家愈有天分，就愈巧妙地设法将笔下人物置于走投无路的境地；作家压榨人物，摧残人物，并陷其于绝境，迫使其体味冗长乏味的一段痛苦过程的各个片段"②。而莫泊桑又何止于此，他让玛蒂尔德自由选择，让她最终陷入人生的悖谬之中：选择机会，机会却只等同于危险；自我救赎，救赎的结果却只是一个天大的讽刺。至此，作家也完成了对人之存在的叩问：人无往不在荒诞之中。阿尔贝·加缪（Albert Camus）在《西西弗的神话》中写道："一旦世界失去幻想与光明，人就会觉得自己是陌路人。他就成为无所依托的流放者，因为他被剥夺了对失去的家乡的记忆，而且丧失了对未来世界的希望。这种人与他的生活之间的分离，就像演员与舞台之间的分离，真正构成荒谬感。"③ 加缪颇具灵知色彩的这一观点极富洞见，但他将人生的荒诞更多归于客观"世界的非理性的沉默"，却无法概括玛蒂尔德的人生遭遇。玛蒂尔德陷入"圈套"之中，与其说是外在的原因造成的，不如说是她"非其所是"的生命状态与符号化的外在世界合谋的结果。

我们看到在《项链》中，主人公玛蒂尔德做出了自己的选择，只不过她选择的"自欺"，最终使自己陷入人生的圈套。其实小说中的

---

① 〔法〕莫泊桑：《莫泊桑短篇小说选》，赵少侯译，人民文学出版社，2002，第144页。

② 转引自〔意〕蒂姆·帕克斯《残忍的叙事，荒谬的人物》，《深圳晚报》2009年12月6日。

③ 〔法〕加缪：《荒谬和自杀》，《西西弗的神话：加缪荒谬与反抗论集》，杜小真译，天津人民出版社，2007，第6页。

另外一个人物：玛蒂尔德的丈夫罗瓦赛尔先生——不应被我们忽视，他同样面临着属于他自己的人生选择，而他的选择也必然决定他的本质，决定他的生存状态。罗瓦赛尔先生作为教育部的一个小职员，虽胸无大志，却知足常乐；虽爱自己的妻子，却也远谈不上到了完全理解和全身心呵护她的程度，总之他是这世上无数普通男人中的一个，万千一般家庭中的男主人中的一员。但就是这样一个正常的庸人，在妻子丢掉项链后，他不抱怨妻子、不逃避责任，陪伴妻子共同承担起了生活的重担，这绝对称不上是一种魄力，最多是一种平庸者无奈的隐忍。他的人生因为别人——虽然这个人是他的妻子——犯下的一个错误发生了陡转，人生的偶然性在这里再一次猝不及防地迎面而来。但谁又能否认，这一生活剧变的导火索不是他点燃的呢？他之所以费很大力气，好不容易才弄来一张请帖送给妻子，是因为他自认为了解妻子，知道她真正的心思，但他何尝不是陷入了一种自欺之中？妻子真正的心思是什么，他再明白不过了，但为了能让妻子高兴，他还是为她弄来了那张请帖。

　　十年的辛劳，罗瓦赛尔先生失去了生活的悠闲，但他也许得到了爱情，[①] 至少避免了失去妻子的风险；玛蒂尔德丢掉了不切实际的梦想，回归了踏实的现实生活，这对于罗瓦赛尔先生来说，是否也是一种安慰呢？夫妻俩为了一个共同的目标努力，也许比夫妻离心离德、互不体谅要幸福得多吧？福雷斯蒂埃太太是幸福的吗？真的很难确定，当她知道自己当初借给朋友一条假项链而且没有告知对方项链是假的，却让对方的生活发生了翻天覆地的变化，自此陷入长达十年的穷苦生活，她会做何感想，她会从此陷入自责之中吗？得到与失去于人生而言，真的很难说清；什么才是真正幸福？谁又能给出准确的答案？福楼拜不能，他的学生莫泊桑也不能。

---

　　① 参见王富仁《失落的与获得的——莫泊桑〈项链〉赏析》，《语文学习》2008 年第 6 期。

莫泊桑的小说充满对现实的观照，但他在现实中看到的更多是失望、痛苦和无奈。腐朽的政权、拜金的社会、利欲熏心的人们，这一切都在他的小说（包括《项链》）中得到集中展现。因此我们完全可以单纯地从"字面意义"来理解他的小说，这并不会影响其小说的批判价值。另一方面，运用隐喻这一写作方式，莫泊桑将其对现实的关注与形而上的思考巧妙地结合到了一起：项链这一奢侈品的所指既与作家所要书写的社会现实——人们向往财富、渴望地位，社会陷入一片拜金的狂热之中——相吻合，也象征着人之存在的荒诞状态。小说的"字面真理"与"隐喻真理"进行着完美的互动。也正是这样的互动，使我们明白，面对如此的世界，个体的人如果试图逃避这样的人生圈套，必须最大限度地逃离自欺，使自身"是其所是"，而这需要我们拥有强大的内在力量。

第六章

文学作为一种精神自传

——契诃夫与他的《牵小狗的女人》

　　有时作者把自己的生活作为素材进行文学创作，有时则将其进行一定程度的变异后再写进文本，而有时则把自己的精神世界融入文本，但无论哪种方式，文学说到底是关于人的文学，而这里的"人"首先需要包括的是作者本人，而作家在进行任何文学创作时，都必须以自我认知审视他的书写对象，从这个意义上说，所有的文学文本都是作者的一部精神自传。

　　有时我们真的难说是作家在用自己的真实生活充实文学，还是作家在用文本掩饰自己的真实生活。但两者都说明文学作品与作者的真实生活之间或正或反、或多或少都存在着千丝万缕的联系。安东·契诃夫（Anton Chekhov，1860~1904），这位迄今世界上最伟大的短篇小说家，用一篇关于婚外情的故事，含蓄地写出了自己的婚恋观，同时也把自己的精神世界隐晦地传达给了他的读者。

第一节　《牵小狗的女人》：一则有关婚外情的故事

　　一个女人，孤身一人，牵着一只小狗，一天几次出现在人们的视野中。这样的女人给我们的通常印象是：生活富足，衣食无忧，但也孤独、寂寞。契诃夫写于1899年秋季的短篇小说《带小狗的女人》，将这样一个年轻女子带到了男主人公德米特利·德米特利奇·古罗夫的身边。其时，他从莫斯科来雅尔塔已经两个星期，"对这个地方已经熟悉，也开始对新人发生兴趣了"①。

　　故事开始时，对于情场老手古罗夫来说，安娜——这个带小狗的女人——只是他多次猎艳对象中的一个而已。于是，一系列惯常的勾引手段被古罗夫用到单纯少妇安娜身上，一切顺理成章地发生了：安

---

① 〔俄〕契诃夫：《带小狗的女人》，汝龙译，《契诃夫小说全集》（第10卷），人民文学出版社，2016，第322页。

娜成了古罗夫的情人。其间的试探、暧昧、勾引的过程被契诃夫用简洁、平淡的文字交代得一清二楚，包括安娜无论如何也说不清楚她的丈夫在什么地方工作，这连她自己都觉得好笑。我们很容易就知道了：她不爱她的丈夫——那个她口中的"奴才"，正如古罗夫也不爱他的妻子——那个自称"有思想""读过很多书""在信上不写'ь'这个硬音符号，不叫她的丈夫德米特利而叫吉米特利"① 的女人，在他眼中则"智力有限，胸襟狭隘，缺少风雅"② ——一样。

在二人正式成为情人前的那个傍晚，在防堤坡码头上，在等待轮船开来的人群中，安娜丢失了她的长柄眼镜。纳博科夫 （Vladimir Nabokov）认为这一句简单的交代——"后来在人群中把带柄眼镜也失落了"③ ——被契诃夫说得漫不经心，而且"对故事没有任何直接影响——只是偶然提了提——但不知怎么的，它恰好符合小说早就暗示出来的那种不能自已的、使人凄恻的情调"④。以一个作家的敏感，纳博科夫洞见了这句简单的交代所具有的暗示情调的作用，如果联系安娜在等待轮船到来的人群中的表现，那么我们就会发现，眼镜丢失这个细节所具有的暗示意味似乎还要丰富得多。她在人群中寻找着谁？为什么在转过身来对着古罗夫时"她的眼睛亮了"⑤？这是否意味着如果从那轮船上下来的人群中有她要找的人（小说中已经交代过，她丈夫可能会来），她的眼睛会一直暗淡下去呢？在这样的情境下，眼镜的丢失是否暗示着她暂时要抛弃那个她要寻找的对象呢？很

---

① 〔俄〕契诃夫：《带小狗的女人》，汝龙译，《契诃夫小说全集》（第 10 卷），人民文学出版社，2016，第 322 页。
② 〔俄〕契诃夫：《带小狗的女人》，汝龙译，《契诃夫小说全集》（第 10 卷），人民文学出版社，2016，第 322～323 页。
③ 〔俄〕契诃夫：《带小狗的女人》，汝龙译，《契诃夫小说全集》（第 10 卷），人民文学出版社，2016，第 326 页。
④ 〔美〕弗·纳博科夫：《论契诃夫》，薛鸿时译，《世界文学》1982 年第 1 期。
⑤ 〔俄〕契诃夫：《带小狗的女人》，汝龙译，《契诃夫小说全集》（第 10 卷），人民文学出版社，2016，第 326 页。

快她投入了古罗夫的怀抱，成了他的情人，这也许印证了我们的猜测。在人群中，她前言不搭后语，明显心绪烦乱地说了许多话，这样的表现是因为紧张于可能的面对吗？这既可能是与其丈夫的面对，也可能是与古罗夫的"面对"。当终于证实那轮船上没有下来她刚才寻找的人后，她安静了下来，表面安静地等待着与古罗夫的"面对"。

如果故事到此为止，或者按照所谓"现实主义"的逻辑发展下去，无论他们在分离之后是继续约会还是永不再见，这个故事最多都只是一个惯常的婚外情故事，《带小狗的女人》也最多成为"现实主义"小说长廊中的普通一篇而已。事实上恰恰相反，《带小狗的女人》被普遍认为是契诃夫最好的小说之一。契诃夫的巨大创造力在这里得到充分体现，他将大量笔墨泼洒在描写二人分开后的精神煎熬上。正如屠尔科夫（A. Turkhov）所指出的那样：古罗夫和安娜之间相互关系的起点很平常，但在以后"两个主人公，特别是古罗夫，发生了惊人的变化"①。故事发展的逻辑在这里发生了陡转。从一种"格调崇高"的相识到最后堕入一种"生活俗套"，也许不失其生活批判的意义，更合乎道德评判的需要，但这却绝非契诃夫的洞见。契诃夫通过这个"陡转"暗示，他的《带小狗的女人》在根本上是反道德批评的，因为他并没打算把故事局限在狭隘的道德小说范畴。

作为情场老手的克罗夫觉得，回到莫斯科后，过一段时间就可以把这段风流艳遇忘之脑后，"安娜·谢尔盖耶芙娜在他的记忆里就会被一层雾盖没，只有偶尔像别人那样来到他的梦中，现出她那动人的笑容罢了"②。但事情并不如他所料，他发现自己终日思念着她，饱受相思之苦，安娜在他的记忆中，不但没有被一层雾盖没，反而越来越清晰了。"他久久地在书房里来回走着，回想着，微微地笑，然后回

① 〔俄〕安·屠尔科夫：《安·巴·契诃夫和他的时代》，朱逸森译，中国社会科学出版社，1984，第374页。
② 〔俄〕契诃夫：《带小狗的女人》，汝龙译，《契诃夫小说全集》（第10卷），人民文学出版社，2016，第332页。

忆变成幻想，在想象中，过去的事就跟将来会发生的事混淆起来
了……"① 原本习惯并沉浸在莫斯科冬季生活的古罗夫，突然觉得周
围的人那样令人厌恶，自己的工作和生活变得那样没有意义。这一切
都证明安娜于古罗夫具有一种特别的意义，虽然我们难免怀疑他对安
娜的感情到底是不是真正的爱情。但有一点是肯定的，古罗夫开始怀
疑，甚至是厌恶自己原来那种浑浑噩噩、半死不活的生活。

古罗夫像是着了魔，借口出差，跑去安娜居住的 C 城，并在剧院
里与安娜见了面。突然见到古罗夫的安娜惊慌失措，几乎昏厥过去。
她对古罗夫的爱是无可怀疑的："她带着恐惧、哀求、热爱瞧着他，
凝视着他，要把他的相貌更牢固地留在她的记忆里。"② 但她请古罗夫
快些离开，并赌咒会到莫斯科去与他相会。自此以后，他们每过两三
个月就会在莫斯科相会一次。至此，他们真的陷入了最复杂、最困难
的境地——罔顾现实的羁绊，陷入没有结果的私情之网。连古罗夫这
位老牌的花花公子、情场老手，也不得不承认：他以前经历过那么多
女人，但他一次都没有爱过，他与这些女人的关系无论被说成什么都
可以，但绝不能说是爱情，"直到现在，他的头发开始白了，他才生
平第一次认真地、真正地爱上一个女人"③。哈罗德·布鲁姆套用威
廉·布莱克《病玫瑰》中的伟大诗句——"黑暗的秘密的爱"④ ——
来概括安娜对他们之间爱情的抱怨："她哭，是因为激动，因为凄苦
地体验到他们的生活落到多么悲惨的地步；他们只能偷偷地见面，瞒

---

① 〔俄〕契诃夫：《带小狗的女人》，汝龙译，《契诃夫小说全集》（第 10 卷），人民
文学出版社，2016，第 332 页。
② 〔俄〕契诃夫：《带小狗的女人》，汝龙译，《契诃夫小说全集》（第 10 卷），人民
文学出版社，2016，第 337 页。
③ 〔俄〕契诃夫：《带小狗的女人》，汝龙译，《契诃夫小说全集》（第 10 卷），人民
文学出版社，2016，第 340 页。
④ 〔美〕哈罗德·布鲁姆：《如何读，为什么读》，黄灿然译，译林出版社，2011，第
27 页。

住外人，像窃贼一样！难道他们的生活不是毁掉了吗?"① 这何尝不是古罗夫体会到的呢？虽然他似乎更享受这种"黑暗的秘密的爱"。但也正是在这里，契诃夫作为一个作家的伟大表现到了极致，他将一个婚外情的故事终于引向了对人之存在的关注，他这样描写古罗夫去幽会时的心理活动：

> 他一边说，一边心里暗想：现在他正在去赴幽会，这件事一个人都不知道，大概永远也不会有人知道。他有两种生活：一种是公开的，凡是要知道这种生活的人都看得见，都知道，充满了传统的真实和传统的欺骗，跟他的熟人和朋友的生活完全一样；另一种生活则在暗地里进行。由于环境的一种奇特的，也许是偶然的巧合，凡是他认为重大的、有趣的、必不可少的事情，凡是他真诚地去做而没有欺骗自己的事情，凡是构成他生活核心的事情，统统是瞒着别人，暗地里进行的；而凡是他弄虚作假，他用以伪装自己、以遮盖真相的外衣，……，却统统是公开的。②

推己及人，古罗夫不再相信他看到的事情，总是揣测每一个人都在秘密的掩盖下，"就像在夜幕的遮盖下一样，过着他的真正的、最有趣的生活。每个人的私生活都包藏在秘密里，也许，多多少少因为这个缘故，有文化的人才那么恓恓惶惶地主张个人的秘密应当受到尊重吧"③。

---

① 〔俄〕契诃夫：《带小狗的女人》，汝龙译，《契诃夫小说全集》（第10卷），人民文学出版社，2016，第339页。

② 〔俄〕契诃夫：《带小狗的女人》，汝龙译，《契诃夫小说全集》（第10卷），人民文学出版社，2016，第338页。

③ 〔俄〕契诃夫：《带小狗的女人》，汝龙译，《契诃夫小说全集》（第10卷），人民文学出版社，2016，第338页。

第二节　只是婚外情那么简单吗

谁又能否认，这正是我们所有人的生活写照呢？高尔基（Maxim Gorky）在读到这篇小说后写信给契诃夫说："你杀死了现实主义。"已有论者就此指出了契诃夫这篇小说具有一种超越时空的力量："这是否意味着高尔基已经看出了它的更高可以与未来的读者产生共鸣的可能性？重读契诃夫的这篇写于 19 世纪最后一年的小说，我们会发现，生活在 20、21 世纪的人，肯定会比 19 世纪末的读者，更能体会到这个小说的男女主人公不得不戴上面具过着双重生活的痛苦。"①

后期的契诃夫是一个书写日常生活悲剧的伟大剧作家，这在他的《带小狗的女人》中也得到了体现。我们无法确定古罗夫是否真的陷入爱情之中了，但我们可以确定安娜真的爱上了古罗夫，无论他是不是值得她去爱。这场爱情必然会是一个悲剧，因为"出走"——逃离没有希望的婚姻——是不可能的，至少契诃夫暗示我们安娜和古罗夫也确实都没有"出走"的意图。无意出走意味着身陷一个日常性（或陈腐）的惨况之中，实实在在地沉浸于"黑暗的秘密的爱"中，这份爱带给他们的欢乐也只能与悲伤相伴，这不就是最平凡的生活吗？对此，契诃夫既不歌颂，也不试图去歪曲，只是如实地呈现出来。正是在这一意义上布鲁姆说："契诃夫最伟大的力量是在我们阅读时给予我们这样一个印象，也即这里终于揭示了人类存在中陈腐的惨况与悲剧性的欢乐之永久混合的真相。"②

但笼罩着这场"黑暗的秘密的爱"的迷雾并没有散去，我们不禁要问，他们之间的爱情，特别是安娜对古罗夫的爱是如何发生的？古

---

①　童道明：《伟大的俄罗斯戏剧家契诃夫》，《人民政协报》2010 年 11 月 22 日。
②　〔美〕哈罗德·布鲁姆：《如何读，为什么读》，黄灿然译，译林出版社，2011，第27 页。

罗夫从与安娜的秘恋中得到了什么？他真的如他宣称的那样身陷爱情无法自拔了吗？

当古罗夫对镜看到自己苍老的白发时，我们更加怀疑安娜对克罗夫的爱是如何发生的。孤单、寂寞与沉闷占据了这个女人的生活，成了她日常生活的主旋律。她向自己的丈夫撒谎说自己病了，于是来到雅尔塔，她在寻找什么？她在成为古罗夫情人后的倾诉道出了她的心思："我嫁给他的时候才二十岁，好奇心煎熬着我，我巴望过好一点的日子，我对自己说：'一定有另外一种不同的生活。'我一心想生活得好！我要生活，生活。……好奇心燃烧着我，……这您是不会了解的，可是，我当着上帝起誓，我已经管不住自己了，我起了变化，什么东西也没法约束我了，我就对我的丈夫说我病了，我就到这儿来了。……到了这儿，我老是走来走去，像是着了魔，发了疯。"①

潜在的心思——渴望改变压抑的生活现状，找寻一次生命自由释放的机会——在这近于呼告又近于自责的表白中被淋漓尽致地体现出来。其实这又何尝不是古罗夫的心思呢？古罗夫不断与不同的女人发生风流韵事，不正是他排解孤单、寂寞与沉闷的方式和手段吗？他冒险与不同的女人偷情不同样也是因为"他渴望生活"，以致因偷情引出的麻烦在面临新的艳遇时，都不再是复杂的大问题，也不再令人难以忍受："一切都显得十分简单而引人入胜了"②。这让我们想起卡夫卡给爱情下的那个定义——爱情是偶然在场。原来爱情的发生有时就是那样简单——两个追求真实生活的人在一个容易发生风流韵事的地方相遇了，特别是对于只有在爱情中才真正活着的安娜而言，与古罗夫的相遇，是偶然也是必然。

布鲁姆说："读者可以相信安娜的眼泪，但不会相信古罗夫边搔

---

① 〔俄〕契诃夫：《带小狗的女人》，汝龙译，《契诃夫小说全集》（第 10 卷），人民文学出版社，2016，第 328 页。
② 〔俄〕契诃夫：《带小狗的女人》，汝龙译，《契诃夫小说全集》（第 10 卷），人民文学出版社，2016，第 323 页。

头边说的'到底怎么办？到底怎么办？到底怎么办？'"① 确实，相对于深陷爱情无法自拔，以至只能求助于眼泪的安娜来说，古罗夫看待这场婚外情的立场则要"客观"得多，他似乎一直站在一个审视者的角度思考着二者之间的关系。但我们也无法否认，这场婚外情带给古罗夫的情感震动，远非其他任何一次风流韵事可比。他甚至从中体会到一种幸福：在雅尔塔的黎明时分，与安娜坐在一起，面对周围神话般的环境，他甚至感到了世界的美好，一种得救感油然而生，"我们会永恒地得救，人间的生活会不断地运行，一切会不断趋于完善"②；在 C 城的剧院里，当古罗夫看到安娜时，他的表现绝非一个惯于艳遇的情场老手应该有的，"古罗夫一眼瞧见她，他的心就缩紧了，他这才清楚地体会到如今对他来说，全世界再也没有一个比她更亲近、更宝贵、更重要的人了。……占据了他的全部生命，成为他的悲伤，他的欢乐，他目前所指望的唯一幸福"③；在莫斯科宾馆的房间里，当他看见镜子里那个苍老的自己时，他手扶着安娜温柔、颤抖的肩膀，他突然怜悯起安娜的生命，这其中不无自责之意——这个温暖、美丽的生命"大概已经临近开始凋谢、枯萎的地步，像他的生命一样了"④。

人生的无奈——有能力爱时不能爱或没机会爱，深陷爱时才发现已韶华不再。一种屠格涅夫（Ivan Turgenev）式的悲凉感让古罗夫痛苦不堪。但人在本质上需要爱情。爱情对于每个人都是一样的，无论他是不是真的拥有爱情，无论他是不是有爱的能力，他都

---

① 〔美〕哈罗德·布鲁姆：《如何读，为什么读》，黄灿然译，译林出版社，2011，第 27 页。
② 〔俄〕契诃夫：《带小狗的女人》，汝龙译，《契诃夫小说全集》（第 10 卷），人民文学出版社，2016，第 329 页。
③ 〔俄〕契诃夫：《带小狗的女人》，汝龙译，《契诃夫小说全集》（第 10 卷），人民文学出版社，2016，第 335 页。
④ 〔俄〕契诃夫：《带小狗的女人》，汝龙译，《契诃夫小说全集》（第 10 卷），人民文学出版社，2016，第 339 页。

需要，就是这样；与他是否是风月老手无关，也与其社会地位、是
否已婚无关，这是一种几近本能的需要。人需要爱情，这种激烈的
情感发自内心，在这种激烈的情感中，人得以证明作为个体的自我
的存在——正如古罗夫在与安娜的关系中感受到的那样。但爱情毕
竟不是人生的全部，于是我们常常失去爱情，常常没有能力去爱，
结果，当爱情不在时，我们有意无意地编织着身陷爱情的谎言，或
者步入"黑暗的秘密之恋"中，最后连自己都认为这就是真的爱
情，正如古罗夫不断暗示自己已身陷爱情之中无法自拔一样。而此
时，我们拥有的还是纯粹的爱情吗？安娜不知道，古罗夫不知道，
契诃夫心里可能有答案，但他不告诉我们。这不正是对现代人的精
神困境的最好注解吗？

　　在现代社会的重压下，那与自我紧密相连的爱情，哪怕真的在我
们身上发生了，也是值得怀疑的，因为现代生活褪尽了神话的可能
性，而纯粹的爱情不就是一个典型的神话吗？从这个意义上说，古罗
夫与安娜之间的感情是否是爱情已不再重要。萨特曾经对"说谎"与
"自欺"进行了区分，在他看来，"说谎"意味着对现实的超越，说
谎者完全了解他所掩盖的真相，他在自身中肯定真情，但在说话时又
否定它，并且为了自己否认这一否定；"自欺"则不同，它虽有着与
说谎相同的结构，但它在本质上是真诚的，是一种脆弱的相信，其目
的是"使自身逃避其所是"[1]。古罗夫宣称自己生平第一次认真地、
真正地爱上了一个女人，他没有说谎，安娜更没有说谎。但谁又能肯
定他们不是陷入了一种自欺的境地呢，一种出于内心深层需要的自
欺？无论这种自欺指向什么，至少证明了他们都在试图逃离以往的生
活，通过这场"黑暗的秘密的爱"，古罗夫与安娜都更加深刻地认识
到了自己原有生活的荒谬，他们试图摆脱那些日常的庸俗生活。可以

----

　　[1]　〔法〕萨特：《存在与虚无》，徐宣良译，生活·读书·新知三联书店，1987，第
84 页。

说，安娜与古罗夫的痛苦"爱情"，"纯洁了安娜·谢尔盖耶夫娜和古罗夫的心灵，使他们高出于庸俗生活"①。

当安娜对古罗夫说：他们的爱情是"黑暗的秘密之恋"时，我们对这样的爱——有妇之夫与有夫之妇的越轨偷情——无法做出任何道德的评判。与契诃夫的《带小狗的女人》颇类似的作品是维谢利特斯卡娅（笔名 B. 米库利奇）的中篇小说《米莫奇卡的温泉疗养院》，这两篇小说描写的环境和情景非常相近：《米莫奇卡的温泉疗养院》中主人公之间的艳史"正好就是契诃夫笔下的古罗夫起初所幻想的那种艳史"②。维谢利特斯卡娅的这篇小说，无疑是道德批评的绝佳对象，也正是在这个意义上，得到了列夫·托尔斯泰（Leo Tolstoy）和阿·谢·苏沃林（A. S. Suvorin）的热情赞许。虽然托尔斯泰是契诃夫爱戴的作家，而苏沃林是他的好友，也是他的编辑，但契诃夫还是对《米莫奇卡的温泉疗养院》提出了自己的看法，认为这是一篇辞藻浮华、矫揉造作的作品。而他写作《带小狗的女人》，则是按照自己的观点来评价生活，从自己的伦理观出发思考爱情问题。在这里，我们看到的是契诃夫对独创性的坚守，哪怕这样会使自己陷入与同时代的伟人发生争论的困窘中也在所不惜。

纳博科夫说，契诃夫从来不想为人们提供一种社会的、道德的训诫，但这并不意味着他的小说"比那些凭借一系列着色傀儡来炫耀其社会见解的诸如高尔基那样的许多其他作家"的作品更少批判意味，只是他的天才让他"在不经意之间就揭露了那充满饥饿、前途茫茫、遭受奴役、满腔愤怒的农民的俄罗斯最黑暗的现实"③。如此，在这篇小说中，契诃夫没有给我们提供任何对人物进行道德评判的可能。如

---

① 〔俄〕安·屠尔科夫：《安·巴·契诃夫和他的时代》，朱逸森译，中国社会科学出版社，1984，第375页。

② 〔俄〕安·屠尔科夫：《安·巴·契诃夫和他的时代》，朱逸森译，中国社会科学出版社，1984，第369页。

③ 〔美〕弗·纳博科夫：《论契诃夫》，薛鸿时译，《世界文学》1982 年第 1 期。

果联系契诃夫的人生经历，特别是他的情感经历，我们一定能更深刻
地理解契诃夫之所以用这样一种超然的态度书写这对男女之间的情感
故事的动因。

第三节　作为契诃夫精神自传的小说

用现在的话说，契诃夫是一个不婚主义者。他对婚姻的看法是超
前的。在他看来，爱情才是婚姻的基础，在写给弟弟的信中，他表
示："结婚只有在相爱的情形下才是有趣的；至于仅仅因为一个姑娘
惹人喜欢就跟她结婚，那就无异于在市集上买下一种不需要的东西仅
仅因为它很好一样。在家庭生活这架机器里最主要的螺丝钉就是爱
情、性的吸引、性生活的和谐，至于其他一切东西，不管我们的看法
多么明智，都无关紧要而且无聊。可见问题不在于惹人喜欢的姑娘，
而在于爱情；你也知道，问题在于男人。"[1] 这其中自然有其对自身能
否一直忠诚的怀疑，由此不难发现，契诃夫看自己时也不失其批判的
眼光。这是他拒绝走进婚姻的原因之一。但他的朋友们似乎并不认可
他这一点，不断有人劝说契诃夫，希望他走进婚姻的殿堂，但他对婚
姻可能造成的束缚一直怀有很大的戒心。对于契诃夫来说，婚姻和爱
情虽然关乎人之本质，但他真正在意的是他的写作，是他的精神自
由。正因如此，契诃夫虽然不断地经历爱情，最终与克尼佩尔一起步
入了婚姻，却没有改变自己一直恪守的婚姻观，与克尼佩尔保持着两
地分居的状态。

1898 年，契诃夫在艺术剧院排演他的《海鸥》时，认识了自己
未来的妻子奥尔加·克尼佩尔。很明显，契诃夫很快坠入了爱河。在
经历了与莉季娅·米齐诺娃（莉卡）和利季娅·亚沃斯卡娅等人的感

---

① 〔俄〕契诃夫：《契诃夫文集》（第十六卷），汝龙译，上海译文出版社，1999，第
82 页。

情波折后，契诃夫遇上了这个他真正爱上的女人。《海鸥》演出获得巨大成功，这在一定程度上也促进了契诃夫与克尼佩尔之间的感情。但他们分居两地，只能靠鸿雁传书，以解相思之苦。克尼佩尔深爱契诃夫，希望与他结婚，长相厮守。但是，一如他与所有女性的关系一样，面对爱情，契诃夫似乎永远保持一种若即若离的姿态。契诃夫需要爱情，他认为在生命中，爱情是不可或缺的，但爱情并非生活的全部，将爱情等同于生活，爱情也会失去美感，变得丑陋。情愿饱受相思之苦的煎熬，契诃夫也不愿让爱情成为束缚他的枷锁。从契诃夫对古罗夫与安娜"爱情"的书写和对待婚姻与爱情的态度中，不难发现，契诃夫珍视自由，厌弃束缚，哪怕是给予人自我认知机会的爱情也不能成为束缚人之自由的枷锁。从这个意义上说，布鲁姆的看法不无道理——他认为相比于契诃夫在《海鸥》中的特里戈林身上戏仿自己，"古罗夫是一个变形得更厉害的自我戏仿"[1]。

确实，也许契诃夫用这样一篇小说对自己的爱情观进行自嘲，只是这种自嘲太过曲折了。他将自己对爱情既向往又恐惧的心理透过变形镜投影到了这篇小说中。早在1895年，阿·谢·苏沃林极力劝契诃夫结束独身生活时，契诃夫在回信中写道："遵命，我结婚就是，既然您希望这样。不过我有一个条件：一切照旧，也就是说她得住在莫斯科，我住在乡下，我常去找她。至于那种天长日久、时时刻刻厮守在一起的幸福，我是受不了的……我应许做一个宽宏大量的丈夫，可是请您给我一个像月亮那样不是每天在我的天空出现的妻子；我不会因为结了婚而写作得更好的。"[2] 他更享受那种两地分居、互不干扰，而又能得到爱情滋润的生活。当安娜被这种"黑暗的秘密的爱"

---

① 〔美〕哈罗德·布鲁姆：《如何读，为什么读》，黄灿然译，译林出版社，2011，第27页。

② 〔俄〕契诃夫：《契诃夫文集》（第十五卷），汝龙译，上海译文出版社，1999，第435页。

折磨时，"古罗夫似乎陶醉于这种秘密生活，他觉得这种生活揭示了他真实的自我"①。这何尝不是克尼佩尔与契诃夫的写照呢？

由此，我们不难发现，契诃夫需要爱情，也赞美爱情，因为在他看来，人在爱情中可以发现自我，正如在他在小说中书写的古罗夫与安娜那样。契诃夫在有关小说《三年》的构思的札记中说："可能，我们在热恋中所体验的东西乃是一种正常状况。爱情可以向人指出，他应该是什么样的人。"② 显然这是契诃夫那一时期关心的问题，这一问题虽然没有被写进《三年》中，却在《牵小狗的女人》中被呈现了出来。从这个意义上，与其说《牵小狗的女人》是在讨论爱情问题，不如说是作家试图借这个"黑暗的秘密之恋"故事，探讨找寻自我、发现自我的问题。

将自己的个体生命体验融入小说创作中，成为小说的灵魂，是所有伟大作品必备的品质。如果说伟大的作品都只有一个主人公的话，那这个主人公一定是作者本人。从这个意义上说，其实任何一部伟大作品在某种意义上都是作者的精神自传。在《带小狗的女人》中，作家契诃夫的内在精神，是文本中隐在的一个重要形象——他坚守独创性、勇于对抗庸俗生活、努力发现自我、珍视自由。这个形象，不是契诃夫，也是契诃夫，同时还是我们每个人该有的状态。从这个意义上说，契诃夫在小说创作中实现了自己的写作理想——既写出"生活的本来面目"，也写出"生活应当是什么样子"③。

传记式的批评固然显得幼稚而笨拙，但作家的内在精神与文本中人物精神的契合，却似乎永远是文学具有个性化特色的源泉。如果将作家的内在精神视作文本的外在之物，并试图将其置于雷内·韦勒克

---

① 〔美〕哈罗德·布鲁姆：《如何读，为什么读》，黄灿然译，译林出版社，2011，第27页。

② 转引自〔俄〕安·屠尔科夫：《安·巴·契诃夫和他的时代》，朱逸森译，中国社会科学出版社，1984，第375页。

③ 〔俄〕契诃夫：《契诃夫论文学》，汝龙译，人民文学出版社，1958，第216页。

（René Wellek）与奥斯汀·沃伦所定义的"文学的外部"研究①的范畴内，那是刻板的学究的专利。凭着这种内在的精神强力，文本得以具有普遍性——每当我们看到这个词时，都不由自主地会想起另一个词——"个人性"。

---

① 雷·韦勒克和奥·沃伦在其合著的《文学理论》一书中，区分了"文学的内部"研究和"文学的外部"研究，并将传记式的研究方法作为"文学外部研究"的典型方法，对之提出了质疑。

第七章

用同情的眼光审视世界

——卡夫卡的《在流放地》

　　弗兰兹·卡夫卡（Franz Kafka，1883~1924）这个名字在文学世界具有特殊的意义：在现代很多人看来，如果没有读过卡夫卡，似乎就离现代文学，甚至是离整个文学世界太远了。正如奥登（Wystan Hugh Auden）所言："就作家与其所处时代的关系而论，当代能与但丁、莎士比亚和歌德相提并论的第一人是卡夫卡……卡夫卡对我们至关重要，因为他的困境就是现代人的困境。"[①] 但就是这样一个奠定了现代文学精神的卡夫卡，却在遗嘱中交代自己的挚友马克斯·勃罗德（Max Brod）："我遗物里……凡属日记本、手稿、来往信件、各种草稿等等，请勿阅读，并一点不剩地全部予以焚毁。"[②] 如果不是勃罗德违背了卡夫卡的请求，不仅没有将他的作品付之一炬，反而对其作品进行了整理，那么卡夫卡的秘密会如他本人所愿被保住，但世人将会失去目睹卡夫卡文学世界的机会，也将会失去这个现代精神的代言人和未来世界的预言者，"他这样做真是善莫大焉"[③]。当然也有人对此提出质疑，其中昆德拉认为勃罗德没有完全理解卡夫卡的意愿，卡夫卡并非要让勃罗德将他所有的作品都毁掉。勃罗德对卡夫卡作品的整理、研究和传记写作（甚至包括以卡夫卡为人物原型创作的小说《爱的神奇国度》），反而让我们看到了一个非真实状态的卡夫卡，那是卡夫卡学里的卡夫卡，而不是真正的卡夫卡。[④]

　　卡夫卡的遗嘱问题非常重要，甚至有论者认为这是研究卡夫卡就绕不开的问题。这份遗嘱正如卡夫卡的作品一样，体现出一种"卡夫卡精神"，或者说这一遗嘱本身就是一个"典型的卡夫卡式的悖谬"，因为"卡夫卡在遗嘱中要求布罗德将他所有的遗稿读也不必读地统统

①　转引自袁可嘉《欧美现代派文学概论》，广西师范大学出版社，2002，第242页。
②　〔奥〕马克斯·勃罗德：《〈诉讼〉第一、二、三版后记》，叶廷芳编《论卡夫卡》，中国社会科学出版社，1988，第9页。
③　〔英〕埃德温·缪尔：《弗兰茨·卡夫卡》，叶廷芳编《论卡夫卡》，中国社会科学出版社，1988，第54页。
④　参见〔法〕米兰·昆德拉《被背叛的遗嘱》，余中先译，上海译文出版社，2003，第37~47页。

焚毁，而这份遗嘱自然也包含在这些遗稿之中，布罗德显然必须先读到这份遗嘱，才有可能执行遗嘱。而他一旦阅读了这份遗嘱，他就已经违背了卡夫卡"读也不必读就焚毁"的遗嘱[①]。今天"卡夫卡"这一人名具有了一种象征意味，它象征着一种与现代世界既渴望亲近又因恐惧亲近而全力逃避的精神。恰恰是这样一种精神，让卡夫卡得以用一种上帝的眼光审视这个世界，俯瞰芸芸众生；同样是因为这种精神在发挥作用，卡夫卡的作品逃避所谓意义的确定性，在他的作品中，只有不确定是确定的，其他都是不确定的，正如我们永远无法真正窥见上帝的意志——我们不是上帝，如何以上帝的眼光审视上帝的文字？

第一节　卡夫卡：逃避解释的审视者

卡夫卡的小说是解读的天敌，所有的解读最终都给人隔靴搔痒之感。哈罗德·布鲁姆对此深有体会："我阅读卡夫卡的原则是去发现，发现他的尽一切可能逃避解释，这意味着在卡夫卡的写作中最需要和亟待解释的是它反常规的蓄意的逃避解释。"[②] 那么卡夫卡是如何逃避解释的呢？

卡夫卡小说特点之一就是语言特色和叙述风格上的冷峻客观。可以说，卡夫卡有意地用"严厉冷酷"的叙述抵制情感的狂欢，如他自己所说，他创作《美国》，就是为了抵制一种情感泛滥的文学风格。这当然与他崇拜福楼拜不无关系。作为擅于将自己深藏在叙事之后的作家，福楼拜至少教会了卡夫卡用外科手术医生式的眼光审视一切；卡夫卡努力拒斥一切心灵的直接表现，但并非排斥心灵的探寻，只是

---

① 曾艳兵：《卡夫卡遗嘱考辨》，《中华读书报》2014 年 5 月 28 日。

② Harold Bloom, *Introduction of Bloom's Modern Critical Views: Franz Kafka*, New York: Infobase Publishing House, 2010, p. 4.

他是通过对世间一切的冷漠态度、通过作品中人物没完没了的语言和行动来实现心灵探寻的；他不为任何人提供得救的可能，正如城堡永远都是 K 的希望，卡夫卡却对 K 的希望不抱希望；他努力表现出一种没有任何意义与希望可言的人的存在状态，但他真正要说的却是支撑这种存在状态的东西——信念——一种"不可摧毁的存在"。①

卡夫夫在小说中将人生的荒诞与世界的悖谬都融入最平庸的日常生活之中。首先，读者可以看到最具幻想性的故事：人变成了甲虫；城堡就在面前，却永远进不去；一个人一觉醒来发现自己被捕了，却没有被告知为何被捕，当然他自己也不知道；一个猴子可以比人更文明；饥饿艺术家表现饥饿却最终绝食而死；等等。所有的人与物似乎都脱离了现实的控制，有鉴于此，我们完全可以把卡夫卡的小说看作是一个幻想的世界，对此昆德拉给予卡夫卡极高的评价："十九世纪昏睡过去的想像力突然被弗兰兹·卡夫卡唤醒了。卡夫卡完成了后来超现实主义者提倡却未能真正实现的：梦与现实的交融。这一巨大的发现并非一种演变的结果，而是一种意想不到的开放，这种开放告诉人们，小说是这样一个场所，想像力在其中可以像在梦中一样迸发，小说可以摆脱看上去无法逃脱的真实性的枷锁。"② 另一方面，在卡夫卡幻想性的小说中又可以发现一种真实：在卡夫卡设定的情境下，所有人物的怪诞言行都具备了一种合理性，于是在那个情境下，他们如同我们在这个现实世界中，因此卡夫卡用一种完全现实主义的笔法描写他想象中的人物，昆德拉将卡夫卡笔下人物称为"实验性的自我"③。两种似乎完全不相融的风格相融合成卡夫卡的文学世界，于是读者从这个世界中看到了生活的另一种可能，不，准确地说是生活的

---

① 参见〔美〕哈罗德·布鲁姆《西方正典——伟大作家和不朽作品》，江宁康译，译林出版社，2005，第359页。

② 〔法〕米兰·昆德拉：《小说的艺术》，董强译，上海译文出版社，2004，第20~21页。

③ 〔法〕米兰·昆德拉：《小说的艺术》，董强译，上海译文出版社，2004，第43页。

真正面目。为了达到他的创作目的，卡夫卡让他的人物没完没了地说话，没完没了地行动，但所有的语言与行动都成了这个悖谬世界的最好注脚，成了人生荒诞的最佳证明。而卡夫卡自己却穿上了隐身衣，消遁于人物没完没了的言行之后。

在卡夫卡的小说中，我们很难听到他自己的声音，因为他的小说是完全寓指性的，寓意则被完全包裹并隐藏在了细节（人物的语言与行动）之中。于是，我们在卡夫卡的小说中只看到人物与事件，却看不到卡夫卡的影子，也听不到卡夫卡的声音，与此同时又能感到整部作品都弥漫着卡夫卡的气息，正如人们看不到上帝，但上帝的气息弥漫于这个世界，这与福楼拜的影响不无关系："艺术家在自己的作品中，应该像上帝在世界里一样，人们看不到他，但他十分有权，人们处处感觉到他的存在，却看不到他。"① 最终我们被吸引在卡夫卡的城堡中，同时也迷失在其中。

卡夫卡小说中的故事都相对简单，而且并不关涉宏大的历史背景与事件，但这并不意味着小说的内涵和价值会因此而降低，正相反，卡夫卡的小说具有丰富的寓意性和多义性，这与卡夫卡纯粹客观性的书写不无关系，"卡夫卡就是叙而不议。这无疑使卡夫卡的作品包含着更大的容量，但也给读者带来更多的歧义，同时也增加了作品的晦涩性和神秘性"② 。读者完全可以根据自己的理解，对作品进行不同层面的解读，在这里卡夫卡呼应了莎士比亚的哈姆莱特，具有一种极强的读者适应性，可以说这是卡夫卡保持经典性的一个重要原因。瓦尔特·索克尔在分析《变形记》时指出："卡夫卡深邃多变的艺术的本质，决定了任何单独的研究都无法充分把握住这篇多层次的作品。每一研究仅能在索解其奥秘的道路上前进一步；这个奥秘的核心，也许

---

① 〔德〕瓦根巴赫：《卡夫卡传》，周建明译，北京十月文艺出版社，1988，第303页。

② 曾艳兵主编《西方现代主义文学概论》，北京大学出版社，2006，第183页。

永远也不能揭露无余吧。"① 其实不只是《变形记》，卡夫卡的所有作品都是多义性的，每个读者的阐释结果都不一样。

卡夫卡秉持一种纯粹个人体验式的写作方式，这使卡夫卡的文学世界与作者本人的精神世界关系密切。他在小说表面的悖缪与荒诞中融入了对现实的关注，当然这种关注是纯粹个人式的，他从不站在任何群体的角度书写，只为自己写作，为自己的内心写作，在他的文学世界中，我们可以轻易感觉到有一双窥视这个世界的眼睛，那来自地洞的目光，充满对这个世界的恐惧，同时又洋溢着表现这个世界的热情。而他的表达方式同样是纯粹个人式的，他从不用说理来征服读者，而是诉诸形象，在他的作品中，可以看到虽然充满悖缪但直指现实的故事；可以看到荒诞不经但内蕴极其丰富的形象。昆德拉将卡夫卡小说的纯粹个人式的特征称为"彻底的自主性"："弗兰茨·卡夫卡通过小说的彻底自主性，就我们人类的境遇（按它在我们这个时代所呈现出来的样子）说出了任何社会学或者政治学的思考都无法向我们说出的东西。"② 正是源于彻底的自主性，卡夫卡的小说有一种直抵生命内核的力量，在生命的深层震撼着人的心灵，这力量本身就来自卡夫卡本人敏感的内心世界，是卡夫卡小心谨慎地观察世界后，将他观察的结果内化深埋进自己的内心，经过孤独的沉淀发酵后，他忍着撕裂般的痛苦再从最深处挖掘出来："我最理想的生活方式是带着纸笔和一盏灯待在一个宽敞的、闭门杜户的地窖最里面的一间里。饭由人送来，放在离我这间最远的、地窖的第一道门后。穿着睡衣，穿过地窖所有的房间去取饭将是我唯一的散步。然后我又回到我的桌边，深思着细嚼慢咽，紧接着马上又开始写作。那样我将写出什么样的作品

————————

① 〔奥〕索克尔：《反抗与惩罚》，叶廷芳编《论卡夫卡》，中国社会科学出版社，1988，第 241 页。

② 〔法〕米兰·昆德拉：《小说的艺术》，董强译，译林出版社，2004，第 147 页。

啊！我将会从怎样的深处把它挖掘出来啊！"① 虽然卡夫卡的生活现实没有如此决然，但这何尝不是他写作中真实状态？由此不难发现，卡夫卡的文字源自内心最深层，必然指向人类精神世界的最隐秘处，正如布鲁姆所说的那样："对于以精神探求为使命的作家来说，卡夫卡是我们的偶像，他的许多格言所产生的权威性影响在我们的心中持久不散。"②

其实何止是他的格言，对我们而言，他的小说同样具有这样持久的影响力。从根上说，卡夫卡的小说与格言是一体的两面：格言是小说精神的浓缩，小说是格言的形象化，而将这两者联系到的一起的则是寓言，"他的许多最精辟的格言其实都是些寓言，他那些半寓言式的故事乃是他为他的天赋才能所找到的最简洁、最质朴的表现方式"，而所有这些的基础都是卡夫卡"以具体的形象进行思维"的结果，是卡夫卡的天才中"所特有的独创特质"。这种特质使他的小说与读者之间产生了距离，他创造出的想象的世界，"要求读者费点脑筋才跟得上"③。

但是，卡夫卡本人的世界充满矛盾与悖论。可以说，卡夫卡之所以将自己的创作深植于自己的内部世界，与他现实的生活境况有关，现实中的卡夫卡是一个精神上的绝对弱者，正如他所说的那样："在巴尔扎克的手杖上刻着：我在摧毁一切障碍。在我的手杖上则是：一切障碍在摧毁我。共同的是这个'一切'。"④ 布鲁姆认为卡夫卡迈出了诺斯替主义不可能迈出的那一步，"诺斯替虽然是所有关于救赎的

---

① 〔奥〕卡夫卡：《致菲莉斯》，叶廷芳编《论卡夫卡》，中国社会科学出版社，1988，第 713 页。

② 〔美〕哈罗德·布鲁姆：《西方正典——伟大作家和不朽作品》，江宁康译，译林出版社，2005，363 页。

③ 〔英〕埃德温·缪尔：《弗兰茨·卡夫卡》，叶廷芳编《论卡夫卡》，中国社会科学出版社，1988，第 53 页。

④ 〔奥〕卡夫卡：《卡夫卡全集》（第 5 卷，随笔谈话录），河北教育出版社，1996，第 153 页。

观念中最消极的，但它毕竟是关于救赎的宗教，它还给我们以希望，但卡夫卡在精神上则没给我们任何希望"①。确实如此，在写给马克斯·勃罗德的信中，卡夫卡说有个念头又回来了："我生活在一种何等虚弱的、或者压根儿就不存在的土地上。"② 这是何等决绝的认识，面对外部世界，卡夫卡是一个绝对的弱者，因此有人说卡夫卡是"软弱的天才"。但同时，作为思想者的卡夫卡，却又是不可摧毁的，这种不可摧毁性源于其内在生命的执着，他用写作支撑着自己的这份执着，这是一种卡夫卡式的忍耐："生活在一片黑暗之土，从这黑暗之中，那神秘的暴力任其意志产生出来并摧残着我的生命，而不顾我结结巴巴的哀求。写作维持着我，……不写作我的生命会坏得多，并且是完全不能忍受的，必定以发疯告终。"③ 在写作中，卡夫卡进入了真正的忘我状态，借此卡夫卡得以认识自己的生与死、探寻自己的灵魂与肉体，并通过这样的认识与探寻直指整个人类的生存，他通过自己的精神受难而背负人类的所有罪愆，在这个意义上，卡夫卡将作家定义为"人类的替罪羊"④，这是卡夫卡的一种精神自觉。我们从他的这种精神自觉中获益良多，我们得以反省自身、反思社会，但这绝不是卡夫卡的全部意义与价值，毕竟卡夫卡只是一个作家，而不是圣徒。

　　当然，更重要的是，卡夫卡文学世界与作者的精神世界之间的关系虽然密切却也难以厘清，作为寓言式写作的代表，卡夫卡的作品吸引同时也抵制一种传记式的解读："对于卡夫卡的理解和阐释，就连卡夫卡自己也只能是寓意式的：卡夫卡所说的，和他所写；所写的，

---

① Harold Bloom, *Introduction of Bloom's Modern Critical Views*: *Franz Kafka*, New York: Infobase Publishing House, 2010, p. 2.

② 〔奥〕卡夫卡：《致马克斯·勃罗德》，叶廷芳编《论卡夫卡》，中国社会科学出版社，1988，第729页。

③ 〔奥〕卡夫卡：《致马克斯·勃罗德》，叶廷芳编《论卡夫卡》，中国社会科学出版社，1988，第729页。

④ 〔奥〕卡夫卡：《致马克斯·勃罗德》，叶廷芳编《论卡夫卡》，中国社会科学出版社，1988，第731页。

和他所想的；所想的，和他所应该想的，并不是一回事，它们之间的裂隙，比人们通常所想象的要大得多。"①

如此我们看到，卡夫卡这位依赖内在世界进行书写的作家，其精神世界充满矛盾与悖论，而他本人坚持一种纯粹个人式的寓言写作模式，所有这些最终合成了迷宫一般的卡夫卡世界。卡夫卡用他的世界包裹了我们所有人，却毁掉了所有逃出这个世界的线索。这也许也是一则寓言吧？寓指我们在现实世界中的生存状态——人的存在，这是卡夫卡文学世界的唯一主题。对此，昆德拉这位卡夫卡的精神继承者如是说："小说审视的不是现实，而是存在。而存在并非已经发生的，存在属于人类可能性的领域，所有人类可能成为的，所有人类做得出来的。小说家画出存在地图，从而发现这样或那样一种人类可能性。但还是要强调一遍：存在，意味着：'世界中的存在'。所以必须把人物与他所处的世界都看作是可能性。在卡夫卡那里，这一切都很清楚：卡夫卡的世界跟任何一个已知的现实都不相似，它是人类世界一种极限的、未实现的可能性。当然，这一可能性在我们的真实世界之后半隐半现，好像预示着我们的未来，所以有人说卡夫卡有预言家的一面。但即使他的小说没有任何预言性质，也不会失去价值，因为它们抓住了一种存在的可能性（人以及他的世界的可能性），从而让我们看到我们是什么，我们可能做出什么来。"②

第二节　《在流放地》：一个有关世界寓言的文本

在卡夫卡的另一份遗嘱③中，《在流放地》并不属于其刻意销毁

---

① 曾艳兵主编《西方现代主义文学概论》，北京大学出版社，2006，第182页。
② 〔法〕米兰·昆德拉：《小说的艺术》，董强译，译林出版社，2004，第54~55页。
③ 在前文提到的那份遗嘱之前，卡夫卡还立有另一份遗嘱。在这份遗嘱里，卡夫卡对自己的文字进行了分类：有些是需要销毁的，有些则可以保留下来。

的范畴，在作者本人极度挑剔的眼光下，这篇短篇小说是有价值的。《在流放地》中的故事并不复杂，其中的人物关系也非常清晰，甚至每个人物的言行都被描述得很明确。但就是在这种看似简单、清晰、明确的叙事中充满了不确定性。

旅行者受流放地新指挥官的邀请，观看对一个士兵的处决。没有人对这次处决感兴趣，现场只有负责行刑的军官和一名负责看守被判决者的士兵，旅行者本人也"似乎完全是出于礼貌"才接受了邀请。军官以前用一台特制的精密机器处决流放地中被判有罪的人。处决过程要持续 12 个小时，而被判决者只是军官（也是流放地的法官）认为其有罪而已。新任指挥官到任后，计划废除以前的刑罚制度。新任指挥官似乎就是为了更有说服力地执行自己的计划，才邀请了旅行者来观看处决的。军官向旅行者极力证明这种处决制度的合理性，向其说明机器的运作过程，但当他发现自己无法说服旅行者帮助他一起维护这种制度后，毅然代替被判决者投入机器之中，欣然接受了机器的处决。机器在行刑的过程中解体了。旅行者在茶馆一张桌子下看到了前任指挥官的坟墓，并看到了墓碑，上面写着："老指挥官之墓。其追随者如今隐姓埋名，为其建坟立碑。有预言曰，指挥官数载之后复活，由此屋率众追随者光复流放地。信之，静候！"① 旅行者没有向新指挥官告别，一个人离开了流放地，离开前赶走了试图跟他一同离开流放地的士兵和被判决者。

在《在流放地》中，卡夫卡首先设定了一个观察者——旅行者，这是这篇小说的独特之处："卡夫卡的大多作品的叙事人，基本上都是小说所描写的生活的当事人或直接体验者，而这部作品则是让一个旅游者以局外人的视角，来观察了解一个（海岛）流放地上的一次行

①〔奥〕卡夫卡：《在流放地》，《卡夫卡小说全集》（第三卷），韩瑞祥等译，人民文学出版社，2003，第 55 页。

刑过程，最后又匆匆逃离。"① 小说中的所有细节都是通过这个观察者向我们描述的，真实而又必然失真。任何读者在阅读这样一篇明显带有寓言性的作品时，都有一种真实的感觉，那是一种阅读现实主义小说，甚至是自然主义小说时的感觉，恰恰是这种真实感将所有的解释权都抛给了阅读者，而阅读者又感到自己的一切解释似乎都被吸纳进了小说的细节中，感觉失去了对小说的整体把握；但当你试图对小说的整体意图进行把握时，你又会发现自己完全迷失在了小说的细节之中，其中一些细节——明显具有某种内涵——游离到了你所把握到的整体意图之外。

作为这个世界的"闯入者"，旅行者这一身份的设定决定了他与这个世界的疏离，他对这个世界没有归属感，他必将离开，他不想与这个世界有任何亲密的关系，所以他永远置身事外，哪怕他有自己的判断，也有自己的看法，但他恪守作为局外人的身份。因此，哪怕他被这个世界寄予希望，无论是希望其帮助消灭过去，还是希望他帮助恢复往昔荣光，都是要实现左右或占有这个世界的目的，但他并不想参与斗争，旅行者希望被赋予的所有意义与价值最终都未实现，他终究只是这个世界的旁观者，他所秉持的所有价值判断，最多是这个世界的参照，却不是这个世界的标杆。旅行者一直疏离于这个世界，是刻意如此，也是不得已而为之。面对这个分崩离析的世界，旅行者不愿失去审视的眼光，更无从选择立场。

流放地显然是一个独立的空间，独立于这个世界的进程又影射这个世界的所有，或者说它本身就是一个世界。在这个世界中有神一样的存在，以前是老指挥官，现在是新指挥官。流放地的一切规则都是老指挥官制定的，新指挥官试图改变这些规则，但显然面临很大的困境：他希图革新老指挥留下的传统，却又不敢贸然行事，传统的力量

---

① 胡志明：《卡夫卡现象学》，文化艺术出版社，2007，第242页。

仍然存在，旧世界的支持者仍然力量强大，只是蛰伏而已，任何不慎的举动，都可能引发复辟力量的沉渣泛起。小说不止一次暗示了这一点，军官向旅行者说："我可以毫不夸张地说，整个流放地的设施都是他①的杰作。我们，他的朋友们，在他逝世的时候就已知道，流放地的设施是自成一体的，他的继任者即便能想出上千个新规划，至少许多年内不可能对现有的设施有丝毫改变。"②

《在流放地》中，最关键的"道具"当然是那台独特的、用于处决"犯人"，并受到争议的机器。机器由流放地的老指挥官设计建造，当初曾受到人们一致的推崇。老指挥官死后，机器被留了下来。但新指挥官对这部机器存在的合理性产生怀疑，而机器原本所拥有的尊崇地位也受到了怀疑。只有军官，这个老指挥官的崇拜者、机器的忠实守护者，还在怀念着昔日老指挥官在任时，他作为一个法官与他钟爱的机器所得到的无上荣光。"您现在有机会欣赏的这种程序和处决如今在我们流放地已经没有公开的追随者了。我是追随者的惟一代表，同时也是老指挥官这份遗产的惟一代理人。我不再奢望进一步发展这种程序，为了保护现存的一切，我已鞠躬尽瘁。老指挥官在世时，流放地遍布着他的追随者；老指挥官的说服力我具备一些，他的权力我却一点也没有；因此，追随者都已销声匿迹，他们人数虽然还不少，但谁也不愿承认。在处决日，比如今天，您如果去茶馆听听他们的聊天，可能只会听到闪烁其词的言论。他们全都是追随者，但是，在现任指挥官的领导下，在他的新理念的统治下，他们根本不会助我一臂之力。"③ 军官发现一切都无法挽回，"如今要让人理解那个时代是不

---

① 指老指挥官。
② 〔奥〕卡夫卡：《在流放地》，《卡夫卡小说全集》（第三卷），韩瑞祥等译，人民文学出版社，2003，第 38 页。
③ 〔奥〕卡夫卡：《在流放地》，《卡夫卡小说全集》（第三卷），韩瑞祥等译，人民文学出版社，2003，第 45~46 页。

可能的"①，这部机器过去所拥得的荣光已难以再现，于是，他勇敢而坚定地将自己作为最后的祭品献给了这部象征着过去荣光的机器。小说中的一个细节颇有意味：军官在抱怨完军服对于流放地的气候来说太厚了些以后，一边洗手一边说："军服意味着故乡；我们不愿失去故乡。"② 德文 heimat （故乡）这个词亦可译作"祖国"，这就意味着，军官更看重的是军服所具有的象征性及寓意所指，正如他把行刑的机器视作过往荣光的象征，蕴含着他的信念。

这台机器是新指挥官的心病，欲除之而后快。所有人都围着这台机器行动着，没有人在乎人本身，于是行刑的机器成了这个流放地的中心，所有人都成了附属品。这难免让人怀疑：在这样的世界中，希望在哪里？

无论任何人，都对过去有一种情感的依赖，任何人都有一种对强力精神的推崇，从这个意义上说，军官无疑是值得尊敬的，这也许就是旅行者虽然反对军官的信仰，却并没有联合新指挥官反对军官的原因。面对军官的以身试刑，旅行者有了一种共情："如果军官所痴迷的审判程序果真就要被取缔了——或许是由于旅行者的介入，他觉得自己有义务这样做——那么军官现在的行为就完全正确；假若旅行者处在他的位置上，也会这样做的。"③

小说中的被判决者和负责看守他的士兵无疑是流放地中普通民众的代表。"被判决者看上去像狗一样顺从，似乎尽可以放他在山坡上乱跑，只要处决开始时吹声口哨，他便应声而来。"④ 这是何等的麻

---

① 〔奥〕卡夫卡：《在流放地》，《卡夫卡小说全集》（第三卷），韩瑞祥等译，人民文学出版社，2003，第47页。

② 〔奥〕卡夫卡：《在流放地》，《卡夫卡小说全集》（第三卷），韩瑞祥等译，人民文学出版社，2003，第37页。

③ 〔奥〕卡夫卡：《在流放地》，《卡夫卡小说全集》（第三卷），韩瑞祥等译，人民文学出版社，2003，第53页。

④ 〔奥〕卡夫卡：《在流放地》，《卡夫卡小说全集》（第三卷），韩瑞祥等译，人民文学出版社，2003，第37页。

木！看守被判决者的士兵同样如此，他更在乎的似乎是能与被判决者一起喝行刑时的米粥。面对将要进行的刑罚，旅行者明显是持反对意见的，对军官关于刑罚的询问，"他要给出的回答从一开始就是很明确的；他一生经历甚丰，不可能在这件事上有任何动摇；他本质上是个诚实无畏的人"①，但是当他看到士兵和被判决者时，他还是犹豫了片刻。他在犹豫什么？他为什么犹豫？为何在看到士兵和被判决者时才犹豫？是否是士兵和被判决者的麻木让旅行者觉得这样的判决似乎也是合理的？他为什么说军官"真诚的信念令我感动"②？是否就是这种感动让他有所犹豫？

不难发现，流放地中的所有人永远是这个世界的奴隶，被这个世界左右，甚至旅行者在流放地也在某种程度上被这种环境同化了。哪怕他知道这里的规则有多么不合理："这里是流放地，特殊的惩处是必要的，彻底的军事化做法是必须的。"③ 将自己身处的环境标榜成特殊之地——这同样也是军官的看法，以期为不合理的秩序寻得合法性，环境的特殊性永远是不合理手段最后的、也是最有效的庇护所，以这种特殊性环境为借口，常识与良知便被"合法地"排除了。

流放地中的人物几乎无一例外地与时间发生关联，是时间的象征。老指挥官是一个过去的存在，他曾是历史荣光的创造者。在流放地，他曾经拥有无上的权威。但他死后，荣光不再了，只有军官还固守着他的传统。因此，我们可以把军官看作是一个历史荣光的缅怀者，历史残留的坚守者。他活在对往昔的追忆中，与现在进行着坚决但却必然徒劳的斗争，一心试图恢复历史的荣光。但历史的车轮滚滚

---

① 〔奥〕卡夫卡：《在流放地》，《卡夫卡小说全集》（第三卷），韩瑞祥等译，人民文学出版社，2003，第50页。

② 〔奥〕卡夫卡：《在流放地》，《卡夫卡小说全集》（第三卷），韩瑞祥等译，人民文学出版社，2003，第50页。

③ 〔奥〕卡夫卡：《在流放地》，《卡夫卡小说全集》（第三卷），韩瑞祥等译，人民文学出版社，2003，第41页。

向前，不会为这样一个活在过去的人而停滞不前。在新指挥官和他的女眷们看来，机器所施的刑罚太过于残忍了。由此可见，新指挥官是"现代文明"的追随者，是一个执着于现在、活在当下的人物。小说中另外一个重要人物，旅行者，从时间的角度来看，似乎是模糊不清的。他虽然也认为军官所推崇的审判与刑罚是不合理的，但他似乎又在一定程度上理解军官对于过去荣光残留的坚守。但我们还是很难断定旅行者在时间问题上的倾向，无从判定他是一个向往历史过往，还是一个忠于现在，抑或未来的人物。事实上，正是这样的一个处在时间夹隙中的人物，使这部小说具有了更大张力。他并非感觉不到他的尴尬处境，也并非对时间的影响一无所知、麻木愚钝，只是他无能为力：无力在过去、现在与未来之间做出抉择。毕竟，旅行者并不是那两个士兵：这两个士兵，一个要被处以刑罚，一个作为军官的助手对犯人进行刑。对这二人来说，根本不存在意味着传统的过去，更谈不上指向所谓"文明"的现代和未来。他们只是对时间没有任何感知的存在而已，无论是对于刑罚机器的漠然，还是好奇，抑或是逃脱刑罚后莫名的兴奋，表现出来的只有麻木与愚昧。他们对于机器本身的意味和自身的历史处境完全没有清醒的认知。那么在这样暗含时间的叙述中，卡夫卡一定向我们寓指了什么，虽然这种寓指一定具有多义性，甚至有其无法言说之处。

第三节　世界的本质：只有不确定是确定的

有论者将《在流放地》看作是"一则有关罪恶、刑罚和殉道的寓言"[1]，这确实是这篇小说关涉的问题之一，但在卡夫卡的小说中，不只这一篇与这一主题相关。所有这样的解读，似乎都是勃罗德影响的结果，是昆德拉所说的"以布洛德为榜样"的解读结果之一，"卡夫

① 曾艳兵：《西方现代主义文学概论》，北京大学出版社，2006，第180页。

卡学把卡夫卡系统地逐出了美学范畴：或者作为'宗教思想家'，或者往左赶，作为艺术上的持不同政见者"①。回到文本，准确地说是回到文本的细节，也许对我们更深入地理解这篇小说不无帮助，虽然我们并不试图得到确定的答案，因为这样的要求本身与卡夫卡精神就是相悖的。

《在流放地》非常典型地体现了卡夫卡小说的特色：通篇充满荒诞与怪异色彩，却是以完全现实主义的手法书写的，充满了"卡夫卡津津乐道的细节，看上去象是一个现实主义的故事"②。但它并不具备一般现实主义小说相对确定的意义——正如卡夫卡式小说的共同特点，它"从头到尾都是寓言式的"，而寓言的意义所指又是多元的，不同知识和文化背景的读者可以从不同的角度对其进行解读，得出的结论可能是完全相反的。它又让你感到你的所有的解读似乎都有所疏漏，并不是对这篇小说最完满的解读。

有论者从政治预言的角度对小说进行解读，正如昆德拉已经指出的那样，卡夫卡的小说为这种解读提供了可能性。伊凡·克里玛（Ivan Klíma）在他的《布拉格精神》中专门提到了他阅读《在流放地》后的感受："卡夫卡关于具有行刑机器和狂热执行者的一个荒芜山坳的意象却铭刻在我的记忆中。我不可能回忆起以前读任何文学著作像这样深深地吸引我。"③ 这是因为卡夫卡几乎预言式地写出了克里玛遭遇到的恐怖与苦难："无疑地，我感到这是有关我自己生活的一个寓言。仅仅在几年之前，我不是正像那些无辜的囚犯那样，被迫躺在一种行刑机器的'床'上？我目击了那些穿制服的刽子手，他们认为自己的恐怖行为正好是合法的和确切无误的。而我，后来居然奇迹

---

① 〔法〕米兰·昆德拉：《被背叛的遗嘱》，余中先译，上海译文出版社，2003，第43~44页。

② 〔美〕沃伦：《在流放地》，叶廷芳编《论卡夫卡》，中国社会科学出版社，1988，第123页。

③ 〔捷克〕克里玛：《布拉格精神》，崔卫平译，作家出版社，1998，第184页。

般地幸存下来，从毒气室中被叫回，正和被判有罪的士兵被从死亡边
缘上叫回来一样。"① 在一个被权力扭曲的世界，独裁成为一个必备的
选项。在流放地，以前以老指挥官为权力中心，他的意志左右着流放
地的一切，此后将是新指挥官，小说不止一次暗示他在流放地的权
威。当军官这个老指挥官的代言人"献祭"了自己以后，新指挥官是
否会成为下一个独裁者？这是否也是旅行者在面对军官时犹豫的另一
个原因？毕竟新指挥官"在流放地拥有非常广泛的权力。他对这种程
序的看法如果真如您所认为的那么明确，那么，这种程序的末日恐怕
无需我的绵薄之力就来临了"②。谁又能肯定帮助行刑的士兵不会是下
一个受刑者？毕竟他与被判决者同样麻木，他一再把喝粥的受刑者推
开，"可是他自己也不规矩，把一双脏手伸进桶里，当着贪吃的被判
决者的面吃了起来"③。事实上，我们已经看到了这样的可能，受虐者
（被判决者）不是已经成为施虐者了吗？老指挥官的幽灵不是一直在
流放地游荡，随时可能复活吗？

我们当然也可以从"罪与罚"的角度来解读《在流放地》。回到
文本，我们会发现，被判决者所违反的戒条是"尊敬你的上级"，因
此他将被机器刻上这一戒条中的文字，而军官将要给自己刻上的文字
是"要公正"，一种卡夫卡式的反讽出现了：军官同样不尊重上级
（新指挥官），应该受到相同的惩罚，而他恰恰要给自己刻上"要公
正"这一戒条，也就是说他同时也违背了这一戒条。这就意味着军官
的"献祭"具有了两层含义：首先是为自己坚守的信念、为过往的荣
光牺牲；其次是为自己的罪行接受惩罚。而这种惩罚于军官自身而言
同样具有两层含义：其一是与被判决者一样因不尊敬上级而接受惩

---

① 〔捷克〕克里玛：《布拉格精神》，崔卫平译，作家出版社，1998，第183~184页。
② 〔奥〕卡夫卡：《在流放地》，《卡夫卡小说全集》（第三卷），韩瑞祥等译，人民文
学出版社，2003，第48页。
③ 〔奥〕卡夫卡：《在流放地》，《卡夫卡小说全集》（第三卷），韩瑞祥等译，人民文
学出版社，2003，第47页。

罚，但军官本人并不自知；其二是作为法官因为不公平而受到惩罚，但军官对此并不承认。这也许就是为什么，军官通过自我献祭想要寻得解脱的目的最终无法实现的原因吧？冥冥中似乎有一个公正的审判者，他不是军官，也不是老指挥官，更不是新指挥官。他是谁？我们不知道答案，卡夫卡可能知道，但至少在这篇小说中他并未告诉我们答案是什么，至少没有明确告诉我们（甚至没有试图暗示给我们）。

　　文本中所有被处决的犯人在被处决之前似乎都不知道自己犯了什么罪，作为这个世界中的犯人，他们也不知道被判犯了什么罪，没有人告知他们会受到什么样的惩罚，他们只是这个世界的被动承受者，没有任何发言权，自然也就没有为自己辩护的权利；被判决者的状态——不知有罪，似乎也不试图为自己辩护，事实上，只要被判决者试图为自己辩护，那就意味着他们承认了这个世界的审判规则；在受刑的过程中，被判决者则接受了被他人摆布的命运，通过承认自己的罪恶以安慰自己的心灵，但却从未生出对抗不公平的意愿，成为心甘情愿的受虐者，而被虐者一旦获得机会就将成为施虐者，我们当然可把这种状态看作是对这个世界的莫大讽刺。在这里，小说中的人物再次陷入一种卡夫卡式的悖谬之中：所有人既是不合理现实规则的顺从者，也是不合理世界的同谋者，此时他们的罪恶已昭然若揭。也许正是在这个意义上，军官说："罪行总是毋庸置疑的。"① 在流放地这个世界中，所有人都是罪人。

　　从"罪与罚"的角度自然会引申到卡夫卡的宗教信仰问题。卡夫卡出生在一个犹太教家庭，但他本人信仰指向的却是基督教，认为只有基督教才是他的归属，但他并不是一个基督徒。鉴于宗教信仰在整个西方社会，以及在卡夫卡本人生活中占据的重要位置，在他的许多作品中，卡夫卡思考了信仰的问题。在《在流放地》这篇小说中，老

---

① 〔奥〕卡夫卡：《在流放地》，《卡夫卡小说全集》（第三卷），韩瑞祥等译，人民文学出版社，2003，第 41 页。

指挥官精心建造的刑罚机器，在现在却面临着被取消的危险；军官为保存旧的信仰，只能选择自我牺牲来维护自己对旧信仰的虔诚。这一切都说明，如果我们把旧信仰理解为卡夫卡所认识的犹太教的话，那么，这就再清楚不过地向我们指明，犹太教的必然失落。但我们却看到，新的信仰却也未能真正在人们心中树立其绝对的权威，新指挥官并没能确立他如老指挥官当初在流放地的绝对权威。这一定程度上是因为旧信仰的影响。作为历史的遗留，旧信仰并没有完全失去，它对现在仍有不可低估的作用。但旧信仰毕竟失势了，至少已经成为一种潜势，新信仰还没有建立起绝对的权威，就这样，卡夫卡再清楚不过地向我们指明，信仰本身在现代社会出现了问题，宗教的精神普遍失落了。

另一方面，人是生而有罪的，这种"原罪"论，存在于犹太教和基督教中。有人认为"流放地"本身喻指的是整个世界，这个世界就是上帝流放被判有罪之人的场所。沃伦在分析这篇小说时，曾指出"地球是块流放地，我们都被判有罪"。① 与"原罪论"相对应的是"末世审判论"，即人们最终都要接受上帝的审判，或进入地狱或进入天堂。原本人们会因此而虔诚地面对上帝，生活在宗教的光辉之中。但随着现代社会宗教信仰地位的下降，在这个"上帝死了"的年代，人的"原罪"意识越来越淡薄，而末世审判的威慑对于他们也失去了意义和效用：当旅行者阅读老指挥官的碑文时，围观的人们感到可笑，而旅行者对此只能假装没看见。

有论者认为"卡夫卡与旅行家的观点比较一致"②，但旅行者只是作为一个旁观者存在，他并未试图改变流放地中的任何东西，这绝不仅仅因为他是个"外来者"——正如旅行者相对于流放地的身

---

① 〔美〕沃伦：《在流放地》，叶廷芳编《论卡夫卡》，中国社会科学出版社，1988，第121页。

② 孙彩霞：《刑罚的意味》，《当代文坛》2003年第3期。

份——所以不便发言，而是因为他无从抉择：一方面，他不赞成军官的审判方式，但他并不想公开反对，"我会告诉指挥官我对这个程序的看法，不过不是在大会上，而是与他单独面谈"[①]；面对流放地的一切，他感到的只有无可忍受的焦躁不安。这种焦躁一直与旅行者相伴，从这个意义上说旅行者与卡夫卡的观点具有一致性似乎并不确切。卡夫卡坚持认为，焦躁是人生唯一的主罪："人类有两大主罪，所有其他罪恶均和其有关，那就是缺乏耐心和漫不经心。由于缺乏耐心，他们被逐出天堂；由于漫不经心，他们无法回去。也许只有一个主罪：缺乏耐心，他们被驱逐；由于缺乏耐心，他们回不去。"[②] 但在这篇小说中，身处流放地的旅行者，其焦躁不安却跃然纸上。之所以如此，是因为旅行者对新指挥官改变流放地不合理的法律程序似乎抱有希望，但他又从军官身上看到一种信仰本身的合理性——如果他是军官，他也会像军官那样做，而这种合理性正适应了卡夫卡对于信仰的追寻。但最终旅行者选择了逃离，他没有满足军官的要求，也没有向新任指挥官表明自己的态度，哪怕是私底下的面谈也没有。他选择了逃离。所有的摇摆者，都是无力的，旅行者无疑是无力的。恰恰是他的无力保留了这个世界的不确定性——它存在各种可能性。

旅行者的逃离与卡夫卡的孤独意识和疏离感似乎存在某种联系。从出身来说，卡夫卡所属的犹太民族长期处于流散状态，备受歧视。犹太民族的处境对卡夫卡的心理造成很深的刺激，这也许是卡夫卡被认为具有诺斯替精神的原因，他感到自己是被抛到这个世界的异乡人，只是正如布鲁姆所说的那样，他从未找到自己的灵知，于是只能成为一个纯粹的精神漂泊者，这个世界的局外人与旁观者。德国文艺批评家君特·安德斯（Günter Anders）曾这样描述卡夫卡："作为犹

---

① 〔奥〕卡夫卡：《在流放地》，《卡夫卡小说全集》（第三卷），韩瑞祥等译，人民文学出版社，2003，第 51 页。
② 〔奥〕卡夫卡：《卡夫卡散文》，叶廷芳、黎奇译，浙江文艺出版社，2003，第 1 页。

太人，他在基督徒当中不是自己人。作为不结帮的犹太人（卡夫卡最初的确是这样），他在犹太人当中也不是自己人。作为说德语的人，他在捷克人当中不是自己人。作为说德语的犹太人，他在德国人当中也不是自己人。作为波希米亚人，他不完全是奥地利人。作为替工人保险的雇员，他不完全是资产阶级。作为中产阶级的儿子，他又不完全是工人。但是在职务上面他也不是全心全意的，因为他觉得自己是作家。但是就作家来说，他也不是，因为他全部精力都是用在家庭方面。而'在自己的家庭里，我比最陌生的人还要陌生'。"① 这样的身份尴尬必然带来无力感，从这个意义上说，旅行者似乎又与卡夫卡具有了同构性。面对在过去与现在中坚难抉择的流放地，旅行者感到无力，面对犹太历史传统与现代社会的发展，卡夫卡同样难以选择，同样感到无力。

历史的存在往往形成传统，无论正面的还是负面的东西，都会对现代造成影响。正如《论传统》一书的作者所指出的那样：无论传统的"实质内容或制度背景是什么，传统就是历经延传而持久存在或一再出现的东西"②。卡夫卡通过《在流放地》向我们暗示了这一点：茶馆在这个埋着老指挥官的地方，"虽然与流放地的其他房屋——除了指挥部的宫殿式建筑，所有的房屋都破败不堪——无甚差别，却给旅行者留下了深刻印象，他觉得这是一种历史回忆，从中感到了过去时代的力量"③。事实也的确如此，不受历史传统影响的现代，是不可想象的。但这并不意味着我们应该固守着历史的荣光不放，毕竟，现实才是不可摧毁的存在，历史的荣光可以影响现在，但却永远无法被重现，任何带有此种企图的行为都可能给行动者带来灭顶之灾。军官

---

① 转引自〔苏〕扎东斯基《卡夫卡真貌》，叶廷芳编《论卡夫卡》，中国社会科学出版社，1988，第471页。

② 〔美〕E. 希尔斯：《论传统》，傅铿、吕乐译，上海人民出版社，1991，第21页。

③ 〔奥〕卡夫卡：《在流放地》，《卡夫卡小说全集》（第三卷），韩瑞祥等译，人民文学出版社，2003，第55页。

的最后就刑，就是明证：他并没有因向历史传统的自我献祭而获得他所期许的，它"面容一如生前"，看不出任何他所"期许的解脱的痕迹；所有其他人从机器中获得的解脱，军官没有得到：他双唇紧闭，眼睛睁着，恍若生者，目光安详，充满信念，一根大铁钉穿透了他的额头"①。由此可见，对于历史传统与现代关系，我们绝无法给出任何偏于一方的结论，而调和二者又何其难，流放地中的矛盾正说明了这一点。而旅行者的最终逃离，同样意味着选择与调和的困难。但逃离并不意味着希望的出现，卡夫卡没有提供给我们任何可以安慰我们的所谓希望的光亮。这里的逃离只是一种绝望的、无奈的，或无能为力的选择。在这个世界中，人唯一得到的是不可避免的绝望。唯有绝望是绝对"不可摧毁的"。之所以如此，是因为在卡夫卡那里，一切都没有意义，一切都还没有发生。"在人类成长进化之中，那决定性的片刻是一个连续不断的瞬间。终于此故，那些宣称面前的一切都是无意义的，而且空虚的种种革命性行动都是对的，因为迄今仍然一无变故发生。"② 犹太教对卡夫卡的影响此时再一次得到彰显："如果你相信任何事都尚未发生，你就离犹太传统不能再远了。犹太人的记忆就像是弗洛伊德的压抑：万事皆已发生，天下再无新事。"③ 卡夫卡让旅行者驱赶企图跟随他一起逃离流放地的士兵与被判决者，让他们无法登船：流放地的一切将照旧，所有人都继续他们原来的生活。有论者认为卡夫卡的《在流放地》"就是要向人们展示现代人生存状况的受难性的根源和本质特征。一方面我们依旧不得不继续生活在传统的生存状态中，这种状况本质上不会有根本的改变，另一方面，启蒙思想

---

① 〔奥〕卡夫卡：《在流放地》，《卡夫卡小说全集》（第三卷），韩瑞祥等译，人民文学出版社，2003，第 55 页。

② 〔奥〕卡夫卡：《卡夫卡寓言与格言》，张伯权译，黑龙江人民出版社，1987，第 227 页。

③ 〔美〕哈罗德·布鲁姆：《西方正典——伟大作家和不朽作品》，江宁康译，译林出版社，2005，第 355 页。

或现代文化理性又迫使我们不得不正视自己生活中普遍存在着的所谓残酷的或非人性的东西，可同时它又不可能实际地予以纠正，或者说，客观上它就是把我们引导到一个令我们'高处不胜寒'的痛苦的平台上，然后撒手不管了，使得现代人的生活成了一种地道的痛苦或受难的存在。这就是'我们的时代'的生存处境"①。这何尝不是任何一个时代的矛盾，这是人类社会发展与进步的代价，只要我们执着于前进，就必然遭受这样的苦难，但历史的车轮何时停止过呢？于是我们的苦难也就无止无终。但卡夫卡似乎试图给我们以安慰："受难是这个世界上的积极因素，是的，它是这个世界和积极因素之间的唯一联系。受难只在这里是受难。这并不是说，在这儿受难的人在其它地方地位会提高，而是说，在这个世界上叫做受难的，在另一个世界上情况不变，只是没有了它的对立面：快乐。"② 在受难中体验到快乐，受难不止，快乐无终，这是卡夫卡给人类指出的希望吗？但军官似乎没有感受到快乐，更没有得到救赎与解脱。士兵和被判决者真的可以在流放地以后的受难性生存体验中，"出走对于自身存在真相的茫然无知的麻木状态，转而获得对于自身存在处境的自觉体验"③ 吗？谁知道呢？旅行者逃离了流放地，他没有给我们确定的答案，卡夫卡也没有。

卡夫卡通过这样一个荒诞离奇的故事，寓指了传统与现代、历史与今天从根本上讲都是没有意义的。"流放地"这一空间的设定，为旅行者的旁观者眼光提供了可能性，也提供了合法性，使其得以用一种上帝的视角俯瞰这个世界，而他的逃离更加突显了这个失落之地的可悲。这是一种对一切事物理解之后的超然，对一切存在的一视同仁，是卡夫卡用同情的目光看待世界的结果。从这个意义上来说，卡

---

① 胡志明：《卡夫卡现象学》，文化艺术出版社，2007，第 251 页。
② 〔奥〕卡夫卡：《卡夫卡全集》（第 5 卷，随笔谈话录），河北教育出版社，1996，第 64 页。
③ 胡志明：《卡夫卡现象学》，文化艺术出版社，2007，第 251 页。

夫卡是一位孤独的上帝。

　　卡夫卡患了致命的喉头结核病，但他却从医生那里"没有得到任何肯定的东西"，这多么"卡夫卡"？卡夫卡写出了人之存在的非确定性，他也从未试图给他的读者任何确定性的答案，最终他从医生那里也未得到有关自己生命的确定性回答。这个世界就是这样被一种不确定性掌控着，生活在其中的人是这种不确定性的诱因，也是这种不确定性的结果。小说家弗兰纳里·奥康纳（Flannery O'Connor）曾说过，好故事就是，当它逃离你后，你还能不断地在其中看到越来越多的东西。卡夫卡的不确定性，也许就是他留给我们的最好的故事吧！

第八章

书写生命的诗行

——叶赛宁的诗歌世界

　　谢尔盖·叶赛宁（Sergey Yecenin，1895～1925）当然不是俄罗斯文学史上最优秀的诗人，但绝对是最具特色的诗人之一，也是最富传奇性的诗人之一。

　　诗人叶赛宁匆匆走过了短短十几年的创作生涯后，便不幸谢世了。他在俄罗斯诗歌园地里留下了深重的足迹，却没能逃脱身后受到种种猜疑、曲解、贬抑，甚至排斥的命运。也许正如别林斯基所说："在所有的批评家中，最伟大、最正确、最天才的批评乃是时间。"①是的，时间证明一切，在经历了 20 世纪三四十年代的被贬抑历史后，叶赛宁的诗篇在五十年代被重新搬到了历史的台前，虽然还有争议、曲解和贬损，但他诗歌的价值正在一步步地被肯定。进入 20 世纪末，他的诗更是被列入经典。

　　由此可见，叶赛宁的诗歌具有一种强大的穿透力，它们无视时间的阻隔，不仅感动了 20 世纪初的读者，也令今天的读者动容，其当下性与未来性具有一种近乎完美的契合。叶赛宁的诗歌也穿透了空间的阻隔，既影响着俄国读者，也使全世界的读者倾心，其民族独特性与世界普适性天然地相融。叶赛宁的诗歌甚至跨越了意识形态的障碍，在政治高压的背景下，作为一个"不合拍的"诗人的作品，持续获得人民的青睐，以至可以忽略阅读环境恶劣造成的影响："叶赛宁却与日俱增地愈来愈为读者喜爱和珍视，尽管有种种禁令和刁难阻碍。……这位被贬谪的、'不合拍的'人，就在我们眼皮底下成长为一个不是虚构的而是真正的人民诗人。全民对叶赛宁的爱在增长，这个事实用不着证实，一目了然。叶赛宁的诗集在苏联很难买到，但却有无数手抄本在广泛流传，被弄得纸烂字缺，人们在熟背谙记，诵读歌吟，好似歌谣一般。……被年轻的苏联诗人模仿着，几乎每一个年轻诗人，尤其是外省的，身上都能察觉出典型的叶赛宁歌韵的影响。

---

　　① 转引自顾蕴璞《思想矛盾与艺术魅力》，岳凤麟、顾蕴璞编《叶赛宁研究论文集》，北京大学出版社，1987，第 12 页。

在'中央',以及在被上帝遗忘的、俄罗斯的穷乡僻壤,都有他的崇拜者……粗制滥造出版而售价并不便宜的诗集不仅在集中营而且在老侨民中间很快销售一空——虽然,众所周知,这些人本来对诗歌极其冷淡。……无论在那边苏联还是在这边国外,对叶赛宁的如此厚爱在与日增长,……一个 16 岁的'叶赛宁的未婚妻'女共青团员,和一个 50 岁的、百分之百持不妥协态度的'白卫军'可以集合到一块——集合到对叶赛宁的爱上。被革命扭曲了的、打散了的俄国意识的两条带子交织到一块了,而它们之间显然是没有任何共同点的。"①

是什么赋予叶赛宁诗歌如此恒久的强大生命力呢?叶赛宁拥有谜一样吸引力的原因是什么?为什么叶赛宁的诗在经历了近百年的历史沧桑后仍能在现代读者中产生共鸣呢?为什么今天我们再读他的诗仍有觅得知音的亢奋呢?毕竟诗人已经逝去近百年了,"他所描写的环境和整个人类的生活都有了相当大的变化,但他的诗的芳香并没有减退,甚至象陈年的窖酒,越发香醇了"②。

叶赛宁短暂的一生是诗歌的一生,也是悲剧的一生。他的悲剧人生与他的诗歌创作具有怎样的内在联系?叶赛宁对生活充满眷恋,却又早早地结束了自己的生命,是什么让他此生如此痛苦不堪?是性格造成了他的悲剧人生,还是他的人生悲剧反证了时代的罪恶?

当年轻的叶赛宁拜访了亚历山大·勃洛克(Aleksandr Blok),并为其朗诵了自己的诗作之后,这位当时的诗坛泰斗称赞叶赛宁是"才华横溢的农民诗人"。的确,叶赛宁正是以"农民诗人"的身份现身于当时的俄罗斯诗坛的,但是,他的一生所表现出来的复杂性却远远

① 〔俄〕格·伊凡诺夫:《"好似俄罗斯的苦难……"——评叶赛宁》,杜杨译,《苏联文学联刊》(现名《俄罗斯文艺》)1991 年第 3 期。原文写成于 1950 年并于当年发表在巴黎《复兴》杂志第 8 期上。中文译自苏联《文学俄罗斯报》1990 年第 40 期。

② 刘湛秋:《从大自然中流出的爱的旋律》,岳凤麟、顾蕴璞编《叶赛宁研究论文集》,北京大学出版社,1987,第 109 页。

超出了勃洛克给他的定语。"叶赛宁的创作是一位真正伟大的民族诗人的创作","把叶赛宁视为农民诗人的这一'传统'观点,显然缩小了他的诗歌的思想、美学和题材等方面的范围,并且分明贬低了叶赛宁的作品在全苏和全世界诗歌发展中所起的巨大作用"①。细读叶赛宁的诗我们就会发现他在不断书写着文学的永恒主题,也就是人生的永恒主题,同时将自己的生命体验完全融入诗歌创作中,这使其诗歌成为一种兼具大众性与个人性、当下性与未来性、世界普遍性与民族独特性的生命诗歌,这些诗歌特征是叶赛宁本人特异性格与特殊时代环境既融合又排斥的矛盾关系的体现,诗人的所有不幸、痛苦、悲哀、无奈与彷徨,遭到的误解与伤害,受到的赞美与颂扬,甚至是其最后的死亡,都是这种"既融合又排斥"的矛盾关系造成的。

第一节　爱情的甜蜜与痛苦:
大众性与个人性

叶赛宁的人生悲剧,在很大程度上与其浪漫多情、放荡不羁的性格有关。而这样的性格使其在爱情上颇不顺利,三次婚姻都以失败告终,给对方,也给他自己带来了巨大的不幸。这个忧郁的多情浪子,尝遍了爱情的各种滋味,"但他好象始终在恋爱中,被人抛弃与抛弃别人,时而悲苦,时而欢欣,他生活得颓废、狂热……"② 他把自己在爱情中的体验融进诗歌之中,创作了为数不少的爱情诗篇。

从他的诗中,我们看到诗人获得爱情时的欢愉与痛苦,以及错失爱情后的深切忏悔之情。诗人写道:

---

① 顾蕴璞:《苏联对叶赛宁评价的前前后后》,岳凤麟、顾蕴璞编《叶赛宁研究论文集》,北京大学出版社,1987,第302页。
② 艾青:《关于叶赛宁》,岳凤麟、顾蕴璞编《叶赛宁研究论文集》,北京大学出版社,1987,第4页。

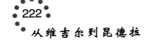
　　　夜那么黑，怎睡得着，
　　　我常走到河畔的小牧场。
　　　像解开一条波纹般的束腰，
　　　天边射过来闪电的反光。

　　　山丘上有枝白桦小蜡烛，
　　　披一身银白的月光羽衣，
　　　走出来吧，我的心头肉，
　　　听古丝里琴手唱上几曲。

　　　每逢我凝望少女的美貌，
　　　看得出了神，迷了心窍，
　　　还跟着琴声的节拍欢跳，
　　　我总要把你的头纱摘掉。

　　　我总要领你到斜坡下面去，
　　　到幽暗的闺房，绿色的林间，
　　　到长满如丝的峨参草地，
　　　直到罂栗（粟）花般的朝霞满天。①

　　诗人因得到爱情而愉悦的心情溢于言表。然而爱情带给诗人的却绝不仅仅是欢乐与幸福，更多的则是愁闷与痛苦：

　　　你走了，不再回到我身边了，
　　　你已经忘却了我的住处，

---

① 〔俄〕叶赛宁：《夜那么黑，怎睡得着……》，《叶赛宁诗选》，顾蕴璞译，译林出版社，1999，第11页。

如今你已在对别人微笑了，
用白头巾把你的头裹住。

我很苦闷，很寂寞，很可怜，
我的壁炉燃得不舒服，
但书中这朵揉皱的紫罗兰，
总在诉说往昔的幸福。①

对那已远去的恋人，诗人只有追忆"往昔幸福"的权力了。在这首诗中，我们还看到诗人在追忆往昔中隐含着痛彻心扉的悔恨之意。《给一个女人的信》《致卡恰洛夫的狗》等诗中同样表达了因过错而失去爱情并给对方造成伤害的忏悔。《也许已晚了，也许还太早……》中，诗人的这种悔恨之情更是达到了极致。诗人自比唐璜，为自己以往因荒唐而犯的错误而深深地自责：

也许已晚了，也许还太早，
多年来我一直没有思忖：
我已变成和唐璜一样了，
是名副其实的轻佻的诗人。

发生了什么？我成什么啦？
我天天挨着另一些膝头。
我天天都不可惜我自己，
对负心的创痛难以忍受。

---

① 〔俄〕叶赛宁：《你走了，不再回到我身边了……》，《叶赛宁诗选》，顾蕴璞译，译林出版社，1999，第56页。

在温柔而单纯的情感里，
我总盼心儿少一点悸动，
我能寻找什么呀，在轻浮、
虚伪、空虚的女人眼中？

我的鄙夷，阻拦住我吧，
我一直有你作为我的特征。
我心里犹存冷却的沸腾，
和那浅蓝的丁香簌簌声。

心存柠檬色的落日余光，
有个声音透过暮霭回响：
情感的放浪会有报应的，
接受命运挑战吧，唐璜！

当我平静地接受挑战，
我知道我将同样地看待：
视风暴为五月蓝色的花，
把感情的震颤称之为爱。

就发生这些，我就成这样，
我所以挨着许多人的膝头，
是想让幸福永远地微笑，
对负心的痛苦不堪忍受。①

---

① 〔俄〕叶赛宁：《也许已晚了，也许还太早……》，《叶赛宁诗选》，顾蕴璞译，译林出版社，1999，第314~315页。

　　叶赛宁似乎一直在爱情的得到与失去之间徘徊，爱情于他而言不是一种阶段性的生活选择，而是一种一以贯之的生活状态。爱情是文学，特别是诗歌的永恒主题；爱情是最能触动诗人，也是最能吸引读者目光的文学题材，因为它关涉人的本质需要。叶赛宁的爱情书写，具有一种纤细温柔、忧郁悲伤的情调，与此同时又有一些极具个人化的特征。

　　首先，他的爱情书写近乎毫不遮盖，这不仅指其对爱情体验的表达，也包括其对爱情中的放纵激情的描写。这是保守的社会风气所不允许的，也有悖于普遍的社会道德。叶赛宁的爱情生活确实容易引发质疑与批评，他三次婚姻均告失败，而他与舞蹈家邓肯之间的爱情，更是令高尔基都觉得无法理解，"这个被欧洲成千上万的审美家和舞蹈艺术的精明鉴赏家颂扬备至的著名女人，在那象少年般矮小的出色的梁赞诗人旁边，象是他所不需要的一切东西的十全十美的化身。……当时我看着这个女人，心里想道：她怎么能理解诗人下面这些感慨的意义呢"①。

　　其次，他把自己的爱情与对大自然的爱融为了一体：女友已在墓中安眠，同时被埋葬的还有他们的爱情，曾经歌唱过诗人爱情的夜莺，已经远飞海外，"不会再响起优美的歌了，/夜莺在凉夜曾唱出我的爱"②。

　　再次，他把自己的爱情和对家乡的热爱融合在诗作中："莫非我生在北国心向北，/那里月亮也要大一百倍，/无论设拉子有多么的美，/不会比梁赞③的沃野更可爱。/莫非我生在北国心向北。"④

---

① 〔俄〕高尔基：《谢尔盖·叶赛宁》，《高尔基政论杂文集》，孟昌选译，生活·读书·新知三联书店，1982，第340页。

② 〔俄〕叶赛宁：《逝去了的，再也回不来……》，《叶赛宁诗选》，顾蕴璞译，译林出版社，1999，第13页。

③ 叶赛宁的家乡。

④ 〔俄〕叶赛宁：《莎甘奈啊，我的莎甘奈……》，《叶赛宁诗选》，顾蕴璞译，译林出版社，1999，第233页。

此外，他把自己的爱情体验与对祖国的眷恋之情相结合，认为爱情是一个整体，爱情的双方必须同爱"我们的祖国"，有学者就此指出："叶赛宁往往把爱情、故乡、祖国紧紧联系在一起。他想到故乡，就想起他爱的故乡的姑娘；他爱上任何年轻的姑娘，也就想起他的故乡，他的祖国。因此他的田园诗具有深刻的思想性和感染力量。"①

最后，叶赛宁把自己的爱情忏悔与个人在时代大潮中的苦闷与悲哀融合到了一起，在《给一个女人的信》中，"他在以'一失足成千古恨'的憾恨诉说了自己对拉依赫的愧疚、思念和良好祝愿的同时，以激动的心情回顾自己在时代洪流中的沉浮和由此在心田里激起的感情波澜"②，在时代大潮中，诗人自喻为如被骑手驾驭的"被驱赶得大汗淋淋的马"，感觉自己如同身处随时可能覆没的大船上，时代的风暴"使我的生活翻转了天地"③。

叶赛宁是一个把整个生命融入诗歌创作中的诗人，他的所有作品构成了一个统一的整体，"这可说是一部风格独特的长篇抒情小说，其主人公正是诗人的形象"④，全面展现了诗人的生命历程和精神发展，这也许就是为什么叶赛宁关于自己的自传写得很少的原因，因为"至于本人生平的其他情况——它们都写在我的诗里"⑤。于是，我们看到诗人生命活力的张扬，使他的爱情诗具有了大众性的基础，而自然热爱、家国情怀、时代苦闷等因素的融入则使其爱情诗具有一种鲜明的个人性。

---

① 付克、陈守成：《译后记：田园诗人叶赛宁》，《叶赛宁诗选》，兰曼、付克、陈守成译，漓江出版社，1983，第 189 页。
② 顾蕴璞注释，〔俄〕叶赛宁：《给一个女人的信》，《叶赛宁诗选》，顾蕴璞译，译林出版社，1999，第 204 页。
③ 〔俄〕叶赛宁：《给一个女人的信》，《叶赛宁诗选》，顾蕴璞译，译林出版社，1999，第 205 页。
④ 〔俄〕阿格诺索夫主编《20 世纪俄罗斯文学》，凌建侯等译，中国人民大学出版社，2001，第 169 页。
⑤ 〔俄〕叶赛宁：《自叙》，《玛丽亚的钥匙》，吴泽霖译，东方出版社，2000，第 121 页。

第二节　自然与田园的丧失：
当下性与未来性

家园的失去与追寻是叶赛宁诗歌的另一主题，这也是西方乃至整个世界文学的永恒主题。伊甸园的故事是这一主题的重要源头，也是对人类生存经验的总结。叶赛宁的诗歌生命深深根植于自然、田园，那是他的精神家园。值得一提的是，作为从梁赞地区走出的、从小呼吸着自然气息、与乡村命运相通的诗人，在他的诗中，家乡就意味着田园，而田园就是自然。叶赛宁是真正意义上的田园诗人，"很多诗人都描写过农村，但很少有人象叶赛宁那样自始至终热情地歌唱农村，……也很少有人能象叶赛宁那样对田园爱得深沉"①。可以说，他对自身生活的体认、对俄罗斯命运的思考，甚至是对现代文明的反思，都立足于他对乡村、家园的眷恋。

叶赛宁视田园中的动植物为自己的朋友，身在自然之中，就如同在自己的宫殿中一样，舒适而惬意。

> 母牛同我侃侃谈心，
> 用点头示意的语言。
> 一片芬芳的阔叶树林，
> 用树枝唤我来到河边。②

正是他对大自然、对动植物的这种亲密感情，使他在诗歌中不断书写着对乡村的眷恋，书写着对大自然的热爱。大自然中的一切

---

① 付克、陈守成：《译后记：田园诗人叶赛宁》，〔俄〕叶赛宁《叶赛宁诗选》，兰曼、付克、陈守成译，漓江出版社，1983，第 184 页。

② 〔俄〕叶赛宁：《我是牧人；我的宫殿……》，《叶赛宁诗选》，顾蕴璞译，译林出版社，1999，第 40 页。

与诗人具有一种生命联系，他视之为自己的亲密朋友，彼此间形成了一种心灵的应和："每一匹又累又脏的马，/都会对我头点相迎。/我是动物的亲密朋友，/每句诗能医它们的心灵。"① 有学者认为，这是叶赛宁本人具有的"原始思维"，特别是"万物有生观"（"万物有灵论"）影响其诗歌创作的结果。② 书写自然的作家和诗人很多，但极少有如叶赛宁这样，把自己的生命融入自然与田园中，与其一起呼吸。于是在叶赛宁的诗中，"不仅花草虫鱼、风霜雪月都有了思想和感情，而且声光色味也都具备了肉体和灵魂；不仅空间成了生命的有形，而且时间也成了有形的生命"③。高尔基对叶赛宁把生命融入自然、书写自然的诗歌创作称赞有加："在我看来，在俄国文学里，他是第一个这样熟练而又怀着这样真挚的热爱来描写动物的人。"④ 并认为："谢尔盖·叶赛宁与其说是人，还不如说是器官，是自然界为了诗歌，为了表达无穷尽的'田野的悲哀'，表达对世界上一切生物的热爱，和表达人首先所应得的仁慈而特地创造出来的器官。"⑤

正是这种热爱与眷恋使他感到自己已然丧失了田园乡村，因此觉得异常痛苦与忧伤。叶赛宁是真正的自然之子，丧失田园就意味着与曾经孕育了他的母体分离："是啊！如今这已结束。/一去不返地我别了故乡。/白杨树不会再在我头顶/抖动翅膀似的叶丛沙沙响。" 如今诗人身处莫斯科，虽然痛苦、迷茫，甚至堕落，但他知道自己已离不

① 〔俄〕叶赛宁：《我不打算欺骗自己……》，《叶赛宁诗选》，顾蕴璞译，译林出版社，1999年，第155页。
② 曾思艺：《俄国白银时代现代主义诗歌研究》，湖南人民出版社，2004，第490页。
③ 陈际衡：《朝霞中的白桦——评叶赛宁及其诗歌艺术》，岳凤麟、顾蕴璞编《叶赛宁研究论文集》，北京大学出版社，1987，第153页。
④ 〔俄〕高尔基：《谢尔盖·叶赛宁》，《高尔基政论杂文集》，孟昌选译，生活·读书·新知三联书店，1982，第343页。
⑤ 〔俄〕高尔基：《谢尔盖·叶赛宁》，《高尔基政论杂文集》，孟昌选译，生活·读书·新知三联书店，1982，第344页。

开城市，回不了故乡："我不在，矮房已弯背拱肩，/我的老公狗早断气身亡。/看来，上帝已注定让我/死在莫斯科弯曲的街道上。//我爱这图案一般的城市，/即令它皮肤松弛和衰颓。"① 如果叶赛宁失去了田园却最终被城市接纳（或他接纳了城市），那么叶赛宁的痛苦也许会减轻很多，但他何曾真的抛弃过田园、抛弃过家乡？于是，因为心许田园，他无法见容于城市；因为受到城市的羁绊，他无法回归田园。叶赛宁像一个无根的流浪者、一个迷失在城市中的乡村儿童。在写给伊万诺夫（Ivanov）的信中，他这样描述自己当时的城市生活："我过着一种居无定处的生活！没有栖身之处，没有避难所，因为形形色色游手好闲的人，直至鲁卡什尼可夫开始上家里打扰我。你知道吗，他们乐于和我喝酒！我甚至不知该如何摆脱这种马虎态度，我已开始羞于、不忍心糟蹋自己了。"②

　　田园丧失一方面是指诗人因离开而失去了家乡田园，另一方面则是指田园本身因受到戕害而失去了往昔的美好。哪怕离开了，诗人仍珍爱木桥和白桦所代表的乡村，深爱那里的一草一木，无论外界如何排挤他，无论自己因无法适应新时代如何痛苦，他都深爱故乡的土地，"他爱自己的故乡和大地，/一如醉鬼爱小酒馆那样"③。正因如此，他无法容忍田园受到现代文明的侵害，然而工业文明的大手已经开始伸向了世界的每一个角落，大自然、乡村又岂能幸免。正因为叶赛宁把自己的生命真正地融入乡村田园之中，才能真正感受到现代文明发展背景下的乡村危机与自然危机，诗人深陷一种现代性的焦虑之中，一种田园丧失的悲伤之中。一个没有传统的人，也不会有现代的

---

① 〔俄〕叶赛宁:《是啊！如今这已结束……》,《叶赛宁诗选》,顾蕴璞译,译林出版社, 1999, 第 157 页。

② 〔俄〕叶赛宁:《青春的忧郁:叶赛宁书信集》,顾蕴璞译,经济日报出版社, 2001, 第 120 页。

③ 〔俄〕叶赛宁:《闪亮吧,我的星,切莫坠下……》,《叶赛宁诗选》,顾蕴璞译, 译林出版社, 1999, 第 280 页。

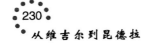

焦虑；一个没有其坚守的人，不会因丧失而痛苦，因为对于这样的人
而言无可失去。叶赛宁看到了乡村丧失的现状，他决意要成为乡村最
后一个诗人：

> 我是乡村最后一个诗人，
> 在诗中歌唱简陋的木桥，
> 站在落叶缤纷的白桦间，
> 参加它们诀别前的祈祷。

> 用身体的蜡点燃的烛光，
> 将烧尽它那金色的火苗，
> 月亮这木制的时钟就要
> 把我的十二点闷声鸣报。

> 不久将走出个铁的客人，
> 踏上这蓝色田野的小道。
> 这片注满霞光的燕麦，
> 将被黑色的掌窝收掉。

> 这就是无生命异类的手掌，
> 有你们我的诗就难生存！
> 只有这一匹匹谷穗骏马，
> 还将为旧日的主人伤心。

> 当风儿跳起追荐的舞蹈，
> 它就要吞没它们的嘶叫，
> 快了，快了，这架木钟

把我的十二点闷声鸣报！①

　　诗人失去了作为他诗歌乃至生命的个人家园，但其实与其说叶赛宁的个人家园是俄罗斯乡村，不如说是俄罗斯乡村所代表的俄罗斯传统，即叶赛宁诗中的"罗斯"②。但这个罗斯早已被碾碎在历史的车轮下了，然而叶赛宁却将其视为自己的乌托邦家园去追寻。这种追寻最终只能惨败在现实的车轮下，正如那匹与火车赛跑的红鬃马：

可爱而又可笑的傻瓜，

它往哪追，朝哪赶呀？

莫非它还不知道

铁马已战胜活马？

莫非并不知道它的奔跑

在这暗无天光的田野上

无法追回贝琴涅戈人愿用两个

草原俄罗斯美人换匹马的时光？

命运通过市场用新的色调改染

我们那被咬牙切齿吵醒的水域，

如今用几千普特的马皮和马肉

才能买上一辆火车头。③

　　诗人看到现实的不可违逆，哪怕他如何心存不甘，也无法阻挡历

---

① 〔俄〕叶赛宁：《我是乡村最后一个诗人……》，《叶赛宁诗选》，顾蕴璞译，译林出版社，1999，第142~143页。

② 顾蕴璞："'罗斯'一词原指十一—十七世纪史书中俄罗斯国家的疆域，为了传达诗人内心对民族传统的向往，他常用'罗斯'称呼俄罗斯。"（〔俄〕叶赛宁：《叶赛宁诗选》，顾蕴璞译，译林出版社，1999，第50页）

③ 〔俄〕叶赛宁：《四月祭》，《叶赛宁诗选》，顾蕴璞译，译林出版社，1999，第147~148页。

史车轮的大势滚滚向前，他试图改变心态，试图跟上现代工业文明的步伐。1923 年访美归来后，他写下了《铁的密尔格拉德》，在这篇旅行笔记中，通过对比苏联与欧美国家的现状，他理性地认识到了"在看过德国和比利时的公路之后，再想想我们那难以通行的道路，于是我骂起了所有那些拽住'罗斯'（俄罗斯古称），就像拽住肮脏不堪、虱子孳生的东西不放的人。从这个时刻起，我就不再爱那贫穷的俄罗斯了"①。他的思想发生了一些转变，他创作了《回乡行》、《斯坦司》、《正在离去的罗斯》、《给一个女人的信》和《给外祖父的信》等诗篇，表达了自己要做"苏维埃国家里""最狂热的同路人"②的强烈愿望；在另一首诗中又表示："我要当一名歌手，/我要做一个公民，/在伟大的苏维埃联盟，/好为每一个人，/树个引以自豪的标兵，/作个真正的儿子，/不是后爹或后妈所生。"③他决心要做新时代的歌手，歌唱伟大的苏维埃联盟。在《给外祖父的信》中，劝说外祖父放弃那些陈旧的观念，去乘坐火车："你尽可信赖/那匹铁的母马。/多好的千里驹呀！"然而，哪怕他描绘工业文明的代表——火车，也是用他最熟悉的乡村田园意象："它那张铁嘴/习惯于吞火/嘴上的烟似马鬃，/乌黑、浓密、利落。"④

　　说到底，叶赛宁毕竟是一个有着强烈"庄稼汉的天堂"的乌托邦思想的诗人，尽管他努力向时代靠拢，还是发现自己终究与这个新的时代有着那么深厚的隔膜，这使他感到异常痛苦和迷惘。这种心情反映在《正在离去的罗斯》一诗中。"在他人的斗争中我没有/见到自己

---

① 〔俄〕叶赛宁：《铁的密尔格拉德》，《玛丽亚的钥匙》，吴泽霖译，东方出版社，2000，第 124 页。

② 〔俄〕叶赛宁：《给一个女人的信》，《叶赛宁诗选》，顾蕴璞译，译林出版社，1999，第 204～208 页。

③ 〔俄〕叶赛宁：《斯坦司》，《叶赛宁诗选》，顾蕴璞译，译林出版社，1999，第 195 页。

④ 〔俄〕叶赛宁：《给外祖父的信》，《叶赛宁诗选》，顾蕴璞译，译林出版社，1999，第 213～218 页。

明丽的青春"，因为自己并不是一个"新人"，虽然也想"卷起裤腿/跟着共青团紧追"，虽然"我羡慕那种人，/他们在战斗中度过一生，/他们捍卫伟大的理想"，但他明白"我的一条腿依然留在过去，/却跌跌撞撞迈出另一条腿，/一心想赶上钢铁的大军"①，这将是多么困难的一件事！叶赛宁痛苦地承受着新与旧的双向牵扯。我们从他的这首诗可以清楚地听到诗人内心凄凉的哀号。这是一代俄罗斯知识分子的忧伤情绪的表达。正如高尔基所说的那样，叶赛宁的呻吟叹息"代表着数以十万计的人的心声，当新与旧的斗争不可调和时，他是一个鲜明的戏剧性的标志"②。最终叶赛宁试图向现代化、向新时代靠拢的努力不可避免地失败了。他试图建立新的个人家园的愿望化作了泡影。这使他陷入了深深的迷惘与痛苦，乃至绝望之中。

叶赛宁似乎一直在城市与乡村、工业文明与农业文明、现代与传统的两极间不断摇摆。理性让他看到了前者胜利、后者衰败的必然，但在感情上又无法接受这样的现实，因为后者是他的精神孕育之地、情感寄托之所。于是他一直身陷矛盾之中无法自拔，后来他虽然不断表明自己要跟上时代的脚步，表达自己要歌颂苏维埃、歌颂新时代的决心，但总给人一种刻意为之的感觉，或给人一种被逼无奈从而做出选择的感觉，并非发自其真心或者是其真实感情的表达。因为在叶赛宁看来，人类的所谓进步虽值得称颂，但也难免令人质疑："在这个星球上是多么郁闷和乏味啊！不错，生灵界也有一些飞跃，如从骑马到乘火车的转变，但所有这些只不过是速度的加快或特点的更加突出而已。人们早就猜测到了这些并比这想像得更为丰富。在这方面能打动我的只有对正在逝去的可爱的野兽王国的伤心；死气沉沉的机械世

---

① 〔俄〕叶赛宁：《正在离去的罗斯》，《叶赛宁诗选》，顾蕴璞译，译林出版社，1999，第199~203页。
② 谷恒东：《论叶赛宁的忧伤》，岳凤麟、顾蕴璞编《叶赛宁研究论文集》，北京大学出版社，1987，第107页。

界的那种毫不动摇的力量同样使我忧心忡忡。"① 更重要的是，这样的表态本身恰恰是其身陷矛盾之中的表现，因为书写或歌颂现代，歌颂工业文明与城市生活，与其对俄罗斯文艺传统的认知是相违背的。在叶赛宁看来，俄罗斯的文艺传统是表达和反映人的情感、精神和信仰与大自然的融合："手巾上的古树，……在这里隐含着极深的意义"，"树——这是生命。每天早晨，从睡梦中醒来，我们用水洗脸。水就是为了新的一天进行清洗和洗礼的象征。而在用绘着古树的粗麻布洗脸的时候，我们的人民是在无声地说，他们没有忘记先祖用树叶进行擦洗的秘密。他们记住自己是超于尘世之上的古树的苗裔，而来聚于它的树叶的荫庇之下。当他们把脸埋于手巾之中的时候，好像是想在自己的面颊上留下哪怕是一丁点儿古树之叶的印记。他们希望能够像古树一样，从自己的身上撒落语汇和思想的松果，从自己的手臂——枝叶上流淌下德行的绿荫。床上用品上面的花卉属于对美的领受的范围。它们意味着花园的天国，或付出了一天劳动的人在自己的果实上休息。它们似乎是对劳动的一天，或是一般地说，是对农民的生活意义的神圣化的礼赞"②。

叶赛宁早在 20 世纪初期就已经预见了今天人与自然环境之间的矛盾。他的这种预见性来自他对当时现实的敏锐洞察。他清醒地看到了当时工业文明与自然之间冲突的现实。对现实的准确而独具慧眼的把握使他得以书写现在却映照未来。他的诗在今天仍有其阐释的空间，并得到了现代人的呼应，这在一定程度上归功于他的预见性。对此，《苏联文学史》的编者科瓦廖夫（Kovalev）等指出："他的思考具有很大的预见性，这一点现在是看得越来越清楚了。

① 〔俄〕叶赛宁：《青春的忧郁：叶赛宁书信集》，顾蕴璞译，经济日报出版社，2001，第 100 页。
② 〔俄〕叶赛宁：《玛丽亚的钥匙》，《玛丽亚的钥匙》，吴泽霖译，东方出版社，2000，第 10 页。

比如诗人号召保护大自然，而今天环境保护已经成为现代文明的一个基本问题。"①

乡村与城市、农业文明与工业文明的矛盾就是传统与现代的矛盾，面对这一矛盾，我们应做何选择？这是一个直到今天仍没有定论的问题。我们今天的很多选择与其说是理性的结果，不如说是历史惯性发生作用的结果。最终，这场悲剧以诗人之死为结局落下了帷幕。长久以来，人们无法理解叶赛宁的坚守，无法理解他内心的矛盾与心灵的忧伤，那是因为他们或者缺乏叶赛宁那样敏感的心灵，或是被所谓"进步"的观念蒙蔽了心智，对危机失去了洞见。看看我们今天的危机：人与自然关系的紧张、人与人情感的淡漠、传统美好的失落、市侩主义的横行、普遍的精神危机、现代灵魂的浅薄等，我们就会明白，叶赛宁通过书写自身的矛盾与痛苦，使自己的诗歌具有了一种伟大的未来性。

第三节　歌唱祖国的民族诗人：
世界普遍性与民族独特性

叶赛宁诗歌中还有一个贯穿的主题，那就是对祖国的热爱。爱国主题具有一种世界普遍性，我们很难想象一个没有民族根基的诗人，能使自己的创作在世界经典行列中具有一种鲜明的独特性。哪怕是所谓的"无国界作家"也都对故国或居住国有一种情感的依赖或精神的归属，只是这种依赖与归属感被披上了一件具有"国际范"的外衣罢了。

叶赛宁认为自己是俄罗斯乡村的最后一位诗人，他深深地热爱着代表俄罗斯传统、较少受到现代文明浸染的俄罗斯乡村，也就是诗人

---

① 〔俄〕科瓦廖夫主编《苏联文学史》，张耳等译，天津人民出版社，1982，第162页。

的精神故乡。鉴于在"俄罗斯语言中，祖国和故乡是一个词"①，我们可以说，叶赛宁的故乡书写，在很大程度上就是其祖国之爱的一种体现。但是，我们也不能将叶赛宁诗歌的"故乡"与"祖国"完全等同起来，毕竟他对故乡的书写更强调其与自然的同一性，对故乡的赞美更多体现出一种对自然的倾心；而祖国在他笔下则要纷杂得多，是一个矛盾的复合体。在叶赛宁的诗中，我们可以看到代表传统的"罗斯"祖国，以白桦为象征的乡村祖国，深陷战乱的灾难祖国，让他曾经恐惧后来又让他呼唤的"钢铁"祖国，让他陷入情感纠结的社会主义祖国，等等。

叶赛宁对祖国就如同对自己的故乡一样怀着无限的怀恋和眷念之情。他在诗中写道：

> 你多美，罗斯，我亲爱的罗斯……
>
> 农舍像一尊尊披袈裟的圣像……
>
> 一眼望不到你的尽头啊，
>
> 独有碧空在吮吸我的目光。
>
> ……
>
> 假如天兵朝着我喊叫：
>
> "快抛弃罗斯，住进天国！"
>
> 我定要说："天国我不要，
>
> 只须给我自己的祖国。"②

当诗人看到自己深爱的祖国陷入战乱：多少家庭失去支柱，多少

---

① 刘湛秋：《从大自然中流出的爱的旋律——叶赛宁和他的诗漫笔》，岳凤麟、顾蕴璞编《叶赛宁研究论文集》，北京大学出版社，1987，第116页。

② 〔俄〕叶赛宁：《你多美，罗斯，我亲爱的罗斯……》，《叶赛宁诗选》，顾蕴璞译，译林出版社，1999，第38~39页。

母亲失去孩子，多少女人失去丈夫，诗人沉浸于忧国忧民的痛苦之中，也更加珍惜祖国带来的哪怕是短暂的喜悦："但我爱你啊，温柔的祖国！／为什么爱你，我难以自猜，／春天草地上欢歌四起，／你短暂的喜欢也叫人欢快。"原本美好平静的生活图景被打破了："黑色的乌鸦哇哇地一叫，／可怕的灾难就接踵来到。／旋风把森林扭向四方，／湖水浪花尸布般向人招摇。／……／人们成群结队送他们出村，／一直送到那高高的寨墙……／罗斯，你的好男儿在这里，／他们是你艰难岁月的指望。"诗人以一种带有神秘主义倾向的书写，巧妙地暗示了即将来临的祖国的灾难与人民的苦难。诗人为亲爱的祖国感到自豪，因为她拥有如此伟大而隐忍的人民，他对祖国的爱也更加深沉，坚信祖国的春天一定会到来："啊，罗斯，我温柔的祖国，／我心中只把对你的爱铭刻，／你短暂的欢乐令人愉快啊，／听着春天草地上响亮的歌。"①

诗人尽情歌唱蓝色的祖国，正是这种对祖国刻骨铭心的爱使诗人身处新环境中，哪怕无法适应，"笔对纸絮语有点笨拙"，也仍尽力让自己努力去理解新事物，"在每个瞬间我力求理解／以公社的姿态挺立的罗斯"②；即便感到自己跟不上时代的步伐，"在自己国家我仿佛成了异国人"，"这里已不需要我的诗歌，／也许我自己在这里也无人需要"，诗人也绝不交出自己的竖琴，"我也要用／诗人全身心的力量，／把简称为'罗斯'的／六分之一的地球歌唱"③；他努力适应祖国形势的变化："我要当一名歌手，／我要做一个公民，／在伟大的苏维埃联盟，／好为每一个人，／树个引以自豪的标兵／，作个真正的儿子，／不

① 〔俄〕叶赛宁：《罗斯》，《叶赛宁诗选》，顾蕴璞译，译林出版社，1999，第50~55页。

② 〔俄〕叶赛宁：《可爱的出版家！在这册书里……》，《叶赛宁诗选》，顾蕴璞译，译林出版社，1999，第175页。

③ 〔俄〕叶赛宁：《苏维埃罗斯》，《叶赛宁诗选》，顾蕴璞译，译林出版社，1999，第181~185页。

是后爹或后妈所生。"① 他决心要做"苏维埃国家里""最狂热的同路人"②。

由此可见，祖国在诗人心目中的崇高地位，诗人怀着一颗赤子之心，无论外在环境如何变化，他对祖国的基本感情没有发生一丝变化，不断歌颂着自己的祖国。正如顾蕴璞所指出的那样："诗人从歌颂神香袅袅的俄罗斯到赞美风烟滚滚的俄罗斯，从膜拜'木头的俄罗斯'到向往'钢铁的'俄罗斯，从沉迷于'庄稼汉天堂'的俄罗斯到喜看'街灯比星星更美的'人间俄罗斯，从哀叹'无家可归的俄罗斯'到珍重游子思归的俄罗斯，从留恋'正在消逝的俄罗斯'到珍重游子思归的俄罗斯，从留恋'正在消逝的俄罗斯'到憧憬前程似锦的'苏维埃俄罗斯'。"③ 叶赛宁自己曾说过："我的抒情诗只为一种巨大的爱而存在，那就是对祖国的爱。对祖国的感情构成了我全部创作的基调。"④ 但叶赛宁的祖国之爱蕴含着诸多矛盾，这是一种民族文化传统与当下政治需要之间的矛盾；是诗人自由精神与生活苦闷之间的矛盾；是诗人的革命理想与现实状况之间的矛盾。

叶赛宁将对祖国的感情视为诗歌创作的基石，因此他批评民族虚无主义的立场，认为自己的同行们"没有最广义上的对祖国的感情，因此，他们自然就欣赏那种不和谐的声调，把它和那种丑角似的自作多情的矫揉造作的臭气摄入自己的灵魂之中"⑤，也就是在他看来，只有立足于祖国的大地，向传统学习，才可能使自己的创作成为生活所

① 〔俄〕叶赛宁：《斯坦司》，《叶赛宁诗选》，顾蕴璞译，译林出版社，1999，第195页。
② 〔俄〕叶赛宁：《给一个女人的信》，《叶赛宁诗选》，顾蕴璞译，译林出版社，1999，第207页。
③ 顾蕴璞：《"痛苦的爱"和"甜蜜的怨诉"——漫谈叶赛宁的抒情诗》，岳凤麟、顾蕴璞编《叶赛宁研究论文集》，北京大学出版社，1987，第25页。
④ 转引自章廷桦《思想矛盾和艺术魅力——浅论叶赛宁的人品和诗品》，岳凤麟、顾蕴璞编《叶赛宁研究论文集》，北京大学出版社，1987，第126页。
⑤ 〔俄〕叶赛宁：《玛丽亚的钥匙》，《玛丽亚的钥匙》，吴泽霖译，东方出版社，2000，第43页。

需要的东西，成为连接大地与天空的存在。叶赛宁所钟情的祖国，他所立足的大地，是一个"木头"的世界，在那里树木是具有生命属性的存在，那是俄罗斯传统文化的象征。但这个木头的世界在一个钢铁的时代里，被破坏得体无完肤。而这个钢铁的世界是苏维埃俄罗斯所需要的，历史的进程无可阻挡，但诗人的失落与痛失我爱的心情也足以令人震撼。与此同时，叶赛宁又清醒地看到了祖国的落后、乡村的贫困，在《不舒适的如水的月色……》一诗中，诗人写道：

> 不舒适的如水的月色，
> 我无尽的田野的哀愁，
> 这就是我血性少年时所见到的，
> 并不是我一人啊，对它又爱又诅咒。
> ……
> 我已经对那些茅屋冷漠了，
> 也不再依恋小炉子的火焰，
> 甚至苹果树扬起春的风雪，
> 也因田野的贫瘠而使我厌倦。
>
> 现在别的东西占据我的心了……
> 在月亮的得了肺病的光泽里，
> 我透过石头的和钢铁的巨吻，
> 看到了我的祖国的强大威力。
>
> 耕田度日的俄罗斯啊！够了，
> 再不能让木犁拽住你在田野上跑啦！
> 都看够你的贫穷了，知道吗？
> 都在难受啊，甚至白杨和白桦……

我不知道，我将来会怎样……
也许，不适合于新的生活，
但我也希望看到贫穷落后的罗斯，
能变成钢铁的强国。

任狂风大雪，任雷鸣电闪，
我一样能听到马达的呼唤；
啊，说什么我也不愿再去听——
那木轮车吱吱呀呀的歌声。①

　　这也许就是叶赛宁期盼革命能给这个国家带来新生、祛除农村的
贫困，于是歌颂革命的原因吧？他曾这样描述自己对革命的态度：
"我是怀着同情赞许的心情迎接革命的头一个时期的，不过多半是自
发的，而不是自觉的"②；"在革命的年代，我是全身心地站在十月革
命的一边的。但是，我是按照自己的方式，带着农民的倾向来接受一
切的"③。在著名长诗《安娜·斯涅金娜》中，诗人也表达了自己参
加革命的热情和对革命者的赞颂。但在现实中，叶赛宁看到革命结果
与其理想的距离："现在正在建设的社会主义完全不是以前我所想象
的那样"④，革命的结果并没有给他一个理想中的"庄稼汉的天堂"。
　　叶赛宁是一位真正的民族诗人，这一点现已被学术界确定："叶

① 〔俄〕叶赛宁：《不舒适的如水的月色……》，刘湛秋、茹香雪译，刘湛秋编《叶赛
　　宁诗歌精选》，北岳文艺出版社，2000，第208~209页。
② 〔俄〕叶赛宁：《自传（二）》，《玛丽亚的钥匙》，吴泽霖译，东方出版社，2000，
　　第115页。
③ 〔俄〕叶赛宁：《自叙》，《玛丽亚的钥匙》，吴泽霖译，东方出版社，2000，第
　　121页。
④ 〔俄〕叶赛宁：《青春的忧郁：叶赛宁书信集》，顾蕴璞译，经济日报出版社，
　　2001，第101页。

赛宁第一个百年诞辰之际的主要成果，就是为恢复叶赛宁作为伟大民族诗人这一身份而历经多年和困难重重的过程彻底完成。"① 叶赛宁的世界"是民族意识的根基性起源与民族文化的深层结构有机互渗的一片领域"②。但就是这样一位民族诗人，却最终走向了苦闷、痛苦的人生悲剧，这不能不说是他生不逢时的结果。20 世纪前 20 多年俄罗斯特殊的历史背景与政治环境，让诗人最终只能以死亡来实现此生的解脱。虽然直到今天，人们对叶赛宁的死因仍争论不休，有人认为是自杀，也有人认为是他杀，但我们从叶赛宁后期诗作中，已然体会到诗人对死亡的倾心。在朋友去世时，诗人感到自己的生命也不会长久了："我们如今一个个地离去，/去到平静和美满的国度。/也许，我也很快该打点/速朽的行装去准备上路。"诗人虽然强烈地感受到了死亡的气息，但仍然对生命满怀着眷恋之情："我知道那个国度里不会有/雾霭中金光灿灿的田地……/因此对同生活在人间的人/我才感到格外地亲昵。"③ 但最终，也许是诗人渐渐感到自己那乡村乌托邦理想已经完全破灭了吧，死亡终于占据了上风，他对人世的眷恋之情消尽了："眷恋谁呀？世人都是过客，/去了又来，再辞别家门。/伴着淡蓝色池塘上空的圆月，/大麻田梦怀所有的离人。"④

　　他去世前的几个月，在他的诗歌中随处可见死神的身影，随处可见死亡的预示。诗人自己那"像开水般的心的血流"，"和冷漠的意志势难相容"。死神已经在向他招手："来吧，吻嘛！我要你吻。/朽物也已给我唱过歌。/看来在天上翱翔的精灵/预感到我的死期紧迫。"

① 转引自张芳丽《俄罗斯的叶赛宁研究动向与进展——诗人百年诞辰以来》，《外国文学动态研究》2019 年第 5 期。

② 转引自张芳丽《俄罗斯的叶赛宁研究动向与进展——诗人百年诞辰以来》，《外国文学动态研究》2019 年第 5 期。

③ 〔俄〕叶赛宁：《我们如今一个个地离去……》，刘湛秋、茹香雪译，刘湛秋编《叶赛宁诗歌精选》，北岳文艺出版社，2000，第 171~172 页。

④ 〔俄〕叶赛宁：《金色的丛林不再说话了……》，《叶赛宁诗选》，顾蕴璞译，译林出版社，1999，第 188 页。

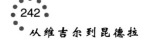

诗人最终感慨道:"人活世上,生命难在。"① 而《针茅草睡了,草原一片情……》一诗则更明确地表达了他与世诀别时的悲怆感。② 几个月后,诗人写下了他的绝笔诗《再见吧,再见,我的朋友……》:

> 再见吧,再见,我的朋友,
> 心爱的人儿,你总在我心头,
> 命中注定的这次离别,
> 为你我许诺来世的聚首。
>
> 不告而别了,我的朋友,
> 别难过,不要紧锁眉头:
> 今世,死早已不觉新鲜了,
> 但比死更新鲜的生也难求。③

诗人的人生悲剧在其最后死亡时达到了高潮,也给人们带来了诸多谜团。是什么造成了他最后的死亡?是自杀还是他杀?如果是自杀,他为何选择自杀?是什么力量逼迫他一步步走向自我结束年轻生命之路的?如果是他杀,是谁杀死了他或是谁指使了这次谋杀?诗人为何不能见容于那些人?是什么样的凶手,能忍心对这样一个文弱而又忧郁的诗人痛下杀手?他的死是个人性格造成的,还是时代的特异性造成的?抑或是两方面合力的结果?其实这一切已经不重要了,无

① 〔俄〕叶赛宁:《来呀,吻我,吻我吧……》,《叶赛宁诗选》,顾蕴璞译,译林出版社,1999,第268~269页。
② 顾蕴璞先生在《叶赛宁诗选》中对此有一个简短的评价:"这实际上是一首诀别诗,委婉含蓄地披露了他即将辞别人世的悲怆情怀,是环境不容?还是无心恋生?并没有点明。也许两者都存在。"(〔俄〕叶赛宁:《叶赛宁诗选》,顾蕴璞译,译林出版社,1999,第277页。)
③ 〔俄〕叶赛宁:《再见吧,再见,我的朋友……》,《叶赛宁诗选》,顾蕴璞译,译林出版社,1999,第316页。

论是哪一种情况，都只能证明叶赛宁生不逢时，他生在了一个令他这样的人感觉活着异常艰难的时代，活在了一个令诗人感到战战兢兢的国家里。从这个意义上说，诗人的悲剧是时代的悲剧，是俄罗斯民族的悲剧。

高尔基曾说叶赛宁的悲剧是"泥罐子碰铁罐子的悲剧；是来自农村的人毁灭于城市的悲剧"①，实际上，这样说一定程度上掩盖了叶赛宁悲剧的本质。在叶赛宁那里，乡村与城市、农业与工业的冲突背后还隐藏着更深层次的矛盾：那是一种理想与现实的永恒矛盾，是生命活力与沉闷的社会氛围之间的矛盾，是自由追求与体制性扼杀个性之间的矛盾："一种忧郁的思绪紧紧地缠扰着我。我现在很难过，历史正经受着一个扼杀作为生灵的个性的艰难时期。要知道，现在正在建设的社会主义完全不是以前我所想象的那样，而是一种固定的和人为的社会主义，就像圣赫勒拿岛，没有荣誉，缺乏幻想。在这里那些建造通向隐秘世界的桥梁的生灵感到压抑，因为在后代子孙的脚下这些桥梁正在遇到彻底的砍伐和破坏。当然，如果有谁慧眼识珠的话，那么他一定会看到这些散发着霉味的桥梁。但如果房屋盖好了却不住人，凿成了船而弃之不用，那总是会令人惋惜的。"② 叶赛宁是一个视自由为无价的诗人，虽然外界给他造成的重压常常让他感到无奈与失望，但从未撼动他对自由的渴望与坚守，失去自由就无法成为真理的赤诚追求者：

　　　　做一个诗人，就应这样作为：
　　　　既然生活的真理无法违抗，
　　　　就要剖开自己柔嫩的肌肤，

---

① 转引自岳凤麟《时代的风云和叶赛宁的诗神》，岳凤麟、顾蕴璞编《叶赛宁研究论文集》，北京大学出版社，1987，第 76 页。
② 〔俄〕叶赛宁：《青春的忧郁：叶赛宁书信集》，顾蕴璞译，经济日报出版社，2001，第 100～101 页。

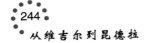

用感情的血液抚慰他人的心房。

做一个诗人，就要歌唱自由，

让自由更贴近你的心房。

夜莺歌唱，他不觉得难过，

他也在把同一只歌吟唱。①

　　但现实那么令人苦闷，时代那么让人感到沉重，诗人不断陷入矛盾之中，左右摇摆、无以抉择且不断受到各种攻击与陷害，最终选择死亡也就在情理之中了，因为生命处于这样的状态中，"死早已不觉新鲜了，但比死更新鲜的生也难求"②。从这个意义上，叶赛宁的悲剧是诗人在梦想破碎的废墟上吟唱梦想之歌的悲剧。

　　叶赛宁偏重于对永恒主题的书写，这使得他的诗歌从内容的角度与读者（无论是哪个时代、哪个国度的）更加贴近；这使得他的诗歌不至于因为时光的流逝、世事的变迁而变得失去意义或变得无法解读。但只是书写永恒的主题并不能保证其诗歌具有经久的生命力。叶赛宁的诗之所以能穿越时空，吸引着各个时代的读者，并使他们为其诗行的艺术魅力所感染，还因为他的诗歌是真正意义上的生命之诗。诗人是蘸着自己的生命之血在书写着他的诗行，因此他的这些诗处处饱含着深切的情感。读叶赛宁的诗，我们会强烈地感受到诗人生命脉搏的律动，感受到诗人的爱与恨、欢乐与痛苦。正因叶赛宁在诗歌中真实地写出了这种生命的实质，使得他的诗歌获得了独特的情感基调——撕裂式的痛苦。如果说"真正的诗歌永远是居住在诗人全部的

---

①　〔俄〕叶赛宁：《做一个诗人，就应该这样作为……》，《叶赛宁诗选》，顾蕴璞译，译林出版社，1999，第248页。

②　〔俄〕叶赛宁：《再见吧，再见，我的朋友》，《叶赛宁诗选》，顾蕴璞译，译林出版社，1999，第316页。

生命之内"① 的话，那么叶赛宁的诗毋庸置疑是真正意义上的诗歌。
这些"真诗"使我们更加深刻地体会到了诗人生命中最深沉、最真切
的生存体验；使我们更清楚地看到了那个孤独的生命个体与那个特殊
的年代的复杂关系；使我们更加深入地了解了诗人那撕裂式的痛苦的
根源。另一方面，读叶赛宁的诗时，我们会被他的情感笼罩，我们会
因他喜欢而喜欢，因他热爱而热爱，因他厌恶而厌恶，因他忧伤而忧
伤，因他痛苦而痛苦，这缘于"叶诗抓住了人类心灵感受中带有普遍
意义和本质特征的东西"，这也使他的诗"超越时空，不受地域、国
别和年代的限制，具有强大的生命力"。②

---

① 陈超：《生命诗学论稿》，河北教育出版社，1994，第 21 页。
② 章廷桦：《思想矛盾和艺术魅力——浅论叶赛宁的人品和诗品》，岳凤麟、顾蕴璞
　编《叶赛宁研究论文集》，北京大学出版社，1987，第 134 页。

第九章

"徒劳"：作为一种生命状态

司芬克斯之谜的解开，说明古希腊人已认识到了人之为人的必然命运：历经幼年、成年、老年，最终还是会走向死亡。这是人的宿命，死神的安排无人可以逃脱。西西弗生前企图抗拒死神的安排，事实上就是在试图逃脱人之肉体的最终结局——死亡，因而被诸神施予最严厉的惩罚。在冥府中，他不得不持续地将一块巨石推上山顶，如此西西弗在神的惩罚中消耗着时间与精力。这是西西弗作为人试图逃避其所是的结果，是他作为人因试图超越人之有限性而受到的惩罚。这种无效无望的劳动，反映了人的存在：因为死亡的必然，人的生命过程就成了一个无效无望的过程，于是徒劳在这里被等同于人生。这是人对自身必死命运认知的结果，其中流露的悲观、绝望之感明显得甚至有些突兀。但也正是在这种人生的徒劳感中迸发出了人的超越精神，一种对命运的超越、对自身有限性的超越。存在主义作家加缪在他的《西西弗的神话》中指出了徒劳的这种超越性内质：

西西弗无声的全部快乐就在于此。他的命运是属于他的。他的岩石是他的事情。同样，当荒谬的人深思他的痛苦时，他就使一切偶像哑然失声。在这突然重又沉默的世界中，大地升起千万个美妙细小的声音。无意识的、秘密的召唤，一切面貌提出的要求，这些都是胜利必不可少的对立面和应付的代价。不存在无阴影的太阳，而且必须认识黑夜。荒谬的人说"是"，但他的努力永不停息。如果有一种个人的命运，就不会有更高的命运，或至少可以说，只有一种被人看作宿命的和应受到蔑视的命运。此外，荒谬的人知道，他是自己生活的主人。在这微妙的时刻，人回归到自己的生活之中，西西弗回身走向巨石，他静观这一系列没有关联而又变成他自己命运的行动，他的命运是他自己创造的，是在他的记忆的注视下聚合而又马上会被他的死亡固定的命运。因此，盲人从一开始就坚信一切人的东西都源于人道主义，就像盲人渴望看见而又知道黑夜是无穷尽的一样。西西弗永远行进，而巨石仍在滚动着。

我把西西弗留在山脚下！我们总是看到他身上的重负。而西西弗告诉我们，最高的虔诚是否认诸神并且搬掉石头。他也认为自己是幸福的。这个从此没有主宰的世界对他来讲既不是荒漠，也不是沃土。这块巨石上的每一颗粒，这黑黝黝的高山上的每一颗矿砂唯有对西西弗才形成一个世界。他爬上山顶所要进行的斗争本身就足以使一个人心里感到充实。应该认为，西西弗是幸福的。①

加缪试图向我们表明，徒劳本身虽然无法改变世界本身，也改变不了我们悖谬的生存状态，但这种徒劳却具有与荒谬世界对抗，进而彰显人之主体性的内涵。在徒劳中人发现了自我，并进而实现了对自我的超越。

希腊人认识到了人生的有限，也认识到了反抗死亡的徒劳，也许正因如此他们有一种令我们羡慕的乐观精神。他们珍视眼前的一切，希望用生命的张扬弥补人生的有限；用生活的质量冲淡死亡的阴影。从这个意义上说，解开了司芬克斯之谜的俄狄浦斯与企图用欺骗神的方式逃避死亡的西西弗在精神上是相通的。他们都不满足于人之有限性的框定而决意反抗，虽然结局必然是悲剧的，但反抗的过程却体现了希腊人面对苦难时顽强的生命意志和对自由的渴望，这何尝不是人类初民精神的集中体现？如果没有这样的精神，人类初民也许早就湮灭于历史的尘埃中了。作为后来成为西方文化核心的一些精神元素，早已孕育于其文化的母胎之中了。

后来，尼采用狄俄尼索斯精神来指称这种被基督文化压抑了的生

---

① 〔法〕加缪：《西西弗的神话》，《西西弗的神话：加缪荒谬与反抗论集》，杜小真译，天津人民出版社，2007，第150～151页。

命强力，在他看来，"'对生命的肯定，甚至对它最奇妙最困难问题的肯定；在其致力于追求最高形态的过程中，对其生命力之无穷无尽而感到欢欣的生命意志——'这就是我所说的狄俄尼索斯"。狄俄尼索斯精神在呼唤着我们；"象我吧——原始的母亲——不停地创造，从那纷纭扰攘的表象之变迁与流动之中，我获得了满足！"在整个古希腊神话世界中，无论是天神宙斯，还是普罗米修斯、阿佛洛狄特和赫拉，抑或是人之英雄俄狄浦斯、阿喀琉斯和伊阿宋，"他们都显示了远古人类的无穷生命活力，强烈的生命意志驱使他们在展示自我价值的同时又获取人的欢乐与满足。无论是神还是英雄，他们身上那丰满、丰富而充溢的人性，荡漾着童年时期人类的天真、纯朴与浪漫，让我们不难窥见那人性尚裸露时代的人的真实面目。可以说，在古希腊神话众多的神和英雄（人）身上，都有一个狄俄尼索斯的原型，在整个神话世界里，都弥漫着狄俄尼索斯的'情绪'，惟其如此这神话的世界才蕴含了'永久的艺术魅力'，让后人像追慕伊甸乐园那样可望而不可即"①。

人之必死，无法逃出命运的网罗，就连神也无法救助，但人并未因此走向悲观和绝望，人试图抗争，试图自我拯救，以有限之生命抗拒无限的困苦和磨难，在短促的一生中使生命最大限度地展现自身的价值，以此来对抗生命的必然虚无，这种追求现世得救的思想，不仅在西方文学中得到表现，也在东方文学经典中被不断呈现。"徒劳"作为人们对人之存在状态的一种认识，已经成为一种"意识"潜入所有人的精神深层。吴刚伐树的坚持、精卫填海的决然、愚公移山的不懈，所有这些故事主人公身上都蕴含着一种支撑"徒劳"的不朽生命力。

---

① 参见蒋承勇《西方文学"两希"传统的文化阐释》，中国社会科学出版社，2003，第2页。

第一节　混沌又朦胧:《边城》
中的"徒劳"意识

　　中国现代文学名著《边城》中,爷爷为了翠翠能嫁给大老或二老中的一个而努力,但所有这些努力最终都化成了泡影。大老因为翠翠丧命,二老离家远去。作家似乎无意把翠翠的命运安排得那么凄凉,也许只是不忍心破坏整篇小说营造的那种世外桃源般的宁沁氛围。二老能否回来?爷爷生前的愿望能否得偿?站在河边的翠翠不知道,但作家知道,我们也应该知道。大老去世造成的心结不会轻易从二老及其家人心里抹去,磨坊主女儿带着丰厚的嫁妆在等着二老的迎娶,这威胁仍在。更重要的是沈从文在小说中早已确定下结局:爷爷"夜里躺在床上便常常陷入一种沉思里去,隐隐约约体会到一件事情(指体会到翠翠爱二老不爱大老)。再想下去便是……想到了这里时,他笑了,为了害怕而勉强笑了。其实他有点忧愁,因为他忽然觉得翠翠一切全像那个母亲,而且隐隐约约便感觉到这母女二人共通的命运"①。这就意味着,他的所有努力,都无法改变翠翠的命运。事实也确实如此,他拒绝了大老天保走的车路(媒人提亲,父母做主),只因翠翠喜欢走马路(唱歌求爱,自己做主)的二老,大老因此送了命。这件事在二老及其家人(特别是其父船总顺顺)内心深处也留下了阴影:"船总性情虽异常豪爽,可不愿意间接把第一个儿子弄死的女孩子,又来做第二个儿子的媳妇,这是很明白的事情。若照当地风气,这些事认为只是小孩子的事,大人管不着,二老当真欢喜翠翠,翠翠又爱二老,他也并不反对这种爱怨纠缠的婚姻。但不知怎么的,老船夫对于这件事情的关心处,使二老父子对老船夫反而有了一点误会。船总想起家庭间的近事,以为全与这老而好事的船夫有关,虽不见诸形

---

　　①　沈从文:《边城》,凌宇编《沈从文集》,北京十月文艺出版社,2008,第433页。

色，心中却有个疙瘩。"①　虽然二老并未因为这个疙瘩而顺从父亲的意思，答应团总家以磨坊为嫁妆的婚事，反而因此与父亲吵了架，负气离开了，但他对老船夫的误会显然无法消除，正如他之前说的那样：他虽然欢喜翠翠，觉得渡船很好的，"只是老的为人弯弯曲曲，不索利，大老是他弄死的"②。这就意味着，此时爷爷反而成了翠翠与二老及其家人之间的障碍，而障碍的形成则是因为爷爷太过关心翠翠了，他所有的努力——希望翠翠在他死后有一个好的归宿——都化作了一场徒劳。只是沈从文把徒劳写得混沌而朦胧，这与作者处理的题材有涉湘西这样一个具有原生态特点的世界有关，这是作家对民族历史过往的眷恋，也是对当下堕落的批判，正如他在小说题记中说的那样："我的读者应是有理性，而这点理性便基于对中国现社会变动有所关心，认识这个民族的过去伟大处与目前堕落处，各在那里很寂寞的从事于民族复兴大业的人。这作品或者只能给他们一点怀古的幽情，或者只能给他们一次苦笑，或者又将给他们一个噩梦，但同时说不定，也许尚能给他们一种勇气同信心！"③

　　也许我们该问的是：老船夫所做的这一切最终都化作了泡影，而作者把这徒劳的努力如此真切写出来，有什么意义呢？至少对读者而言，我们看到爷爷为了翠翠不重走她母亲的路所做出的努力，这何尝不是一种不失伟大的爱？何尝不是爷爷与环境、与命运抗争的生命力的迸发？他对大老提亲的最终拒绝，何尝不是要对翠翠的将来负责？毕竟大老"又要马儿不吃草，又要马儿走得好"的希冀，让老船夫"又愁又喜"，喜的当然是大老表达的对翠翠的喜欢，愁的是大老怀疑翠翠持家的能力："翠翠太娇了，我担心她只宜于听点茶峒人的歌声，不能作茶峒女子做媳妇的一切正经事。我要个能听我唱歌的情人，却

① 沈从文：《边城》，凌宇编《沈从文集》，北京十月文艺出版社，2008，第455页。
② 沈从文：《边城》，凌宇编《沈从文集》，北京十月文艺出版社，2008，第448页。
③ 沈从文：《边城》，凌宇编《沈从文集》，北京十月文艺出版社，2008，第390页。

更不能缺少个照料家务的媳妇。"① 于是他尽一切努力安排自己的身后事，必须把翠翠交给一个人，但这个人绝不能让翠翠受委屈。这个决心支撑着他的一切行动，也使他在一个风雨交加的夜里，因为感觉无力完成使命而走到了生命的尽头。

第二节　理性而清晰：《雪国》
中的"徒劳"书写

　　与沈从文不同，川端康成（Yasunari Kawabata）在《雪国》中则把"徒劳"写得理性而清晰。这与男主人公岛村在整部作品中表现出的那种冷静、理性的审视态度不无关系。当驹子告诉他自己有记日记、做读书笔记的习惯时，岛村直接指出：这什么用也没有，"徒劳而已"。相对于驹子的处境而言，这姑娘的所有这些作为，虽然令人心生敬佩之感，但相对于其命运的改变而言，确实是"徒劳而已"。但岛村这种冷静、客观的审视，不仅是针对他人的，也是针对自己的：当他说驹子的所有这些行为都是徒劳时，"忽然之间，身心一片沉静，仿佛听得见寂寂雪声，这是受了姑娘的感应。岛村明知她这么写决非徒劳，但却偏要兜头给她来上一句，结果反倒使自己觉得姑娘的存在是那么单纯真朴"。驹子之谈论文学、作家，在岛村看来，"就跟毫无希冀的乞丐在诉苦一般，听上去可怜巴巴的"，但岛村也同样认知到，"自己凭借外国图片和文字，幻想遥远的西洋舞，情形恐怕也与此相仿佛"。②

　　也许正是因为岛村的冷静和客观，我们才得以看到驹子身上透出的如蚕般可贵的品质。一个自身被虚无思想浸染的现代人，在这个闭

---

① 沈从文：《边城》，凌宇编《沈从文集》，北京十月文艺出版社，2008，第414页。
② 〔日〕川端康成：《雪国》，高慧琴译，高慧琴选编《川端康成作品精粹》，河北教育出版社，1993，第157页。

塞的雪国中，被一个艺妓冲击着，甚至"整个给击垮了"。驹子所有的努力，包括她的记日记、写读书笔记、做艺妓、苦练琴艺，甚至是他迷恋上岛村，何尝不是她向命运不公的应战，何尝不是她生命张扬与生命执着的体现？正如岛村在听驹子演奏三弦时感受到的那样："蓦地，岛村感到一股凉意，从脸上一直凉到了丹田，好象要起鸡皮疙瘩似的。岛村那一片空灵的脑海里，顿时响澈了三弦的琴声。他不是给慑服，而是整个儿给击垮了。他为一种虔诚的感情所打动，为一颗悔恨之心所涤荡。他瘫在那里，感到惬意，任凭驹子拨动的力，将他冲来荡去，载沉载浮。"[①] 以至于小说叙述者忍不住做出这样的评价："驹子的这种生活做为，岛村认为是一种虚无的徒劳，同时也哀怜她作这种可望不可即的憧憬。但对驹子自己来说，那正是生存价值的所在，并且凛然洋溢在她的琴声里。"[②] 岛村是被一种纯洁击垮了，被一种执着击垮了，被一种徒劳式的奉献精神击垮了，被一种生命力的张扬击垮了，这也许就是作者为何用蚕这一意象来象征驹子的原因吧？"'洁净'这个关键词不仅是指驹子的身体和生活习惯，更代表着她的感情和精神世界，代表着她对待生命和爱情的态度，而蚕的意象则自然而隐蔽地将洁净的特质深深地注入到了驹子的形象之中。"[③] 如果说，孤独是生命力的无处安放，那么生命力澎湃的驹子无疑是孤独的，也许正因为这份孤独，驹子做着在岛村看来徒劳的事，包括她将爱情献予岛村，从这个意义上说，驹子的徒劳何尝不是她那无处安放的孤独发生作用的结果呢？

驹子如一只纯洁的、有着透明之躯的蚕，生活在积雪斑驳、木板

---

① 〔日〕川端康成：《雪国》，高慧琴译，高慧琴选编《川端康成作品精粹》，河北教育出版社，1993，第 174 页。

② 〔日〕川端康成：《雪国》，高慧琴译，高慧琴选编《川端康成作品精粹》，河北教育出版社，1993，第 175 页。

③ 周阅：《川端康成文学的文化学研究——以东方文化为中心》，北京大学出版社，2008，第 318 页

朽烂、檐头倾斜不平、像悬在半空中的阁楼之中，这一切注定她纯洁
与无私的付出，以至是她因不放弃对美好生活的憧憬而迸发的生命
力，终究会如秋虫般不可避免地走向消亡。"秋天愈来愈冷，他房里
的席子上，每天都有死掉的虫子。硬翅膀的虫子，一翻转来，便再也
爬不起来了。而蜂，却是跌跌爬爬，爬爬跌跌的。看来象是随着季节
的推移，而自然地死去。其实走近一看，脚和触须还在抽搐、挣扎。
区区小虫死在八张大的席子上，算得是宽敞有余了。……有的蛾子，
一直停在沙窗上不动，其实已经死了，象枯叶似地飘落下来。有的是
从墙上掉下来的。岛村捡起来一看，心想，为什么长得这样美呢？"①
这不仅是对驹子命运的象征，也是对叶子死亡的预言，再美的东西都
将走向死亡，人生无常，只有死亡那么真切。恰恰是在死亡中，美得
到淋漓尽致的展现，这是一种川端康成式的审美观体现，也是一种典
型的日本传统审美文化的呈现。茧仓着火，叶子葬身火海，驹子何尝
不是一样死在那场大火中？（驹子抱着叶子，"好象抱着她的牺牲品或
是对她和惩罚"②，她疯了！）而恰恰是在这场大火中，岛村感受到了
一种极致的哀伤之美，从故事一开始就具有的那种似真似幻、如梦如
歌的"雪国"意境也被渲染到了极致："地上是一片洁白的茫茫雪原，
天上是一片广漠而耀眼的银河，两者之间是熊熊的烈焰。把叶子的不
幸夭折渲染得极其崇高而富于诗意，简直是'凤凰涅槃'了。"③ 这
是对岛村之所见、所感的精准概括，而这个场景将川端康成的审美观
淋漓尽致地体现出来，那是一种在死亡瞬间体会到的悲哀之美。"日

① 〔日〕川端康成：《雪国》，高慧琴译，高慧琴选编《川端康成作品精粹》，河北教
育出版社，1993，第 209 页。
② 〔日〕川端康成：《雪国》，高慧琴译，高慧琴选编《川端康成作品精粹》，河北教
育出版社，1993，第 235 页。
③ 陈慧君：《美的徒劳——川端康成笔下女性形象浅论》，《日本研究》1988 年第
2 期。

语'悲哀'这词同美是相通的"①，这是日本"物哀"传统留给日本现代文学的财富，很明显川端康成是这笔财富的继承者。"即使现实的生活基本上结束了，即使对生活的兴味越来越淡薄了，我的精神自觉和愿望也更为坚定。这就是我作为一个日本式作家的自觉，和继承日本美的传统的愿望。"②

很显然，《雪国》不是一篇以故事性见长的小说，更不是一部以社会书写为重心的作品，道德伦理批评于《雪国》而言，是方枘圆凿式的"武器"；用一种社会批判的方法去理解这部作品，更容易陷入把文学降格为社会文献的泥淖。《雪国》更多注重表现人物的瞬间感受，那种一事、一物、一场景对人物的情感与心灵触动，这是自《源氏物语》始的日本物语文学"知物哀"传统的彰显，小说中的现实与客观现实自有一段距离，小说中的善恶与日常道德伦理自有不同的判断标准。正如本居宣长指出的那样："和歌与物语有着自己独特的善恶观"③，"物语不是教诫之书，也不指导读者应该如何去做。对此，要远离教诫之心，才能加以理解"④。正是这种认知的基础上，他提出了他的"物哀"或"知物哀"论有关"通人情"的观点："物语中的所谓'通人情'，并不是叫人按自己的想法恣意而为，而将人情如实地描写出来，让读者更深刻地认识和理解人情，这就是让读者'知物哀'。像这样呈现人情、理解人情，就是'善'，也就是'知物哀'。看到他人哀愁而哀愁，听到别人高兴而高兴，这就是通人情，就是'知物哀'。不通人情，不知'物哀'者，看见他人悲伤而无动于衷，

① 〔日〕川端康成：《美的存在与发现》，叶渭渠译，中国社会科学出版社，1996，第217页。
② 〔日〕川端康成：《独影自命》，金海曙等译，中国社会科学出版社，1996，第3页。
③ 〔日〕本居宣长：《日本物哀》，王向远译，吉林出版集团有限责任公司，2010，第43页。
④ 〔日〕本居宣长：《日本物哀》，王向远译，吉林出版集团有限责任公司，2010，第44页。

看到他人忧愁而麻木不仁，物语将这样的人视为'恶'，而把'知物哀'者视为善。"① 当然"物哀"或"知物哀"不仅限于人情，它是指人与万物的一种情感与精神的互通，排除了功利与道德的约束。从这个角度来看，岛村的所见就是川端的所见，岛村的所感就是川端的所感，那"哗"一声倾泻向岛村心头的银河，何尝不是倾泻向作家本人，又何尝不是倾泻向每一个阅读《雪国》的读者？那是一种如梦似幻的感觉，相信此时的岛村已完全融化在了那似真又非真的环境中，这正如小说开头所营造出的远离尘世的环境一样："穿过县境上长长的隧道，便是雪国。夜空下，大地一片莹白。"② 从这个角度看，不妨把雪国的经历看作是岛村的一场梦境，正如《雪国》是川端康成对自己梦的片断书写一样。其实《雪国》的成书过程，就像是一个作家醒后把自己梦的片断记录下来，最终连缀成篇一样。③ 这样我们也许就更容易理解为什么小说给人一种理性与感性、现实与虚幻相交织的感觉了。哪怕是梦境，现实种种也难免汇入其中，与虚幻纠缠到一起，醒后更感觉人生的无常与无奈，"我在梦中写作，似乎比醒来在现实中写作更富有美感。因此，一觉醒来，颇感惊奇。自己感到慰藉，莫

---

① 〔日〕本居宣长：《日本物哀》，王向远译，吉林出版集团有限责任公司，2010，第44页。

② 〔日〕川端康成：《雪国》，高慧琴译，高慧琴选编《川端康成作品精粹》，河北教育出版社，1993，第136页。

③ 这部小说最初创作于1935年，直到1948年才最终定稿，前后持续了14年之久。川端原计划围绕同一主题写成若干短篇，确实最终的几篇被冠以《暮景之镜》《白昼的镜》《故事》《徒劳》之名陆续发表在一些刊物上。后来他又创作了《芭茅草》《火枕》《拍球歌》等短篇，此时川端发现这些故事已然构成一个相对完整的故事情节，于1937年6月，由创元社汇集出版《雪国》单行本。经过收集资料、积累素材，川端于1940又创作了《雪中火场》《银河》两章，并分别发表。二战结束后，作家对这两篇又进行打磨雕琢，做出重大修改后重新发表，最终于1948年12月由创元社出版新单行本《雪国》，这个版本取消了原有的各章标题，虽然岛村本人认为这部小说因为特殊的创作过程，还有一些不统一、不协调的地方，但"作家将一些不连贯的地方修改补充，修订成定稿本，各章节就很少有游离于主题的痕迹，艺术结构也趋于完整"。（叶渭渠：《冷艳文士川端康成传》，中国社会科学出版社，1996，第144~145页）

非自己内心还有可以汲取的源泉？同时自己也感到哀伤，归根结蒂自己基本上掌握不了人生的长河。诸如在梦中写作，本来就是荒诞无稽。但也不能断言就看不见裸体的灵魂在翱翔的丰姿。不用说，结集在生活里的悲惨和丑怪，甚至还纠缠在梦中"①。好在梦中的岛村是理性的，他是雪国的外来者，也是雪国的观察者与审视者，由此我们得以更清晰地见到驹子的徒劳，得以见到她一切徒劳背后隐在的生命活力，"这种清醒的心理像一面镜子，映射出驹子的不求回报的爱的哀美，并以此构成了这部作品的主调"②。

岛村是孤独的，他从未把自己的真心实在地交付给任何人，他感受着自己的感受；驹子是孤独的，她无论多么努力也未曾得到这世界的眷顾，哪怕是她托付身心的岛村也注定要离她远去，连一年一次见面的机会也不可能给她；叶子是孤独的，她的空灵无法见容于这个世界，她如一只被困锁于这浊世的精灵，只在死亡时才真正获得自由。每个人都终归是一条孤单的直线，哪怕偶有交集也终会分离，只有孤独是永恒的伴侣。川端康成写出了驹子生命中无私与徒劳的纠缠，但也许正是这种无私使其所有的徒劳都具有了一种震撼力，那是一种人间已少见的纯粹的真善美之光，正是这样的光照亮了我们每个人都可能身陷其中的茫茫"雪国"。

第三节　悖谬与徒劳：大江小说中的"徒劳"主题

1994 年 10 月 13 日，瑞典皇家科学院宣布日本作家大江健三郎（Oe Kenzaburo，1935~）荣获诺贝尔文学奖。大江健三郎成为继 1968

---

① 〔日〕川端康成：《哀愁》，叶渭渠译，高慧琴选编《川端康成作品精粹》，河北教育出版社，1993，第 505 页。
② 〔日〕尾崎秀树、尾崎惠子：《爱的目录·炽热、执着的爱——川端康成〈雪国〉中的驹子》，于荣胜译，《世界文学》1997 年第 2 期。

年川端康成之后，第二位获此殊荣的日本作家。川端康成如果泉下有知，一定会感到欣慰。川端康成在大江发表短篇小说《死者的奢华》时，就曾称赞他具有创作的异常才能。更重要的是，大江代表了一种不同于川端康成的日本文学传统，代表了日本文学发展的另一种可能性。如果说川端康成代表了现代日本文学的抒情美传统，大江则代表了日本受西方文学影响，与国际接轨的现代派文学。大江对此有着清醒的认知："川端表现出了独特的神秘主义。不仅在日本，更广泛地说，在整个东方范围内，都让人们感受到这种神秘主义。"① 在谈到自己的创作时，大江则承认受到西方人文主义思想的影响，受到欧洲精神的影响："渡边给予我的另一个影响，是人文主义思想。我把与米兰·昆德拉所说的'小说的精神'相重复的欧洲精神，作为一个有生气的整体接受了下来。"② 当然这样的认知差异背后隐藏的是两位日本诺贝尔文学奖得主之间不同的文学观和现实观，正如他们在诺贝尔文学奖颁奖会上的"获奖词"标题的差异所表明的那样："美丽的日本的我"和"我在暧昧的日本"。作为一位重视介入现实的作家，大江显然无法和川端一样喊出"美丽的日本的我"，因为在他看来，自己所生活的这个国家虽然"持续着开国 120 年以来的现代化过程"，但它"正从根本上被置于暧昧（ambiguity）的两极之间。而我，身为被刻上伤口般深深印痕的小说家，就生活在这种暧昧之中"。显然大江对日本这种暧昧的历史和现状不满，在他看来，正是这种暧昧的进程，"使日本在亚洲扮演了侵略者的角色"，而且"在亚洲，不仅在政治方面，就是在社会和文化方面，日本也越发处于孤立的境地"。③

---

① 〔日〕大江健三郎：《我在暧昧的日本》（获奖演说），许金龙译，《死者的奢华》（中短篇小说集），王中忱编选，光明日报出版社，1995，第 347 页。
② 〔日〕大江健三郎：《我在暧昧的日本》（获奖演说），许金龙译，《死者的奢华》（中短篇小说集），王中忱编选，光明日报出版社，1995，第 358 页。
③ 〔日〕大江健三郎：《我在暧昧的日本》（获奖演说），许金龙译，《死者的奢华》（中短篇小说集），王中忱编选，光明日报出版社，1995，第 350~351 页。

1955 年，大学二年级的大江参加了东京大学驹场校区的校园杂志《学园》设立的面向学生的小说征文比赛。他创作的短篇小说《火山》获得了第二名（第一名空缺）。这是大江第一篇变成铅字的小说，虽然大江后来极少提到这篇小说，也没有被选入过他的任何文集中。小说中的"我"是一个在农民面临危险时，选择了旁观与无为的青年学生。对于这样的选择，"我"虽不无反思，却又无可奈何。反思到反思止，改变并没有来临。如果说典型的，或者说成熟的大江小说是从个体经验或个体生活出发，最终指向社会现实与时代诉求的话，那么不得不说，大江的这篇小说，只能算作大江的一篇比较成熟的习作。"战后派文学的最大特征在于与旧时代、日本现代文学特别是私小说的决裂。显然，至少在《火山》发表时，大江还没有真正秉持战后派文学的精髓，从正面把握战后日本人的政治性和社会性。"① 而之所以认为《火山》还算比较成熟，是因为小说中的"我"的生活并没有完全囿于私人的空间，也没有完全沉湎于私人情感之中，他看到了自己的无为与无力。事实上，《火山》中的"我"往前走一步就是大江后来小说中的人物，即具有社会属性的人物，或者说是体现出一代人的生存状态或精神情感的人物；小说主人公感到的无为与无力感，与大江之后一些小说中人物陷入徒劳之境也仅差一步之遥。不得不说，年轻作家大江的成长是迅速的。他公开发表的第一篇小说《奇妙的工作》（1957），已经在本质上超越了《火山》。而这篇小说，正是大江在《火山》基础上，向前迈进一步的见证。

《奇妙的工作》系大江为《东京大学新闻》"五月祭"悬赏小说而作，经荒正人先生评选，被推荐为获奖作品。小说描写一位大学生找到一份杀狗的短期工作，结果在这份无聊而又残忍的工作中，不仅被狗咬了腿，还最终因为工作人员的失误，使自己几天来的工作成了

---

① 王新新：《唤起"危险的感觉"——试析大江健三郎早期文学中战后再启蒙意识》，《解放军艺术学院学报》2005 年第 4 期。

一场徒劳。

《奇妙的工作》的发表，使大江的小说创作具有了一个良好的开端。这部小说不仅使大江获得了荒正人、平野谦等文艺评论家的肯定，大江自此比较顺利地登上了日本文坛，更重要的是它在大江小说创作史上具有其他几方面的重要意义。首先，从这篇小说中，我们能明显看到大江对战后日本青年生命状态的关注。他们被一种虚空的情绪笼罩着，他们看不到希望，更失去了激情与活力，感到的只有深深的无力感、挫败感和徒劳感："我的疲劳是日常性的，我已习惯不怎么去激怒了。即使对屠夫的卑鄙我也怒不起来。愤怒刚刚蕴育，转瞬就立刻萎靡了。我没有去参加同学们的学生运动。其中虽有对政治不感兴趣的理由，但是归根结底，是因为我没有持续不断的愤怒，我常常为此焦虑不安，为了恢复愤怒，我总是精疲力尽。"① 这篇小说塑造了这样一幅青年大学生的群像："我"、私立大学生和女学生。这就在一定程度上超越了《火山》，不再只关注个体存在，而是将一代人共通的特征作为了考察对象。"我"成了"我们"的"代表"，展现了战后一代青年人内心迷茫、个性丧失、前途暗淡的生存境况。就这样，大江"以敏锐而清新的感受，勾勒出'我们'当代青年的形象轮廓，宣泄了一种虚脱症状的徒劳感和挫折感"②，将个别上升为普遍，将个人的无力、无为作为青年一代共有的特征去把握，将整个社会氛围与无奈的"徒劳"感联系到了一起。其次，大江小说的一些创作方法，在这一时期已经奠定了基础，对此大江有着非常明确的认知。大江在创作《奇妙的工作》之前，阅读了法国作家皮埃尔·加斯卡尔（Pierrre Gascar）的《野兽们》，也正是在这一时期，大江的一个朋友因为自杀未遂住进了东大医院，这位朋友对前来看望他的大江说：

---

① 〔日〕大江健三郎：《奇妙的工作》，斯海译，《死者的奢华》（中短篇小说集），王中忱编选，光明日报出版社，1995，第 4 页。
② 王建湘：《大江健三郎传》，时代文艺出版社，2013，第 42 页。

"每天下午一到六点，东大医院饲养的那些用于实验的狗可就叫开了。"① 这两个经历的相遇，最终促成了大江这篇小说的问世。后来大江的整个创作生涯几乎都延续了这样的创作模式——阅读经验与现实生活的相遇。大江说这是他的一种独创性，虽然当时没有意识到，却是"一直延续至今的独创性"②。再次，大江的小说自《奇妙的工作》始，其内蕴开始变得复杂，不再如《火山》那样只表现"无为与行动的对立"这样纯粹的主题。《奇妙的工作》具有非常强的隐喻性。小说中的那些各种各样的狗，作为零碎的比喻而经常出现，包含着针对社会现实及那个环境下的人们的不失批判性，也不无悲痛感的寓意。"这些狗很杂，几乎是所有杂种狗的大荟萃。大狗、小宠物狗、不大不小的红毛狗都被拴在桩子上。它们极其相象，于是，我想它们哪点象？是因为劣种而变得瘦弱这点吗？还是因拴在桩子上而丧失狗性这点？我想我们自己说不定也会被拴在桩子上弄成这样哪！我们这些丧失个性，彼此相似的日本学生。"③ 由此不难看出，大江从其创作的早期，就具有鲜明的批判意识和批判精神，他对待屠之狗与日本学生的类比，实际上指出了当时日本社会和日本民众，特别是日本青年个性丧失、了无生机的状态。最后，《奇妙的工作》具有非常明显的存在主义特色，这是大江早期文学创作的一个特色。最终被宰杀的不是那些狗，而是他和他的工作伙伴们，正如大江本人说的那样这个"为打短工而参与杀狗的青年，最终意识到自己因为这个临时工作而落入到亲手挖掘的陷阱里"④。如此，大江用这篇小说开启了他对人之存在的

---

① 〔日〕大江健三郎述，尾崎真理子采访/整理《大江健三郎讲述作家自我》，许金龙译，金城出版社，2012，第42页。

② 〔日〕大江健三郎述，尾崎真理子采访/整理《大江健三郎讲述作家自我》，许金龙译，金城出版社，2012，第42页。

③ 〔日〕大江健三郎：《奇妙的工作》，斯海译，《死者的奢华》（中短篇小说集），王中忱编选，光明日报出版社，1995，第3页。

④ 〔日〕大江健三郎述，尾崎真理子采访/整理《大江健三郎讲述作家自我》，许金龙译，金城出版社，2012，第43页。

叩问——人生之荒诞感如此猝不及防。这些日本青年学生的荒诞式悲剧，绝不能简单地归咎于世界的非理性的沉默，毕竟这还只是客观原因，这些战后学生们的非其所是的生命状态同样参与了制造这种悲剧的阴谋。从这个意义上说，小说主人公最后发现自己的屠狗工作变为无意义徒劳，就具有了一种自嘲的成分。他后来创作的《死者的奢华》《饲育》《我们的时代》《性的人》《个人的体验》等作品都延续并增强着他的存在主义特色。

《奇妙的工作》之后，大江发表了短篇小说《死者的奢华》（1957 年 8 月），这篇小说得到了川端康成的称赞，成为日本文学界最重要的纯文学奖"芥川文学奖"的候选作品。严格意义上来说，《死者的奢华》不过是《奇妙的工作》在主题上深化、在艺术上推进的结果。这篇小说同样是关于大学生打短工题材，同样是关注徒劳问题和反映青年学生虚弱无力感的作品。后来大江在谈到这篇小说时也说："短篇小说《死者的奢华》说的是青年去打短工却是无效劳动，意识到自己因此而落入亲手挖掘的陷阱。这篇小说无论在主题上还是在故事的进展上，只是对《奇妙的工作》进行变奏处理的产物。"①但作者将生与死、人与物的界线问题融入小说之中，进行了深入的思考，这预示了大江小说的一个重要构成部分——在后来大江的小说中同样常出现与亡灵对话的场景，生与死、人与物的界线模糊了。小说中不止一次出现死人与活人对话的描写，那些亡灵是活着的人的参照，却不是对立者。与亡灵对话，无疑是大江小说中的一个重要表现方式，虽然死者的视野似乎已经是"臭了街"的叙述模式，但确实是思考历史的一种有效方式。修复被遮蔽的历史和反思历史当然重要，也许更重要的是与亡灵对话者是在当下思考着未来的"我"——现在的我是活着的吗？我现在的生活是不是与死亡无异？我的生活将走向

---

① 〔日〕大江健三郎述，尾崎真理子采访/整理《大江健三郎讲述作家自我》，许金龙译，金城出版社，2012，第 45 页。

何方？我的生命将如何继续？

　　但真正使大江健三郎在日本文学界得以立足的作品，是他于1958年1月发表在《文学界》上的中篇小说《饲育》。小说以二战为背景，描写了发生在日本偏僻的森林村庄中的故事。一名美国非洲裔飞行员，因战斗机坠毁，被村民们俘获，他被套上脚链关在地窖中。因为镇里和县里的官员们都害怕承担风险，飞行员被一直关在村子里，像一个牲畜一样被村民们"饲育"起来了，由"我"这个少年负责给他送饭。在这个过程中，飞行员与"我"、弟弟和豁唇渐渐消除了敌意，孩子们也把飞行员脚上的铁链解除了，并经常把他领出地窖，一起在村里的石板路上散步。村里的人们，包括女人们也不再惧怕他。在大人们接到镇里的命令，要把飞行员先押到镇里再转到县上时，"我"善意地去通知飞行员。结果飞行员挟持"我"为人质与村民对峙。父亲为了解救我，举起厚刃刀向飞行员砍去，飞行员抓住"我"的左手去保护他的头，结果连同"我"的左手和他的头一同被砍了下来。这样的遭遇让"我"对所有的大人们感到恶心，也让"我"体会到了战争的真切与残酷："战争，血流成河的旷日持久的大战争还在继续着。在遥远的国度里，尽管它像席卷羊群、柴草而去的洪水，但它绝没有理由波及到我们的村庄。可是，现在爹却挥舞着厚刃刀扑上来把我的手掌打得粉碎。战争突然支配了村里的一切，使爹也失去了理智。在这一片混乱中，我连气都透不过来。"① 从此，"我"从一个孩子变成了大人，主人公的意识因为这样一个突发事件觉醒了："一个天启的思绪浸遍我的全身，我不再是孩子了。"② 当再次面对死亡——作为官方代表的书记的死亡时，"我"的敏感与恐惧都消失了，留下的只有冷漠："我瞥了一眼书记的尸体，站起身，躲

---

① 〔日〕大江健三郎：《饲育》，沈国威译，《死者的奢华》（中短篇小说集），王中忱编选，光明日报出版社，1995，第115页。

② 〔日〕大江健三郎：《饲育》，沈国威译，《死者的奢华》（中短篇小说集），王中忱编选，光明日报出版社，1995，第114页。

开围上来的孩子们。这突如其来的死，死者的表情，时而充满悲哀，时而又不无微笑。这一切我都习以为常了。人们会用为黑人而收集的薪材把书记化作一团白烟吧。我抬起泪眼，看了看黑暗中透着一丝微白的天空，走下草坡去找弟弟。"[1]

"峡谷中的村庄"抓捕了一位美国飞行员，这对于这个封闭的小山村而言，无疑是一个重大的事件，在战争的背景下，这原本是极严肃的事件，但从事件的处理来看，政府显然是懈怠的。美国飞行员被捕，并被关押在小山村里，对于村里的大人们而言无疑是一种负担，当然也是一种责任，但对于孩子们而言，则意味着新鲜与乐趣。当大人们的控制欲发作，最终杀死了飞行员后，与其接触最多的"我"之前的所有付出，包括情感的付出都变成了徒劳，所有努力都化为了乌有；现实如此残酷，令"我"从乌托邦的幻想中惊醒，它带来的是别样的启示——"我不再是孩子了"。事实上孩子的世界在某种程度上就是乌托邦的世界，"我不再是孩子"实际上就意味着乌托邦世界的丧失，童年的"乐园"不复存在了，同时也意味着童年的所有真心付出在如今这个"不再是孩子"的孩子眼中，都变得可笑与可悲——徒劳感带来的不只有虚空感、无力感，更有对过往时光的否定，对这个世界的质疑和对自己曾有的真心的怀疑。

《饲育》在大江小说创作的历史上，具有标志性意义，这绝不仅是因为这篇小说获得了当年度的"芥川文学奖"。首先，不得不说，大江健三郎早期的中短篇小说创作成果是丰厚的，但无论是《火山》《奇妙的工作》还是《死者的奢华》，无一例外都是以青年学生为主人公的，作为一位学生作家，这是再正常不过的事情，但《饲育》的视角发生了根本性的改变，它以一个少年的眼光观察世界，思考战争创伤及在战争恐怖中的人性。其次，以往的所有小说，都是以战后日

---

[1] 〔日〕大江健三郎：《饲育》，沈国威译，《死者的奢华》（中短篇小说集），王中忱编选，光明日报出版社，1995，第116页。

本社会为背景的，思考的是在那个特殊时代，日本民众，特别是青年学生的无力、无为与虚空。事实上，大江后来也很少创作以战争时期生活为背景的作品，"在战后日本文学的同类题材作品中也属异例的存在"①。《饲育》之将视线转向战时，使这篇小说带有了某种历史反思的意味。再次，与以往小说不同，《饲育》将故事背景设定在了偏僻的森林山谷村庄，那本该是一个远离世间喧嚣的世外桃源，有论者认为，在《饲育》中，森林峡谷村庄"使故事发生的空间带有某种封闭自足的乌托邦色彩，山村孩子的视点，更加重了这里的牧歌气氛"②。然而，这一切终究没有逃过战争阴霾的侵扰，战争成了支配一切的力量。如果说大江的小说可以分为都市与村庄两个系统的话，那么《饲育》开启了大江森林峡谷村庄系小说的先河。最后，《饲育》是一篇关于成长的小说，"我"在历经了美好与失望、热心与冷漠之后，完成了从孩子到成人的苦难历程。从某种程度上说，《饲育》也标志着大江小说从习作走向成熟。这不仅是因为大江小说的主人公终于不再是他最熟悉的身边大学生身份，更是因为从《饲育》开始，大江开始在他的小说中建构具有日本文化特质的象征系统，并开始将这些象征物置于其对日本历史、现在与未来所进行的深入思考之中。

当时的诺贝尔文学奖评委会主席在"颁奖辞"中曾如此评价大江的小说创作："人生的悖谬、无可逃脱的责任、人的尊严等这些大江从萨特中获得的哲学要素贯彻作品的始终，形成大学文学的一个特征"③；"大江说他的眼睛并不盯着世界的听众，只对日本的读者说话。但是，其中存在着超越语言与文化的契机、崭新的见解、充满凝

---

① 王中忱：《〈性的人〉译序：边缘意识与小说方法》，〔日〕大江健三郎《性的人》，郑民钦译，光明日报出版社，1995，第5页。

② 王中忱：《〈性的人〉译序：边缘意识与小说方法》，〔日〕大江健三郎《性的人》，郑民钦译，光明日报出版社，1995，第5页。

③ 〔瑞典〕歇尔·耶思普玛基：《颁奖辞》，郑民钦译，〔日〕大江健三郎《死者的奢华》（中短篇小说集），王中忱编选，光明日报出版社，1995，第362页。

练形象的诗这种'变异的现实主义'。让他回归自我主题的强烈迷恋消除了（语言等）障碍。我们终于对作品中的人物感到亲切，惊讶其变化，理解作者关于真实与肉眼所见的一切均毫无价值的见解。但价值存在于另外的层次。往往从众多变相的人与事中最终产生纯人文主义的理想形象、我们全体关注的感人形象"①。也就是说，大江从萨特那里获得的哲学要素——人生的悖谬、无可逃脱的责任、人的尊严等，也是存在主义的核心思想，正如萨特本人在《存在主义是一种人道主义》一文中所说那样："存在主义，根据我们对这个名词的理解，是一种使人生成为可能的学说；这种学说还肯定任何真理和任何行动既包含客观环境，又包含人的主观性在内。"② 接着萨特对存在主义哲学思想进行了解释，指出存在主义强调"存在行于本质"、强调人的"自由选择"，对此《存在主义是一种人道主义》一文的译者周煦良指出萨特的存在主义"把人当作人，不当作物，是恢复人的尊严"③，因此它是人道主义的。由此可见，大江文学所表现出来的精神与萨特存在主义哲学思想具有明显的一致性，同样关注人的存在、人的状况、人的本质，以及人性等。大江本人也一再提到，他曾经深受萨特存在主义的影响。他以萨特为自己大学毕业论文的研究对象，④ 他本人后来曾访问过萨特，也曾在自己的文章中直言："在我的精神形成过程中，法国文学作为坐标轴发挥了作用。其中，萨特是最为有力的指针。"⑤

　　大江之所以接受存在主义思想，与战后日本特殊的社会历史状况

① 〔瑞典〕歇尔·耶思普玛基：《颁奖辞》，郑民钦译，〔日〕大江健三郎《死者的奢华》（中短篇小说集），王中忱编选，光明日报出版社，1995，第364页。
② 〔法〕让-保罗·萨特：《存在主义是一种人道主义》，周煦良、汤永宽译，上海译文出版社，1988，第4页。
③ 周煦良：《译者导读》，〔法〕让-保罗·萨特《存在主义是一种人道主义》，周煦良、汤永宽译，上海译文出版社，1988，第2页。
④ 大江毕业论文的题目为"论萨特小说中的形象"。
⑤ 王建湘：《大江健三郎传》，时代文艺出版社，2013，第36页。

不无关系。战后日本被一股悲哀、绝望感笼罩着，人人处于焦虑与惶惑之中，不知自己将走向何方；那是一个信仰幻灭的时代，那是一个意志崩塌的时代，人们看不到光亮的可能。大江自幼受到鲁迅的启示——"希望是本无所谓有，无所谓无的，这正如地上的路，其实地上本没有路，走的人多了也便成了路"①，因此，他如他所推崇的战后派作家一样，"一边对抗着涌上心头的绝望，一边继续相信'未来'"②，努力探索着消散绝望迷雾的可能。"大江选择接受萨特的存在主义时，主要是出于对日本战后文化的焦虑，他试图借助于萨特的存在主义哲学来解答日本文化所面临的问题，探索日本文化的出路。"③

但是，只看到大江受到存在主义哲学的影响是远远不够的，大江在创作中发展甚至是超越了"存在主义"。大江本人曾明确指出，日本社会不同于西方社会，对存在主义的理解也就不同："西方的存在主义是工业化机器文明给人们带来物质挥霍后的人的自然属性的异化，他们更多的是反抗物化过程中人的堕落，但人的异化还可以有主动性和可选择性；而战败后日本人被西方工业化机器文明奴役下的整体牺牲，是人的自然属性被毁灭，人的异化带有更多的被动性和不可选择性。这种理解背景差异下的荒谬感有着本质的不同。"④ 这说明大江在理念上对萨特存在主义确实有所发展，但他在具体的文学创作中，是如何发展的呢？或者说是如何发展起了一种大江式的存在主义文学呢？我们应该从如下几个方面考虑：首先是联系日本特殊的历史，特别是战后日本的历史，其中包括侵略战争、核爆影响下的日本现代历史。其次是必须考虑到大江以个人体验为表现形式，以私人生活为主要内容的小说创作特色。几乎每部小说中，我们都能找到大江

---

① 出自鲁迅的小说《故乡》。
② 王建湘：《大江健三郎传》，时代文艺出版社，2013，第39页。
③ 王建湘：《大江健三郎传》，时代文艺出版社，2013，第35页。
④ 转引自王建湘《大江健三郎传》，时代文艺出版社，2013，第37页。

的影子，以及他私人的生活状态，这是萨特小说所不具有，却是日本私小说传统中从不缺乏的东西。最后是从小说最后的形态来看，大江并没有像萨特那样最终走向"文学哲学化"，而是将哲学思考限定在了文学的范畴内。

萨特的存在主义哲学，关注的中心是人生态度的价值论问题，有三方面内涵："第一，它是对西方理性主义形而上学决定论的反叛，标明了西方现代资本主义文明危机下一种人的精神'转向'。第二，它是对西方传统历史理性主义的超越，摒弃了西方人对历史目的性的乐观主义信任和历史合理性的设想。第三，它是对西方人现实社会境遇的抗争，指出了人应该凭'自为'的未充实性，投入社会与人生，从人生注定孤独的不幸中，走向自觉地追求、体验孤独。"①

与萨特"存在先于本质、自由选择"的存在主义思想不同，大江文学虽然明显受存在主义的影响，强调在面对现实时，个体的超越性与"自为"，强调对人之生命意义的追寻，但他更强调将具有私人性质的"个人的体验"融入其对日本现状的思想中。这种个人体验首先与其私人生活状态相关，特别是与其"与长子光共同成长"的生活状态紧密相关。丸谷才一认为大江是私小说作家：私小说对作者身边的事情感兴趣，并将其用作素材，这不就是大江吗？一般私小说具有三个典型特征：其一是视野的收缩，将文学的视界从广阔的社会生活收缩至个人情感和家庭生活；其二是内容具有私密的真实性，正如久米正雄所说，就是作者把自己直截了当地暴露出来，并不回避作者内心的绝望与丑恶；其三是具有感伤性，因多表现自己的不安与迷惘，给人一种柔弱感。由此可见，大江文学确实具有私小说写作的某些特色，但大江显然超越了传统私小说：传统私小说并不关注社会现实与民族国家问题，大江虽然也写身边事物，写自己的个人生活体验，但他决意要写出一种"现代的私小说"。"私小说的传统中是有一些大作

---

① 曾艳兵主编《西方现代主义文学概论》，北京大学出版社，2006，第294页。

品的……但私小说是讲述作者的日常生活被某种不寻常的或特别的事件——海啸、地震、母亲之死、丈夫之死——打断时所发生的事情。它从未揭示个体在社会中的角色这样的问题。我的作品发端于我的个人生活,但我试图揭示社会问题。"①

由此可见,在继承日本私小说传统同时扬弃其非现代性因素的基础上,通过吸纳萨特存在主义思想,发展起一种基于个人体验的大江式存在主义私小说。大江对人生中的徒劳状态有一种哲学式的把握,认为徒劳作为一种生命状态普遍存在。他将这种普遍意义的"徒劳"与战后日本特殊的历史环境和他个人的生活体验相结合,使其对徒劳的书写,既含有形而上的思考,也不缺少形而下的观照。如果说中国作家沈从文在《边城》中透露的徒劳意识是混沌和朦胧的,川端在《雪国》中对徒劳的书写不乏清醒与理性的话,那么大江则对徒劳进行了全面观照,既写出了悖谬现实造成人之徒劳的生命状态,也写出了人之徒劳对悖谬现实的反抗。

人之所以形成徒劳意识与人对自身必死、人生有限的认知是分不开的,这使其与人的生命力产生一种天然联系。有鉴于此,对徒劳的认知实际上就是对人生命的认知。在文学的世界里,徒劳书写则具有两种可能的意指:对徒劳作消极的理解,指出其作为一种生命力的耗损,作者将造成徒劳的原因进行分析,便会引发一种反思精神或批判意识——反思有限生命的意义,进而批判不合理的社会现实;对徒劳作积极的理解,指出其作为生命力张扬的一种表现,则有安慰心灵的价值,同时让我们看到一种精神的伟力——它表现出的是对命运不公的反抗,是主体对自我实现的渴望。

---

① 〔日〕大江健三郎:《我是一个热爱民主的无政府主义者》,许志强译,《中堂闲话》2012 年第 5 期。

第十章

孤独还是内心的狂欢

——井上靖的《猎枪》

日本作家井上靖（Inoue Yasushi, 1907～1991）是书写孤独、书写内在情感的行家。因井上靖创作了大量与中国文化相关的小说，加之其为推动中日民间文化交流做出过突出贡献，我们对他的关注一度只强调其中国文化书写方面，反而对其以成名作《猎枪》为代表的极具日本文学特色的一些作品关注不够。① 这样的研究现状，很容易给人造成一种印象，即井上靖是一位重视文化书写、强调表现异质文化的作家，从而忽视了其文学作品中的日本式内在性审美特质。

井上靖对中国文化的书写，客观上当然起到了推动中日文化交流的作用，但细读文本就不难发现，事实上井上靖的中国书写是将中国作为文化的"他者"，最终指向仍是日本文化，这是其对日本文化精神溯源的结果。其实这也是所有日本战后作家的共同取向，诚如日本历史小说大师宫城谷昌光所说："我写以中国古代为舞台的小说，并非要向现在的日本读者炫耀自己得到的知识，而是有一个强烈的念头，想弄明白日本究竟是什么，所以才写。"② 有论者结合井上靖的《太平之甍》指出，我们对井上靖有关中国文化的作品，存在过度诠释的嫌疑，对其作品中透出的"友好性"也存在一厢情愿式的阐释倾向。③

《太平之甍》虽然是围绕鉴真东渡这一历史事件进行写作的，但其重心并非在于表现鉴真东渡事件，更不是要凸显中日僧人为推动中日友好交流奋不顾身、百折不挠的献身精神，而是要表现以荣睿、普照为代表的日本留学僧人为探求真知不惜自我牺牲，坚韧不屈、冷静隐忍的日本民族精神。在这个意义上，井上靖笔下的长安不过是"日

---

① 近年来，国内学术界的井上靖研究，多集中于其有关中国文化书写方面，其中唯一的博士学位论文《井上靖的中国题材历史小说探究》（卢茂君，吉林大学，2008）也是关于这一论题的。另外多篇硕士学位论文也大多关注井上靖文学与中国文化关系的问题。

② 转引自郭雪妮《〈太平之甍〉是友好的证言?》，《中国图书评论》2012年第7期。

③ 郭雪妮:《〈太平之甍〉是友好的证言?》，《中国图书评论》2012年第7期。

本文化与宗教在某一特定时期的'采密的场所'",以至于整个中国,不过是其"展现日本精神的舞台"罢了。① 同样一部作品,在中国学界被解读为表现中日文化友好交流的文本,在日本则被看作是凝聚着日本精神的作品,其重点表现的是日本留学僧人为日本文化移入"象征天平之辉的唐文化"的献身精神。

同一部作品,在不同的文化中却被解读为不同的主题,被赋予不同的意义,我们不得不考虑的是,我们对文学文本的解读是否存在过度政治化、意识形态化的问题。如果我们将《太平之薨》这样的作品真正放到其产生的历史背景中进行考察,重视小说中最重要的元素之一——人物,重点去分析人物身上体现出来的精神意蕴,我们是否就可以避免这样一厢情愿式的误读?如果我们将井上靖的文学创作视作一个整体,将其具体作品置于其整个创作历程中进行考察,我们是否就可以避免这种因过度阐释而造成的尴尬?别忘了,井上靖是一个以诗人兼新闻从业者身份跨入文学之域的战后作家,是一个从发表《猎枪》这样的作品出发的小说家。细读井上靖的《猎枪》,并将其置于井上靖整个创作生涯中进行考察,我们就会明白,一个能写出这类作品的小说家,一定不会把中国文化作为其书写的重点,一定不会把所谓中日文化交流作为其表现的中心,也一定不会把自己的小说创作"降格"为政治话语和意识形态的传声筒。回到其小说创作的出发点,我们就会发现,一位在诗歌创作方面倾注多年心血的作家,一位以《猎枪》鸣世的小说家,怎么可能会罔顾"内在性"这一文学审美指向呢?

第一节 《猎枪》——意象充盈的诗化小说

《猎枪》发表于1949年,是井上靖公开发表的第一篇小说,但从艺术上看俨然出自技艺精熟者之手,这与井上靖在小说创作之前坚持

① 郭雪妮:《〈太平之薨〉是友好的证言?》,《中国图书评论》2012年第7期。

诗歌创作不无关系。他的小说带有鲜明的诗化特点，有时甚至是直接将诗融入小说中。评论家对此已多有论述。于雷认为井上靖的好作品"很难说是诗的火花扩展为小说，还是小说压缩成为心灵之歌"①，有日本评论家则说"井上靖的诗是小说的酵母，井上靖的小说是诗的释义"②。这些无疑都是深解井上靖小说之三昧的切中之语。"猎枪"既是小说之名，也是小说中那篇散文诗之名。

　　小说《猎枪》作为散文诗《猎枪》的"释义"，整篇作品都具有一种诗化的倾向。如果说小说是以人物与事件为中心的世界，诗歌是以意象为主导的场域，那么井上靖的小说《猎枪》就是一篇意象充盈的诗化小说。"猎枪"作为核心意象，无论在小说还是在那首散文诗中，都与作品的基调及其透出的情绪具有决定性关联。"我"答应友人为《猎人之友》写稿，是因为"可巧在那个时候，我突然对猎枪与人的孤寂感之间的关系发生了兴趣"③。那表面闪着耀眼光芒的漂亮猎枪，实际上是致命的东西。它是小说男主人公三杉穰介孤单的见证，它闪光的枪身映出的是穰介的真实自我，除了猎枪，似乎一切都不再是真实的。穰介虽然一直被需要着：他被彩子需要，因为他给了彩子被爱的感觉；他被米多莉（现通译作"绿子"）需要，因为他给了米多莉无人可以替代的初欢的感受和因爱生恨肆意报复的快感；他被蔷子需要，因为他给了蔷子如父般的照顾和安全感。但没有人真正进入穰介的内心世界，虽然他因为被需要看似没有那么孤单，实际上能慰藉他的只有猎枪，这也许就是穰介来信末尾那句话的含义吧？"我对打猎的兴趣是由来已久的，那时我在这广袤的世界上还不是那么孤单，那么猎枪呢，早就是我忠诚的伴侣，那还是在我个人生活、职位

---

①　于雷：《格高调雅：读井上靖的〈猎枪〉》，《日本研究》1985 年第 4 期。

②　转引自唐月梅《重访井上靖先生》，《世界文学》1982 年第 5 期。

③　〔日〕井上靖：《猎枪》，梁悦译，《漓江译丛》（第一辑），漓江出版社，1982，第 2 页。

没有任何倒霉迹象之前的事了。"① 他一直生活在自己的内心世界中，过着孤独的生活，这也许就是"我"看了这句话后，感觉这可能就是穰介身上的那条"蛇"的原因吧。

小说的另一个具有象征意味的重要意象就是每个人身上的那条"蛇"。最初提到这一点的正是穰介，他指着陈列在玻璃柜里酒精瓶中的蛇标本开玩笑地对彩子说："这小蛇是彩子，这条是米多莉，那么这条就是我。每个人都有自己的一条蛇，不必大惊小怪。"② 每个人内心深处，甚至不为自己所认识的那条"蛇"是什么呢？那是最隐秘也最真实的自我，它左右着每个人的行动，只有在一个偶然并激烈的情境下才能被认识到。对于彩子而言，她因无法原谅前夫出轨而离婚，但她内心深处一直眷恋的仍是前夫，而她委身于穰介也只是想感受"被爱"的幸福罢了。终于在面临生命危险时，那条"蛇"复苏了，她向前夫那所涂着白颜色、使人感到洁净的医院跑去。也正因为认识到了这一点，她觉得自己的罪过更大了，当时穰介不顾自身危险，正怀着强烈的爱恋之情奔向她。事实上，在她委身于穰介，并决定欺骗所有人的那天，她就已经认识到，她要欺骗的"所有人"中也包括穰介和她自己，也就是说，她早就知道自己那条"蛇"的存在：

> 就在那段时间里，我感到特别孤单，您看这有多么奇怪。您那时就躺在我身旁，而我竟然完全忘了，只觉得剩下了我一个人，和我的这颗心。我们刚刚订下海誓山盟，理所当然地会亲密无间，可是就在这时，我却感到无法弥补的孤单，这是为什么呢？

---

① 〔日〕井上靖：《猎枪》，梁悦译，《漓江译丛》（第一辑），漓江出版社，1982，第40页。
② 〔日〕井上靖：《猎枪》，梁悦译，《漓江译丛》（第一辑），漓江出版社，1982，第31页。

那晚，我们决心要欺骗所有的人，可是您万万不会预料到，您也会受骗的。我在那时也没有把您排除在外，我要欺骗所有的人，无论是米多莉还是您，甚至连我自己也在内，给我安排好的命运就是如此！这就是在我孤独的心里闪过的，象鬼火一样的念头。①

不难发现，彩子的那条"小白花斑蛇"，也许根本不是她对穰介的欺骗，也不是她对前夫的眷恋，而是一种宿命式的孤单。这也就是当她看到海上燃烧的渔船时，会预感到自己的命运也会如那条渔船一样，一旦失火注定不可挽救地燃尽的原因。

《猎枪》中第三个重要意象是灰蓝条上绣着大朵蓟花的披肩。这件漂亮的披肩是穰介送给彩子的，象征着穰介与彩子的秘密之恋，以及他们企图欺骗所有人的决心。这份秘密之恋，确实让彩子感受到了被爱的幸福，也同时是她生命中的不能承受之重，正如在临终前女儿眼中彩子身穿披肩的样子——"美极了又忧郁极了"②。当蔷子后来看到母亲的日记，知道了彩子与姨父穰介之间的秘密恋情后，母亲临终前身穿披肩的样子就更难挥去了，整日萦绕在她的脑海里。这样的爱情与蔷子心目中的爱情有着天壤之别，"我始终相信，爱情，这是闪烁着光芒的，受着神灵和人们祝福的，象太阳般明亮的一种情感。爱情，有如清彻的涓涓流水，在阳光下晶莹闪烁；它欢畅地、一浪追一浪地在长着繁花茂树的两岸中流淌。爱情，好象是在美妙动人的乐曲声中产生的，发展的"③。但她现在知道了这世上还有另一种爱情，

---

① 〔日〕井上靖：《猎枪》，梁悦译，《漓江译丛》（第一辑），漓江出版社，1982，第38页。

② 〔日〕井上靖：《猎枪》，梁悦译，《漓江译丛》（第一辑），漓江出版社，1982，第9页。

③ 〔日〕井上靖：《猎枪》，梁悦译，《漓江译丛》（第一辑），漓江出版社，1982，第8页。

一种有罪的爱，在她看来"用不惜犯'大罪'的代价赢得的爱情该有多么的悲哀啊"①！由此引出小说中另一个重要的意象——"玻璃球中的花瓣"。

蔷子第一次见到那片在冰冷玻璃里的小花瓣，就痛哭起来，她觉得那花瓣"象是手脚钉在了十字架上，无论是百花盛开的春天，还是争奇斗艳的秋季都再也不能使它复苏"②，这何尝不是穰介与彩子之间爱情的象征？因此她为之哀叹。是啊，有时我们觉得自己得到了真正的爱情，也许不过是被镶嵌在冰冷玻璃里的花瓣罢了，虽然看着鲜艳美丽，但永远无法长大，也不会真正开放，更不可能释放馨香，那只不过是无希望的幻象罢了。蔷子虽然对母亲可能的秘密早有预感，但直到读了日记才知晓了一切，她内心中爱情的幻象彻底破灭了。她决定不再与穰介和米多莉联系，从此自食其力但也孤独地去过生活。其实这种孤独感一直伴随着蔷子，在她感到母亲可能有一个秘密不想她去打扰时，她甚至回家不敢进门，只能再次离开，她"沿着芦屋河岸一边走着，一边下意识地踢着脚下的小石头"，"感到无限的孤独"③。

也正是因为那件披肩，米多莉十三年前就已经知道了彩子与穰介的不伦之恋，但直到最后米多莉才揭穿这一点，这就意味着，这件披肩在这场三角恋情中象征着大家共同保守的一个秘密。所有的秘密都是有重量的，对于秘密的保守者来说，都会形成一种巨大的压力。多米莉当着彩子的面揭开掩盖秘密的帷幕后，彩子也终于卸掉了多年来使她一直不得安宁的包袱。她感到安宁的同时被一种空虚感占据了。此时，彩子活着的一切理由皆已丧失：多年保守的秘密被揭开，多米

---

① 〔日〕井上靖：《猎枪》，梁悦译，《漓江译丛》（第一辑），漓江出版社，1982，第8页。

② 〔日〕井上靖：《猎枪》，梁悦译，《漓江译丛》（第一辑），漓江出版社，1982，第8~9页。

③ 〔日〕井上靖：《猎枪》，梁悦译，《漓江译丛》（第一辑），漓江出版社，1982，第13页。

莉什么也没说就离开了；前夫再婚，精神支柱不在了，一切希望皆已
破灭，"我产生了一种似乎是堤坝决口的感觉，周围的一切将要倒塌
下来"①。秘密被揭示出来后，彩子选择以死赎罪，实际上只是她失去
了生的希望，希图通过死亡排解那折磨了她十三年的孤独感罢了。这
何尝不是米多莉的包袱？她同样也保守这个秘密十三年之久，"正是
这件披肩，在热海清晨的灿烂阳光下出现过，它如同恶梦一样永生永
世都使我不能忘却"②。但我们会奇怪，米多莉为什么要守住这个她本
不该去守的秘密，她完全可以在十三年前就卸去这个包袱，可她偏偏
要维持着这个死气沉沉的堡垒般的婚姻，折磨自己，实际上也折磨着
穰介和彩子。米多莉在信中没有明确说明，但却给我们足够的暗示，
她嫁给了穰介，这个男人虽然给了她初欢的激情，却没有给她真正的
爱情，更背叛她陷入不伦之恋中。她真的爱穰介吗？不，她从来也没
有爱过穰介，因为穰介不是报上刊登的叙利亚的沙漠中和羚羊生活在
一起的赤身裸体青年。对米多莉来说，那才是她的爱情幻象。她虽然
不断地卷入情爱之网，甚至深陷绯闻之中，但她从来没有真正爱过，
她的不贞除了是对穰介和彩子的报复外，更是在"倾泻自己无处安放
的情思"，她的一切行为"无非是以堕于俗网的假象，掩盖自己脱俗
的志趣！以娇扬媚柳的风韵，惑乱自己追求真情的性格"③。从这个角
度来看，米多莉也许才是最不幸的、最孤独的：她从来没有爱过，也
不曾真正被爱过；她保守着一个秘密，却被这个秘密压得喘不过气；
她希望被人在乎，哪怕是死在丈夫的枪口下也好，但她得到的是无尽
的冷漠，最终只能选择悲凉地孤独终老。

① 〔日〕井上靖：《猎枪》，梁悦译，《漓江译丛》（第一辑），漓江出版社，1982，第
　33页。
② 〔日〕井上靖：《猎枪》，梁悦译，《漓江译丛》（第一辑），漓江出版社，1982，第
　26页。
③ 于雷：《格高调雅：读井上靖的〈猎枪〉》，《日本研究》1985年第4期。

第二节　在场景中展现人物心理

从结构上来看，小说采用了以一首散文诗奠定小说基调并引发故事内容的方式，而在故事的讲述中又采用三女投书于穰介、穰介投书于"我"的形式，这样的形式能达到使主要人物的经历和感受，以至其最隐秘的内心世界都得到最大限度展示的效果。可以说，单就小说结构而论，《猎枪》堪称完美，也实现了展示人生断面的效果①。

在小说情节和场景方面，小说采用了淡化情节的方法，这有利于表现人物的内心世界。小说不以丰富的情节取胜，也并不通过情节发展来展现人物性格，而是以丰富的场景来展现人物心理，表现其细腻含蓄的思想情感。

小说中第一个内蕴丰富的场景是"热海相遇"。在热海的旅馆中，穰介和彩子走到了一起，成了"罪人"，也是在热海的旅馆中，早有预感的米多莉乘晚车赶到了这里，并看到了一切：穰介和穿着绣有大朵蓟花披肩的彩子在海边幽会。秘密在此时生成，悲剧也由此造就，此后，他们各自守着自己的秘密，实际上是各自守着自己的孤独痛苦地活着。

小说中第二个内蕴丰富的场景是"镜中猎枪"。米多莉在外寻欢作乐归来后，瘫坐在沙发上，从凉台玻璃门的反射中观察穰介向她举枪瞄准的动作。小说将一动不动坐在沙发上的米多莉的内心活动展现得酣畅淋漓，同时也把穰介的一举一动描写得清晰异常。一动一静、一正一侧之间，夫妻间微妙、紧张的关系被彻底展现出来。平静的表面下潜伏着怎样的怒涛狂澜！

小说中第三个内蕴丰富的场景是"临终探望"。彩子去世前一天，

---

① 井上靖认为相较于长篇小说，短篇更有味道，"在短短的篇幅中可以看到人生的断面"（唐月梅：《重访井上靖先生》，《世界文学》1982 年第 5 期）。

米多莉去探望彩子，看到穿着那件披肩的彩子，最终拉开了遮掩秘密的帷幕。小说通过蔷子、米多莉和彩子三人的叙述，将这一场景从不同的视角展现出来。蔷子的惊诧是秘密揭露的先声，米多莉情绪的爆发是人物关系决绝的暗示，彩子的沉默是死亡的前奏。原本表面的平静被打破了，其实不过是一直被压抑着的情绪最终爆发出来了而已，正如海底的震动终于引发了海啸。

小说中第四个内蕴丰富的场景是"守灵之夜"。于雷认为这是井上靖的"奇绝之笔"，"将活着的、死了的当事人聚到一起"[1]。通过蔷子的视角展现出的这一场景具有一种无法言说的凄凉感。在这个守灵之夜，蔷子痛哭了三次：第一次是她为母亲与穰介叔叔如冰冷玻璃球中的花瓣般的爱情而哭，在她看来，这样的爱情是人生的不幸；第二次她是为米多莉姨妈的不幸而哭，因为她认为米多莉一直被蒙在鼓里，对母亲彩子与穰介的恋情一无所知；第三次她是为成年人"可悲、可怖"的世界而哭，也是为自己即将面对的成年生活而哭。其时穰介、米多莉和亡者彩子共处一室，夫妻二人却各有所思，除了一次建议对方去休息的无关痛痒的对话外，便陷入死一般的沉寂中。一种人与人的陌生感跃然纸上，隐伏于字里行间。

就是这样，我们的人生常常被一些意象和场景所掌控，这些意象和场景充斥着我们的内心世界，左右着我们的生活。井上靖非常敏锐地把握到了这一点。这些意象和场景可能是我们坚强的理由，也可能是我们痛苦的回忆，时时困扰着我们的梦，正如那件披肩如同噩梦一样令米多莉永生永世不能忘记；母亲穿着节日披肩美极了又忧郁极了的样子一直萦绕在蔷子的脑海里；守灵之夜的情境也一定会深深刻在穰介、米多莉和蔷子的脑海中；等等。这些作者精心设计的极具内蕴的小说场景结合到一起，又联结形成了一条鲜明的情节线索，"作者以其独具特色的艺术韵味，把三封信情节化，用灵活而富于变化的笔

[1] 于雷：《格高调雅：读井上靖的〈猎枪〉》，《日本研究》1985 年第 4 期。

法，串成完整的故事，前呼后应，融合交流、牵动着情节的跌宕，处理得细腻动人，含蓄深沉地将她们的复杂心理揭示的清晰鲜明……"①井上靖希望"通过故事去探索人生"②的文学目标在《猎枪》中得到了实现。

第三节　孤独：作为一种生存状态

散文诗《猎枪》无疑是整篇小说的中心。如果说整篇小说只有一个真正的主人公，那必然就是叙述者，即散文诗的作者"我"。小说中的所有人物、所有故事都在"我"的审视之下。整个故事系由那篇散文诗"引来"，小说是在用故事的形式阐释散文诗的内蕴。小说的主体部分由三位女士写给同一个男人的三封信件构成，但这些书信中所包含的信息，甚至写信者对自己最隐秘内心世界的暴露，也不过是印证散文诗中"我"对猎人的观察与感受罢了。不妨将这首散文诗抄录下来：

　　天城山上，狭窄的小路蜿蜒在绿色的灌木丛中，一个嘴里叼着水兵用的大烟斗的人正缓慢地往山上走着，白霜覆盖的山地上留下了他的足印。他的前面跑着一条长毛猎犬。猎人的深棕色外衣上紧紧地绑着装有25发弹药的子弹带，肩上扛着"邱吉尔"牌双筒猎枪。是什么原因促使他那么安然地拿着这支闪光耀眼的钢筒猎枪——这支剥夺一切生物的生命的猎枪呢？我凝视着这位魁梧猎人的背影，突然，我抑制不住自己想跟踪他。

　　从那时起，无论是在大城市车站前五颜六色的混杂行人中，还是在节日的熙熙攘攘的人群里，我常常有一种出自内心的愿

---

① 李德纯：《日本战后文学史》，辽宁人民出版社，1988，第114页。
② 唐月梅：《重访井上靖先生》，《世界文学》1982年第5期。

望，就象这位猎人一样，孤零零地一个人，随便往哪儿慢慢地走去，徐缓地、沉静地、淡漠一切地走着……那时浮现在我眼前的不是浸透着初冬寒气的天城山的美景，而是干枯了的凄凉的白色河床。抛光的双筒猎枪背在猎人身上给人一种极端漂亮的感觉，而这漂亮却是要命的；当猎枪瞄准一个活物时，那末什么漂亮也就不会有了。这支猎枪仿佛是沉甸甸的重物压在孤独的中年猎人的肉体上、心灵上。①

整篇散文诗透出一种"孤独"的基调，"我"从猎人的形象中感受到这样的情绪，这情绪何尝不是"我"于这尘世间的感受？透过猎人孤独的形象，"我"得以窥见自己的内心世界："我"与那位猎人没什么区别，同样孤独地行走在这个世界上，周围的一切似乎都与"我"无关，只有孤独如影随形。

小说《猎枪》如同散文诗《猎枪》一样，指向人的一种生存状态——孤独，"主人公退回自己内心世界，把自己圈在这样的天地里，过着孤独的生活"②。这不正是我们每个人的存在状态吗？无论我们的生活看起来多么丰富多彩，当我们真正窥视自己的内心世界，真正审视我们的生活本质时，就会发现我们看到的、身处的不过是"干涸了的白色河床"罢了。只是我们总是有意无意地陷入一种自欺之中，用表面的繁华与陆离、喧嚣与热闹掩盖自己的孤独，给那干涸的白色河床一块遮蔽的帷幕。这绝非试图用他人酒杯浇自己胸中块垒，而是小说通过人物经历与感受向我们表明的：蔷子对母亲的秘密早有预感，彩子对自己命运早有认识，米多莉何尝不知道自己从没有爱过，而穰介在他收到这三封信之前不是早就把猎枪视作自己忠诚的伴侣了吗？

---

① 〔日〕井上靖：《猎枪》，梁悦译，《漓江译丛》（第一辑），漓江出版社，1982，第2~3页。
② 转引自陈嘉冠《欧美国家井上靖研究述评》，《日本研究》1991年第2期。

这或许就是作品的主题所在吧！不然小说的叙述者"我"也就不会在读完这些信后，发出这样的疑问："这三封信对于穰介有什么意义呢？他从信中得到什么启示？这些信难道使他发现了某些新的真相吗？长在米多莉和彩子身上的那两条蛇的本质难道以前没有被他发现吗？"①当然更不会在自己眼前仿佛出现的就是穰介所见到的那条"干涸了的白色河床"。从这个意义上说，小说中四个人物都被孤独包围着，极力将自己隐藏在精心布置的帷幕之后，从未向对方展示过内心真实的想法和感受，他们为得到所谓的爱而欺骗，同时也使自己陷入自欺之境。最后证明，他们谁也欺骗不了，更无法欺骗自己。每个人都把猎枪瞄准猎物，但最终被击中的却是自己。

小说的孤独主题和作品弥漫的虚无感，与战后日本社会的现实环境不无关系，也与作家继承的文学传统有关。作为"战后日本的忧郁的观察者"②，井上靖虽然没有试图将他的《猎枪》意识形态化、政治化，但至少向我们暗示了这种孤独与虚无情绪的产生与叙述者"我"身处的环境有关。通过"我"，穰介们的孤独被普遍化了，无论是"我"写作散文诗《猎枪》就是想表达对孤独的体悟，还是小说最后"我"读完信后凭窗而立时的感受，都说明了这一点。这是现代人褪尽神话可能后生活的必然状态，深陷各种矛盾之中无法抉择，心灵处在漂泊之中无所依傍，被各种各样层出不穷的欲望左右却又得不到满足，于是难免心灵空虚，"沿着彼此不同、互不相交的道路生活下去"③。

作为一位以探索日本文化根源与本质为己任的作家，井上靖承继了日本文学传统中重视书写私人生活，并通过私人生活呈现社会现

---

① 〔日〕井上靖：《猎枪》，梁悦译，《漓江译丛》（第一辑），漓江出版社，1982，第40页。

② 转引自陈嘉冠《欧美国家井上靖研究述评》，《日本研究》1991年第2期。

③ 〔日〕尾崎秀树、尾崎惠子：《爱的目录·被动爱情的悲剧——井上靖〈猎枪〉中的彩子》，詹懿虹译，《世界文学》1997年第2期。

实，进而探索人生哲理的倾向。无论是近代以来的自然主义文学潮流、新感觉派写作，还是私小说、自传体小说的流行，都是这种倾向的体现。显然井上靖虽然受到这种传统的影响，但并没有被其束缚住，而是以一种伟大的创造力超越了这一传统。正如唐月梅指出的那样，井上靖的文学作品"继承了日本文学的优秀传统，具有浓烈的日本民族气质"，但"很有自己的艺术特色"①。筱田一士认为这与井上靖"在中年开始成为文学家"这个事实存在密切关系。② 就《猎枪》这篇小说而言，也与作者高超的叙事技巧有关。

人生的孤独与虚无是多么具有哲理化的问题，但作者却通过一个通俗的文学情势——三角恋——将其展现出来。把人们惯用的小说情势写出新意，将书信体小说、自白体小说、诗化小说、私小说等多种元素融入其中，给人以不落俗套之感，这是作者写作功力的体现。除了非常好地运用诗歌式的意象来表现人物的内心世界、暗示人物的处境外，作者在小说结构、情节和场景等方面也进行了精心设计。正是这样的艺术设计更好地实现了小说书写人生孤独本质的主旨。

我们并不否认井上靖是一位关注现实，并具有批判精神的作家，新闻记者出身的井上靖，用自己的笔去探察世情人生再正常不过了。即便是《猎枪》这样的作品也带有反思社会现实的色彩，何况他在《猎枪》之前创作的另一篇重要作品是《斗牛》，这是一篇具有明确现实批判指向的作品。井上靖虽身在出版界却用《斗牛》这篇小说揭露了以新闻界为代表的整个日本战后社会利益至上、理性阙如、思想混乱的状况。这样的井上靖，我们如何能想象他弃现实关注于不顾，完全沉溺于私人生活的书写之中呢？只是我们必须把他的创作与那些武断的、追求政治正确、矫饰现实的"伪现实主义"区分开来，既要看到其创作中具有的现实指向，即反思现实规训、反抗现存秩序、揭

---

① 唐月梅：《重访井上靖先生》，《世界文学》1982 年第 5 期。
② 〔日〕筱田一士：《井上靖的文学道路》，戴彭康摘译，《世界文化》1982 年第 1 期。

示现实苦难的一面，也要看到作为一位深谙日本文学传统的作家，其作品具有日本文学"物哀""幽玄"传统审美气质的一面。有论者认为井上靖文学的通俗性，即获得较高的群众性，是因为"适可而止的怀疑论和适度的浪漫主义圆满地融合在一起，并且还包含着情节性"①，也许更准确的说法是，他将理性的怀疑和反思意识铸就的批判精神融入文学之美中，将哀怨的日本传统审美风格融入现代之思中。

井上靖后来的小说创作，都在一定程度体现了这样的融合特色。有论者认为井上靖的小说使"事件小说同心灵小说冰炭难容的矛盾，已融洽无间"②，此言绝非虚妄诳语。《冰壁》（1957）以真实事件为素材，将战后日本社会中一些人为追求利益，不惜伤害人命、陷害无辜的丑态作为其揭示对象，并对其进行了深刻的批判，但作者将人物的内心苦闷、情感的纠葛、不屈的生命力与社会不公巧妙地结合到了一起。《天平之甍》（1958）中普照内心的坚定、愁绪、痛苦与哀思如涓涓细流汇入大海的波涛之中，通过对"历史人物"境遇与内心波澜的书写，一种强大的生命冲动得以渗透到历史事件之中，作者探求日本文化本质的目的亦得到彰显。《城堡》（1964）将人物心灵的苦痛与挣扎、困惑与迷茫置于原子弹灾难的背景下进行书写，"着重描写事隔若干年后，原子病的后遗症，使众多少男少女的青春年华黯然失色，引起灵魂的骚动和沉湎于痛苦的深渊，犹如被囚禁在一座无法逃脱的'城堡'之中"③，那城堡既是一座现实之牢，也是一座心灵之狱，"历史的反思"与"心灵的探索"在小说中进行着近乎完美的互动。由此不难发现，井上靖的小说创作是复杂的，但有一条一直贯穿于其创作历史的主线，那就是他对生命的探索：所有人都是在人生"干涸了的白色河床"上孤独的旅者，正因为体会到了人生的孤独与

---

① 〔日〕松原新一等：《日本战后文学史·年表》，罗传开等译，上海译文出版社，1983，第203页。

② 转引自陈嘉冠《欧美国家井上靖研究述评》，《日本研究》1991年第2期。

③ 李德纯：《日本战后文学史》，辽宁人民出版社，1988，第116页。

悲凉，作为旅者的所有坚守与挣扎才更具有一种生命的澎湃感。正是在这个意义上，有学者认为人生的"白色河床""所营造的孤独悲凉的氛围，如同一根主轴始终贯穿于井上靖小说创作主题之中，并形成井上靖文学的原型"①。

　　井上靖作为战后作家，力主跳出私小说的窠臼，这是时代的要求，也是日本民族文学发展的需要。但私小说重视书写人之内在世界的创作倾向作为日本文学传统的一部分，仍是井上靖文学中重要的构成元素，只是被他巧妙地融入一种更别致、更高超的写作技巧中了，而人之内在世界的复杂性则被其投射到广阔的历史文化书写中去了。从这个角度来说，《猎枪》这部井上靖最初发表的小说作品何尝不是其艺术风格与创作精神的集中体现呢？

---

① 卢茂君：《井上靖的中国题材历史小说探究》，吉林大学博士学位论文，2008。

第十一章

对存在的诗性沉思

——昆德拉的小说创作

　　米兰·昆德拉（Milan Kundera，1929~ ）捷克籍作家，后移居法国，并取得法国国籍。昆德拉的小说创作独树一帜，他将小说这种叙述文体发展成为一种具有思辨色彩的"智性"文字，是当代世界文坛中一个"异数"。

　　阅读昆德拉总有一种被摧毁的感觉，这种感觉并非来自昆德拉小说的叙事形式（虽然其叙事形式很独特），而是来自小说的精神世界。昆德拉的小说故事情节明确，绝不含混，人物形象身份明了，甚至连故事背景也是相对明确的。卡夫卡依靠叙事的含混（不是混乱），使其作品具有了一种指向的普适性。昆德拉是卡夫卡的拥趸，但他并没有承袭卡夫卡小说的表现形式，然而他的小说同样具有普适性效果：从小说的精神世界来看，一旦我们开始一种真正的阅读，用弗朗索瓦·里卡尔（F. Richard）的话说，就是一种"带着怀疑与犹豫的阅读"，那么我们就会发现，我们眼皮底下的故事、人物、环境都幻化了，我们成了故事里的人，人物的所有精神与情感激荡令我们感同身受，人物的所有怀疑也都成了（都是）我们的怀疑。因此，"读他的作品，对于我们的精神来说是一种万劫不复的挑战。全身心地投入这本书，默认它，它就会把我们拖到很远很远的地方，远比我们开始所能想象得要远，一直拖到某种意识的极限，拖到那个《玩笑》中的主人公所发现的'摧毁的世界'。阅读在此时真正成了一种摧毁"[①]。这个"摧毁的故事"从来没有试图给我们以希望的光亮，只有一个幻灭接着一个幻灭。我们在昆德拉的世界中，找不到拯救与宁静的可能，如果有，他也会提醒（或暗示）你那只是幻象罢了。乔治·卢卡奇（Georg Lukács）说"小说是无神世界的史诗"，对于昆德拉而言，他的小说也确实是"无神世界的史诗"，只是他要告诉我们的是，他从来没有为我们提供蒙

[①]　〔加〕弗朗索瓦·里卡尔：《撒旦的视角》，〔法〕米兰·昆德拉《生活在别处》，袁筱一译，上海译文出版社，2004，第 417 页。

神恩、被拯救的可能性。顺便说一句，这也许就是直到今天昆德拉都无法受到诺贝尔文学奖青睐的原因之一吧。

第一节　昆德拉：布拉格精神的文学继承者

作为一位出生于捷克，自幼深受音乐熏陶，信奉无神论，在故国遭遇长久打压最终流亡法国的小说家，昆德拉在他的作品中表现了一个幻灭、无拯救的世界，并进而探索人在这样的世界如何存在。

1929 年 4 月 1 日，昆德拉出生于捷克斯洛伐克的布尔诺市。在欧洲，捷克斯洛伐克是一个多灾多难的国家，欧洲的每一场战争灾难都会波及它，特别是到了 20 世纪。1938 年的慕尼黑协定，使它成了西方列强与希特勒德国妥协的牺牲品，后彻底沦陷于希特勒的铁蹄之下，二战后又很快沦为苏联的附庸，处处受制于苏联。但在整个东欧国家中，在苏联的强势威慑下，只有捷克斯洛伐克曾经试图摆脱抛弃所谓的"苏联模式"，走属于本国的道路。这次反抗虽然失败了，甚至给国家带了更深重的灾难，但"布拉格之春"本身就是一种自由精神的体现，是捷克斯洛伐克民族精神的张扬，是捷克斯洛伐克人民内心深处对强权与奴役的抗拒，对正义与公平的呼唤，这是一个民族不屈灵魂的激荡。这样的民族国家命运在昆德拉的小说中起着至关重要的作用，可以说是昆德拉小说，特别是其前期小说的一个重要背景。

昆德拉在布尔诺市度过了他的童年和少年时光，深刻地感到了这个民族的悲惨与不失悲壮的历史，连他们的国歌《我的家乡在哪里》也反映着这个民族的悲哀。后来，昆德拉提到自己的小国出身时曾说：身处小国的人，要么成为眼光狭窄的"可怜人"，要么成为一个胸怀广博的"世界性的人"。《米兰·昆德拉传》的作者高兴认为，昆德拉"这么说的时候，实际上已经表明：自己有幸属于后一种人"①。其实昆德拉说这些话更深层的意思可能是想表达自己为故国之人多数是前者而感到悲哀。当然这些话也透出一种民族的自豪感——捷克成功发挥了小国的优势，创造了丰富的文化，并没有完全沦为可怜人的天下："小表现出有小的优势：文化事件的丰富是'人类高度'上的；所有人都能一览无余地观瞻这一丰富，参加文化生活的全部；所以说，一个小民族在它的最佳时期甚至可以使人回想起一个古希腊城邦的生活来。"②

　　也许是"国家不幸诗家幸"的原因，也许是因为如昆德拉所说"小表现出有小的优势"，这个多灾多难的悲情国家却为世界文学创造了不少瑰宝，其中有两位作家尤为重要，那就是卡夫卡和哈谢克。这两位作家之所以重要，当然是因为他们的文学精神与文学范式影响了整个捷克文学，甚至影响了世界文学；另外他们也反映和诠释了捷克的民族精神，即一种以悖谬为核心的所谓的"布拉格精神"："也许正是因为这个城市充满了如此多的悖谬，在相隔几个星期之内，诞生了两个有着巨大差异但同样杰出的作家。一位是犹太人但却用德语写作，是个素食主义者，是绝对戒酒和自我专注的苦行僧，他如此着迷于关于他自己的责任、使命和自身缺陷，当他活着的时候他不敢出版自己的大多数作品。而另外一位则是一个醉鬼，一个无政府主义者，是个美食家，是嘲笑他自己的职业和责任的外向性格的人，他在小酒馆里写作并为了一点啤酒在那个地方把自己的作品卖掉。弗兰茨·卡夫卡和雅罗斯拉夫·哈谢克（《好兵帅克》的作者），两人在相隔不到几条街的地方度过了他们短暂的一生，他们去世的时间也相距不到一年。他们从同一个时期汲取营养创造天才作品，但他们作品似乎不

---

① 　高兴：《米兰·昆德拉传》，新世界出版社，2005，第15页。
② 　〔法〕米兰·昆德拉：《被背叛的遗嘱》，余中先译，上海译文出版社，2003，第201页。

仅在年代上拉开距离，地点也不一样。从那以后，布拉格人用'卡夫卡式的'这个词来形容生活的荒谬，而把自己能够藐视这种荒谬和以幽默来面对暴力及整个儿是消极的抵抗称之为'哈谢克式的'。"①

　　昆德拉作为卡夫卡的拥趸和哈谢克的崇拜者，是布拉格精神的真正继承者：他如此完美地将"卡夫卡"式和"哈谢克"式融入了他的小说创作之中，发展起一种独有的对人之"终极悖谬"存在的书写。

　　昆德拉的父亲是一位钢琴教授，做过雅那切克音乐学院的院长。因为父亲，昆德拉很早就接触到了雅纳切克等大师，并跟从他们学习过音乐。可以说，昆德拉是在音乐的熏陶中长大的，音乐伴随了他一生，对他后来的小说创作影响很大："一直到二十五岁前，我更多的是被音乐吸引，而不是文学。我当时做的最棒的一件事就是为四种乐器作了一首曲：钢琴、中提琴、单簧管和打击乐器。它以几乎漫画的方式预示了我当时根本无法预知其存在的小说的结构。您想想，这首《为四种乐器谱的曲》分为七个部分！就跟我小说中一样，整体由形式上相当异质的部分构成……而且每个部分有不同的配器……这一形式的多样性因主题的高度统一性而得到平衡：从头到尾只展示了两个主题：A 与 B。"② 确实如此，昆德拉的小说形式原型之一就是"将异质的元素统一在建立于数字七之上的建筑中的复调结构"③。他常常借助音乐的知识与对音乐的认知，在小说中表达自己的看法，进而介入故事叙述。《玩笑》《笑忘录》等作品中都有大段与音乐相关的内容；自《慢》（1994）之后，昆德拉在小说形式上的最大变化在于放弃了以前把小说分成七部分的结构设计，实现了"梦想着做出意想不到的不忠之事"④ 的愿望，但这些作品"将'史诗'原则和'音乐'原则

① 〔捷克〕克里玛：《布拉格精神》，崔卫平译，作家出版社，1998，第52页。
② 〔法〕米兰·昆德拉：《小说的艺术》，董强译，上海译文出版社，2004，第113页。
③ 〔法〕米兰·昆德拉：《小说的艺术》，董强译，上海译文出版社，2004，第119页。
④ 〔法〕米兰·昆德拉：《小说的艺术》，董强译，上海译文出版社，2004，第119页。

紧密融合在一起的意图也更加明显", 其形式结构仍然是音乐性的, 只是 "如果说捷克语小说丰富而复杂的构成, 可以比作奏鸣曲的构成, 随后的法语小说则呈现出赋格曲般隐秘而节制的世界"①。但是, 昆德拉最终没有走上音乐的道路, 他对此解释道: "我非常喜欢音乐, 但是我一向不喜欢那个音乐环境, 甚至在我还是少年时就不喜欢。音乐家们一般都不是很机智的人。音乐家们往往比较狭隘。我看到父亲在他们中间感到痛苦。每当想到我可能一生都只是与音乐家们在一起时, 我便不寒而栗。"② 由此可见, 昆德拉更向往的是一个广博的空间, 一种不受束缚的自由, 而他眼中音乐家们的状态与家国的弊病何其相似? 从昆德拉自少年时起对音乐的态度, 我们可以发现, 他似乎是一个天生具有怀疑精神的人。这同样反映在他的精神信仰领域。昆德拉自幼受无神论的教育, 但他对此不无怀疑, 这种怀疑精神如同无神论本身一样影响了昆德拉的一生, "并渗透到他的小说创作之中, 成为他的小说的一大基本特质"③。

也正是这样的怀疑精神, 使昆德拉在加入捷克共产党两年后, 就因 "个人主义倾向" 和 "从事反党活动" 被开除 (后得到恢复), 并一度离开他工作的布拉格艺术学院。在这一时期, 昆德拉开始诗歌创作, 登上文坛并崭露头角。先后发表了诗集《人, 一座广阔的花园》(1953)、《最后的五月》(1955)、《独白》(1957) 等作品, 在这些作品中, 昆德拉体现了善于独立思考、不为流行趋向特别是当局意识形态所左右的创作特点, 对现实问题和人的价值与生存问题给予了热切关注。但昆德拉并没有把自己全部的才情投入诗歌创作中, 同时他还创作音乐、电影作品以及文学评论和剧本等。其中比较重要的有: 1960 年发表的评捷克作家弗拉迪斯拉夫·万楚拉 (Vladislav Vancura)

---

① 〔加〕弗朗索瓦·里卡尔:《阿涅丝的最后一个下午——米兰·昆德拉作品论》, 袁筱一译, 上海译文出版社, 2005, 第 54 页。

② 转引自高兴《米兰·昆德拉传》, 新世界出版社, 2005, 第 36 页。

③ 高兴:《米兰·昆德拉传》, 新世界出版社, 2005, 第 22 页。

小说的随笔集《小说的艺术》，获捷克作家出版社奖，初步显示了他作为一个文学理论家的素质（此书后又加入了多篇关于小说的随笔，于 1986 年出版写定本）；1962 年创作的剧本《钥匙的主人们》。可以说，这一时期是昆德拉艺术创造的探索期，直到创作了第一篇小说，他才找到了表达自己声音的"正确"途径："在三十岁前，我写过好几类东西：主要是音乐，但也有诗歌，甚至有一部剧本。我在多个不同的领域工作——寻找我的声音，我的风格，寻找我自己。随着我的《好笑的爱》的第一个故事（写于一九五九年），我确信'找到了自我'。我成为了写散文的人，写小说的人，而不是其他的任何什么人。那时候，我深深渴望的惟一东西就是清醒的、觉悟的目光。终于，我在小说艺术中寻到了它。所以，对我来说，成为小说家不仅仅是在实践某一种'文学体裁'：这也是一种态度，一种睿智，一种立场。"①此后，小说创作的热情一直伴随着昆德拉。

1967 年，他的第一部长篇小说《玩笑》出版，这部作品，以他早年被捷共开除和一度离开布拉格艺术学院的经历为灵感来源，书写了一个由玩笑引起的故事，或者说是由玩笑引发一连串笑话的故事。

个性中有"个人主义残余"的主人公路德维克，与 19 岁的女大学生玛凯塔开了一个玩笑，给她寄了一张明信片，为了让对方震惊和慌乱，故意在明信片上写了这样的话："乐观主义是人民的鸦片！健康精神是冒傻气！托洛茨基万岁！"② 而玛凯塔"属于对无论什么事都较真的那类女人（简直是那个时代的样板），从她们的摇篮时代起，神明就赋予了她们这样一个特色：笃信一切就是她们最大的优点"③。她将明信片上交给了组织，路德维克因此陷入一场严肃的政治斗争。师友纷纷与他划清界限，甚至最亲密的朋友泽马内克也选择对他落井

---

① 〔法〕米兰·昆德拉：《好笑的爱》，余中先、郭昌京译，上海译文出版社，2004，封底推荐语。
② 〔法〕米兰·昆德拉：《玩笑》，蔡若明译，上海译文出版社，2003，第 44 页。
③ 〔法〕米兰·昆德拉：《玩笑》，蔡若明译，上海译文出版社，2003，第 35 页。

下石。最终这个在特殊的政治背景下开的玩笑引发了可怕结果，一个充满朝气的大学生，只因一句玩笑，被作为政治犯流放到一个边远小矿区，做了五年苦役，人的荒诞的存在状态在这里已得到充分的展现——玩笑成了灾难。路德维克背负着耻辱生活，在这场灾难中露茜的爱情成为他唯一的安慰，但路德维克的这份激情之爱却因情欲的外壳吓走了屡遭凌辱、对性爱充满厌恶与恐惧的路茜——爱情成了笑话。路德维克想通过勾引泽马内克的妻子埃莱娜来报复，谁知泽马内克正与女学生打得火热，正巴不得能早日甩掉妻子，此举正中他下怀——复仇成了笑话。认清了丈夫真面目的埃莱娜，以为自己找到了真爱，在给路德维克的信中，她内心的激情与狂热令人动容。当她发现路德维克只是把她当成报复泽马内克的工具后，她彻底崩溃了，她服药自杀了，但她服下的只是装在止痛药瓶里的轻泻药——寻死成了笑话。

　　我们当然可以把这部小说看作是昆德拉对自己早年加入捷克共产党经历的一个反思，虽然他极力否认这部小说是一部政治小说，而是一部爱情小说，但在小说英文版序言中，还是透露了一些他试图掩盖的东西："受到乌托邦声音的诱惑，他们拼命挤进天堂的大门，但当大门在身后砰然关上之时，他们却发现自己是在地狱里。这样的时刻使我感到，历史是喜欢开怀大笑的。"[1] 这何尝不是昆德拉对自己早年经历的影射？但作为小说家，昆德拉需要做的不是再现，甚至放大这样的经历，而是要"致力于将这个部分缩减到最小，或者说无论如何都不能让它成为小说最主要的部分"[2]。他要真正去探询的是人的存在问题，只是他的探询与一种幽默的形式结合到了一起，这当然是"哈谢克"式布拉格精神影响的结果。

①　〔法〕米兰·昆德拉：《玩笑英文版序》，转引自李平、杨启宁《米兰·昆德拉：错位人生》，四川人民出版社，2000，第1页。
②　〔加〕弗朗索瓦·里卡尔：《关于毁灭的小说》，袁筱一译，〔法〕兰·昆德拉《玩笑》，蔡若明译，上海译文出版社，2003，第382~383页。

　　饱含幽默是昆德拉小说的一个重要特征，《玩笑》则鲜明地体现了这一特征。在昆德拉看来，幽默是现代精神的伟大发明，是与小说的诞生相联系的一项发明，谁要是不懂得幽默，谁也就永远不会懂得小说艺术。一定程度上，昆德拉小说"存在的沉思"就是通过幽默的外在形式表现出来的，二者非常完美地融合到了一起。对此，克里斯蒂安·萨尔蒙（Christian Salmon）把昆德拉小说的第二个形式原型概括为"滑稽剧式的、同质的、戏剧化的、让人感到不合情理的结构"①。幽默是智慧的体现，昆德拉小说的幽默与其小说中的智慧是一体的，也就是说，昆德拉小说中对"存在的沉思"正是其幽默的根。正如有评论者指出的那样："昆德拉的幽默感更多地来自他对处于'极限悖谬'时期的现代人类境况和命运的深思"②；昆德拉自己也曾经说过，相较于悲剧，"喜剧更残酷：它粗暴地向我们揭示一切的无意义。我猜想人类的一切事物都有它们喜剧性的一面，这一面在某些情况下，是被人认识、接受、表现了的，而另一些情况下，是被隐藏起来的。真正的喜剧天才并非那些让我们笑得最厉害的人，而是那些揭示出喜剧不为人知的区域的人。历史一直被看作是完全严肃的领域。其实，历史也有它不为人知的喜剧性的一面"③。也就是说，昆德拉认为历史本身就具有一种喜剧的因素，这是一种对"终极悖谬"状态下人之存在的体认，这是对人之秘密的一种揭示："幽默是一道神圣的闪光，它在它的道德含糊之中揭示了世界，它在它无法评判他人的无能中揭示了人；幽默是对人世之事之相对性的自觉迷醉，是来自于确信世上没有确信之事的奇妙欢悦。"④ 这就是"昆德拉式幽默"

---

① 〔法〕米兰·昆德拉：《小说的艺术》，董强译，上海译文出版社，2004，第119页。
② 李凤亮、李艳编著《对话的灵光——米兰·昆德拉研究资料辑要》，中国友谊出版公司，1998，第190页。
③ 〔法〕米兰·昆德拉：《小说的艺术》，董强译，上海译文出版社，2004，第179页。
④ 〔法〕米兰·昆德拉：《被背叛的遗嘱》，余中先译，上海译文出版社，2003，第33页。

的本质所在。

想要理解《玩笑》，也许可以采取一种"逆读"的方式：死亡、复仇、爱情等都成了笑话，而原本只是单纯的玩笑却成了灾难。生活本身就是一个玩笑，因为我们永远无法预见生活的各种可能，生活以它出人意料的变化跟所有人在开着永恒的玩笑，于是灾难无法避免，只有毁灭是真实的、不变的："也许她是想要告诉我，她的遭遇（一个有污点的女孩子的遭遇）和我的遭遇十分相近，告诉我由于我俩未能相互理解而失之交臂，但我们的两部生活史如出一辙，异曲同工。因为他们都是遭摧残的历史。在露茜身上，是她的情爱受到摧残，从而被剥夺生活的基本价值；我的生活也是被夺去它本赖以支撑的各种价值，这些价值本身清白无辜。……错根本不在这些东西上，但错实在太大了，它的阴影已经把一个由无辜的事物（和词汇）所构成的整个世界范畴统统笼罩在里面还远嫌不足，还把它们全部践踏了。露茜和我，都生活在一个被践踏的世界里，我们不懂得同情这个世界，却是疏远这个世界，既加剧这个世界的不幸也加剧我们的痛苦。"[①] 这个世界的意义与价值如此不确定，我们原来所坚持的东西可能突然变得失去了意义，正如里卡尔所指出的那样："任何的符号、事件和背景于是都成了一种陷阱，因为原先它们所承载的意义完全可以被截然相反的意义所替代。在这种情况下，为任何东西指定意义都一定是一种自我欺骗，或者至少可以说是将自己置入几乎一定会成为事实的自我欺骗的境地。"[②] 但谁又能否认，认识到自己身处被践踏、被毁灭的世界这一事实本身也可能是一种力量呢？正如认识到人生的虚无，才有了西西弗式的自我拯救。在这里，昆德拉似乎又隐晦地跟我们开了一个玩笑——他是否在暗示一种拯救

① 〔法〕兰·昆德拉：《玩笑》，蔡若明译，上海译文出版社，2003，第370~371页。
② 〔加〕弗朗索瓦·里卡尔：《关于毁灭的小说》，袁筱一译，〔法〕兰·昆德拉《玩笑》，蔡若明译，上海译文出版社，2003年，第392页。

的可能性？

生活的"玩笑"同样发生昆德拉身上。在这一时期昆德拉出版了他的短篇小说集《可笑的爱》（初版于 1963 年，后分别于 1965 年、1968 年、1970 年再版，每版的篇目都有所不同）、长篇小说《生活在别处》（1973）。也是在 1967 年，早已成名并多次获得文学奖的昆德拉作为捷克第四次作家代表大会主席团的成员，在会上发表了演讲，要求作家创作的自由，这与捷克共产党对作家的要求发生了冲突，昆德拉成了此次争论与冲突的急先锋，最终这次争论与冲突发展成了著名的 1968 年"布拉格之春"。但很快当局开始反击，苏联也出兵干涉，昆德拉"退党"了，其实是作为首当其冲的人物被开除出党，解除了一切职务。他的作品也被禁止发行，昆德拉失去了所有合法的生活来源，只有依靠妻子的收入维持生活。

1975 年，受到法国议会议长埃德加·福雷（Edgar Faure）的私人邀请，昆德拉和他的妻子薇拉移居法国，在那里做一所大学的教授，并继续进行文学创作，陆续发表了长篇小说《告别圆舞曲》（1976）、《笑忘录》（1978）、剧本《雅克和他的主人》（1981，该剧改编自狄德罗的小说《宿命论者雅克》）等作品，其中《笑忘录》是一部关于"遗忘"的小说，正如有的评论者所指出的那样："遗忘，无论从哪个角度去看它，都是我们的宿命，与人的存在、人类的历史共生共存，同记忆一样。"① 但昆德拉在述说"遗忘"时，将其与"政治"结合到了一起，发明了"有组织的遗忘"这样一个奇异的词语组合，如此，这部小说在有意与无意之间就将矛头指向了捷克当局，昆德拉因此被捷克政府剥夺了公民权；1981 年，法国总统密特朗（Francois Mitterrand）特授予昆德拉法国国籍，从此昆德拉成了一位法国籍的捷克人。但也许昆德拉真的是被捷克当局"冤枉"了，姑且不提昆德拉

---

① 王东亮：《〈笑忘录〉："遗忘"变奏曲》，仵从巨主编《叩问存在：米兰·昆德拉的世界》，华夏出版社，2005，第 129 页。

一再强调他的小说不是政治小说，即便单从文本本身来分析，也可以轻易得出一个结论：昆德拉在强调人类历史上一种普遍存在的现象，不仅现在存在，也不仅捷克存在。"为了消灭那些民族"，"人们首先夺走他们的记忆，毁灭他们的书籍，他们的文化，他们的历史。另外有人来给他们写另外的书，给他们另外的文化，为他们杜撰另外的历史。之后，这个民族就开始慢慢地忘记了他们现在是什么，过去是什么。他们周围的世界会更快地忘掉他们"①。这样的历史遗忘状态是与人类的历史相伴生的；此外，个人遗忘与群体（民族）遗忘具有同构关系，正如小说中米雷克"遗忘"自己爱过的兹德娜一样："他之所以要把她从自己的生活相片中抹掉，不是因为他不爱她，而是因为他爱过她。他擦掉了她，擦掉了他对她的爱，他从相片上刮抹掉她的身影直到她消失，就像宣传部门让克莱门蒂斯从哥特瓦尔德发表历史性演说的阳台上消失一样。米雷克重写历史，就像所有的政党一样，像所有民族一样，像整个人类一样，大家都重写历史。人们高喊着要创造美好的未来，这不是真情所在。未来只是一个谁都不感兴趣的无关紧要的虚空。过去才是生机盎然的，它的面孔让人愤怒、惹人恼火、给人伤害，以致我们要毁掉它或重新描绘它。人们只是为了能够改变过去，才要成为未来的主人。人们之所以明争暗斗，是为了能进入照相冲洗室，到那里去整修照片，去改写传记和历史"②。鉴于此，昆德拉写出的是整个人类的历史状态，是人之存在的普遍状态，只是他把故事的背景放在了捷克，放在了布拉格罢了。

继《笑忘录》后，昆德拉出版了长篇小说《生命中不能承受之轻》，这是一部足以令作者步入伟大作家行列的作品。小说以1968年"布拉格之春"、苏联出兵捷克为故事背景，是作者带着他的布拉格（"它的气息、它的味道、它的语言、它的风景和它的文化"）流亡

---

① 〔法〕米兰·昆德拉：《笑忘录》，王东亮译，上海译文出版社，2004，第245页。
② 〔法〕米兰·昆德拉：《笑忘录》，王东亮译，上海译文出版社，2004，第38页。

法国后的创作延续。此后，昆德拉创作的"汽车三部曲"：《不朽》（1990）、《慢》（1995）、《身份》（1997），都不再以捷克为背景，他在《不朽》一书的序言中这样写道："当我写完《不能承受的存在之轻》时，我有一种强烈的感觉，有一件事情确定无疑地结束了：我再也不会回到当代捷克历史的题材上来。1978 年，我被剥夺了捷克斯洛伐克公民身份，这意味着捷克境内的人被禁止与我有任何联系，捷克边界在我面前不可逾越地关闭了。我毫不怀疑这是永久性的。"① 一定程度上，我们可以把这三部作品看作是昆德拉与过往的决裂：自《不朽》始，他使自己的小说脱离了捷克背景；在《慢》中，他又放弃了自己的母语；而在《身份》中，昆德拉又背离了前两部小说所坚持的历史题材。但这三部作品又构成了一个共通的主题，那就是对时间问题的追问，就这样，昆德拉完成了他对于海德格尔的哲学命题——存在与时间——的探询。

每一个流亡者似乎都有一种回归的渴求，这种流亡无论是现实的还是精神的。作为流亡者，并宣称回归故国无望的昆德拉，实际上同样存在着根深蒂固的回归情结。但回归真的可能吗？古稀之年的昆德拉用他的小说《无知》（2001）回答了这个问题。答案是悲观的。那流亡者魂牵梦绕的故国只存在于记忆中，而记忆的美好在现实面前显得如此虚幻而脆弱。试图回归的也许不是故国，而是记忆。回归之不可能，使流亡者真正成了无根的浮萍，精神的家园最终只能是一个梦幻。但遗忘亦不可能，如此，人终其一生只能在记忆的虚幻与遗忘的不彻底间摇摆，这成了人的宿命——昆德拉进一步对人的存在状态进行了深思。

但历史似乎又和昆德拉开了个玩笑。2019 年 11 月 28 日，在法国生活 40 年后，他重新被捷克政府赋予公民权。当年在获得法国国籍

---

① 〔法〕米兰·昆德拉：《作者的话——1996 年阿特兰蒂斯出版社〈不朽〉代序》，杨乐云译，《外国文学动态》1997 年第 4 期。

时，昆德拉在记者会上说："法国是我精神上的祖国，如今是我的第
一祖国。"他也曾表示自己是一位法国作家，自己的作品应被归入法
国文学行列。我们是否可以认为这是昆德拉后来改用法语创作的原
因？但无论如何，昆德拉不可能再回到故国捷克了，这不是一种现实
所指，而是一种精神所指。"故国"之所以是故国，是因为主体的离
去，"我"离开了祖国或祖国离开了"我"，祖国就成了故国。再次
回归，是回到曾经的祖国？还是回到现在的故国？也许执着于当下的
生活，是最好的选择："是做一个流亡在法国的人比较好，还是做一
个恰好只是也写作的普通人比较好，这两者之间应该如何抉择？"昆
德拉自己的答案显然是后者，毕竟这样能让他在法国"像一个普通人
那样完整地生活"。① 虽然这话难免让人心生出悲凉之感，但那毕竟是
对自己的忠诚。

昆德拉不仅是一位小说家，同时还是一位小说理论家，先后出版
了《小说的艺术》（1986）、《被背叛的遗嘱》（1993）和《帷幕》
（2005）三部关于小说艺术、小说美学和小说历史的随笔集。在昆德
拉看来，小说不仅仅是一种文学体裁，也是我们洞察世界，准确地说
是洞察人的存在秘密的透镜："发现惟有小说才能发现的东西，乃是
小说惟一的存在理由。一部小说，若不发现一点在它当时还未知的存
在，那它就是一部不道德的小说。知识是小说的惟一道德。"② 由此观
之，昆德拉的小说创作实践了他对小说的理论诉求，用《巴黎评论》
记者克里斯蒂安·萨尔蒙的说法，昆德拉的小说是"关于存在的一种
诗意思考"③，这可以看作是昆德拉小说的一个总体特征。在昆德拉的
长篇小说中，最为读者所熟知的恐怕是他的代表作《生命中不能承受

---

① 转引自梁文道《流放 40 年后重获国籍的米兰·昆德拉，何以为家?》，"看理想"
微信公众号，2019 年 12 月 11 日。

② 〔法〕米兰·昆德拉：《小说的艺术》，董强译，上海译文出版社，2004，第 6～
7 页。

③ 〔法〕米兰·昆德拉：《小说的艺术》，董强译，上海译文出版社，2004，第 45 页。

之轻》（上海译文出版社译名为"不能承受的生命之轻"）了。昆德拉本人称这部小说是他最伟大的散文形式，这部作品集中体现了昆德拉小说的总体特征，在这部里程碑式的作品中，昆德拉的小说观念得到了完整且完美的呈现。

第二节　《生命中不能承受之轻》： 对存在的诗性沉思

《生命中不能承受之轻》是昆德拉移居法国后创作的第二部长篇小说，完成于 1982 年 12 月，1984 年首先由法国的伽利玛出版社出版法文版，后被译成多种文字。

小说男主人公托马斯是一位优秀的外科医生，离婚后游走于众多情人之间，建立与她们的所谓"性友谊"，但一次偶然使他爱上了餐厅女招待特丽莎，并与她结了婚。苏联占领捷克后，二人去了瑞士。无法面对陌生环境与托马斯不忠的特丽莎很快返回捷克，出于爱情，托马斯追随而至。但在故国，托马斯因拒绝与当局合作失去了工作，沦为了一名玻璃擦洗工，而特丽莎则由原来的摄影记者做回了老本行女招待，此后二人终未再分开，最后双双死于一场车祸。

画家萨宾娜是故事中的另一位女主人公，是托马斯的情人，特丽莎的好友。她一生与背叛结缘：背叛家庭、背叛国家当局、背叛婚姻、背叛情人，直到背叛自身。她的情人弗兰茨因她离了婚，萨宾娜却背弃了他，但他并不恨她，反而似乎认清了自己的道路。他参加了一场不无滑稽的游行活动后认识到，自己应回到自己的学生情人身边，却因在当晚的一次抢劫中，想要表现一下自己的勇气和力量而送了命。

托马斯这个游走于众多女性间的男人，行为放浪，但这种放浪却绝非所谓道德标准可以评判的。他与以萨宾娜等女性的交往，与她们建立起的"性友谊"是他对于轻逸的向往。而他对特丽莎的情感，则是对沉重的美好的选择。"特丽莎与萨宾娜代表着他生活的两极，互相排斥不可调和，然而都不可少。"① 就这样托马斯摇摆于轻与重之间，无从抉择，这与其说是他面对不同女性的选择困境，不如说是他面对人之存在状态的选择困境。

如果说托马斯这个性漂泊者是在追求轻逸的人生存在的话，那么他的妻子特丽莎则是一个始终向往亲吻和俯身大地的人物。她向往的不是轻逸而是沉重的实在，像每个时代爱情诗篇中的女人一样，"女人总渴望被压在男人的身躯之下。也许最沉重的负担同时也是一种生活最为充实的象征，负担越沉，我们的生活也就越贴近大地，越趋近真切和实在"②，从而最终得到灵与肉合而为一的快慰。

萨宾娜这个"背叛"的同义词，一生都行走在背叛的道路上。无论是背叛自己的家庭、婚姻、情人，还是国家当局，这些都只是形式罢了，她（当然也是昆德拉本人）真正背叛的对象是"媚俗"。所谓媚俗是指传统道德中对一切崇高、美好的生命感觉的赞美，区分邪恶与善良，为美好而感动，等等，任何媚俗都必然是对自由的约束，对个性的限制，这是萨宾娜绝对无法接受的。而她之所以喜欢托马斯就在于托马斯绝不媚俗，"在媚俗的王国里，你是个魔鬼"③。

弗兰茨这位钟情于萨宾娜的情人与萨宾娜如此不同，他是一个媚俗与忠诚的混合体。他热衷于游行，热衷于"伟大的进军"——必定的媚俗。也因此最终造成了萨宾娜对他的离弃，虽然他的忠诚曾一度

① 〔捷克〕米兰·昆德拉：《生命中不能承受之轻》，韩少功、韩刚译，时代文艺出版社，2002，第24页。
② 〔捷克〕米兰·昆德拉：《生命中不能承受之轻》，韩少功、韩刚译，时代文艺出版社，2002，第4页。
③ 〔捷克〕米兰·昆德拉：《生命中不能承受之轻》，韩少功、韩刚译，时代文艺出版社，2002，第11页。

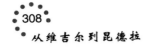

吸引过萨宾娜。

《生命中不能承受之轻》中四位主要人物之间的关系是相互纠缠而又疏离的。他们被感情或性联系到一起，有着或灵魂或肉体或灵肉双重的紧密联系。但他们却无法在相互间建立起真正的互信关系，更枉谈合而为一了。对他们来说，没有什么是可信的，一方所坚持的也许正是另一方所厌弃的。我们无法否认托马斯与特丽莎之间存在爱情，但这份爱，特别是特丽莎对托马斯的爱却成了托马斯的"不能承受之重"。而萨宾娜确实曾被弗兰茨的忠诚所吸引，但当这种忠诚与媚俗联系到一起时，萨宾娜的离去似乎就成了必然。

从托马斯到特丽莎，从萨宾娜到弗兰茨，昆德拉在他的小说中用人物形象构成的世界，却只是他对人之存在问题的思考的注脚罢了。他对小说主题的关注远甚于人物自身，这使他的小说充满着思想的睿智。小说通过四位主人公的人生历程及交织关系，思索了一系列有关人的存在问题：灵与肉、轻与重、传统与反抗、媚俗与个性，等等。人往往处于这些两难的境遇之中，无从抉择，任何选择都可能走向悖谬。就这样，《生命中不能承受之轻》指向了人生的"终极悖谬"问题。

这是一部对人之存在进行"文学思考"的小说。昆德拉如现代的众多哲学家一样关注人的存在问题。但他对这一问题的思考并非如哲学家那样通过哲思，而是通过小说这一特殊的途径。在昆德拉的小说中处处有形而上思考的灵光闪现：关于轻与重、灵与肉、爱与性、记忆与遗忘、激情与宁沁、历史与现实，等等。但我们却不能将这些思考看作是哲学的沉思，正如昆德拉本人在回答索尔蒙的提问时所说的那样："哲学是在一个抽象的领域内发展其思想，既无人物，也无情境。"而他的小说却充满着形象与情境，即便是《生命中不能承受之轻》开头在反思尼采的"永恒轮回"观时，人物也是直接参与其中的——这个反思只是托马斯这个人物的一个情境，在这个情境中，展现了这个人物的问题。①

昆德拉的小说作为存在的文学思考还体现在他对政治与历史的关注上。昆德拉的小说，特别是《生命中不能承受之轻》之前的小说无一例外都以捷克为背景，几乎都对捷克的政治与历史问题有所观照，但这并不是他小说的最终意义，这一切只是他用以探察人的生存问题的手段或途径而已。因此当有人将他的小说《玩笑》定义为"反极权小说"时，他反驳道，这只是一部"爱情小说"；而《笑忘录》中对"布拉格之春"的书写也不是从政治—历史—社会方面关注的，而是将其作为一个人的基本生存情境来关注的。他曾强调："对历史本身的描写（党的作用，恐怖的政治根源，社会机构的组织，等等）并不让我感兴趣，您在小说中找不到这些东西。"② 事实上，无论昆德拉如何否认，特殊的政治、历史背景本身已经作为其小说中的一部分，是无法否认更无法被忽视的。人只要活着，就身处政治之中（有时连死后也难免深陷其中），文学又如何排斥政治因素的加入呢？只不过文学作为对人的整体观照，政治的视角只是其观照人的一种视角、一个维度罢了。任何文学作品，若试图成为经典，那么它一定需要具备穿越时空的力量，这力量不只取决于它与现实的关系度，更取决于它是否能在关注当下历史现实的基础上，具有一种超越的维度，关注到人的根本存在，关注到人的本性，成功揭示"人"的秘密。昆德拉的小说是对"人的境况"的探询与假设，"昆德拉由政治走向了哲学，由强权批判走向了人性批判，从捷克走向了人类，从现时走向了永恒"③。从这一角度上看来，昆德拉的小说具备了成为经典的必要条件。

这是一部由关键词构成的小说。在《生命中不能承受之轻》里，

① 〔法〕米兰·昆德拉：《小说的艺术》，董强译，上海译文出版社，2004，第37页。
② 〔法〕米兰·昆德拉：《小说的艺术》，董强译，上海译文出版社，2004，第47页。
③ 韩少功：《生命中不能承受之轻·前言》，〔捷克〕米兰·昆德拉《生命中不能承受之轻》，韩少功、韩刚译，时代文艺出版社，2002，第5页。

背叛、礼帽、黑暗等词支撑起了萨宾娜的世界；轻、重、性、虚弱、肉体等词则构成了托马斯的世界；忠诚、女人、眩晕、灵魂、天堂、牧歌等词与特丽莎紧密相关；媚俗、忠诚、伟大的进军、力量、死亡等词则与弗兰茨关系密切。昆德拉在他的《小说艺术》中开列了一个包括了六十七个词的小词典，可以说，昆德拉的小说就是关于这些词的文学文本。不仅小说的人物是由这些关键词支撑着，甚至小说的主题也是由这些词构成的："一个主题就是对存在的一种探询。而且我越来越意识到，这样一种探询实际上是对一些特别的词、一些主题词进行审视。所以我坚持：小说首先是建立在几个根本性的词语上的。"① 其中的一些语词本身就是小说的主题词，如"轻"之于《生命中不能承受之轻》；"玩笑"之于《玩笑》；"遗忘"之于《笑忘录》；"时间"之于《不朽》；"返乡"与"记忆"之于《无知》；等等。

这是一部具有音乐性的"复调"小说。在《生命中不能承受之轻》里，作者的声音与人物的声音呈现出一种杂糅状态，这当然是昆德拉小说"复调"特点的集现，却与他其他小说中的"复调"形式不甚相同。在其他小说，如《玩笑》中，作者更多时候将自己隐没于人物之后，但在《生命中不能承受之轻》中，作者不时跳出来发表自己的看法，有时我们甚至很难区分哪些是作者的声音，哪些是人物的声音，二者混杂在了一起。美国参议员请萨宾娜欣赏他家庭的幸福场景，萨宾娜却从这幸福中看到了媚俗，之后有一段关于媚俗的议论，我们甚至无从判定这议论是萨宾娜的声音还是作者本人的声音。②

对音乐的喜爱与研究对昆德拉的小说创作的影响是巨大的。他擅于将对音乐的理解和感受注入他的作品，甚至把音乐中对位、变奏、

---

① 〔法〕米兰·昆德拉：《小说的艺术》，董强译，上海译文出版社，2004，第105页。
② 即小说的第六章"伟大的进军"。

主题的展示和发展的概念巧妙地揉进小说的结构，他说"将小说比作音乐并非毫无意义"，音乐的构成与小说的构思之间存在着紧密的联系，它们都是复调作品，而"伟大的复调音乐家的基本原则之一就是声部的平等；没有任何一个声部可以占主导地位，没有任何一个声部可以只起简单的陪衬作用。"①。用音乐的结构来构思小说，音乐的复调因素便与昆德拉的小说结下了不解之缘。同时影响昆德拉小说复调特点的还有巴赫金的对话理论。在巴赫金那里，复调小说是指一种不存在作者或叙述者统一意识的小说，小说中的各个"声部"与作者或叙述者的声音形成一种平等的对话关系。昆德拉在吸收巴赫金复调小说理论的同时，也有所超越。在昆德拉的小说中，不只有各个声部的对话，同时还有各个"文类"的并置对话，也就是说，一部真正意义的复调小说，不只是共时性线索的多头并进，更是多种文体风格的杂糅狂欢。我们在昆德拉的小说中不难发现，它们确实是一个个将政论、哲学论述、神学沉思，甚至是词典等文类有机融合在一起的整体，所谓整体就是要统一于一个共同的主题。昆德拉本人认为《生命中不能承受之轻》的复调性并不强，但还是指出了其复调的存在："在第六部分，复调的一面是非常明显的：斯大林儿子的故事；一些神学的思考；亚洲的一个政治事件；弗兰茨在曼谷遇难；托马斯在波希米亚入葬。这些内容由一个持续的探询联在了一起：'什么是媚俗？'这一段复调的文字是整个结构的关键。整个结构平衡的秘诀就在此。"②

《生命中不能承受之轻》非常难得地表现出一种对宁静的向往。昆德拉的小说往往指向人生的"终极悖谬"，人物往往处于两难的境遇之中，无从抉择。任何选择都可能走向悖谬，《生命中不能承受之

---

① 〔法〕米兰·昆德拉：《小说的艺术》，董强译，上海译文出版社，2004，第 94 ~ 95 页。

② 〔法〕米兰·昆德拉：《小说的艺术》，董强译，上海译文出版社，2004，第 96 页。

轻》也不例外。但与此同时，我们又看到这部小说中的人物，无一例外地对宁静充满某种程度的渴求。即便是萨宾娜这个一生走在背叛路上的女人，也在向往着家庭的温馨与宁静。小说的结尾更是意味深长："托马斯转动钥匙，扭开了吊灯。特丽莎看见两张床并排挨在一起，其中一张靠着一张小桌和一盏灯。灯罩下的一只巨大的蝴蝶，被头顶的光吓得一惊。扑扑飞起，开始在夜晚的房间里盘旋。钢琴和小提琴的旋律依稀可闻，从楼下丝丝缕缕地升上来。"[1] 小说就这样结束在一片宁逸之中，这不是故事的结束，但确实是小说的结束：深夜房间里盘旋的大蝴蝶，旋律依稀可闻的钢琴和小提琴声。原来，无论是存在的重与轻，还是生命的灵与肉，都无关紧要，只有宁静，压倒一切的宁静才真正是我们本质上渴求的生命或存在状态。昆德拉对此曾解释道："由于这一时间上的换位，最后一部分尽管是那么的具有田园牧歌色彩，却因我们已经知道了未来而沉浸到一种深深的忧伤之中。"[2] 事实上，任何牧歌本身都意味着孤独，但这并不是否定人本质上希图追寻宁静（或牧歌）的生存状态的原因。任何因挣扎与喧嚣造成的痛苦最终都将引向对宁静的向往，只是昆德拉的叙事太过残酷，他似乎不愿给他所创造的世界任何安慰的可能，于是这份宁静终究会滑向忧伤。这与昆德拉对小说功能的认知有关，也与他对生活本质的认知有关："生活的本来面目就是一种失败。我们面对被称为生活的东西这一不可逆转的失败所能做的，就是试图去理解它。小说的艺术的存在理由正在于此。"[3] 安慰终不可得，因为与生活的本来面目相比，昆德拉如果试图在小说中提供安慰，这对他本人而言难免显得有些矫情。昆德拉终归是一个只相信自己的判断的小说家。

昆德拉的小说先是在西方，而后在全世界得到了普遍性的认可，

---

[1] 〔捷克〕米兰·昆德拉：《生命中不能承受之轻》，韩少功、韩刚译，时代文艺出版社，2002，第281页。

[2] 〔法〕米兰·昆德拉：《小说的艺术》，董强译，上海译文出版社，2004，第97页。

[3] 〔法〕米兰·昆德拉：《帷幕》，董强译，上海译文出版社，2006，第12页。

这主要是因为他的小说是对人之存在这一根本问题的关注与追寻，同时他在小说形式结构方面也进行了大胆的创新。此外，昆德拉的巨大影响还来自他小说中普遍的怀疑精神，这种怀疑精神带有强烈的现代性意味。在《生命中不能承受之轻》中，视传统道德为可恶的"媚俗"的萨宾娜，当知道自己的父亲因为母亲的去世而悲伤自杀时，"她突然感到良心的痛苦：那位画花瓶玫瑰和憎恶毕加索的父亲真是那么可怕吗？担心自己十四岁的女儿会未婚怀孕回家真是那么值得斥责吗？失去妻子便无法再生活下去真是那么可笑吗"①。萨宾娜的疑问也是昆德拉的疑问。这是一个关于道德传统与离经叛道之间的冲突的疑问，我们如何择其一端，并最终给选择本身做出评判呢？道德不是小说的核心，因为小说不是社会学，但小说是人学，是关于人之存在问题的思考，那么关注道德本身似乎也无可厚非，问题的关键是，我们是否应该做出评判？小说是一个提出问题的世界，还是一个解决问题的世界？在《被背叛的遗嘱》中，昆德拉说：小说是一个道德审判被悬置的疆域，"悬置道德审判并非小说的不道德，而是它的道德。这道德与那种从一开始就审判，没完没了地审判，对所有人全都审判，不分青红皂白地先审判了再说的难以根除的人类实践是泾渭分明的。如此热衷于审判的随意应用，从小说智慧的角度来看是最可憎的愚蠢，是流毒最广的毛病。这并不是说，小说家绝对地否认道德审判的合法性，他只是把它推到小说之外的疆域"②。这就意味着，小说并不排除道德，但排斥道德的审判。小说提出问题，但并不试图给出答案。如此看来，怀疑本身就是一切。这本身也是智性小说该有的特点，智性小说并不是要试图给生活以答案，因为"思考一旦进入小说内部，就改变了本质。在小说之外，人处于确证的领域：所有人都对

---

① 〔捷克〕米兰·昆德拉：《生命中不能承受之轻》，韩少功、韩刚译，时代文艺出版社，2002，第80页。

② 〔法〕米兰·昆德拉：《被背叛的遗嘱》，余中先译，上海译文出版社，2003，第7页。

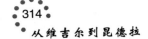

自己说的话确信不疑，不管是一个政治家，一个哲学家，还是一个看门人。在小说的领地，人并不确证，这是一个游戏与假设的领地。所以小说中的思考从本质上来看是探询性的、假设性的"①。

---

① 〔法〕米兰·昆德拉：《小说的艺术》，董强译，上海译文出版社，2004，第 97～98 页。

图书在版编目（CIP）数据

从维吉尔到昆德拉：世界文学经典导读／高永著
. -- 北京：社会科学文献出版社，2021.6
ISBN 978-7-5201-8497-7

Ⅰ.①从…　Ⅱ.①高…　Ⅲ.①世界文学-文学欣赏
Ⅳ.①I106

中国版本图书馆 CIP 数据核字（2021）第 102209 号

从维吉尔到昆德拉
——世界文学经典导读

著　　者／高　永

出 版 人／王利民
责任编辑／杜文婕

出　　版／社会科学文献出版社
　　　　　地址：北京市北三环中路甲 29 号院华龙大厦　邮编：100029
　　　　　网址：www.ssap.com.cn
发　　行／市场营销中心（010）59367081　59367083
印　　装／三河市东方印刷有限公司

规　　格／开　本：787mm×1092mm　1/16
　　　　　印　张：20　字　数：258 千字
版　　次／2021 年 6 月第 1 版　2021 年 6 月第 1 次印刷
书　　号／ISBN 978-7-5201-8497-7
定　　价／88.00 元

本书如有印装质量问题，请与读者服务中心（010-59367028）联系

▲ 版权所有 翻印必究